Elizabeth Wetmore

Wir sind dieser Staub

Titel auch als E-Book und Hörbuch erhältlich

Das Buch
»Eines der besten Bücher, die ich je gelesen habe«
Jeanine Cummins

»Unfassbar explosiv und kunstvoll. Endlich schreibt mal eine Frau über das rau-betörende Texas«
Elizabeth Gilbert

»Ein aufregendes Debüt, das sich keiner entgehen lassen sollte«
Washington Post

Die Autorin
Elizabeth Wetmore ist im westlichen Texas aufgewachsen und lebt heute in Chicago. Sie arbeitete unter anderem als Bartenderin und Taxifahrerin und lebte eine Zeitlang als Einsiedlerin in den Wäldern von Arizona. Dann begann sie zu schreiben.

Die Übersetzerin
Eva Bonné, geboren 1970 in Westfalen, studierte amerikanische und portugiesische Literaturwissenschaft in Hamburg, Lissabon und Berkeley. Sie übersetzt Literatur aus dem Englischen, u.a. von Sara Gran, Michael Cunningham und Rachel Cusk. Eva Bonné lebt mit ihrer Familie in Berlin.

Elizabeth Wetmore

Wir sind dieser Staub

Roman

Aus dem amerikanischen Englisch
von Eva Bonné

eichborn

Dieser Titel ist auch als Hörbuch und E-Book erschienen

Eichborn Verlag

Titel der amerikanischen Originalausgabe:
»Valentine«

Textredaktion: Hanne Reinhardt, Berlin
Umschlaggestaltung: Manuela Städele-Monverde
Umschlagmotiv: © john finney photography/Getty Images;
john finney photography/Getty Images; Sergey Ryumin/Getty Images;
john finney photography/Getty Images
Satz: Dörlemann Satz, Lemförde
Gesetzt aus der Bodoni
Druck und Einband: GGP Media GmbH, Pößneck

Printed in Germany
ISBN 978-3-8479-0139-6

2 4 5 3 1

Sie finden uns im Internet unter eichborn.de

Für Jorge

Oft habe ich gesagt: Ich bin dieser Staub, oder:
Ich bin dieser Wind.
Ich war jung und nahm es hin. Die Wahrheit ist, es stimmte nie.
Inzwischen habe ich genug Staub & Wind gesehen & weiß:
Ich bin ein kleiner Atemhauch, der genau so lange durchhält,
Wie die Sehnsucht es verlangt, & selbst das wird nicht reichen.

Larry Levis

Gloria

Sonntagmorgen draußen auf dem Ölfeld, kurz vor der Dämmerung. Ein junger Bohrarbeiter liegt unbequem in seinem Pick-up ausgestreckt und schläft. Er hat die Schulter von innen gegen die Fahrertür gestemmt, die Stiefel aufs Armaturenbrett gelegt und sich den Cowboyhut so tief ins Gesicht gezogen, dass das Mädchen draußen im Staub nur sein bleiches Kinn erkennen kann. Seine sommersprossigen Wangen sind fast unbehaart. Er wird sie nie täglich rasieren müssen, egal wie alt er wird. Sie hofft, dass er jung stirbt.

Gloria Ramírez hält vollkommen still. Sie ist ein von einem Mesquitebaum herabgefallener Ast, ein halb im Erdboden vergrabener Stein. Sie stellt sich vor, wie er bäuchlings im Staub liegt; der Sand hat ihm Lippen und Wangen zerkratzt, und nur das Blut in seinem Mund stillt seinen Durst. Als er im Schlaf zusammenzuckt und gegen die Fahrertür stößt, hält sie den Atem an und beobachtet, wie seine mahlenden Kiefermuskeln Knochen gegen Knochen drücken. Sein Anblick ist eine Qual, und wieder wünscht sie sich, der Tod würde ihn holen, ein grausiger, einsamer Tod, und danach soll niemand um ihn trauern.

Im Osten färbt der Himmel sich lila, dann blauschwarz und zuletzt so stumpfgrau wie Blei oder Schiefer. In wenigen Minuten werden Orange und Rot aufflammen, dann könnte Gloria die straff aufgespannte Landschaft darunter sehen, das ans Blau getackerte Braun. Alles scheint wie immer. Wenn man nicht vergisst, ihn zu beachten, ist dieser endlose Himmel das Beste am westlichen Texas. Sie wird ihn vermissen, wenn sie nicht mehr hier ist. Bleiben kann sie nicht, jetzt nicht mehr.

Sie hält den Blick starr auf den Pick-up gerichtet und drückt ganz sanft die Finger in den Sand – eins, zwei, drei, vier. Ihre Hand versucht, sie von jähen Bewegungen abzuhalten, sie darf keinen Laut von sich geben, wenn sie auch nur einen Tag länger am Leben bleiben will. Gloria Ramírez weiß vielleicht nicht viel, doch an diesem Morgen des 15. Februar 1976 weiß sie das eine: Hätte er, statt das Bewusstsein zu verlieren, zum Gewehr gegriffen oder seine Hände um ihren Hals gelegt, wäre sie jetzt tot. Zweiundfünfzig, dreiundfünfzig, vierundfünfzig – sie wartet, beobachtet, hört ein kleines Tier im Mesquitelaub rascheln. Und dann, als hätte sie Erbarmen, schiebt die Sonne sich über die Erdkante und steht als brennende Scheibe am östlichen Himmel. Glorias Finger zählen lautlos weiter.

Das Tageslicht bringt meilenweit nichts als Ölpumpen und Bohrrückstände zum Vorschein, Präriehasen und Stacheldrahtzaun, Mesquitewäldchen und Büffelgras. Unter Haufen aus Sedimentgestein und ausrangierten Pipelines haben sich Rattenschlangen, Mokassinottern und Klapperschlangen zusammengerollt, atmen langsam und gleichmäßig, warten auf den Frühling. Als es hell geworden ist, erkennt Gloria eine Straße und ein Ranchhaus. Vielleicht ist es nah genug, um hinzulaufen, aber sie ist sich nicht sicher. Hier draußen sieht eine Meile manchmal aus wie zehn und zehn wie zwanzig. Sie weiß, dass dieser Körper – gestern hätte sie noch von *ihrem* Körper gesprochen – irgendwo auf einem Ölfeld im Sand sitzt, zu weit weg von zu Hause, um den Wassertank mit dem aufgemalten Ortsnamen zu sehen, *Odessa*, das Bankgebäude und die Kühltürme der Raffinerie, in der ihre Mutter arbeitet. Alma putzt dort Büros und Pausenräume. Bald wird sie von der Nachtschicht heimkehren, ihre Zweizimmerwohnung wird noch nach dem letzten Abendessen riechen, nach Maisgrütze, Schweinefleisch und Tíos Zigaretten, und wenn sie Glorias unberührtes Sofabett sieht, wird sie sich Sorgen machen, vielleicht sogar ein wenig Angst bekommen. Doch vor allem wird sie sich ärgern, weil ihre Tochter wieder mal nicht da ist, wo sie sein sollte: zu Hause.

Gloria verfolgt das Auf und Ab der Ölpumpen. Sie sehen aus wie riesige, gefräßige Heuschrecken aus Stahl. Hat er sie bis nach Penville verschleppt? Mentone? Loving County? Das Permian-Becken besteht aus achtzigtausend Quadratmeilen des Immerselben, sie könnte sich sonst wo befinden; wirklich real sind hier draußen nur ihr Durst und ihre Schmerzen, die gelegentlichen Seufzer des Bohrarbeiters, seine knirschenden Zähne und sein zuckender Körper, das Klacken und Surren einer nur wenige Schritte entfernten Ölpumpe.

Eine Wachtel ruft. Es klingt, als sänge sie ihren Namen, und das Geräusch hebelt ganz sanft den Tag auf. Gloria schaut noch einmal zu der Ranch. Die unbefestigte Straße zerteilt die Wüste in zwei Hälften und führt in gerader Linie darauf zu, und schon meint Gloria, eine Veranda zu erkennen. Vielleicht kann sie das Haus zu Fuß erreichen, vielleicht wird eine Frau die Tür öffnen.

Ihre zitternden Finger drücken die letzte Zahl in den Sand, Tausend, und er hat sich immer noch nicht bewegt. Gloria dreht langsam den Kopf hin und her, und weil sie weiß, dass es vor allem die Stille ist, die sie am Leben erhält, begutachtet sie ihren Körper stumm. Hier ist ein Arm, dort ein Fuß. Die Mittelfußknochen sind mit den Fersen verbunden, die Fersen mit den Knöcheln. Und dahinten, neben der hölzernen Bohrplattform, liegt ihr Herz. Sie sieht sich um, sammelt ihren Körper ein und ihre zerrissene Kleidung, verstreut wie achtlos weggeworfener Müll; das sind nicht mehr ihr schwarzes Lieblings-T-Shirt, ihre Jeans, die Alma ihr zu Weihnachten geschenkt hat, das bei Sears gestohlene Wäscheset aus BH und Slip.

Gloria weiß, sie sollte es besser nicht tun, aber bevor sie losgeht, dreht sie sich noch einmal zum Pick-up um. Unter der

Cowboyhutkrempe ragen dünne blonde Haarsträhnen hervor. Er ist hager und sehnig und nur ein paar Jahre älter als Gloria, die, falls sie diesen Tag überlebt, im Herbst fünfzehn wird. Sein Kinn und seine Brust heben und senken sich gleichmäßig, wie bei jedem anderen Menschen, ansonsten regt sich nichts. Er schläft immer noch, oder er tut nur so.

In diesen letzten Gedanken schlittert Glorias Verstand hinein wie ein Pferd in einen Stacheldrahtzaun. Ihr Kiefer fällt herunter und klappt ruckartig wieder zu. Sie keucht und schnappt nach Luft wie ein aus dem Wasser gerissener Fisch. Sie stellt sich ihre abgetrennten Gliedmaßen vor, die verstreut in der Wüste liegen und von den Kojoten angenagt werden. Die ganze Nacht hat sie ihr Geheul gehört. Sie sieht ihre eigenen ausgebleichten, vom Wind glatt polierten Knochen, eine ganze Wüste voll davon, und würde am liebsten schreien. Stattdessen schluckt sie mühsam, lässt sich wieder in den Sand sinken und verschließt die Augen vor dem Bohrarbeiter, dem gleißenden Sonnenlicht, dem unendlichen Himmel.

Sie darf nicht panisch werden. Panik ist das Schlimmste, würde ihr Onkel jetzt sagen. Wenn Tío vom Krieg erzählt – und seit seiner Heimkehr vor einem Jahr erzählt er von nichts anderem mehr –, fangen seine Geschichten immer gleich an. Wie nennt man einen Soldaten, der in Panik ausgebrochen ist, Gloria? Einen gefallenen Soldaten, jawohl. Die Geschichten enden auch immer gleich: Gloria, hör zu, ein Soldat wird niemals panisch. Du darfst nie die Nerven verlieren, denn sonst – er hebt den Zeigefinger wie eine Pistole, richtet sie auf sein Herz und drückt den Abzug – *peng!* Und eins weiß Gloria an diesem Morgen mit absoluter Sicherheit, sie will nicht sterben, also schiebt sie sich eine Faust in den Mund und befiehlt sich, aufzustehen. Keinen Mucks zu machen. Los jetzt!

Gloria Ramírez – noch Jahre später wird ihr Name über den

Mädchen der Stadt schweben wie ein Wespenschwarm, als Warnung vor dem, was man niemals tun darf – steht auf. Sie denkt ganz kurz an ihre Schuhe, macht sich aber nicht die Mühe, sie zu suchen, ebenso wenig wie die Kaninchenfelljacke, die sie am Vorabend getragen hat, als der junge Mann auf dem Parkplatz des Sonic hielt. Ein aus dem Seitenfenster baumelnder Unterarm, Sommersprossen, goldener Bartflaum im Neonlicht des Drive-in.

Hallo, Herzdame! Seine Stimme nahm dem Drive-in schlagartig alle Hässlichkeit. Sein breiter Akzent verriet, dass er nicht von hier stammte, aber auch nicht von weit her. Glorias Mund wurde so trocken wie Kreide. Wie an fast jedem Samstagabend stand sie neben dem Picknicktisch, windschiefer Treffpunkt zwischen Autos und Trucks: rumhängen, Limonade trinken, Zigaretten schnorren und darauf warten, dass irgendwas passiert. Doch es passierte nie etwas, nicht in diesem Dreckskaff.

Er parkte so dicht neben ihr, dass Gloria selbst durch die Windschutzscheibe die Ölflecken auf seiner Kleidung sehen konnte. Seine Wangen und sein Hals waren windgegerbt, die Finger schwarz. Auf dem Armaturenbrett Straßenkarten und Quittungen, am Kleiderhaken hinter dem Sitz ein Hut. Auf der Ladefläche leere, zerdrückte Bierdosen zwischen Brechstangen und Wasserkanistern. Alles fügte sich mehr oder weniger perfekt zu jenem Horrorbild zusammen, vor dem man Gloria ihr Leben lang gewarnt hatte. Der junge Mann stellte sich vor, Dale Strickland, und fragte nach ihrem Namen.

Geht dich gar nichts an, sagte sie.

Die Worte waren draußen, noch bevor sie nachdenken konnte; womöglich wirkte sie jetzt erst recht wie ein kleines Mädchen und nicht wie die abgeklärte junge Frau, die sie unbedingt sein wollte. Strickland beugte sich noch weiter aus dem Fenster und sah sie an wie ein Hundewelpe, wenn auch wie einer mit blutunterlaufenen, dunkel geränderten Augen. Ein paar Sekunden lang erwiderte sie seinen Blick. Das Blau seiner Augen wirkte hell und dann so dunkel wie Schiefer, je nachdem, in welchem Winkel das Licht auf sein Gesicht fiel. Seine Augen waren so blau wie die Murmeln, die man auf keinen Fall hergeben will, oder vielleicht auch wie der Golf von Mexiko. Andererseits könnte Gloria den Pazifik nicht von einem Wasserloch unterscheiden, und genau das war ihr Problem, oder? Sie war noch nie verreist und kannte nichts als diese Stadt und ihre Bewohner. Möglicherweise würde mit dem jungen Mann etwas Gutes seinen Anfang nehmen. Wenn er ihr Freund wäre, könnte er sie in ein paar Monaten nach Corpus Christi oder nach Galveston mitnehmen, und dann würde sie den Pazifik mit eigenen Augen sehen. Also antwortete sie doch. Gloria.

Er lachte und drehte das Radio lauter, um sie auf den Zufall aufmerksam zu machen. Der Collegesender lief, Patti Smith sang ihren Namen. Und jetzt bist du hier, sagte er, in Fleisch und Blut. Das ist Schicksal, Baby.

Das ist Schwachsinn, Baby, sagte sie. Die spielen das alle zwei Stunden.

Sie kannte den Song seit Monaten und wartete ständig darauf, ihn im Radio zu hören. Das Album hieß *Horses*, und ihre Mutter bekam jedes Mal einen Anfall, wenn Gloria sang: *Jesus died for somebody's sins but not mine*. Einmal hatte Alma ihr damit gedroht, sie in die Kirche mitzuschleifen, aber Gloria hatte nur laut gelacht. Sie ging nicht mehr in die Kirche, seit sie zwölf war. Sie hielt sich die Faust vors Gesicht wie ein Mikrofon und sang weiter, bis Alma ins Bad lief und die Tür hinter sich zuschlug.

An diesem Valentinsabend war das Sonic wie ausgestorben. Nichts und niemand Neues – nur dieselbe dünne Kellnerin auf Rollschuhen, die direkt von ihrem Tagesjob kam und demonstrativ wegsah, wenn die üblichen Verdächtigen sich Jack Daniel's in ihre halb leeren Dr-Pepper-Becher kippten; das Mädchen, das in die Oberstufe von Glorias Schule ging und nun auf einem Barhocker hinter dem Tresen saß, Knöpfe drückte und Bestellungen wiederholte, die schnarrend und verzerrt aus den großen Lautsprechern tönten; der Koch, der immer wieder seinen Posten am Grill verließ, um draußen eine Zigarette zu rauchen und die Autos auf der Hauptstraße zu beobachten. In diesem Moment kam eine große, breitschultrige, ältere Frau aus der Damentoilette, ließ die Tür hinter sich zufallen, trocknete sich die Hände an der Hose ab und lief über den Parkplatz zu einem Truck. Am Steuer saß ein noch älterer, spindeldürrer Mann mit kahlem Eierkopf. Er sah herüber.

Als die Frau einstieg, zeigte er auf Gloria und redete aufgeregt. Seine Frau nickte, anscheinend war sie seiner Meinung, aber als er den Kopf zum Fenster hinausstrecken wollte, legte sie ihm kopfschüttelnd eine Hand auf den Arm. Gloria lehnte sich rücklings an den Picknicktisch, schob die Hände in die Taschen ihrer neuen Jacke und schaute zwischen dem Paar und dem jungen Mann hin und her. Er saß am Steuer, ließ den Arm herunterbaumeln und trommelte mit Fingerspitzen von außen gegen das Blech. Die beiden Alten diskutierten immer noch. Als sie das nächste Mal herübersahen, zog Gloria eine Faust aus der Jackentasche, hob sie in die Höhe und entrollte ganz langsam den Mittelfinger. Fickt euch, formten ihre Lippen stumm, und fickt das Pferd, auf dem ihr hergeritten seid.

Sie ließ den Blick noch einmal über den Parkplatz des Drive-in schweifen, zuckte die Achseln – nichts zu verlieren, nichts zu gewinnen – und kletterte in den Pick-up. In der Fahrerkabine war es warm wie in einer Küche, und es roch ganz schwach nach dem ammoniakhaltigen Industriereiniger, den ihre Mutter an Händen und Kleidung von der Arbeit mitbrachte. Strickland drehte die Musik auf und bot Gloria eine Dose Bier an. Er öffnete sie mit einer Hand, die andere blieb am Lenkrad. Na so was, sagte er.

Gloria, ich glaube, ich habe mich in dich verliebt. Gloria zog die schwere Beifahrertür zu.

Als sie sich endlich in Bewegung setzt, steht die Sonne knapp oberhalb der Autoreifen. Sie dreht sich nicht noch einmal um. Falls er aufwacht und sie erschießt, möchte sie nichts davon mitbekommen. Soll das Schwein sie doch in den Kopf schießen. Soll er doch zeigen, was für ein Feigling er ist. Was den Namen Gloria betrifft, so wird sie ihn nie wieder verwenden – den Namen, den er wieder und wieder gestöhnt hat, stundenlang, während sie bäuchlings im Staub lag. Ihr Name war durch die Nachtluft geflogen wie ein vergifteter Pfeil. Gloria. Spöttisch, böse wie eine Viper. Aber damit ist es vorbei. Ab heute wird sie sich Glory nennen. Der Unterschied ist klein, aber ihr bedeutet er die Welt.

Glory überquert das Ölfeld, stolpert und schwankt, fällt zwischen Pumpen und Mesquitebäumen immer wieder hin. Sie kriecht unter einem Stacheldrahtzaun durch und findet sich neben einem stillgelegten Bohrloch wieder. Ein selbst gemaltes Schild starrt auf sie nieder, es warnt vor giftigen Gasen und unbefugtem Zutritt: SCHUSSWAFFENGEBRAUCH! Sie tritt in eine Glasscherbe oder eine Kaktusnadel, ihr Blut sammelt sich als kleine Pfütze auf dem harten, undurchdringlichen Boden, und sie wünscht sich, es wäre Wasser. Ein Kojote heult, ein anderer antwortet. Glory sieht sich nach einer Waffe um, kann aber nichts entdecken. Sie reißt einen Ast von einem Mesquitebaum und wundert sich über die eigene Stärke und darüber, dass sie sich immer noch vorwärtsbewegen kann. Sie spürt eine quälende Trockenheit in Mund und Kehle, und da ist noch etwas, ein neuer Schmerz, der kurz nach dem Aufwachen als leichtes Stechen in der Rippengegend begonnen hatte. Inzwischen ist er als heißes Brennen in ihren Unterleib gewandert, wie ein Stahlrohr, das zu dicht am Hochofen liegt.

Sie stößt auf Bahngleise und beschließt, ihnen zu folgen. Einmal verliert sie das Gleichgewicht, stürzt in den Stacheldrahtzaun und von dort auf einen kniehohen Wall aus Sedimentgestein. Sie betrachtet die Steinchen in ihren Handballen. Blut und Haut unter ihren Fingernägeln verraten, wie tapfer sie sich gewehrt hat. Aber nicht tapfer genug, denkt sie, liest einen Kiesel vom Boden auf und schiebt ihn sich unter die Zunge, denn so würde Onkel Victor es machen, müsste er halb verdurstet durch eine unbekannte Wüste irren. Am Ende des Steinwalls ragt ein Stahlkreuz aus dem Boden, auf der kleinen Plakette steht *Anonymes Grab*. Wenige Schritte daneben entdeckt sie einen zweiten, kleineren Wall ohne Kreuz. Das Grab eines Kindes vielleicht, oder eines Hundes.

Glory steht wieder auf und wirft einen Blick zurück. Sie ist der Ranch jetzt näher als dem Truck. Wind kommt auf und streicht durchs Gras wie ein langer Finger, und zum ersten Mal überhaupt bemerkt sie, wie still der Morgen ist. Als hätten selbst die dünnen, biegsamen Halme von Moskito- und Büffelgras den Atem angehalten. Die Bö ist schwach, kaum mehr als ein Hauch, dabei ist es auf dieser Ebene fast immer windig. Auf jeden Fall ist sie zu schwach, um eine Stimme zu tragen. Wenn sie jetzt etwas sagt, wird er es nicht hören. Glory Ramírez dreht sich um. Zum ersten Mal seit Stunden hat sie den Wunsch, laut zu sprechen. Sie sucht nach den passenden Worten, bringt aber nur ein leises Winseln heraus. Es fliegt aus ihrem Mund in die Stille und verschwindet.

Mary Rose

Früher habe ich geglaubt, jeder könnte gnädig sein. Man muss, dachte ich, nur lange genug versuchen, sich in einen anderen Menschen reinzuversetzen, und dann kann man irgendwann selbst die Gefühle und Gedanken beispielsweise eines Diebes oder eines Mörders nachvollziehen. Oder eines Mannes, der eine Vierzehnjährige auf ein Ölfeld verschleppt und die ganze Nacht lang vergewaltigt. Ich habe versucht, mir vorzustellen, wie es für Dale Strickland war:

Die Sonne stand schon hoch am Himmel, als er aufwachte, mit brennendem Durst, wundgescheuertem Schwanz und der vertrauten Amphetaminstarre im Kiefer. Im Mund einen Geschmack, als hätte er an einem Benzinschlauch genuckelt, und am linken Oberschenkel einen blauen faustgroßen Fleck, vielleicht weil er ihn stundenlang gegen den Schaltknüppel gedrückt hatte. Schwer zu sagen. Aber eins wusste er genau: Er fühlte sich beschissen. Als hätte jemand mit einem Schuh auf seinen Kopf eingedroschen. Da war Blut in seinem Gesicht und auch an seinem Hemd und an den Stiefeln. Er rieb sich die Augen, fuhr sich über die Mundwinkel. Kehrte die Handflächen nach oben auf der Suche nach Schnittwunden, legte sie sich dann an die Schläfen. Vielleicht öffnete er sogar den Reißverschluss seiner Hose, um sich genauer zu untersuchen. Ein bisschen Blut, aber keine sichtbaren Verletzungen. Möglicherweise kletterte er aus dem Truck, stand eine Weile herum und ließ sich von der kraftlosen Wintersonne wärmen. Nicht auszuschließen, dass er sich über den ungewöhnlich warmen Morgen wunderte, über die Stille, so wie ich, als ich auf die Veranda trat und in den Himmel blickte, wo ein halbes Dutzend Truthahngeier langsam große Kreise zog. Gnädig zu sein bedeutet zu sehen, wie er auf der Ladefläche seines Trucks nach Wasser sucht und dann auf dem Ölfeld steht, sich wie in Zeitlupe um die eigene Achse dreht und sich fragt, wo die letzten vierzehn Stunden geblieben sind. Vielleicht fiel ihm das Mädchen erst wieder ein, als er ihre Turnschuhe neben dem Auto liegen sah, oder ihre zusammengeknüllte Kaninchenfelljacke neben der Bohrplattform. Die Jacke hatte knapp über ihre Taille gereicht und trug ihren Namen in blauer Tinte auf dem Etikett. *G. Ramírez*. Ich wünsche mir, dass er denkt: *Was habe ich getan?* Ich möchte, dass er sich erinnert. Vielleicht wurde ihm erst nach einer ganzen Weile klar, dass er sie finden und sich davon überzeugen sollte, dass es ihr gut ging und dass sie sich über das Vorgefallene einig waren. Vielleicht saß er auf der Heckklappe, trank muffiges Wasser aus dem Kanister und versuchte, sich an ihr Gesicht zu erinnern. Er rammte einen Stiefelabsatz in den Boden und konzentrierte sich auf die vergangene Nacht, oder er betrachtete die Schuhe und die Jacke und ließ den Blick dann zu den Bohrtürmen wandern, über die Schotterstraße, die Bahngleise und die ferne, spärlich befahrene Interstate, vielleicht sogar bis zu unserer Ranch. Zu meinem Haus. Womöglich war er der Meinung, es sei zu weit weg, um den Weg dorthin zu Fuß zurückzulegen. Aber man kann nie wissen. Diese Provinzgören können ganz schön zäh sein, vor allem, wenn sie sauer sind. Verdammt, die können barfuß durch ein Höllenfeuer laufen, wenn sie es nur wollen. Er stieß sich von der Heckklappe ab und linste in den Kanister. Er hatte noch genug Wasser übrig, um sich notdürftig zu waschen. Er beugte sich vor den Seitenspiegel, fuhr sich mit den Fingern durchs Haar und fasste einen Plan. Er würde pinkeln, falls ihm das gelang, und dann würde er zu dem Haus rüberfahren und sich umsehen. Mit ein bisschen Glück war es unbewohnt, vielleicht saß seine neue Freundin auf der morschen Veranda, war durstig wie ein Pfirsichbaum im August und hocherfreut, ihn wiederzusehen. Vielleicht. Doch an Orten wie diesen ist Gnade selten. Ich habe ihm den Tod gewünscht, noch bevor ich sein Gesicht sah.

~

Wenn es so weit ist und man mich in den Zeugenstand ruft, werde ich aussagen, dass ich die Erste war, die Gloria Ramírez lebend sah. Das arme Mädchen, werde ich sagen. Wie soll ein Kind sich von so was erholen? Der Prozess findet erst im August statt, aber ich werde den Männern im Gerichtssaal dasselbe erzählen wie meiner Tochter, später, wenn sie alt genug ist.

Ich werde sagen, wie schlimm der Winter für uns war, auch schon vor jenem Tag im Februar. Der Preis für Rinder fiel im Minutentakt, außerdem hatte es seit einem halben Jahr nicht mehr geregnet. Wir mussten Mais zufüttern, einige Kühe suchten sogar nach Mutterwurz, um ihre Kälber abzutreiben. Ohne die Ölpächter hätten wir einen Teil unseres Landes verkaufen müssen.

Ich werde sagen, dass mein Mann die Ranch mit den letzten beiden Helfern bewirtschaftete. Alle anderen hatten uns verlassen, um gegen bessere Bezahlung auf den Ölfeldern zu arbeiten. Mein Mann und seine Helfer verteilten Silofutter auf den Weiden und bekämpften die Schraubenwurmfliegen. Sie bargen halb tote Kühe, die in Stacheldraht gelaufen waren – diese Tiere sind dumm, lassen Sie sich nichts anderes erzählen –, und wenn sie eine nicht retten konnten, schossen sie ihr zwischen die Augen und überließen den Kadaver den Geiern.

Ich werde aussagen, dass Robert von früh bis spät gearbeitet hat, jeden Tag, sogar an den Wochenenden, weil Kühe auch sonntags verenden. Meinen Mann habe ich höchstens mal für eine

Viertelstunde gesehen, wenn er nach Hause kam, um eine Portion Schmorbraten zu verschlingen – da steht man den halben Tag in der Küche, und die brauchen zum Essen keine fünf Minuten. Wir müssen auf eine robustere Rinderrasse umstellen, sagte er, stand auf und reichte mir auf dem Weg zur Tür seinen schmutzigen Teller. Auf Polled Herefords oder Red Brangus. Aber wie sollen wir uns die leisten? Was sollen wir tun?

Wenn ich an den Tag zurückdenke, an dem Gloria Ramírez auf meiner Veranda auftauchte, erscheinen mir die Erinnerungen wie Stückwerk, wie die Flicken einer Patchworkdecke. Sie sind von unterschiedlicher Form und Farbe und werden nur von einem dünnen schwarzen Faden zusammengehalten, und das wird wohl für immer so bleiben. Im August werde ich aussagen, dass ich getan habe, was in meiner Macht stand; wie sehr ich sie und mich damals enttäuscht habe, werde ich verschweigen.

Ich war sechsundzwanzig Jahre alt, schwanger mit dem zweiten Kind und schwer wie ein Buick. Beim zweiten Mal nimmt man viel schneller zu, zumindest behaupten das meine weiblichen Verwandten. Manchmal war ich so einsam, dass ich Aimee erlaubt habe, die Schule zu schwänzen und zu Hause zu bleiben. Ich habe irgendeine Krankheit vorgeschoben, im Austausch für ein kleines bisschen Gesellschaft. Zwei Tage vorher hatte ich Eunice Lee angerufen, die Schulsekretärin.

Sobald ich den Hörer aufgelegt hatte, zog Aimee Jo ein Gesicht wie die alte Miss Lee. Manche Leute sagen, die Frau sei eine direkte Nachfahrin des berühmten Generals, aber ich bezweifle das, und eines kann ich Ihnen versichern: Falls es stimmt, hat sie von seinem guten Aussehen nichts geerbt. Die Ärmste. Meine Tochter hat sich also die Faust ans Ohr gehalten und das Gesicht verzogen: Danke für Ihren Anruf, Mrs Whitehead, aber die Details von Aimee Jos Stuhlgang interessieren mich wirklich nicht. Ich wünsche ihr gute Besserung. Machen Sie sich einen schönen Valentinstag. Bye-bye! Aimee wackelte mit den Fingern, wir haben uns schlappgelacht. Und dann haben wir Hefebrötchen gebacken und sie mit Butter und Zucker gegessen.

Mit Aimee in der Küche zu sein war immer etwas Besonderes. Wir haben darauf gewartet, dass der Teig aufgeht, und der ganze Tag streckte sich vor uns aus wie eine träge alte Hauskatze. Als sie Miss Lee nachgeäfft hat, habe ich mir vor Lachen fast in die Hose gemacht. Manchmal denke ich: Wenn ich eines Tages im Sterben liege, wird jener Freitagvormittag mit meiner Tochter zu meinen glücklichsten Erinnerungen zählen.

Am Sonntagmorgen haben wir Gin Rommé gespielt und den Radiogottesdienst gehört. Aimee war dabei zu verlieren, und ich habe mich gefragt, wie ich das Spiel drehen kann, ohne dass sie es merkt. Ich habe darauf gewartet, dass sie endlich die Herz vier zieht, habe Karten weitergeschoben und Tipps gegeben. Willst du mein Valentinsschatz sein, mein Herz?, habe ich gefragt. Oh, mein *Herz!* Ich kann es schlagen hören – ein, zwei, drei, *vier* Mal, Aimee Jo! Damals war ich noch der Meinung, man dürfe ein kleines Mädchen beim Kartenspielen nicht zu oft verlieren lassen. Inzwischen sehe ich das anders.

In seiner Predigt wetterte Pastor Rob gegen die Aufhebung der Rassentrennung. Das sei, als würde man eine Kuh, einen Puma und ein Opossum in dieselbe Scheune sperren und sich hinterher wundern, wenn jemand gefressen wurde.

Wie meint er das?, fragte meine Tochter. Sie nahm eine Karte vom Stapel, musterte sie kurz und breitete ihr Blatt auf dem Tisch aus. Ich habe gewonnen, sagte sie.

Das brauchst du noch nicht zu verstehen, kleines Mädchen, sagte ich. Du musst *Gin* sagen! Meine Tochter war neun, nur ein paar Jahre jünger als das fremde Mädchen, das draußen vor dem Haus stand und auf Hilfe wartete.

Es war elf Uhr. Ich weiß das so genau, weil der Diakon – so

ein harter, humorloser Typ – gerade das Schlussgebet sprach. Wahrscheinlich würde jeder fromme Baptist uns für das Kartenspielen beim Gottesdienst verurteilen, aber so war es nun mal. Nach elf kamen die Nachrichten vom Ölhandel und dann die vom Viehmarkt. Wenn man sich in diesem Februar freuen wollte, achtete man auf die Zahl der neuen Bohrtürme und Pachtverträge. Wenn man sich im Sessel zurücklehnen und ordentlich weinen wollte, hörte man die Nachrichten vom Viehmarkt.

Das Mädchen klopfte zwei Mal an – kurz, energisch und so laut, dass wir erschraken. Beim dritten Mal zitterte die Tür. Sie war neu und aus Eiche, aber auf altes Mahagoni gemacht. Robert hatte sie zwei Wochen vorher aus Lubbock anliefern lassen, weil wir uns wieder mal wegen des Umzugs in die Haare gekriegt hatten. Es war immer dasselbe. Er fand, dass wir zu weit draußen wohnten, vor allem jetzt, da ich wieder schwanger war und die Ölwirtschaft boomte. Hier ist zu viel los, sagte er, die Arbeiter sind überall. Kein guter Ort für Frauen und kleine Mädchen. Aber dann wurde der Streit hässlich, wir haben uns schlimme Sachen an den Kopf geworfen und einander gedroht.

Natürlich hatte ich die Pick-ups satt, die durch unsere Straße fuhren, und auch den Gestank, diese Mischung aus Benzin und faulen Eiern. Ich hatte ständig Angst, irgendein Bohrarbeiter könnte das Gatter offen lassen und ein Bulle auf den Highway laufen, oder Texaco könnte Abwasser in die ungesicherte Grube direkt neben unserem Brunnen leiten. Aber ich liebe unser Haus. Roberts Großvater hat es vor fünfzig Jahren selbst gebaut, den Kalkstein hatte er nach und nach mit dem Truck aus dem Hill Country geholt. Ich liebe die Zugvögel, die im Herbst auf ihrem Weg nach Mexiko oder Südamerika bei uns Rast machen, und dann wieder im Frühling, wenn sie zurück nach Norden fliegen. In der Stadt würde ich das Trauertaubenpaar vermissen, das unter unserer Veranda nistet, und die Turmfalken, die manchmal knapp über der gelben Erde schweben und wie verrückt mit den Flügeln schlagen, bevor sie auf eine Schlange runterschießen. Morgens und abends ist der Himmel eine Explosion aus Farben. Ich würde die Stille vermissen und die schwarze Nacht, wenn weit und breit nichts zu sehen ist als Sterne und die roten und blauen Flammen der abfackelnden Gase.

Tja, sagte ich, ich will hier aber nicht weg. Ich bin hier zu Hause.

Im Laufe des Streits habe ich Robert in die Brust geboxt. Das hatte ich noch nie getan. Er konnte nicht zurückschlagen, weil ich schwanger war, deswegen rammte er die Faust drei oder vier Mal in die Haustür. Jetzt hatte ich also diese schöne neue Tür, und Aimee, die im Bett gelegen und unser Geschrei in der Küche mitangehört hatte, bekam ein neues Kinderfahrrad von Huffy mit rosa Flatterband und kleinem weißen Korb.

Nach dem dritten Klopfen fragte Aimee Jo: Wer ist das? Später habe ich mich gefragt, woher Gloria in ihrem furchtbaren Zustand die Kraft genommen hat, das dicke Eichenholz vibrieren zu lassen. Ich stemmte mich aus dem Sessel hoch. Wir erwarteten keinen Besuch. Niemand fährt so weit raus, ohne vorher anzurufen, nicht mal die Zeugen Jehovas oder die Adventisten, außerdem hatte ich weder ein Auto noch einen Truck gehört. Ich bückte mich nach dem Baseballschläger, den Aimee neben dem Sessel hatte liegen lassen. Bleib sitzen, sagte ich. Bin gleich wieder da.

Ich öffnete die Tür, und im selben Moment fuhr eine Windbö über die Veranda. Sie verscheuchte die Fliegen aus Glorias Haaren, von ihrem Gesicht und den offenen Wunden an Händen und Füßen, und mir drehte sich der Magen um. Du lieber Gott, dachte ich mit einem Blick auf den Schotterpfad, der von unserem Haus zur Straße führt. Aber er war leer, da war nichts zu sehen als ein lärmender Schwarm aus Kanadakranichen, die neben unserem Wasserspeicher überwinterten.

Die zierliche Gloria Ramírez stand auf unserer Veranda, schwankte wie eine Betrunkene und sah aus wie eine Figur aus einem Horrorfilm, die von der Leinwand runtergestiegen ist. Sie hatte zwei Veilchen, ein Auge war fast komplett zugeschwollen. An Wangen, Kinn und Stirn war praktisch keine Haut mehr, üble Schürfwunden bedeckten Arme und Beine. Ich krallte die Finger um den Baseballschläger und rief ins Haus: Aimee Jo Whitehead, lauf ins Schlafzimmer! Hol die Alte Lady aus dem Schrank und bring sie sofort her. Und trag sie richtig herum!

Ich hörte Aimee durchs Haus poltern und rief ihr nach, sie dürfe mit dem Gewehr nicht rennen. Als sie an die Tür kam, schob ich mich zwischen sie und die Fremde. Ich streckte den Arm nach hinten aus und nahm meiner Tochter die gute alte Winchester aus den kleinen Händen. Ich nenne das Gewehr Alte Lady, nach meiner Großmutter, die es mir an meinem fünfzehnten Geburtstag geschenkt hat.

Was ist da, Mama? Eine Klapperschlange? Kojoten?

Sei still, sagte ich. Lauf in die Küche und ruf den Sheriff an. Sag ihm, wir brauchen einen Krankenwagen. Und Aimee, fügte ich hinzu, ohne das Mädchen auf der Veranda aus den Augen zu lassen, halt dich von den Fenstern fern, sonst prügel ich dich windelweich.

Ich habe meine Tochter nie geschlagen, kein einziges Mal. Als Kind wurde ich regelmäßig verprügelt, deswegen hatte ich mir geschworen, meinen eigenen Kindern so was niemals anzutun. Aber an dem Morgen meinte ich es ernst, und Aimee wusste das. Sie hat sich wortlos umgedreht und ist in die Küche gerannt.

Ich musterte noch einmal das schwankende Kind auf der Veranda, dann suchte ich schnell den Horizont ab. Das Land ist bei uns so flach, dass niemand sich anschleichen kann; so flach, dass man den Pick-up des eigenen Mannes neben einem Silo sieht und weiß, er ist zu weit weg und wird einen nicht hören. Hier draußen kann man meilenweit fahren, ohne dass es auch nur das kleinste bisschen bergauf, bergab oder um die Kurve geht. Ich trat auf die Veranda. Ich konnte keine Bedrohung erkennen, aber auch niemanden, der uns geholfen hätte.

Und zum ersten Mal seit dem Umzug auf Roberts Familienranch wünschte ich mir, ich wäre woanders. Zehn Jahre lang hatte ich nach Schlangen, Sandstürmen und Tornados Ausschau gehalten. Einmal hat sich ein Kojote eins von den Hühnern geschnappt, da habe ich ihn erschossen. Wenn ich Aimee ein Bad einlassen wollte und ein Skorpion in der Wanne lag, habe ich ihn zertreten. Wenn sich eine Klapperschlange unter der Wäscheleine oder neben Aimees kleinem Fahrrad eingerollt hatte, rückte ich ihr mit dem Wasserschlauch zu Leibe. Ich musste fast jeden Tag irgendwas erschießen, zerhacken oder vergiften, ständig entsorgte ich irgendwelche Kadaver.

Und nun stand ich da auf der Veranda, legte mir eine Hand an den Bauch und stützte mich mit der anderen auf das Gewehr wie auf eine Krücke. Ich versuchte, mich ans Frühstück zu erinnern – eine Tasse Kaffee, eine Scheibe kalten Speck, eine Zigarette, die ich beim Eiersammeln heimlich hinter der Scheune geraucht hatte. Mein Magen stülpte sich praktisch um, als ich das fremde Mädchen sah. Ich schluckte salzigen Speichel hinunter und fragte: Woher kommst du, Spätzchen? Odessa?

Stellen Sie sich vor, wie es war: Als das Mädchen den Namen seiner Heimatstadt hört, löst sich die Angststarre. Sie reibt sich das zugeschwollene Auge und zuckt winselnd zusammen. Sie macht den Mund auf und will etwas sagen, die Worte schieben sich kratzend heraus, wie Sandkörner, die der Wind durch ein Fliegengitter drückt.

Haben Sie ein Glas Wasser für mich? Meine Mutter heißt Alma Ramírez. Sie hatte Nachtschicht, aber jetzt ist sie bestimmt wieder zu Hause.

Wie heißt du?

Glory. Haben Sie Eiswasser?

Sie klang, als fragte sie nach den Okraschoten in meinem Gemüsegarten, scheinbar gefasst, irgendwie distanziert, aber hinter ihrer Gleichgültigkeit verbarg sich das Grauen, und auf einmal fühlte es sich an, als würde etwas in mir reißen, sich ein Teil von mir ablösen. In ein paar Jahren wird meine Tochter alt genug sein, dann werde ich ihr erzählen, dass mein Unterleib sich plötzlich zusammenzog und kalt wurde wie ein Eisblock. Ich hörte eine Art Summen, anfangs leise und dann immer lauter, und musste an eine Gedichtzeile denken, die ich damals in der Highschool gelesen hatte, kurz bevor ich alles hingeschmissen und Robert geheiratet hatte – *Eine Fliege summte, als ich starb* –, und in den elenden, kalten Sekunden vor dem erlösenden Tritt war ich überzeugt, ich hätte das Kind verloren. Meine Sicht trübte sich ein, und ich erinnerte mich an einen anderen, völlig zusammenhanglosen Vers. Wie eigenartig, ausgerechnet in so einem Moment an Gedichte zu denken. Jahrelang hatte ich keinen Gedanken daran verschwendet, nicht seit ich Ehefrau und Mutter geworden war, aber jetzt fielen sie mir wieder ein: *Dies ist die Stunde Blei – erinnert, wenn durchlebt.*

Ich richtete mich auf und schüttelte vorsichtig den Kopf, als könnte ich damit alles auslöschen, was vor meinen Augen geschah; als könnte ich das schrecklich zugerichtete Gesicht der Kleinen verschwinden lassen, und auch das, was ihr zugestoßen war. Ich wollte ins Wohnzimmer zurückgehen und meiner Tochter sagen: Es war nur der Wind, Schätzchen. Hör nicht hin, wir sind nicht gemeint. Wollen wir weiter Karten spielen? Möchtest du lernen, wie man pokert?

Stattdessen stützte ich mich schwer auf das Gewehr und legte mir eine Hand an den Bauch. Ich hole dir ein Glas Eiswasser, sagte ich, und dann rufen wir deine Mutter an.

Das Mädchen trat zögerlich von einem Bein aufs andere. Aus ihren Haaren und von ihrem schmutzigen Gesicht stieg ein Heiligenschein aus Staub auf. Ganz kurz war sie eine Wolke, ein hilfloser Sandsturm, ein Windstoß, der um Gnade fleht. Ich lehnte das Gewehr in den Türrahmen hinter mir, und als ich mich wieder umdrehte, krümmte sie sich seitwärts wie ein Schilfrohr im Wind. Ich streckte die Arme aus, um zu verhindern, dass sie von der Veranda stürzte, oder vielleicht wollte ich mich auch abstützen, ich weiß es nicht mehr genau, jedenfalls zog sie instinktiv den Kopf ein, und da sah ich in der Ferne hinter ihr eine Staubwolke in den Himmel aufsteigen.

Ein Pick-up war in unsere Straße eingebogen und kam auf unser Haus zu. Auf Höhe des Briefkastens riss der Fahrer das Steuer unvermittelt herum, als wäre vor ihm eine Wachtel über die Straße geflitzt. Die Hinterreifen brachen aus, und der Wagen schlitterte auf den Wasserspeicher zu, doch der Fahrer zog ihn rechtzeitig wieder gerade. Er war noch mindestens eine Meile vom Haus entfernt, rumpelte unbeirrt die Straße entlang und ließ Schotter und Staubwirbel in die Höhe fliegen. Wer immer das auch war – er wusste genau, wohin er wollte, und er hatte es nicht eilig.

~

Ich habe Fehler gemacht. Als der Pick-up sich näherte, hätte ich das Mädchen umdrehen und fragen müssen: Kennst du das Auto? Ist das *er?*

Stattdessen habe ich sie ins Haus gezerrt und ihr ein Glas Eiswasser gegeben. Langsam trinken, sagte ich, sonst musst du dich übergeben. Aimee Jo kam in die Küche und riss die Augen auf. Das Mädchen murmelte immer wieder: Ich will zu meiner Mom, ich will zu meiner Mom, ich will zu meiner Mom.

Ich schob mir ein paar Salzkräcker in den Mund und trank einen Schluck, dann beugte ich mich über die Spüle und schaufelte mir Wasser ins Gesicht, bis draußen die Pumpe ansprang und ich den Schwefel riechen konnte. Ihr bleibt hier, sagte ich. Ich habe draußen was zu regeln. Wir rufen deine Mutter an, wenn ich zurück bin.

Ich habe Bauchschmerzen, jammerte das Mädchen. Ich will zu meiner Mom. Auf einmal wurde ich schrecklich wütend, die Galle kam mir hoch; später habe ich mich sehr dafür geschämt. Sei still, fuhr ich sie an. Ich sagte den Kindern, sie sollten sich an den Küchentisch setzen und nicht vom Fleck bewegen. Mein zweiter Fehler: Ich habe meine Tochter nicht gefragt, ob sie den Sheriff angerufen hatte. Und mein dritter: Ich habe das Gewehr genommen, bin rausgegangen und habe mich ans Ende der Veranda gestellt, ohne zu überprüfen, ob es geladen war.

Kommen Sie näher, stellen Sie sich neben mich. Sehen Sie, wie er langsam über den Hof rollt und keine zehn Schritte vor dem Haus hält? Er stößt die Fahrertür auf, springt auf die festgestampfte Erde, sieht sich um und stößt einen lang gezogenen, leisen Pfiff aus. Er schlägt die Tür hinter sich zu, lehnt sich an die Motorhaube und sieht aus, als wollte er den ganzen Laden kaufen. Das Sonnenlicht und der Wind zupfen an ihm herum, bringen die Sommersprossen auf seinen Armen zum Leuchten, zerzausen sein strohblondes Haar. Im Licht des späten Vormittags schimmert er wie ein goldgelber Topas, aber selbst aus der Entfernung kann ich die Kratzer an seinen Händen und Wangen sehen, die roten Lidränder seiner blassblauen Augen. Eine Windbö fegt über den Hof. Er verschränkt die Arme vor der Brust, zieht die Schultern hoch und lächelt, als wäre der Tag zu schön, um wahr zu sein. Er ist fast noch ein Junge.

Guten Morgen – er wirft einen Blick auf seine Armbanduhr –, oder besser gesagt, guten Tag.

Ich stehe da und halte das Gewehr so fest umklammert wie die Hand einer guten alten Freundin. Ich kenne den Mann nicht, aber er ist zu jung, um einer der Landvermesser zu sein, die manchmal bei uns auftauchen und kontrollieren, ob wir irgendwelche Zufahrtsstraßen blockieren. Er ist auch keiner dieser Glücksritter aus der Ölbranche, die auf freundlich machen und versuchen, uns zum Verkauf zu überreden. Für einen Hilfssheriff ist er auch zu jung. Im selben Moment fällt mir ein, dass ich gar nicht weiß, ob Aimee den Sheriff benachrichtigt hat.

Was kann ich für Sie tun?, frage ich.

Sie müssen Mrs Whitehead sein. Eine schöne Ranch haben Sie hier.

Ist ganz in Ordnung hier draußen. Ein bisschen staubig, sage ich mit fester Stimme. Ich frage mich, woher er meinen Namen kennt.

Er schmunzelt, was einfältig und irgendwie arrogant aussieht. Tja, so ist das wohl, sagt er. Für unsereins ist das aber von Vorteil. Es bohrt sich leichter, wenn Mutter Natur schön trocken ist.

Er stößt sich von der Motorhaube ab, hebt die Hände und tritt einen Schritt vor. Sein Lächeln ist so unbeweglich wie die Nadel hinter dem gesprungenen Glas einer kaputten Küchenwaage.

Hören Sie, Ma'am, ich hatte heute Morgen ein bisschen Ärger. Und jetzt frage ich mich, ob Sie mir vielleicht helfen können?

Er schlurft auf die Veranda zu, seine Stiefel schieben sich durch den Staub. Als ich den Kopf hebe, reckt er die Arme hoch. Das Baby tritt mich in die Rippen, ich lege mir eine Hand an den Bauch und wünsche mir, ich könnte mich hinsetzen. Vor zwei Tagen habe ich auf einen Kojoten geschossen, der um den Hühnerstall herumgeschlichen ist. Ich habe angelegt, gezielt und danebengeschossen, und im selben Moment habe ich Aimee wegen eines Skorpions schreien hören. Ich habe das Gewehr hingelegt und bin losgelaufen, um eine Schaufel zu holen. Und jetzt weiß ich nicht mehr, ob ich nachgeladen habe. Die Alte Lady ist eine Winchester 1873 – in den Augen meiner Großmutter das beste Gewehr, das je produziert wurde. Ich streiche mit dem Daumen über den glatten Holzkolben, wie um es zu fragen: Ja oder nein?

Was wollen Sie, junger Mann?, rufe ich, obwohl er eigentlich noch kein Mann ist.

Er steht ganz entspannt in der Sonne, aber seine Augen sind zusammengekniffen. Also, ich habe großen Durst, außerdem würde ich gern Ihr Telefon benutzen, weil ...

Er tritt einen weiteren Schritt vor, sieht die Alte Lady und bleibt abrupt stehen. Er kann nicht wissen, dass sie möglicherweise nicht geladen ist. Ich tippe mit dem Lauf gegen das Holzgeländer. Ein, zwei, drei Mal, und er legt den Kopf schief und lauscht.

Mrs Whitehead, ist Ihr Mann zu Hause?

Ja, natürlich. Er schläft.

Sein Lächeln wird breiter. Ein Rancher, der mitten am Tag schläft?

Es ist halb zwölf, lache ich, aber meine Stimme ist so bitter wie Wacholder. Ich klinge verunsichert und furchtbar allein.

Er kichert schrill, mein Magen krampft sich zusammen. Sein Kichern ist wie ein Stich.

Du lieber Gott, Mrs Whitehead, dann hat Ihr Mann gestern Abend wohl auch einen über den Durst getrunken?

Nein.

Ist er krank? Zu viele Pralinen am Valentinstag?

Er ist nicht krank. Ich lege mir eine Hand an den Bauch und denke: Ruhig, kleines Baby, nicht so wild. Wie kann ich Ihnen helfen?

Wie gesagt, ich hatte Ärger. Meine Freundin und ich sind gestern Abend hier rausgefahren, um ein bisschen zu feiern. Sie wissen ja, wie das ist ...

Ja, sage ich, und streiche mir über den Bauch.

… also, wir haben zu viel getrunken, und dann hatten wir einen kleinen Streit. Vielleicht hat ihr die Pralinenschachtel in Herzform nicht gefallen, die ich ihr gekauft habe, außerdem könnte es auch sein, dass ich irgendwann eingeschlafen bin …

Tatsächlich.

Ja, man könnte also sagen, dass ich ausgerechnet am Valentinstag einen Aussetzer hatte. Ich sollte mich was schämen, hm?

Ich höre ihn reden und klammere mich an dem alten Gewehr fest wie eine Ertrinkende. Es fühlt sich an, als würde mir jemand von hinten die Hände um den Hals legen und ganz langsam zudrücken. In der Ferne sehe ich ein kirschrotes Auto über den Highway rasen. Es ist kaum eine Meile entfernt, aber von der Veranda sieht es aus, als flöge es über den Wüstensand. Bitte, komm her, denke ich, als der Wagen sich der Abzweigung zur Ranch nähert. Mein Hals schmerzt. Das Auto scheint langsamer zu werden, ein Stocken am Horizont, aber dann rast es weiter.

Der junge Mann ist immer noch dabei, mir seine kleine Geschichte zu erzählen. Er lächelt, sein blondes Haar schimmert im Sonnenlicht. Er ist keine drei Schritte mehr von mir entfernt. Falls das Gewehr geladen ist, kann ich ihn nicht verfehlen.

Als ich heute Morgen aufgewacht bin, sagt er, war sie schon über alle Berge. Jetzt mache ich mir natürlich Sorgen, sie könnte sich hier draußen auf den Ölfeldern verirrt haben. Das ist doch kein Ort für ein junges Mädchen, das wissen Sie doch selbst.

Ich sage kein Wort. Ich höre zu, und da ist nichts als seine Stimme.

Wäre doch schlimm, wenn ihr hier draußen was zustößt, oder? Wenn sie auf eine Klapperschlange tritt oder irgendeinem Spinner begegnet. Haben Sie meine Gloria gesehen? Er streckt einen Arm zur Seite, mit nach unten gekehrter Handfläche. Eine kleine Mexikanerin, ungefähr so groß?

Meine Kehle ist wie zugeschnürt, ich schlucke tapfer, versuche, den Blickkontakt zu halten. Nein, die haben wir hier nicht gesehen. Vielleicht ist sie per Anhalter in die Stadt zurückgefahren?

Darf ich reinkommen und kurz telefonieren?

Ich schüttele langsam den Kopf. Nein.

Er tut überrascht. Nein? Warum nicht?

Weil ich Sie nicht kenne, sage ich und versuche, mir die Lüge nicht anmerken zu lassen. Denn ich kenne ihn, ich weiß, was er getan hat.

Mrs Whitehead, hören Sie …

Woher wissen Sie meinen Namen? Meine Stimme klingt schrill, meine Hand spürt den Babyfuß, der sich von innen gegen meine Rippen stemmt.

Der junge Mann wirkt verwundert. Na ja, Ihr Name steht dahinten auf dem Briefkasten, Ma'am. Hören Sie … Was passiert ist, tut mir wirklich leid, aber ich mache mir große Sorgen um sie. Sie ist ein bisschen durchgeknallt – Sie wissen ja, wie diese kleinen Mexikanerinnen sind. Er sieht mich eindringlich an, seine Augen sind fast so hellblau wie der Himmel. Wenn Sie sie gesehen haben, müssen Sie es mir sagen.

Und da verstummt er, späht sekundenlang an mir vorbei zum Haus und verzieht den Mund zu einem breiten Grinsen. Ich frage mich, ob meine Tochter am Fenster steht, und neben ihr das fremde Mädchen mit den schwarzvioletten Augen und den aufgeplatzten Lippen. Ich weiß nicht, ob ich ihn im Auge behalten oder mich umdrehen soll. Ich möchte sehen, was er sieht, und wissen, was er weiß. Wir rühren uns nicht, ich und mein möglicherweise geladenes Gewehr. Ich warte.

Gehen Sie zurück zum Auto, höre ich mich nach einer gefühlten Ewigkeit sagen. Stellen Sie sich an die Ladeklappe.

Er bewegt sich nicht von der Stelle. Ich habe Ihnen doch gesagt, dass ich einen Schluck Wasser brauche.

Nein.

Er blickt in den Himmel und verschränkt die Hände hinter dem Kopf. Er beginnt zu pfeifen, die Melodie kommt mir bekannt vor, aber mir fällt das Lied nicht ein. Er redet weiter, und auf einmal klingt er wie ein Mann, nicht mehr wie ein Junge.

Sie soll rauskommen, okay?

Ich weiß nicht, was Sie meinen. Warum fahren Sie nicht zurück in die Stadt?

Sie gehen jetzt ins Haus, Mrs Whitehead, und holen meine Freundin. Wecken Sie Ihren Mann nicht, weil der ja oben liegt und schläft. Außer dass er gar nicht da ist, oder?

Es ist keine Frage, und plötzlich habe ich Roberts Gesicht vor Augen. *Das* hast du getan, Mary Rose? Für eine Fremde? Du hast unsere Tochter, unser ungeborenes Baby und dich selbst in Gefahr gebracht, um einer Fremden zu helfen? Was zur Hölle stimmt nicht mit dir?

Und er hat völlig recht. Was bedeutet mir dieses fremde Mädchen? Vielleicht ist sie freiwillig in seinen Pick-up eingestiegen. Vor zehn Jahren hätte ich vielleicht das Gleiche getan, hätte ein so gut aussehender junger Mann mich dazu eingeladen.

Lady, ich kenne Sie nicht, sagt er. Und Sie kennen weder mich noch Gloria. Wenn Sie jetzt bitte so nett sein würden, das Gewehr wegzulegen und sie rauszuholen?

Dass ich weine, merke ich erst, als ich die nassen Tränen auf meinen Wangen spüre. Auf einmal fühlt das Gewehr sich an wie ein hübsch geschnitztes, aber nutzloses Stück Holz. Warum sollte ich nicht tun, was er sagt? Was bedeutet sie mir? Sie ist nicht mein Kind. Aimee bedeutet mir etwas, und das boxende, strampelnde Baby. Die beiden gehören zu mir, diese Gloria nicht.

Der Mann redet weiter, er hat jetzt keine Lust mehr auf Fragen oder Appelle. Du Schlampe, sagt er, jetzt hör mal gut zu …

Ich versuche, irgendwas anderes zu hören als seine Stimme –

ein Telefonklingeln im Haus, einen Truck auf der Schotterstraße, selbst über den Wind würde ich mich freuen, aber anscheinend ist die platte, einsame Landschaft verstummt. Ich höre nichts als seine dröhnende Stimme. Hörst du mir zu, du blöde Schlampe? Hörst du mich?

Ich schüttele langsam den Kopf. Nein, ich höre nichts. Ich hebe mir das Gewehr in einer flüssigen, vertrauten Bewegung an die Schulter, der Lauf fühlt sich bleischwer an. Ich bin so schwach wie eine alte Frau. Vielleicht ist die Waffe geladen, vielleicht auch nicht, aber ich ziele trotzdem auf sein hübsches, sonnengebräuntes Gesicht, denn er weiß genauso wenig wie ich.

Ich habe keine Worte mehr. Ich entsichere das Gewehr mit dem Daumen und nehme ihn ins Visier. Alles zerfließt in Tränen und in der traurigen Erkenntnis, dass mein Widerstand gebrochen ist. Denn wenn er noch ein Mal fragt, werde ich antworten: Tja, Mister, dann kommen Sie rein. Wenn es um meine Tochter ginge, würde ich keinen Zoll von der Stelle weichen, selbst wenn es mich das Leben kostet. Aber Gloria? Die können Sie haben.

In derselben Sekunde hören wir die Sirenen. Er dreht sich um, ich hebe den Kopf. Wir sehen, wie ein Polizeiauto über die Schotterstraße rast, dicht gefolgt von einem Krankenwagen. Mit dem Staub, den sie aufwirbeln, könnte man eine ganze Rinderherde ersticken. Kurz hinter dem Briefkasten verreißt der Fahrer das Lenkrad, der Krankenwagen rutscht von der Straße, durchbricht den Stacheldrahtzaun und schlittert in den Schwarm aus Kanadakranichen, die kreischend in die Höhe flattern. Sie stieben unter lautem Gezeter davon, eine Wolke aus Lärm und dünnen Beinen.

Für paar Sekunden ist der junge Mann so starr wie ein erschreckter Präriehase, dann lässt er die Schultern hängen und reibt sich über die geschlossenen Augen. Scheiße, sagt er, mein Vater wird mich umbringen.

Bis meine Tochter alt genug ist, die Wahrheit zu hören, werden noch viele Jahre vergehen, aber wenn es so weit ist, werde ich ihr erzählen, was ich als Letztes sah, bevor ich mich gegen den Türrahmen sinken ließ und dort auf der Veranda in Ohnmacht fiel. Zwei Mädchen hinter dem Küchenfenster, beide mit offenem Mund und weit aufgerissenen Augen, und eins davon war meine Tochter.

Corrine

Ein blutrünstiger kleiner Scheißkerl, dieser dürre Streuner mit den gelbgrünen Augen und den dicken Eiern. Irgendwer muss ihn Ende Dezember in den Müllcontainer hinter dem Haus der Shepards geworfen haben – wahrscheinlich ein missglücktes Weihnachtsgeschenk, so was ist immer eine schlechte Idee, hatte Corrine zu Potter gesagt –, und seither ist in der Nachbarschaft kein Tier mehr sicher. Die Singvögel sind zu Dutzenden verschwunden. Finken, die Kaktuszaunkönige, die unter dem Gartenschuppen genistet haben, Spatzen und Fledermäuse in unbekannter Zahl, einmal sogar eine große Spottdrossel. In den vergangenen vier Monaten hat der Streuner sein Gewicht verdoppelt, sein Fell glänzt wie eine hellgelbe Chrysantheme.

Corrine kniet vor der Toilette und hört ein kleines Tier im Garten schreien. Vögel kreischen und schlagen die Flügel auf den Boden, Strumpfbandnattern und Schwarznattern sterben lautlos; die leichten Körper hinterlassen auf der harten Erde von Corrines leeren Blumenbeeten kaum Spuren. Der Schrei scheint von einer Maus oder einem Eichhörnchen zu stammen, vielleicht auch von einem jungen Präriehund. Viehzeugs, hat Potter immer dazu gesagt. Corrine spürt einen Kloß im Hals.

Sie hält sich mit der Hand das dünne braune Haar aus dem Gesicht, würgt den letzten Rest heraus, lässt sich zurücksinken und legt die Wange an die kalte Badezimmerwand. Das Tier schreit ein letztes Mal, dann wird alles still. Corrine versucht, sich an den vergangenen Abend zu erinnern. Hatte sie fünf Drinks oder sechs? Was hat sie gesagt, und zu wem?

Der Deckenventilator rattert leise, der fleischige Gestank nach gesalzenen Erdnüssen und Scotch zieht zum Fenster hinaus. Corrine hat vom heftigen Würgen Tränen in den Augen, außerdem wirkt die kahle Stelle oben auf ihrem Kopf größer als sonst. Nicht, dass Corrines Rausch vom Vorabend etwas damit zu tun hätte, aber dennoch – sie macht Inventur und übersieht nichts. Nicht mal den kleinen Fetzen Klopapier an ihrem Kinn. Sie schnippt ihn in die Toilettenschüssel, klappt den Deckel herunter, stützt die Stirn an das kühle Porzellan und hört zu, wie der Spülkasten sich füllt.

Wie ein Schluck Wasser in der Kurve, hätte Potter jetzt gesagt. Und dann hätte er ihr eine Bloody Mary mit extra viel scharfer Sauce gemixt und ihr ein paar Eier mit Speck gebraten. Er hätte ihr ein Stück Toast gereicht, um das letzte Fett vom Teller zu wischen. Da bist du ja wieder, hätte er gesagt. Du solltest dich beim nächsten Mal ein bisschen zurückhalten, Schatz. Potter ist vor sechs Wochen gestorben – in Glanz und Gloria! –, aber an diesem Morgen kann sie seine Stimme so deutlich hören, als stünde er in der Badezimmertür. Dasselbe schiefe Lächeln, dieselbe gutmütige, zuversichtliche Art.

Das Telefon in der Küche klingelt, das Geräusch reißt ein Loch in die Stille. Auf der ganzen Welt gibt es niemanden, mit dem Corrine jetzt sprechen möchte. Nicht einmal mit ihrer Tochter Alice, die in Prudhoe Bay lebt und nur sonntagabends anruft, wenn die Ferngespräche billiger sind. Corrine hat ihr immer noch nicht den Schneesturm verziehen, der den Flughafen von Anchorage lahmgelegt und Alice' Anreise zu Potters Beerdigung verhindert hat. Bei den Telefonaten fasst sie sich kurz und versichert ihrer Tochter mit knappen Worten, sie komme zurecht. Es geht mir gut, sagt sie. Ich habe im Garten zu tun, ich gehe jeden Mittwoch und jeden Sonntag in die Kirche, ich muss die Kleidung deines Vaters sortieren, damit die Heilsarmee sie endlich abholen kann.

Und jedes einzelne Wort ist gelogen. Nicht mal ein T-Shirt hat sie eingepackt. Der Garten ist eine Brache aus trockener Erde und Vogelskeletten, und nachdem Potter sie vierzig Jahre lang in die Gemeinde geschleift hat, wird sie diesen scheinheiligen Hexen keine Minute ihrer Zeit und keinen einzigen Cent mehr schenken. Potters ledernes Rasierset steht immer noch auf der Kommode im Bad. Seine Ohrstöpsel liegen auf dem Nachttisch, neben seinen Schmerztabletten und einem Buch von Elmer Kelton. Das Puzzle, an dem er bis zu seinem Tod gesessen hat, liegt immer noch ausgebreitet auf dem Küchentisch, sein Gehstock lehnt an der Wand dahinter. Auf einem goldfarbenen Drehteller aus Kunststoff liegen Formulare von der Lebensversicherung und sechs Briefumschläge von der Genossenschaftsbank, darin Fünfzig- und Hundertdollarscheine. Manchmal spielt Corrine mit dem Gedanken, die Briefumschläge einfach anzuzünden, einen nach dem anderen, samt dem Geld.

Das Telefon klingelt erneut, Corrine drückt sich die Handballen auf die Augen. Letzte Woche ging während einem ihrer Wutanfälle der Lautstärkeregler kaputt, seither ist das Klingeln auf maximales Volumen eingestellt, und das schreckliche, misstönende Schrillen reicht bis in die letzten Winkel von Haus und Garten. Dieses Telefon schreit, statt zu fragen. Aber als Corrine den Hörer hochreißt und sich gereizt mit »Shepard« meldet, klingt die Stimme am anderen Ende der Leitung nicht weniger unangenehm als das Geklingel.

Ihretwegen, ruft eine Frau, wurde ich gestern Abend gefeuert!

Wer ist da?, fragt Corrine. Die Frau schluchzt und knallt dann den Hörer auf. Corrines Ohr piept.

Der streunende Kater steht draußen vor der Terrassentür und hält eine tote Maus im Maul. Das Telefon klingelt zum dritten Mal. Corrine reißt den Hörer hoch und blafft hinein: Fahr zur Hölle! Der Kater lässt seine Beute fallen, schießt durch den

Garten, sprintet am Hickorybaum hoch, hievt seinen hässlichen Körper über die niedrige Mauer aus Schlackenbeton und verschwindet in der Gasse.

~

Im letzten Frühjahr waren sie gerade dabei gewesen, ihren Ruhestand zu planen, als Potter zum ersten Mal Kopfschmerzen bekam. Er hatte endlich das Rentenalter erreicht, Corrine hingegen bezog schon seit Jahren eine kleine Pension – seit der Schulvorstand sie nach ein paar unklugen Kommentaren im Lehrerzimmer in den Vorruhestand gedrängt hatte. Vielleicht können wir nach Alaska fahren, hatte Potter gesagt, wir könnten einen Zwischenstopp in Kalifornien einlegen und uns diesen Mammutbaum ansehen, durch den angeblich ein ganzer Truck durchpasst.

Aber Corrine hatte ihre Zweifel gehabt. Den ganzen Winter über kriegt man da die Sonne nicht zu Gesicht. Außerdem, was gibt es da schon? Elche?

Alice, sagte Potter. Alice ist in Alaska.

Corrine verdrehte die Augen, eine Angewohnheit aus dreißig Jahren Arbeit mit Teenagern. Stimmt, sagte sie, Alice ist da, und ihr Wehrdienstverweigerer.

Zwei Tage, nachdem sie die Anzahlung für ein fabrikneues, überlanges Wohnmobil mit eigener Dusche geleistet hatten, erlitt Potter den ersten Krampfanfall. Er war gerade dabei, den Rasen vor dem Haus zu mähen, als er plötzlich mit knirschenden Zähnen und wild zuckenden Gliedmaßen zu Boden ging. Der Rasenmäher rollte langsam auf die Straße zu und blieb mit einem Rad am Bordstein hängen. Die Tochter von Ginny Pierce hatte in der Einfahrt der Shepards Fahrradfahren geübt, Corrine hörte ihr Geschrei bis ins Schlafzimmer. Sie hatte bei voll aufgedrehtem Verdunstungskühler im Bett gelegen und gelesen.

Kurz darauf waren sie die fünfhundert Meilen bis Houston gefahren und dann noch einmal fünfzehn Etagen mit dem Aufzug, und dann saßen sie in zwei schmalen Kunstledersesseln und ließen sich von einem Onkologen ihre Lage erklären. Corrine beugte sich über den mitgebrachten Ringblock und drückte den Stift aufs Papier, als wollte sie es zerfetzen. *Glioblastoma multiforme*, sagte der Arzt, kurz GBM. Kurz? Corrine sah ihn irritiert an. Die Erkrankung sei so selten, sagte er, dass man in Potters Gehirn genauso gut einen Trilobiten hätte finden können. Wenn Sie jetzt sofort mit der Strahlentherapie anfangen, wird ihm das sechs Monate verschaffen, möglicherweise ein Jahr.

Sechs Monate? Corrine sah den Arzt mit offenem Mund an und dachte: Nein, nein, nein. Sie müssen sich irren, Sir. Potter stand auf, trat ans Fenster und starrte in die trübe bräunliche Luft über Houston. Seine Schultern zuckten, aber Corrine blieb sitzen. Sie klebte am Sessel, als hätte man einen Nagel durch ihren Oberschenkel geschlagen.

Für die Rückfahrt war es zu heiß, deswegen fuhren sie zur Westwood Mall und setzten sich auf eine Bank im Gastronomiebereich. Jeder von ihnen hielt eine kalte Dr-Pepper-Flasche in der Hand wie eine Granate. Als der Abend dämmerte, gingen sie zurück zum Auto. Sie fuhren mit geöffneten Fenstern, spürten den heißen Wind auf Händen und Gesicht. Gegen Mitternacht stank die ganze Fahrerkabine nach ihnen – nach dem Kaffee, den Corrine am Vortag auf dem Sitz verschüttet hatte, nach Zigaretten und Chanel No. 5, Potters Schnupftabak, Aftershave, Angst und Schweiß. Er fuhr. Sie schaltete das Radio ein und wieder aus, ein und aus und ein, steckte sich die Haare mit einer Klammer hoch, machte sie wieder auf, schaltete das Radio aus und wieder ein. Nach einer Weile bat Potter sie, damit aufzuhören.

Der Großstadtverkehr machte Corrine nervös, deswegen umfuhren sie San Antonio großräumig. Tut mir leid, sagte sie, dass wir meinetwegen noch länger unterwegs sind. Potter lächelte müde und ergriff ihre Hand. Wie bitte?, fragte er. Hast du dich gerade bei mir entschuldigt? Tja, anscheinend muss ich tatsächlich sterben. Corrine wandte das Gesicht ab und weinte, bis ihre Nasenlöcher verstopft und ihre Augen zugeschwollen waren.

~

Noch nicht einmal neun Uhr, und draußen sind es jetzt schon über zweiunddreißig Grad. Corrine wirft einen Blick aus dem Wohnzimmerfenster und sieht Potters Truck quer im Vorgarten stehen. Das Auto war sein ganzer Stolz, ein Chevy Stepside V8 mit Innenausstattung aus rotem Leder. Der Winter war trocken, das hellbraune Bermudagras wirkt so weich wie eine Decke. Wenn der Wind hineinfährt, zittern die wenigen von den Reifen nicht platt gedrückten Halme im Sonnenlicht. Seit zwei Wochen hebt an jedem Vormittag ein böiger Wind an, der sich erst in der Dämmerung wieder legt. Früher, als Corrine noch nicht alles egal war, hätte sie jeden Abend vor dem Schlafengehen Staub gewischt.

Ihre Nachbarinnen aus der Larkspur Lane stehen mit dem Wasserschlauch im Vorgarten und kämpfen gegen die Dürre an. Ein riesiger Umzugswagen biegt um die Ecke, hält vor dem Haus und setzt rückwärts in die gegenüberliegende Einfahrt. Eigentlich, würde Corrine den anderen jetzt gern erklären, bin ich keine Alkoholikerin, ich trinke einfach nur sehr viel. Da gibt es einen himmelweiten Unterschied!

Niemand würde sie direkt darauf ansprechen, aber sicher tuscheln die Leute jetzt schon über Potters Pick-up auf dem Rasen, deswegen schluckt Corrine eine Aspirin und zieht ein Kostüm aus Lehrerinnentagen an, olivgrün mit ankerförmigen Messingknöpfen, und dazu eine Feinstrumpfhose. Sie trägt Parfum und

Lippenstift auf, sucht ihre Sonnenbrille und schleicht in Hausschuhen hinaus, gerade so, als käme sie eben vom Gottesdienst und bereitete sich nun auf einen langen, mit Hausarbeit ausgefüllten Tag vor.

Draußen ist es so hell wie in einem Verhörraum. Die Sonne steht als gleißende Glühbirne am leeren Himmel. Auf dem Grundstück schräg gegenüber gießt Suzanne Ledbetter ihre Süßgräser. Als sie Corrine entdeckt, lässt sie die Handbrause sinken und winkt, aber Corrine tut so, als hätte sie es nicht gesehen. Die Nachbarskinder, die sich in den Vorgärten verteilt haben wie Pekannüsse aus einem umgekippten Korb, ignoriert sie ebenfalls, und auch die Männer, die aus dem Möbelwagen ausgestiegen sind und jetzt vor dem Haus gegenüber herumstehen.

Sie öffnet die Fahrertür des Trucks und findet eine Zigarette auf der Sitzbank. Sie ist zerdrückt, lässt sich aber problemlos glattstreichen. Corrine seufzt dankbar. Hastig legt sie den Rückwärtsgang ein, parkt den Truck in der Einfahrt, nimmt die Zigarette und geht zurück zum Haus. Auf dem Weg zur Tür dreht sie den Wasserhahn auf. Auf dem Rasen liegt ein Gartenschlauch wie eine tote Schlange, die rostige Schnauze bohrt sich in die Erde unter der Chinesischen Ulme, die Corrine und Potter vor sechsundzwanzig Jahren gepflanzt haben. Ihr erster Frühling im neuen Haus. Der Baum ist krumm und hässlich, und sein zotteliges Laub erinnert Corrine an ungewaschene Haare, aber er hat Dürren, Sandstürme und Tornados überlebt. Einmal war er in einem einzigen Sommer fast zwei Fuß gewachsen, woraufhin Potter, der Spitznamen für alles und jeden hatte, ihn Stretch taufte. Als Alice aus dem Baum fiel und sich das rechte Handgelenk brach, nannte er sie Lefty. Alle anderen Pflanzen im Garten sind hinüber, und Corrine ist es herzlich egal, aber dieser eine Baum darf nicht sterben.

Denn wenn sie den Baum sterben und Potters Truck auf dem

Rasen stehen lassen würde; wenn die Nachbarn sie jeden Tag in den Kleidern sähen, die sie am Vorabend im Country Club getragen hat, würden sie Mitleid mit ihr bekommen, und diese Vorstellung macht Corrine rasend. Am liebsten würde sie jetzt irgendwem den Kopf abreißen, vor allem Potter, aber der ist ja schon tot. Sie boxt in den Trauerkranz, geht hinein und schlägt die Haustür hinter sich zu. Das Telefon in der Küche klingelt und klingelt, aber sie geht nicht ran. Sie hat keine Lust.

~

Um drei Uhr morgens hatten sie an einer Raststätte in Kerrville gehalten. Sie tankten den Pick-up voll, setzten sich ins Restaurant und bestellten Kaffee und Eis. Dann erklärte er ihr, eine Strahlentherapie sei nichts anderes als Gift, das einem in die Adern gepumpt wird. Man verbrennt innerlich und fühlt sich noch schlechter, und wie sähen seine letzten Monate dann aus?

Ich mache das nicht, Corrine. Ich werde nicht zulassen, dass meine Frau mir den Hintern abwischen oder mein Steak im Mixer pürieren muss.

Corrine saß ihm gegenüber, ihr Kinn klappte herunter. Du hast Alice immer gesagt, man dürfe ein Spiel nicht aufgeben, bloß weil man verliert – ihre Stimme hob und senkte sich wie ein Drachen im Wind –, und jetzt willst du einfach sterben und mich alleinlassen? Das Paar in der Sitznische nebenan sah herüber und starrte dann betreten auf die Tischplatte. Sie waren die einzigen anderen Gäste im Restaurant. Warum hatte Potter sich ausgerechnet an diesen Tisch gesetzt? Warum musste sie ihren Kummer mit wildfremden Leuten teilen?

Das ist was anderes, sagte Potter und musterte sein Eis. Er sah zum Fenster hinaus, Corrine folgte seinem Blick. Die Dieselzapfsäulen, viele Sattelschlepper und ein Neonschild, das für eine warme Dusche warb, ließen die Raststätte taghell erscheinen. Ein Trucker lenkte seinen Laster an den Zapfsäulen vorbei auf den Seitenstreifen und hupte zwei Mal. Ein Cowboy mit blitzender Gürtelschnalle lehnte an der Ladeklappe seines Pick-up und verschlang einen Hamburger. Zwei Autos, junge Frauen auf Vorder- und Rücksitzen, rollten langsam über den Parkplatz.

Potter und Corrine lehnten sich zurück und starrten an die Decke. Die quadratischen Platten waren voller urinfarbener Wasserflecken und kleiner Löcher, als hätte irgendein Idiot es witzig gefunden, mitten zwischen den essenden Gästen eine Schrotflinte abzufeuern. Als es nichts mehr anzustarren gab, sahen sie einander an. Potters Augen füllten sich mit Tränen. Corrie, das ist das Ende.

Wovon redest du? Corrine schlug mit der Faust auf den Tisch, der Kaffee schwappte aus den Bechern. Reiß dich zusammen und wehr dich! Das hast du immer zu Alice gesagt und auch zu mir.

Ja, und was hat es mir gebracht? Potter beugte sich vor und redete schnell und leise auf seine Frau ein. Alice ist trotzdem mit diesem Typen nach Alaska durchgebrannt. Du hast trotzdem deine Stelle an der Schule aufgegeben. Die ganze Mühe, Corrine, deine Ausbildung … Du warst die erste Frau mit College-Abschluss, der ich begegnet bin! Und trotzdem hast du einfach aufgegeben. Du wolltest lieber zu Hause sitzen und Gedichte lesen.

Corrine lief rot an, vor Wut und vor Angst. Ich habe dir hundertmal gesagt, ich hatte die Schnauze voll!

Baby, du verstehst anscheinend nicht, wie ernst es ist. Er schob eine Hand über den Tisch, aber Corrine verschränkte trotzig die Arme vor der Brust. Nenn mich nicht *Baby*, Potter Shepard, sonst bringe ich dich um.

Liebling, ich sterbe doch schon.

Leck mich, Potter. Tust du nicht. Ich will das nie wieder hören. Und dann saßen sie in benommenem Schweigen da, während der Kaffee kalt und das Eis flüssig wurde.

Als sie am nächsten Morgen in die Garage rollten und aus dem Auto stiegen, roch alles wie immer, leicht muffig nach alten Kartons und Potters Armeezelt. Die Tiefkühltruhe klickte und brummte wie gewohnt, über der Werkbank hingen dieselben verstaubten Werkzeuge. Nichts hatte sich verändert, außer dass sie fast vierundzwanzig Stunden nicht geschlafen hatten, Corrine zehn Jahre älter aussah und Potter dabei war zu sterben.

Während Corrine Maisbrot in der Pfanne röstete und Wachtelbohnen aufwärmte, stellte Potter ein Glas Chow-Chow und einen Teller mit geschnittenen Tomaten auf den Küchentisch. Er zeigte durch die Terrassentür in die flimmernde Luft hinaus. Diese Augusthitze, sagte sie, ist die reinste Hölle. Ein Wunder, dass wir hier so lange überlebt haben. Er lachte leise, dann schwiegen sie.

Nach dem Frühstück stellten sie das Geschirr in die Spüle und gingen ins Schlafzimmer. Potter schaltete den Verdunstungskühler ein, Corrine zog die Vorhänge zu. Sie krochen ins Bett, jeder auf seine Seite, und lagen im ungewohnten Dämmerlicht nebeneinander, die Finger ineinander verschränkt und mit von der Angst betäubten Gedanken. Sie warteten auf das, was da kommen würde.

~

Sie möchte ein Spiegelei auf Toast, weil das gegen den Kater helfen könnte, aber als sie das Eigelb in der gusseisernen Pfanne zittern sieht wie einen gelben Augapfel, dreht sich ihr der Magen um. Sie gibt den Plan auf, streicht sich die Haare aus der Stirn, beugt sich vor und zündet sich eine Zigarette an der Gasflamme an. Sie lehnt sich an den Kühlschrank und wartet darauf, dass das Nikotin ihrer Erinnerung an den letzten Abend auf die Sprünge hilft.

Im Country Club war nicht viel los, gegen Mitternacht waren fast alle gegangen. Alle bis auf Corrine, die Barfrau Karla und ein paar hartgesottene Stammgäste, die nirgendwo gebraucht oder erwartet wurden. Corrine hatte keine Lust, sich mit den Idioten zu unterhalten. Sie saß an der Bar und schaute Karla beim Gläserpolieren zu, während die Männer sich über Football und den Ölpreis unterhielten – 1976 war ein verdammt gutes Jahr für beides. Sie diskutierten über Carter und Ford – beide verhasst, der eine unfähig, der andere ein Feigling. Von Nixon hatten sie sich viel erhofft, aber nun, kurz nach Watergate, dämmerte ihnen, dass sie nicht nur ein Idol verloren hatten, sondern auch den Krieg gegen Chaos und Dekadenz. Die Black Panther und die Mexikaner, die Kommunisten und die Gurus. Du liebe Güte, in Downtown Los Angeles trieben es die Leute jetzt angeblich mitten auf der Straße!

Sie reden einen Haufen Scheiße, dachte Corrine bei sich, wie alle Männer überall auf dem Planeten. Wenn man mitten in der Nacht mit einem Fallschirm über Alaska abspringt, sitzen da garantiert drei oder vier Männer um ein Lagerfeuer und reden Scheiße, oder sie streiten sich darum, wer den Schürhaken halten darf. Nach einer Weile hörte sie nichts mehr als leises, tiefes Gebrummel.

Karla!, denkt Corrine und drückt die Zigarette in der Spüle aus. Sicher hat Karla vorhin angerufen. Oder Ginnys kleine Tochter, die fast jeden Tag fragt, was Corrine heute vorhat und ob sie vielleicht ein bisschen Gesellschaft möchte.

~

Am Silvesterabend des Jahres 1975 saßen sie nach dem Abendessen auf der Terrasse hinter dem Haus und schauten zu, wie der Kater eine tote Weißkehlammer durch den Garten trug. Ein Weibchen, hier im Süden ein seltener Anblick. Anfang November war Potter aus dem Krankenhaus nach Hause gekommen, seitdem hatten sie das charakteristische helle Pfeifen gehört. Das war das letzte Mal, hatte er gesagt, als sie vor der Klinik im Auto saßen. Corrine hatte den Schlüssel noch nicht ganz ins Zündschloss geschoben, als er sich herüberbeugte und ihr Knie tätschelte. Ich habe es versucht, dir zuliebe, sagte er, aber das war das letzte Mal. Keine Behandlungen mehr und keine Arztbesuche.

Er hatte keine Lust gehabt, zur Silvesterfeier der Kirchengemeinde zu fahren, und sie hatte ohnehin nicht hingewollt, also hatten sie schon um vier zu Abend gegessen und sich dann etwas Bequemeres angezogen. Corrine genoss ihre Zigarette, Potter stützte sich auf den neuen Gehstock. Der Kater saß auf der Mauer, als gehörte ihm der Garten, im Licht der untergehenden Sonne leuchtete sein Fell wie Gold. Potter sagte, er könne nicht anders, als ihn zu bewundern; in dieser Stadt wurden die meisten Streuner auf der Eighth Street überfahren oder von irgendeinem Jungen mit Kleinkaliber erschossen. Mit den schwarzen Streifen im Gesicht sieht er ein bisschen aus wie ein Ozelot, sagte Potter. Wahrscheinlich wäre er ein gutes Haustier, man müsste ihn nur zähmen.

Wir sollten das Biest vergiften, bevor es alles Leben in unserer Straße auslöscht, sagte Corrine. Sie reichte Potter die Zigarette, er nahm sie zwischen Daumen und Zeigefinger. Er hatte vor zwanzig Jahren aufgehört, seither stritten sie regelmäßig über Corrines Zigarettenkonsum. Aber all sein Gemecker hat nichts genützt, dachte Corrine traurig und ging los, um den Vogelkadaver einzusammeln. Sie würde ihn trotzdem überleben.

~

Während Karla Gläser polierte und Limetten zerteilte, rauchte Corrine eine Zigarette nach der anderen und strich mit dem Daumen über die in den Mahagonitresen geschnitzten Namen und Telefonnummern. Am hinteren Ende der Bar gingen große Panoramafenster auf den Golfplatz hinaus. Die Ölbarone, die den Club in den späten Sechzigerjahren gegründet hatten, hatten eigentlich achtzehn Löcher geplant, aber dann stürzte der Ölpreis ab, und das Bauvorhaben wurde auf Eis gelegt. Seither rosteten ein alter Bulldozer und ein paar Rohre am zehnten Loch vor sich hin, und die Clubmitglieder gaben sich mit neun Löchern zufrieden. Jetzt, sieben Jahre später, stiegen die Ölpreise wieder; vielleicht würden die letzten neun doch noch fertig.

Wenn Corrine die kleine Serviette zusammenfaltete und ihr Glas an die Tresenkante schob, stellte Karla ihr den nächsten Scotch mit Cola hin. War es ihr fünfter? Der sechste? Jedenfalls hatte sie so viel intus, dass sie sich bei jedem Griff zum Glas mit den Zehen am Fußlauf festkrallen musste. Karla stellte ihr ein Schälchen mit gesalzenen Erdnüssen hin.

Das ist doch völlig klar, sagte einer Männer, wir haben es hier mit zwei widersprüchlichen Darstellungen zu tun. Ein typischer Fall von Aussage gegen Aussage. Sein Sitznachbar nippte am Bier und knallte das Glas auf den Tresen. Ich habe das Bild von der Kleinen in der Zeitung gesehen, sagte er, die war nicht vierzehn.

Corrines Finger, der eine Nummer auf dem Holz nachgefahren war, hielt inne. Die Männer redeten über Gloria Ramírez, das Mädchen, das sie und Potter vor dem Sonic gesehen hatten. Wir waren dabei, als sie in den Truck eingestiegen ist, hatte Potter gesagt, und wir sind im Auto sitzen geblieben, als hätte uns jemand die Hose an den Sitz genäht.

Alles in Ordnung, Mrs Shepard? Karla beobachtete sie vom anderen Ende des Tresens. Sie hielt ein Geschirrtuch in der einen und einen leeren Kaffeebecher in der anderen Hand.

Ja, Ma'am. Corrine versuchte, sich aufzusetzen, aber ihre Zehen verloren den Halt, und ihr Ellenbogen rutschte ab.

Die Männer warfen ihr einen flüchtigen Blick zu und beschlossen, sie zu ignorieren. Das war das Gute daran, eine ältere Frau zu sein mit dünnem Haar und Hängebrüsten, die fast auf dem Tresen lagen. Endlich konnte sie in einer Bar sitzen und sich betrinken, ohne dass irgendein Vollidiot sie belästigte.

So sind die Mexikanerinnen eben, sagte ein dritter Mann, die sind frühreif. Die Männer lachten. Oh ja, Sir! *Sehr* frühreif, rief einer.

Corrine spürte, wie die Wärme an ihrem Hals aufstieg und sich auf ihrem Gesicht ausbreitete. Potter hatte Dutzende Male von Gloria angefangen, meistens nachts, wenn er es vor Schmerzen nicht mehr im Bett aushielt. Manchmal war er ins Badezimmer gegangen, um dort zu stöhnen. Er wünschte sich, er hätte anders reagiert. Das hätte uns gerade noch gefehlt, hatte sie gesagt. Dass du dich mit einem Mann prügelst, der halb so alt ist wie du.

Aber Potter bestand darauf. Er sagte, er habe gleich gewusst, dass irgendetwas nicht stimmte. Er hatte fünfundzwanzig Jahre mit diesen Jungspunden zusammengearbeitet und kannte sich aus. Trotzdem hatte er dagesessen und zugeschaut, wie das Mädchen in den Pick-up stieg, und dann waren sie einfach nach Hause gefahren. Als das Polizeifoto des Mannes zwei Tage später im *American* erschien, bezeichnete Potter sich als Feigling und Sünder. Einen Tag später veröffentlichte dieselbe Zeitung ein Schulfoto von Gloria Ramírez. Potter saß eine lange Zeit in seinem Fernsehsessel und betrachtete ihr glattes schwarzes Haar, das leicht erhobene Kinn, den in die Kamera gerichteten Blick, das angedeutete, fast spöttische Lächeln. Corrine fand, es sollte gesetzlich verboten sein, den Namen und das Porträt des Mädchens öffentlich zu machen – um Gottes willen, die Kleine war minderjährig! Potter fand, sie sah aus wie ein Mädchen, das nichts und niemanden fürchtet. Aber damit war es jetzt wohl vorbei.

Karla warf einen Blick zum Trinkgeldglas. Corrine leerte ihren Drink mit langen Schlucken, die im Hals brannten, und hob die Hand, um den nächsten zu bestellen. Karla Sibley war gerade erst siebzehn geworden. Wenn sie in der Bar arbeitete, passte ihre Mutter auf das Baby auf. Sie überlegte immer noch, ob sie der älteren Dame den Alkohol verweigern sollte, als Corrine vom Tresen abrückte, kurz schwankte und sich dann das eng anliegende Shirt über Brüsten und Bauch glatt zog.

Lass gut sein, Karla, sagte sie, ich habe genug. Sie drehte sich zu den Männern um. Das Mädchen ist vierzehn, ihr Penner. Ihr steht wohl auf Kinder?

Sie fuhr selbst, hielt den Blick starr auf die Mittellinie gerichtet und Potters Truck immer zehn Sachen unter der erlaubten Höchstgeschwindigkeit, und um kurz nach drei war sie endlich zu Hause und ließ sich aufs Sofa fallen. Sie zog sich eine Wolldecke über die Beine – sie wollte immer noch nicht im Bett schlafen, nicht ohne Potter –, und obwohl sie die Einzelheiten nicht mehr zusammenbekam, fiel ihr am nächsten Morgen beim ersten Nikotinschub wieder ein, was sie zu den Stammgästen gesagt hatte, und auch Karlas weinerliche Rechtfertigungen: Ist doch nicht meine Schuld, *Sie* haben davon angefangen! Die alte Lady lässt sich eben nichts sagen.

Vierzehn Jahre. Als wäre die Moralfrage weniger kompliziert, denkt Corrine verbittert, wenn Gloria Ramírez sechzehn wäre oder weiß. Sie nimmt den Aschenbecher mit an den Küchentisch, setzt sich, schiebt ein Puzzleteil hin und her und beäugt die Umschläge mit dem Bargeld. Potter hat stundenlang an dem Puzzle gesessen. Manchmal zitterte seine linke Hand so heftig, dass er den Ellenbogen aufstützen und sie mit der rechten umklammern musste. Die vielen Stunden, die ganze Mühe, und am Ende hatte er trotzdem nicht mehr geschafft als den Rand und ein paar braune und gelbe Katzen.

Als der Kater über die Terrasse stolziert und sich vor die Glastür setzt, greift Corrine zu Potters Gehstock und schüttelt ihn wütend. Wenn der kleine Dreckskerl nicht aufhört, durch ihren Garten zu schleichen und arme Vögel umzubringen, wird sie ihm ordentlich eins überbraten.

~

Ende Februar hatte der Kater ein großes Starenmännchen gefangen und in Stücke gerissen. Als Corrine den Müll hinaustrug, wäre sie fast auf dem blauschwarz glänzenden Vogelkopf ausgerutscht. Einen Tag später fanden sie eine tote Grasmücke mit glattem grauschwarzen Schopf; auf dem Beton der Terrasse leuchtete die hellgelbe Brust wie ein Farbfleck. Potter hielt inne. Die Vogelfedern zitterten ganz sachte im Wind. Inzwischen stotterte er immer öfter. Cor, Cor, Cor, sagte er, und Corrine hätte sich am liebsten die Ohren zugehalten und gerufen: Nein, das darf nicht sein! Aber der Vormittag war gut gewesen, keine Krämpfe oder Stürze, und Potter sprach mit seiner alten, ihr seit dreißig Jahren vertrauten Stimme.

Na ja, sagte er, wenn man ihn zähmen und ihm Futter hinstellen würde, müsste er vielleicht nicht mehr jagen. Dann wäre er vielleicht ein gutes Haustier.

Auf keinen Fall, sagte Corrine. Ich will mich nicht um noch jemanden kümmern müssen. Das habe ich so nötig wie Jesus ein paar zusätzliche Nägel in den Händen.

Das ist Gotteslästerung, sagte Potter, aber dann musste er trotzdem lachen. Sie beobachteten den Kater, der im Garten unter dem Hickorybaum lag. Seine eigenartigen gelbgrünen Augen waren auf eine kleine Eidechse gerichtet, die an der Mauer entlangflitzte.

Es war später Vormittag. Im Sonnenlicht wirkte die Mauer aschgrau. Eine kleine Windbö zerzauste das goldblonde Katzenfell. In der Ferne schoss ein Krankenwagen mit heulender Sirene über die Eighth Street. Corrine und Potter hörten, wie das Geräusch sich Richtung Innenstadt entfernte, wo das Krankenhaus war. Was wirst du bloß ohne mich machen?, fragte Potter, und als Corrine mit ziemlich trauriger Stimme antwortete, sie habe während ihrer langen Ehe immer geglaubt, er würde sie überleben, nickte er sanft. Das ist wahrhaftlich ungerecht, sagte er.

Corrine wollte ihn aus reiner Gewohnheit korrigieren – es ist *wahrhaftig* ungerecht –, aber dann dachte sie an seine vielen kleinen Untugenden, an sein tonloses Pfeifen, an seine Angewohnheit, jedem und allem einen Spitznamen zu verpassen. Sie seufzte. Sie würde den Klang seiner Stimme vermissen. Es war in der Tat ungerecht. Sie nickte und wandte sich ab, bevor er ihre Tränen sehen konnte.

Potter tätschelte ihren Arm und humpelte zur Hauswand, wo die Schaufel lehnte. Wer weiß, sagte er, was du alles erleben wirst, wenn ich nicht mehr bin.

Wohl kaum, sagte sie.

In seinen letzten Wochen war er dazu übergegangen, die toten Tiere zu begraben, wenn sie welche im Hof fanden. Natürlich nur, wenn er sich kräftig genug fühlte. An dem Tag brauchte er fast zehn Minuten, um die harte, kalkige Erdkruste aufzubrechen. Corrine bot ihre Hilfe an, aber er sagte, nein, er schaffe das schon. Er hob ein zwei Handbreit tiefes Loch aus, legte die Grasmücke hinein und schob es wieder zu. Er hat den verdammten Vogel bestattet, murmelt Corrine, wann immer ihr die Szene einfällt. Am Ende war ihr Mann ungewöhnlich sentimental. Bis er dann gar nicht mehr war, der Scheißkerl.

Eine Woche später wachte Potter frühmorgens auf und drehte sich zu Corrine um. Es gehe ihm gut, sagte er. Er fühle sich fast so, als wäre der Tumor gar nicht da. Er ließ den Stock in der Küche stehen und ging hinaus, um die Terrasse zu fegen. Er holte die Heckenschere aus der Garage und stutzte die Büsche neben der Veranda. Nachdem er die dünnen Zweige eingesammelt und in den Müll geworfen hatte, stand er vor dem Haus und bewunderte sein Werk. Corrine schimpfte mit ihm, weil er ohne Gehstock draußen war. Sie hätte ihm das niemals gestattet, aber sie hatte nicht aufgepasst. Potter schlang einen Arm um ihre Taille, vergrub das Gesicht an ihrem Hals und sagte: Baby, du riechst so gut, und dann zog er sie ins Schlafzimmer, wo sie die nächsten Stunden verbrachten.

Danach sagte Potter, er habe Lust auf ein T-Bone-Steak. Er könne den Grill anfeuern. Hatten sie Kartoffeln im Haus? Er wollte Kartoffeln mit Butter, nicht diese schreckliche Margarine, die Corrine ihm seit zehn Jahren aufnötigte. Wenn sie den Pekannusskuchen jetzt aus der Kühltruhe holten, würde er nach dem Essen aufgetaut sein. Später legte er eine Platte von Ritchie Valens auf, sie tanzten durchs Wohnzimmer. Sie hatten ewig nicht mehr getanzt, aber warum nicht? Corrine wurde erst viel später klar, dass sie es hätte wissen müssen. Er hatte einen Plan.

~

Im Wohnzimmer liegt die Zeitung vom 27. Februar, seinem Todestag, immer noch neben seinem Sessel. Die Seite mit dem Kreuzworträtsel ist aufgeschlagen. Ein einziges Wort ist mit Bleistift eingetragen, fünf Buchstaben: ein flaches Gewässer queren. *Waten.* Neben Corrines Sessel ein Gedichtband, seit Monaten unberührt, weil sie stattdessen Artikel über Krebs und gesunde Ernährung lesen musste. Einer handelte von einem Wunderheiler in Acapulco, doch da hatte Potter sofort sein Veto eingelegt. Corrine schlendert zurück in den Flur, streicht über das alte Radio aus Walnussholz und dreht an den Knöpfen. An schönen Abenden mit Nordwind hatten sie das Gerät auf die Veranda getragen und den Countrysender aus Lubbock gehört. Bis zu seinem Tod hatten nur Corrine, Potter und die Ärzte von der Krankheit gewusst. Sie hatten jeden Tag davon geredet, Alice einzuweihen, und auch ein paar Mitglieder der Kirchengemeinde, aber am Ende war Potter ihnen allen zuvorgekommen. Verdammt soll er sein.

Die Türklingel ist direkt über dem Radio an die Wand montiert, und als sie losschrillt, geht Corrine das Geräusch durch Mark und Bein. Sie ist wie erstarrt, ihr Herz rast, ihre rechte Hand liegt immer noch auf dem Radio. Die Klingel ertönt ein zweites Mal, und dann hört Corrine Debra Ann Pierce' besonderes Klopfen: drei lange Schläge auf Hüfthöhe, dann drei kurze jeweils rechts und links davon. Das Mädchen ruft: Mrs Shepard, Mrs Shepard, Mrs Shepard! Wie mindestens ein Mal an jedem Tag.

Corrine öffnet die Tür und schiebt sich vorsichtshalber in die Lücke. Sie presst die Knie zusammen, als könnte das Kind zwischen ihren Beinen durchschlüpfen wie ein kleiner Hund.

Warst du das, die den ganzen Vormittag hier angerufen hat, Debra Ann Pierce? Corrines Stimme ist heiser, ihre Zunge fühlt sich an wie mit Farbe verkleistert. Sie dreht den Kopf zur Seite und hustet.

Nein, Ma'am. Debra Ann trägt ein knallrosa T-Shirt mit der Aufschrift *Superstar*, dazu Frotteeshorts in Orange, die kaum ihre Pobacken bedecken. In der einen Hand hält sie eine Krötenechse, mit dem Zeigefinger der anderen streichelt sie das Tier zwischen den Augen. Sie sind geschlossen. Corrine fragt sich, ob das Mädchen einen Kadaver durch die Gegend trägt, doch im selben Moment fängt die Echse an, in der kleinen Hand zu zappeln.

Du solltest das arme Ding freilassen, sagt Corrine. Kröten sind keine Kuscheltiere. Hör mal, ich hatte eine anstrengende Nacht und bin sehr müde. Außerdem hat das Telefon den ganzen Vormittag geklingelt.

Wo waren Sie denn?

Das geht dich nichts an, D. A. Pierce. Warum rufst du hier an?

Ich war das nicht, ich schwöre!

Nicht schwören, sagt Corrine und bereut die Einlassung sofort. Ihr kann es egal sein, was das Kind macht, solange es sich von der Veranda fernhält und sie in Ruhe lässt.

Jawohl, Ma'am. Debra Ann greift sich an den Hintern und zieht sich den Frotteestoff aus der Poritze. Sie dreht sich zur Straße um und runzelt die Stirn. Ziehen da jetzt Mexikaner ein?

Kann sein, sagt Corrine. Aber auch das geht dich nichts an.

Das wird unseren Nachbarn aber gar nicht gefallen. Mr Davis, Mrs Ledbetter, dem alten Mrs Jeffries …

Corrine hebt die Hand. Hör auf. Diese Leute haben das Recht, hier zu wohnen, genauso wie du und ich.

Nein, sagt das Mädchen. Das ist *unsere* Straße.

Was, meinst du, würde Mr Shepard von dir denken, wenn er das gehört hätte?

Das Mädchen starrt auf seine nackten Füße und wackelt mit den Zehen. Sie hing an Potter, er war der einzige Erwachsene, der sie nie zurechtgewiesen und nie ihre Pläne durchkreuzt hat; er hat sich sogar ihre Geschichten über ihre unsichtbaren Freunde Peter und Lily angehört, die aus London angeflogen kamen, um sie mit Anekdoten über die London Bridge und die Queen zu unterhalten. Potter hat ihr nie gesagt, sie sei zu alt für unsichtbare Freunde, und er hat sich nie über sie lustig gemacht.

Corrine klopft die Taschen ihres Blazers ab und findet eine Schachtel mit einer letzten Zigarette. Mist. Sie nimmt die Zigarette heraus, zündet sie an und bläst den Qualm über Debra Anns Kopf. Wo arbeitet dein Daddy heute?

In Ozona – Debra Ann schiebt die Unterlippe vor und pustet sich den Pony aus der Stirn – oder in Big Lake. Sie hält sich die Kröte vors Gesicht. Wir gehen jetzt nach Hause, flüstert sie, dann rupft sie sich ein paar Härchen aus der Augenbraue und wirft sie in die Hecke neben der Veranda. Corrine sieht genauer hin und entdeckt kahle Stellen in beiden Brauen. Nach dem Verschwinden von Debra Anns Mutter war Corrine oft zu den Pierce' rübergegangen, um Jim Essen zu bringen, und die Kleine hatte sie oft besucht, um mit Potter auf dem Sofa zu sitzen und Zeichentrickfilme zu schauen. Bei der Beerdigung hatte sie sich so lange über den offenen Sarg gebeugt und in Potters Gesicht gestarrt, dass Corrine ihr am liebsten eine Kopfnuss verpasst hätte. Was gab es da zu glotzen?

Debra Ann versucht, sich die Kröte in die Hosentasche zu stecken, aber das Tier wehrt sich. Ich dachte, Sie freuen sich vielleicht über Besuch, sagt sie. Was ist mit Mr Shepards Puzzle?

Ich möchte keinen Besuch, danke.

Das Mädchen sieht sie unverwandt an, Corrine seufzt. Okay. Ich habe keine Zigaretten mehr. Fährst du mit dem Rad zum 7-Eleven und kaufst mir eine Schachtel?

D. A. lächelt und nickt. Ihr fehlen zwei Eckzähne, einer oben und einer unten, die roten Löcher sehen entzündet aus. Die restlichen Zähne sind dunkelgelb und voller Essensreste, Brot vermutlich. Ihr schwarzes Haar ist strähnig und an den Spitzen verfilzt, als hätte sie es gebürstet und mittendrin die Lust verloren. Corrine könnte schwören, ein paar Nissen zu sehen. Warte kurz, sagt sie und geht ins Haus, um ihre Handtasche zu holen. Sie drückt dem Mädchen einen Dollarschein in die Hand, Debra Anns Augen weiten sich vor Freude.

Fünfzig Cent für eine Schachtel Benson & Hedges, sagt Corrine, und fünfzig Cent für dich. Aber kauf die richtige Sorte. Ultra Lights.

Debra Ann schiebt sich den Schein in die Hosentasche und bittet um einen Schuhkarton, damit die Kröte auf der Veranda warten kann. Nein, sagt Corrine, wir haben hier einen streunenden Kater, der alle Tiere fängt und tötet. Debra Ann dreht sich um und rennt über den Rasen, die Kröte in der Hand. Als Corrine ihr nachruft, sie solle nicht mit Fremden reden, hebt D. A. sich die Kröte über den Kopf und schüttelt sie. Selbst aus der Entfernung kann Corrine die beiden dünnen Rinnsale aus Blut sehen, die sich aus den Augen des Tieres ergießen. Sein letzter, verzweifelter Verteidigungsversuch.

~

Potter hatte den Brief auf einem gelben Ringblock geschrieben, den er in Corrines Schreibtisch gefunden hatte. Er habe wirklich versucht, schrieb er, nicht mit dem Allmächtigen zu hadern. Er habe ihn in seinem Leben nur wenige Male um Hilfe gebeten, sie ließen sich an einer Hand abzählen – als über Osaka einer der Motoren seiner B-29 ausfiel, als Corrine bei Alice' Geburt zu viel Morphium bekam, als sie im Winter des Jahres 1953 alle drei an Lungenentzündung erkrankt waren. 1968 betete er, der Ölpreis möge wieder steigen, und vielleicht hatte er beim Angeln am Lake Spence um einen größeren Wels gebeten, das aber eher im Spaß. Und jetzt, schrieb Potter, vertraue er darauf, vom Allmächtigen nicht allzu hart verurteilt zu werden dafür, dass er nicht bereit war, das Ende der Reise abzuwarten.

Er schrieb, er werde ihre langen Autofahrten und die Campingtrips vermissen, und wie Corrine abends im Zelt ihre Füße an seinen Unterschenkeln rieb, weil ihr immer so kalt war und ihm immer so warm. Er werde die vielen kleinen Tiere vermissen, die sie hörten, wenn sie beim Campen in ihrem Doppelschlafsack lagen.

Manches bereute er. Er wünschte sich, er wäre nach seiner Rückkehr aus dem Krieg aufs College gegangen, auch wenn er dafür staatliche Unterstützung hätte annehmen müssen. Er wünschte sich, sie hätten Alice in Alaska besucht, was er seiner Tochter auch noch persönlich sagen würde, in einem zweiten Brief. Doch vor allem wünschte er sich, er hätte sich an jenem Valentinsabend anders verhalten. Ziemlich viele Worte für einen Mann, der nach seinem Einsatz als Kampfpilot über Japan höchstens mal eine Einkaufsliste geschrieben hatte.

Er hatte den Brief auf den Küchentisch gelegt, zusammen mit mehreren zehntausend Dollar in bar. Wochenlang hatte er sich Sorgen gemacht, die Lebensversicherungsgesellschaft könnte Corrine über den Tisch ziehen. Corrine vermutete völlig zu Recht, dass es sich bei dem Geld um seine eiserne Reserve handelte. Am Ende des Briefes hatte er mit rotem Kuli einen Satz hinzugefügt: *Dr. Bauman muss im Totenschein unbedingt »Jagdunfall« als Todesursache eintragen.*

Zwanzig Minuten später stand der Hilfssheriff vor der Tür, und noch bevor Corrine fragen konnte, wo sie ihn gefunden hätten, sagte er ihr, es habe einen schrecklichen, tragischen Unfall gegeben. So was passiert öfter, als man denkt, sagte er.

Eine Viertelstunde später ist Debra Ann zurück, mit Schokolade um den Mund und ohne Krötenechse. Sie hält Corrines Zigaretten in der dreckigen Hand und sagt, ihr Vater komme erst um acht zurück, vielleicht habe sie zu Hause noch Gulasch von gestern, vielleicht aber auch nicht. Möglicherweise hätten Peter und Lily alles aufgegessen. Debra Ann beugt sich vor und verrenkt sich den Hals, um an Corrine vorbei ins Haus zu spähen. Ihr Haar und ihre Kleider riechen nach Schimmel. Corrine wird ein bisschen übel, aber sie streckt die Hand nach den Zigaretten aus. Sie schlägt sich die Schachtel auf die Handfläche und nickt sanft, während Debra Ann von der Krötenechse erzählt und von dem Angestellten im 7-Eleven, der ihr verboten hat, das Tier mit in den Laden zu bringen. Dass die Kröte nicht mehr im Fahrradkorb saß, als sie wieder herauskam, obwohl sie ihr doch gesagt hatte, sie solle warten.

Kröten sind wilde Tiere, von denen man Warzen bekommt, sagt Corrine. Such dir nächstes Mal ein besseres Haustier.

Ich habe Mr Shepards Kater gesehen, in der Gasse hinter Ihrem Haus.

Das ist nicht Mr Shepards Kater.

Na ja, er hat ihn immer gefüttert.

Nein.

Doch, und ich weiß auch ganz genau, dass er in der Garage schlafen durfte, wenn es draußen besonders kalt war.

So ein Quatsch, sagt Corrine. Letzten Winter ist keine einzige Flocke Schnee gefallen.

Ja, aber es war sehr kalt, sagt Debra Ann. Vielleicht wäre er ein gutes Haustier.

Corrine erklärt dem Kind, dass sie kein Lebewesen füttern oder waschen oder seine Scheiße aufsammeln oder es nach Zecken absuchen möchte. Sie will auch keine Flöhe mit dem Staubsauger jagen, bloß weil der Kater sie ins Haus geschleppt hat. Ich sage dir was, D. A. Wenn du den Kater fangen kannst, darfst du ihn mit nach Hause nehmen.

Das wäre schön, wenn ich eine eigene Katze haben dürfte, sagt Debra Ann, aber mein Vater würde nur ein Käfigtier erlauben. Ich wünschte, wir hätten was anderes zu essen da als Gulasch. Und ich wünschte – aber da fällt Corrine ihr ins Wort und fragt, ob sie noch wisse, was Corrines alter Vater früher immer gesagt habe.

Ein jeder Wunsch, wenn er erfüllt, kriegt augenblicklich Junge, sagt das Kind mürrisch.

Genau, junge Dame, sagt Corrine, tritt zurück in den Flur und schließt die Tür sanft vor Debra Anns Nase.

Während das Telefon ungefähr ein Dutzend Mal klingelt, mixt Corrine sich einen Eistee mit einem Schuss Bourbon. Als sie sicher sein kann, dass Debra Ann nicht mehr in der Nähe ist, setzt sie sich mit dem Drink und den Zigaretten auf die Veranda. Sie wird sich auf die Betonstufe neben der Hecke setzen und den Kopf einziehen, so kann sie alles beobachten, ohne selbst gesehen zu werden.

Seit Potters Tod steht Suzanne Ledbetter mindestens einmal pro Woche mit einem Auflauf und einer Einladung vor der Tür, meistens zu irgendeinem blöden Häkelkreis oder zu einer dieser elenden Rezeptetauschveranstaltungen, bei denen jede Frau ein Gericht zubereitet und das Rezept auf einem Kärtchen notiert, und dann gibt sie es an eine andere weiter, die das Gericht ebenfalls zubereitet und dem Kärtchen ihre Anmerkungen hinzufügt und so weiter. Auf diese Weise machen wir gute Rezepte noch besser, sagt Suzanne Ledbetter.

Im Laufe der Jahre hat Corrine gelernt, zu Nachbarinnentreffen und Rezeptetausch Nein danke zu sagen. Aber als sie sich mit dem Drink in der einen und der nicht angezündeten Zigarette in der anderen Hand auf die Stufe setzt, ist die Kühltruhe in der Garage trotzdem voller Auflaufformen. Und der Kopf voller Unsinn, denkt sie, lässt den Hintern auf den Beton sinken und beugt sich vor, um einen Blick durch die wild wuchernde Weißdornhecke zu werfen. Auf der anderen Straßenseite tragen zwei junge Männer einen großen Fernseher in ein rostrotes Backsteinhaus im Rancherstil. Es ist das Spiegelbild ihres eigenen Hauses: vier Zimmer, Küche, Bad und Gäste-WC. Durchs Küchenfenster sieht man in den Garten hinter dem Haus, wie bei Corrine, und wahrscheinlich gelangt man wie bei ihr durch eine gläserne Schiebetür auf eine Terrasse. Die Vormieter kannte Corrine nicht, drei junge Typen mit einem großen Mischlingshund, der an den toten Hickorybaum im Vorgarten angekettet war. Irgendwann sind sie bei Nacht und Nebel ausgezogen, glücklicherweise haben sie den Hund mitgenommen.

Eine weiße Limousine hält vor dem Haus, ein kleines Mädchen und seine Mutter machen sich daran, Kisten und Schachteln von der Rückbank auszuladen. Die Frau ist hochschwanger, ihr Bauch so geschwollen wie ein Rehkadaver auf warmem Asphalt. Der dazugehörige Mann ist nirgendwo zu sehen. Als sie fertig sind, stellt sich die Frau in den Vorgarten, während das Mädchen um den abgestorbenen Baum herumhopst. Sie ist eine kleinere Version ihrer Mutter – weißblondes Haar, rundes Gesicht –, läuft immer wieder zu ihr und klammert sich an ihrer Tunika fest, als könnte die Frau andernfalls vom Boden abheben und gen Himmel schweben.

Die Frau – eigentlich wirkt sie zu jung, um ein so großes Kind zu haben – streicht ihrer Tochter über den Rücken, während die beiden jungen Männer Möbelstücke und Kartons über die Einfahrt und durch die Garage ins Haus schleppen. Eigentlich sind es eher Jungs, wie Corrine jetzt erst sieht, kaum älter als fünfzehn oder sechzehn. Sie tragen Militärfrisuren, Turnschuhe und Cowboyhüte in unterschiedlichen Brauntönen. Zwei Männer im mittleren Alter mit braunen Stahlkappenstiefeln, wie auch Potter sie morgens anzog, bevor er in die Raffinerie fuhr, stehen am Hauseingang und vermessen immer wieder den Türrahmen. Neben ihnen lehnt eine schwere Mahagonitür an der Hauswand wie ein Betrunkener. Corrine rührt ihren Drink mit dem kleinen Finger um und betrachtet amüsiert die Schwangere. Die alte Tür war ihr wohl nicht gut genug? Tja! Corrine leckt sich den Finger ab.

Einer der Männer deutet mit den Händen die Größe an, so hoch, so breit, aber die Frau schüttelt den Kopf. Sie legt sich eine

Hand an die Stirn und die andere an den Bauch. Während der Mann wieder auf den Türrahmen zeigt, neigt sich ihr Oberkörper nach vorn wie ein Boot, das auf Wellen schaukelt und dann untergeht. Die Frau sinkt zu Boden. Die Männer rufen etwas, Corrine stellt den Drink ab, schnalzt mit der Zunge, rafft sich auf und steigt in ihre Hausschuhe. Die Frau im Vorgarten kniet jetzt auf allen vieren, ihr Bauch berührt die Erde, das Kind beugt sich verängstigt über ihren Kopf. Spanische Satzfetzen fliegen hin und her wie Sperlinge, einer der Männer rennt in die Küche und kommt mit einem Plastikbecher zurück.

Corrine geht hinüber, stellt sich vor und zeigt auf ihr Haus, während das Mädchen, es heißt Aimee, am Ärmel seiner Mutter zupft. Ihre Wangen sind voll, Augenbrauen und Wimpern so hell, dass man sie fast nicht sehen kann. Mary Rose, die Mutter, keucht und stöhnt, während die Wehen den Tunikastoff auf und nieder schieben. Corrine glaubt, sie schon einmal gesehen zu haben, damals in der Highschool; sie war eines dieser Mädchen, die die Schule abbrechen und früh heiraten. Unmöglich, sie alle im Gedächtnis zu behalten.

Corrine versucht, sich an ein einziges hilfreiches Detail von Alice' Geburt vor fast dreißig Jahren zu erinnern, aber da ist nur der verschwommene Dämmerschlaf der Narkose. Soll ich Sie ins Krankenhaus fahren?

Nein, danke, ich fahre selbst. Mary Rose drückt sich beide Hände an den Bauch und blickt zu Corrine auf. Ich habe den Kranz an Ihrer Tür gesehen. Mein Beileid.

Mein Mann ist im Februar gestorben. Ich bin noch nicht dazu gekommen, den Kranz herunterzunehmen. Corrine verengt die Augen und mustert die jungen Männer, die schweigend herumstehen und von einem Bein aufs andere treten. Sie kennen den Rancher gut, und ihre Familien kennen ihn auch. Anscheinend hat seine Frau mitten im Umzug Wehen bekommen.

Ein Jagdunfall, fährt Corrine fort. Die Worte sind wie Gift und stechen in der Kehle. Ebenso gut hätte sie eine Handvoll Skorpione schlucken können.

Ein Jagdunfall? Mary Rose rollt sich auf die Seite und setzt sich langsam auf, und zu Corrines Überraschung hat sie Tränen in den Augen. Das tut mir ja so leid. Hören Sie, wie haben immer noch keinen Strom, und ich möchte meine Tochter nicht im Wartezimmer allein lassen. Würde es Ihnen etwas ausmachen, sie für ein paar Stunden mit zu sich rüberzunehmen? Nur, bis mein Mann von der Viehauktion in Big Springs zurück ist.

Nein, Ma'am, sagt Corrine ohne Zögern. Ich lasse zur Zeit niemanden ins Haus, tut mir leid. Kann ich jemanden anrufen? Ihre Mutter vielleicht? Haben Sie Geschwister?

Nein, danke, sagt Mary Rose. Die haben schon genug um die Ohren.

Ich will bei dir bleiben, jammert das Kind. Ich kenne sie nicht mal.

Aber ich bringe Sie gern ins Krankenhaus und passe dort auf – Corrine hält inne, das Kind krallt sich an der Tunika fest und funkelt sie böse an – auf Aimee auf.

Ich möchte nicht, dass sie mit irgendwelchen fremden Männern im Wartezimmer sitzt, sagt Mary Rose.

Die Frauen mustern einander ein paar Sekunden lang, die Lippen der jüngeren sind zu einem schmalen Strich zusammengepresst. Sie kommt auf die Beine und sagt ihrer Tochter, sie solle die Autoschlüssel und die kleine Reisetasche aus dem Flur holen. Aimee huscht durch die Garage ins Haus. Mary Rose bittet den Vorarbeiter, alle Türen abzuschließen, wenn der Umzugswagen ausgeräumt ist. Corrine dreht sich um und geht zurück zu ihrem Haus. Sie sehnt sich jetzt schon nach dem Rest Eistee mit Bourbon und hofft, dass der Kater nicht die Nase hineingesteckt und an den Eiswürfeln geleckt hat. Mary Rose ruft ihr noch etwas nach. Danke vielmals!, ruft sie, aber Corrine tut so, als hätte sie es nicht gehört. Sie geht einfach weiter, und sobald sie auf der Veranda und in Sicherheit ist, kippt sie den Drink in die Hecke und geht ins Haus, um sich einen neuen zu mixen.

~

Als das Telefon abermals klingelt, ist es draußen fast schon dunkel. Corrine hat die Bourbonflasche zur Hälfte geleert. Sie eilt in die Küche und greift das Telefon mit beiden Händen. Jedes verdammte Ding in diesem Haus scheppert, klingelt oder summt. Sie wickelt die Schnur um den Apparat und schiebt mit einem Fuß die Tür zur Garage auf. Die weiche Haut an ihren Oberarmen bebt, als sie sich das Telefon über den Kopf hebt und es in die Garage schleudert. Es segelt durch die Luft und landet mit einem letzten Klingeln auf dem Beton, gleich neben dem Lincoln Continental, den sie vor vierzig Tagen dort geparkt hat. Als Potter beschlossen hatte, seinem Leben ein Ende zu machen. So hatte er das genannt. Es war *unser* Leben, verdammt!

In der Küche ist es jetzt still, nur das Ticken der Wanduhr über dem Tisch ist zu hören. Corrine kneift die Augen zusammen und überlegt. Aus dem Mülleimer ragen leere Schnapsflaschen, und auch ein paar ungeöffnete Arztrechnungen. Corrine nimmt den Aschenbecher und leert ihn ganz langsam über dem Tisch. Einzelne Kippen kullern über die Formulare und landen auf dem Puzzle. Der Eisbereiter im Kühlschrank lässt eine frische Portion in den Behälter fallen. Hinter der Glastür leuchtet der Abendhimmel wie ein frisches Hämatom. Auf der Mauer sitzt eine Spottdrossel, ihr hartnäckiger Gesang klingt traurig.

Corrine schnappt sich den Mülleimer, geht hinaus und schiebt die Glastür mit solcher Wucht hinter sich zu, dass Potters Gehstock umkippt und über das Linoleum rollt. Unter den dünnen

Sohlen ihrer Hausschuhe spürt sie den Widerstand eines kleinen, weichen Körpers. Sie schreit erschrocken auf, weicht zurück und entdeckt eine winzige braune Maus. Sie schließt die Augen und sieht Potter am Zaun stehen, er müht sich mit der Schaufel ab und gräbt ein Loch. Sie sieht, wie er das tote Tier vorsichtig hineinlegt.

Sie wünscht sich, sie wäre dazu imstande, den kleinen Leichnam zu beerdigen. So zu tun, als hätte das alles einen Sinn. Doch der Boden ist hart, und ihre Arme sind weich, sie muss ja schon innehalten und Atem holen, wenn sie nur die Einkäufe aus der Garage in die Küche trägt. Im Gegensatz zu Potter ist sie kein guter Mensch. Ist sie nie gewesen. Sie holt die Schaufel aus der Garage und schiebt sie vorsichtig unter den weichen, kleinen Mausekörper. Sie würgt fast vor Wut, als sie die Maus in den offenen Müllcontainer schleudert, der in der Gasse hinter ihrem Haus steht. Er hätte mit ihr darüber reden können. Über das Wie und Wann seines Todes. Potter hatte gesagt, er wolle nicht von ihr gepflegt werden, und sie hatte ihm versprochen, ihn gehen zu lassen, bevor er sich selbst oder ihr fremd würde. Aber am Ende hat er alles allein entschieden.

Von der Raffinerie ist ein Alarm zu hören, der lang gezogene, klagende Ton, der einen Arbeitsunfall anzeigt. Corrine bleibt stehen und legt die Hand an den Müllcontainer. Ein Leben lang hat sie auf dieses Pfeifen gelauscht und sich jedes Mal bange gefragt, was wohl passiert ist. Aber alle Befürchtungen, der geliebte Ehemann könnte bäuchlings in einer Benzolpfütze liegen, sich nicht rechtzeitig in Sicherheit gebracht oder direkt neben der Explosionsquelle gestanden haben, kann sie jetzt getrost Suzanne Ledbetter und den vielen anderen Frauen in der Stadt überlassen. Für sie ist das vorbei. Der Kater duckt sich in das Feld hinter dem Haus; mit grünen Augen und starrem Blick beobachtet er eine gelbe Erdnatter, die in hohem Tempo durch den ausgetrockneten Flutkanal kriecht. Früher sind D. A. Pierce und die anderen Nachbarsmädchen hier Fahrrad gefahren, manchmal haben sie ihre Räder ins Gras geworfen und sich auf den Betonschrägen des Kanals gesonnt, aber dann ist die Stadtverwaltung zur Besinnung gekommen und hat einen Maschendrahtzaun aufstellen lassen.

Jenseits des Kanals gibt es ein 7-Eleven und eine Restaurantfiliale von A&W Root Beer. Auf dem Parkplatz dazwischen steht das Büchermobil, ein überlanger Wohnwagen mit gefährlich schiefen Metallregalen und modrig riechendem Teppichboden. Vor sechs Monaten ist eine riesige, fensterlose Wellblechbaracke hinzugekommen, die den Bunny Club beherbergt – ein Striplokal direkt neben einer Bücherei –, und Corrine hält es für ein verdammtes Wunder, dass manche jungen Frauen es tatsächlich lebendig aus Odessa hinausschaffen. In der Highschool hatte sie dreißig Jahre lang mit diesen Mädchen zu tun, die meisten warteten nicht mal bis zum Schulabschluss, bevor sie sich von irgendeinem Jungen schwängern ließen. Jeden Montagmorgen hatte sie den Klassenraum betreten und neue traurige Gerüchte über Krankenhäuser, Gefängnisse und das Frauenhaus in Lubbock gehört. Sie hatte so viele Pflichthochzeiten besucht, dass sie sie irgendwann nicht mehr zählen konnte. Bis heute begegnen ihr die ehemaligen Schülerinnen im Supermarkt, ein bisschen älter geworden, aber immer noch mit einem speckigen, bleichen Säugling in den mageren, sommersprossigen Armen. Meistens sind sie dabei, ihre älteren Kinder anzuschnauzen, die durch die Supermarktgänge flitzen wie Eichhörnchen auf Koks.

Corrine steht immer noch neben dem Container, als ein Pick-up über die Hauptstraße rast und mit quietschenden Reifen auf den Parkplatz biegt. Der Fahrer zieht ein paar Kreise, die jungen Männer auf der Ladefläche fallen brüllend durcheinander und klammern sich an den Seitenklappen fest. Einer wirft eine Flasche in den Flutkanal, sie zerplatzt auf dem Beton. Ein anderer fällt herunter und landet mit einem Aufschrei auf dem Asphalt, die anderen johlen und lachen. Der Mann stolpert mit ausgestreckten Armen hinter dem Pick-up her, und als er ihn fast erreicht hat und die Ladeklappe berührt, tritt der Fahrer abrupt auf die Bremse. Jemand wirft zwei Taschen herunter, der Fahrer gibt erneut Gas.

Der Truck zieht einen weiten, schlingernden Bogen. Ein Mann beugt sich seitlich von der Ladefläche herunter, in der Hand ein Stahlrohr. Der Pick-up wird schneller, der Mann hält sich mit einer Hand am Überrollbügel fest, lehnt sich weiter vor und holt mit dem Rohr aus. Corrine will den Mund aufmachen und schreien, aber da hebt der Mann neben dem Truck die Arme über den Kopf, wie um zu sagen: Ich gebe auf, und im selben Moment trifft ihn das Stahlrohr mitten in den Rücken. Er fällt auf den Asphalt wie ein Ei aus dem Nest.

Herr im Himmel, schreit Corrine und rennt ins Haus. Sie holt das Telefon aus der Garage, aber noch während sie betet, dass nach dem Einstöpseln ein Freizeichen zu hören ist, stolpert sie über Potters umgekippten Gehstock und stürzt gegen den Küchentisch. Die Puzzleteile fliegen herum wie Fledermäuse in einer alten Zisterne, Corrine sinkt zu Boden. Sie nimmt das Ticken der Wanduhr wahr, ihr Gesicht und ihre Hände, Knie und Schultern, und einen alles umfassenden Schmerz, so groß wie die ganze Welt.

Als sie jünger waren, witzelte Potter immer, dass Corrine sich garantiert mit einem großen Knall aus dem Leben verabschieden würde. Wahrscheinlich würde sie bei einem Überfall am Bankschalter stehen und sich weigern, ihre Handtasche herzugeben. Oder sie würde irgendeinem Schläger, der an dem Tag zufällig noch schlechter gelaunt war als sie, den Mittelfinger zeigen, oder ein Reifen platzte, während sie zu schnell auf dem Highway fuhr.

Vielleicht würden ein paar ältere Schüler sie mit dem Beowulf totschlagen oder sich nach einem unangekündigten Test auf den Lehrerparkplatz schleichen und die Bremsleitungen ihres Autos kappen. Aber nichts da. Da liegt sie nun ausgestreckt auf dem Linoleum wie eine alte Milchkuh, Brust und Bauch in der Küche, Füße und Hintern auf der Terrasse.

Wäre alles so gelaufen wie geplant, hätte Potter sie beerdigt. Er hätte um sie getrauert, natürlich, aber dann hätte er weitergelebt. Er hätte im Veteranenclub Karten gespielt, die alten Kollegen in der Raffinerie besucht, in der Garage und im Garten herumgewerkelt. Er hätte seine Puzzles gelegt und sich Debra Anns kindisches Geschwafel über ihre unsichtbaren Freunde angehört, für die sie viel zu alt war, und auch, dass sie Kronkorken hinter dem Haus gefunden hatte, ihre Mutter vermisste und sich fragte, wann sie zurückkäme. Ihm wäre niemals die Geduld ausgegangen, und falls doch, hätte er sich nichts anmerken lassen. Wäre Potter noch am Leben, würden D. A. Pierce und die kleine Aimee von gegenüber jetzt vor einer Schale Blue-Bell-Eiscreme am Küchentisch sitzen, und der verdammte Kater würde jeden Abend in der Garage dinieren, vermutlich Thunfisch aus der Dose. Doch jetzt ist da nur noch Corrine, und sie hat verdammt noch mal keine Ahnung, was sie mit sich anfangen soll.

Morgen früh wird sie sich einen Überblick über den Schaden verschaffen – kleine Platzwunde über der linken Augenbraue, Beule an der rechten Schläfe, am Unterarm ein blauer Fleck von der Größe einer Grapefruit. Ihre Hüfte wird wochenlang schief stehen, und sie wird Potters Gehstock benutzen, aber nur im Haus und auf der Terrasse, wo niemand sie sieht. Wenn sie den Baum im Vorgarten gießt, im Supermarkt für Mary Rose einkaufen geht oder ihr ein paar aus den Tiefen der Kühltruhe geborgene Aufläufe von Suzanne Ledbetter rüberbringt, wird Corrine sich aufrecht halten und die Zähne zusammenbeißen, als spürte sie keinen Schmerz. Wenn das Telefon klingelt, wird sie rangehen, und wenn sie Karlas Stimme in der Leitung hört, wird sie sie fragen, wie sie ihr helfen kann.

Und was ist mit Potters Puzzleteilchen, die auf das Linoleum gefallen sind? Einige sind so weit unter den Herd oder den Kühlschrank geschlittert, dass sie jetzt unerreichbar sind. Wenn Corrine in einigen Wochen anfängt, Potters Sachen für die Heilsarmee zu verpacken, wird sie dem Puzzle eine handschriftliche Notiz beilegen und den zukünftigen Besitzer darauf hinweisen, dass es möglicherweise nicht vollständig ist. Denn Potter hat es ihr hundertmal gesagt – es gibt nichts Schlimmeres auf der Welt, als sich so lange Zeit so sehr zu bemühen und am Ende festzustellen, dass von Anfang an ein paar Teilchen gefehlt haben.

Aber fürs Erste steht sie einfach nur vom Küchenboden auf und stöpselt das Telefon ein. Sie ruft die Polizeiwache an und sagt, dass sie weder ein Nummernschild noch die Farbe des Autos gesehen hat, und auch die Männer kann sie kaum beschreiben, aber sie weiß, dass sie betrunken waren und sehr jung, fast noch Teenager.

Als sie wieder in der Gasse steht, ist der Mann längst verschwunden. Alles tut ihr weh. Aber der Abend ist schön, jede Menge Sterne am Himmel und im Süden der Mars. Der Wind ist schwach und kommt von Norden. Wenn sie das Radio auf die Veranda trägt und aufs Fensterbrett stellt, kann sie vielleicht den Sender aus Lubbock empfangen. Seit Bob Wills gestorben ist, spielen sie seine Songs rauf und runter, das wäre doch eine schöne Sache.

Als sie sich auf die Veranda gesetzt hat, biegt gegenüber ein Pick-up in die Auffahrt. Der Fahrer steigt aus, wahrscheinlich Mary Roses Ehemann. Er geht ums Auto herum und hebt seine schlafende Tochter vom Beifahrersitz. Corrine rappelt sich auf und läuft so schnell über die Straße, wie ihr müder alter Körper es erlaubt. Die Beule an ihrer Stirn hat jetzt die Größe eines Hühnereis, und auf der ganzen Welt gäbe es nicht genug Chanel No. 5, um ihren Geruch nach Zigaretten und Alkohol zu überdecken, aber sie eilt trotzdem auf den Mann zu. Er hebt sich das Kind auf die andere Hüfte, nimmt eine Taschenlampe vom Armaturenbrett und geht zum Haus, dessen vorhanglose Fenster wie schwarze Augen auf Vorgarten und Straße starren und darauf zu warten scheinen, dass jemand das Licht einschaltet.

Warten Sie, ruft Corrine. Warten Sie mal! Die weißblonden Haare des Mädchens schimmern im Licht der Straßenlaterne. Corrine stellt sich den beiden in den Weg und berührt den nackten Kinderfuß, der vor dem Oberschenkel des Mannes hängt. Er versucht, um sie herumzugehen, doch sie legt ihm eine Hand auf den Arm. Geht es dem Baby gut? Und Mary Rose? Sie schnappt nach Luft, drückt sich eine Hand in die Seite. Hören Sie, keucht sie, falls Ihre Frau irgendetwas braucht, egal was, bin ich zur Stelle. Sie braucht nur zu fragen, dann komme ich sofort rüber.

Debra Ann

An einem anderen Samstagnachmittag in einem anderen Jahr wäre ihr der Mann vielleicht gar nicht aufgefallen. Vielleicht hätte sie sich auf dem Spielplatz im Prairie Dog Park herumgetrieben oder auf dem Sportplatz der Sam Houston Elementary School, oder sie wäre mit dem Rad zur alten Büffeltränke gefahren, um im getrockneten Schlamm nach Trilobiten und Pfeilspitzen zu suchen. Früher, als in der Senke noch Wasser stand, waren Debra Ann und ihre Mutter oft dort gewesen; sie hatten sich angesehen, wie die Leute sich dort taufen ließen. Ist doch auch ein Zeitvertreib, hatte Ginny gesagt und das alte Badetuch auf der Motorhaube ausgebreitet. Beim Hinaufklettern musste Debra Ann gut aufpassen, sonst verbrannte sie sich die Beine am heißen Metall. Sie lehnten sich an die Windschutzscheibe und teilten sich eine Tüte Chips. Die Erretteten standen unten am Wasserloch und sangen *Das Blut des Lammes reinigt uns,* während die Sünder barfuß hineinwateten, einmal mitten durch den verdreckten Schlick, und vor den Glasscherben und den Wasserschlangen beschützte sie nichts als ihr Glaube. Wenn der Prediger ihnen lächelnd zuwinkte, winkte Ginny zurück und schüttelte den Kopf. Du bist in Ordnung so, wie du bist, sagte sie zu Debra Ann, aber wenn du dich eines Tages taufen lassen willst, dann besser in einer Kirche. Da kriegt man wenigstens kein Tetanus. Wenn ihnen langweilig wurde, packte Ginny alles wieder ein, und sie fuhren in die Stadt zurück und gingen zu Whataburger. Und was machen wir jetzt?, fragte sie Debra Ann nach dem Essen. Wollen wir uns die Gräber draußen in Penwell ansehen? Oder möchtest du nach Monahans und ein bisschen über die Sanddünen laufen? Wir könnten auch zu der Viehauktion in Andrews fahren und so tun, als wollten wir uns einen Bullen kaufen.

Aber in diesem Frühling ist Ginny nicht da, und alle reden über das Mädchen, das entführt und misshandelt wurde. *Vergewaltigt*. Die Erwachsenen glauben, D. A. könnte das Wort nicht verstehen, aber sie ist nicht dumm. Alle Eltern in der Larkspur Lane, darunter auch ihr Vater, haben beschlossen, dass Kinder das Wohngebiet nur noch in Begleitung eines Erwachsenen verlassen dürfen, und vor allem nicht, ohne vorher Bescheid zu geben. D. A. ist gekränkt. Sie kommt seit ihrem achten Geburtstag ohne Aufpasser aus und hat sich während des gesamten Frühlings nicht an die Regel gehalten, selbst nachdem ihr Vater sich mit ihr an den Küchentisch gesetzt und ihr eine Karte gezeichnet hatte.

Die Custer Avenue bildet die nördliche Begrenzung des genehmigten Freilaufgebiets, das leer stehende Haus in der Kurve die südliche. In westlicher Richtung endet es in der Gasse hinter dem Haus von Mrs Shepard, ihrer Nachbarin, die oft dort steht und die Stirn über die vielen Trucks vor dem Bunny Club runzelt. Der Bunny Club ist eine Tittenbar, das weiß selbst D. A. Am anderen Ende der Straße wohnen Casey Nunally und Lauralee Ledbetter, deren Mutter alles und jeden im Auge hat. Sie schreckt nicht mal davor zurück, die Lenkerstange festzuhalten und einen mit neugierigen Fragen zu bombardieren. Wo willst du hin? Was hast du vor? Wann warst du zuletzt in der Badewanne? Die beiden Mädchen sind zwei Jahre jünger als Debra Ann und noch zu klein, um gegen die Regeln zu verstoßen. Oder vielleicht haben sie auch nur Angst vor ihren Müttern.

Den Mann hat sie gefunden, wie sie die meisten ihrer Schätze findet: Sie hat sich gründlich umgesehen. Sie fährt auf dem Weg hinter Mrs Shepards Haus hin und her, umkurvt leere Bierdosen, Zimmermannsnägel und zerbrochene Bierflaschen. Sie weicht Steinen aus, die groß genug wären, ein Mädchen über die Lenkerstange segeln und mit dem Kopf gegen den Müllcontainer oder die Steinmauer krachen zu lassen. Immer hält sie die Augen nach verlorenen Münzen, ungezündeten Feuerwerkskörpern und Heuschreckenhäuten offen. Um Schlangen macht sie einen großen Bogen, könnte ja sein, dass sie giftig sind. Krötenechsen hat sie schon jede Menge gefangen; sie nimmt sie in die Hand und massiert den harten Grat zwischen den Augen, und wenn sie eingeschlafen sind, legt sie sie vorsichtig in das Einmachglas in ihrem Fahrradkorb.

Auf dem Weg hinter Mrs Shepards Haus stellt Debra Ann sich auf die Pedalen und späht über das Feld. Alles, was sie sieht, liegt in der verbotenen Zone: der ausgetrocknete Flutkanal, der Maschendrahtzaun und die Brache; das leere Haus in der Biegung, aus dem die Familie Wallace ausgezogen ist, nachdem ihrem kleinen Sohn das Radio in die Badewanne gefallen war, und zuletzt die Stelle, wo der Kanal sich verengt und aufteilt und in zwei Röhren verschwindet. Sie sind so hoch, dass Debra Ann aufrecht darin stehen kann. Jenseits der verbotenen Zone liegt der Stripclub, geöffnet täglich ab 16:30 Uhr. Sie wurde in ihrem Leben nur selten geschlagen, und nie besonders fest, aber als Mrs Ledbetter ihren Vater anrief, weil Debra Ann vor der Bar herumgelungert und versucht hatte, einen Blick hineinzuwerfen, wann immer die Tür aufging, wurde er weiß vor Zorn und versohlte ihr den Hintern, dass sie für den Rest des Tages nicht mehr sitzen konnte.

D. A. radelt am Kanal entlang. Kurz vor der Biegung und dem leer stehenden Haus steigt sie vom Fahrrad, klettert auf eine metallene Milchkiste und wirft einen Blick über die Mauer. Sie zieht sich hinauf, schwingt ein Bein über, springt ab und landet auf der anderen Seite, erst mit einem Grunzen und dann, als ihr Knie auf die harte Erde schlägt, mit einem Schrei. Sie rollt sich ab und landet knapp neben einem kleinen Geröllhaufen, glücklicherweise, denn sonst müsste sie jetzt weinend zu Mrs Shepard laufen und auf der Terrasse sitzen und warten, während die Nachbarin Pinzette und Desinfektionsmittel holt.

Auf der Mitte des Grundstücks stehen drei abgestorbene Chinesische Ulmen, die an die Hauswand gelehnten Holzlatten sind von der Sonne farblos gebleicht. Vor der Terrassentür haben sich ein paar Steppenläufer versammelt, als hätten sie hineingewollt und den Versuch dann aufgegeben. Oben rechts im Fenster klebt ein kleiner Sticker: *Vergessen Sie den Hund – dieses Haus wird von Smith & Wesson bewacht.* Im letzten Juli, als alle Kinder noch frei herumstreifen durften, waren Debra Ann, Casey und Lauralee in diesen Garten geschlichen und hatten eine Schachtel M-80-Böller abgebrannt, die sie unter der Sportplatztribüne gefunden hatten.

Alle Häuser in der Larkspur Lane sehen mehr oder weniger gleich aus. Von diesem hier gehen zwei kleine Fenster auf den Garten hinaus, wie bei Debra Ann zu Hause. Die nackten Fenster haben weder Jalousien noch Vorhänge und starren aufs Gras, fast so traurig und böse wie die dunklen kleinen Augen von Mr Bonham, der eine Straße weiter wohnt, den ganzen Tag auf der Veranda sitzt und jeden bedroht, der seinem Rasen zu nahe kommt, vor allem auf dem Fahrrad. Das Sonnenlicht ist so grell, dass Debra Ann die Zimmer nicht erkennen kann, aber den toten Jungen kann sie sich auch so gut vorstellen, wie er mit aufgestellten Haaren in der Badewanne liegt. Allein bei dem Gedanken läuft es mir kalt den Rücken runter, hatte Lauralee letztes Mal gesagt.

D. A. hat Hunger und muss mal, aber eigentlich wollte sie noch das Feld zwischen der Gasse und dem Flutkanal erkunden.

Zum Glück liegt das Tonpapierorakel im Fahrradkorb, und es ist ihrer Meinung: *Zögere nicht!* Debra Ann fragt ein zweites Mal nach, nur zur Sicherheit. Sie schiebt Zeigefinger und Daumen in die vier Öffnungen und zählt bis drei, aber das Orakel lässt keine Zweifel aufkommen. *Ja!* Manchmal stellt sie dem Orakel Fragen, deren Antworten sie längst kennt, nur um es auf die Probe zu stellen.

Bin ich größer als ein Bohrturm? *Nein.*

Wird Ford die Wahlen gewinnen? *Unwahrscheinlich.*

Wird mein Vater bei Baskin-Robbins jemals eine andere Eissorte bestellen als Erdbeer? *Nein.*

Vom Ende der Gasse kann Debra Ann den Herrenclub auf der anderen Kanalseite sehen. Um diese Zeit ist er meistens schlecht besucht, auf dem Parkplatz stehen nur ein paar Pick-ups und ein Abschleppwagen mit Seilwinde. Zwei Männer lehnen an der Ladefläche, einer groß und der andere sehr klein. Der Große stellt einen Stiefel auf die Stoßstange, während sie plaudern und abwechselnd aus einer Schnapsflasche trinken. Als sie leer ist, geht der Große zurück in den Club. Der Kleine wirft die Flasche in den Müllcontainer, sieht sich kurz um, springt über den Zaun, überquert das Feld, rutscht seitlich an der schrägen Kanalwand abwärts und verschwindet in einer der Röhren.

D. A. schleift einen alten Umzugskarton aufs Feld und schneidet mit dem Teppichmesser aus Mrs Shepards Garage ein Fenster hinein, kaum breiter als der Abstand zwischen ihren Augen. Sie kriecht in den Karton und wartet. Nach ein paar Minuten steckt der Mann den Kopf aus der Röhre. Er sieht nach links, nach rechts und dann wieder nach links, wie ein Präriehund, der vor dem Verlassen seines Baus nach Königsnattern Ausschau hält. Der Mann kriecht mit dem Kopf voran ins Freie, wie ein Baby bei der Geburt. Er steht auf und streckt sich, und D. A. schlägt sich eine Hand vor den Mund, um nicht laut loszulachen. Einen so kleinen Mann hat sie noch nie gesehen. Er ist schmal und krumm wie eine Vogelscheuche, seine Handgelenke sind dünn wie Vogelbeine. Wahrscheinlich wiegt er keine fünfzig Kilo, selbst mit nassen Klamotten. Ohne die Bartstoppeln sähe er aus wie ein Junge.

Er geht in die Hocke und lässt den Blick über den Kanal schweifen, dann richtet er sich auf und läuft an der Betonschräge hoch. Oben angekommen, folgt er dem Zaun bis dorthin, wo der Maschendraht niedergetrampelt ist. Debra Ann kennt die Stelle gut, sie benutzt sie regelmäßig als Abkürzung zum 7-Eleven oder zum Büchermobil.

Der Mann bleibt stehen und pinkelt gegen den Müllcontainer hinter dem Club. Er knöpft sich die Hose zu, stellt sich an die Hintertür und klopft an. Die Tür schwingt auf. Debra Ann zieht die Schultern ein, macht sich klein und schiebt sich umständlich aus dem Karton hinaus. Sie klopft sich den Dreck vom T-Shirt und wirft einen Stein. Er landet mit einem dumpfen Schlag auf dem Feld und wirbelt etwas Staub auf. Sie kann sich nicht erklären, wieso der Mann dort unten in der Röhre wohnt, außer mit ihm stimmt irgendwas nicht. Ihr Vater sagt immer, wer derzeit in Odessa keine Arbeit findet, muss blöd, verrückt oder tot sein. Das Jobangebot ist riesig. Vielleicht ist der Mann alles davon – dumm, nicht ganz richtig im Kopf und sterbenskrank –, aber was auch immer es ist, ihr kann er nicht gefährlich werden, das spürt sie tief in ihrer Seele. Sie spürt es mit derselben Überzeugung, mit der sie weiß, dass ihr nichts zustoßen kann, solange sie auf dem Gehweg nie auf die Ritzen tritt, ihr Gemüse aufisst und nicht mit fremden Männern spricht. Dass Ginny im Frühjahr abgehauen ist, hat Debra Anns Selbstvertrauen erschüttert, aber nun fühlt sie sich bestätigt. Sie hat den Mann gesehen und *gewusst*, dass er ihr nichts tun wird.

Sie spuckt auf den Boden und sucht noch einen Stein. Er landet in einem kleinen Mesquitebaum, genau dort, wo das Feld zum Kanal hin abfällt. Bevor der Sommer zu Ende geht, werfe ich einen bis auf die andere Seite, sagt sie laut.

~

In der darauffolgenden Woche läuft sie jeden Tag nach der Schule auf das Feld, um ihn zu beobachten. Während der ersten drei Nachmittage sammelt sie lediglich Informationen. Verlässt er die Röhre immer zur selben Uhrzeit? Geht er immer in die Tittenbar? Sie wartet auf eine Gelegenheit, ihn aus der Nähe zu betrachten.

Es ist fast fünf am Nachmittag, und die Sonne knallt Debra Ann auf den Kopf wie eine Faust. Ihr Mund und ihr Hals sind so trocken, dass es wehtut. Die Hitze drückt auf ihren Brustkorb und nimmt ihr die Luft, und weil sie ihr T-Shirt schon vor einer Stunde durchgeschwitzt hat, bleibt ihr kein Schweiß zur Abkühlung mehr. Sie zieht das Orakel aus der Tasche ihrer Shorts, das Tonpapier liegt trocken und spröde in der Hand. Soll ich mir sein Lager ansehen? *Ja.* Soll ich mir sein Lager ansehen? *Zögere nicht!*

Das Wasserrohr ist so groß, dass sie beim Eintreten nur ganz leicht den Kopf einziehen muss. Sie sieht einen Müllbeutel, aus dem Schmutzwäsche und Socken heraushängen, daneben niedrige Stapel aus ordentlich gefalteten Hosen und Hemden. Neben einem umgedrehten Drahtkorb für Milchflaschen, der als Tischchen dient, steht ein Stiefelpaar, auf dem Korb eine Keramikschale, daneben liegen ein Rasierer und zwei braune Briefumschläge. Auf dem einen steht *Gefreiter Belden, Entlassungspapiere*, auf dem anderen *Arztbrief*.

Zehn Schritte hinter dem Eingang hat der Mann eine Wand gezogen und die Röhre mit Kartons verschlossen. Im Falle einer Überschwemmung wird das Wasser auf ein Feld außerhalb der

Stadt umgeleitet. Also nie. Als die Röhre zum letzten Mal unter Wasser stand, hatte D. A. noch Stützräder an ihrem Fahrrad. Auf den zweiten Blick entdeckt sie den alten Werkzeugkasten vom letzten Sommer, ein zerbeultes Ding, das die Mädchen beim Spielen gefunden hatten. Lauralees kurvige Handschrift im Emaille ist immer noch zu lesen: *Geheimversteck*, darunter ein großer Smiley und zwei von Pfeilen durchbohrte Herzen.

An der Pappwand liegen ein Rucksack und ein säuberlich zusammengerollter Schlafsack. Debra Ann geht zum Tisch und berührt die gesprungene Rasierschale. Sie nimmt das Rasiermesser und einen kleinen schwarzen Kamm in die Hand und mustert die Briefumschläge. Wahrscheinlich ist er ein Kriegsheld. Wahrscheinlich wurde er schwer verwundet. Seit ihre Mutter weg ist, hat D. A. an den Wochenenden nichts zu tun. Sie war auf der Suche nach einem Projekt, und nun hat sie es endlich gefunden. Vielleicht kann der Mann ihr dabei helfen, ein besserer Mensch zu sein. Nicht mehr das böse Mädchen, das seine Mutter in den Wahnsinn treibt, sodass sie ohne jemandem ein Wort zu sagen die Stadt verlässt. Wird Ginny vor dem großen Feuerwerk am 4. Juli wieder zu Hause sein? *Ja.*

~

Die ersten Geschenke legt sie in einer braunen Papiertüte vor die Röhre. Sie huscht zurück in den Karton und fragt sich, was als Nächstes passieren wird. Der Mann öffnet die Tüte vorsichtig, als könnte sie voller Taranteln sein oder wenigstens voller Kuhmist. Dann nimmt er eine Dose Mais in Rahmsauce, eine Packung Kaugummi und einen braunen Malstift mit stumpfer Spitze heraus. Er sieht sich lächelnd um. Da ist auch eine Botschaft auf einem bonbonfleckigen, klebrigen Zettel. Debra Ann kann sehen, wie er beim Lesen die Lippen bewegt. *Keine Sorge, wir kümmern uns um Sie. Schreiben Sie auf, was Sie brauchen, & legen Sie es unter den großen Stein am Zaun. Kein Wort zu niemandem. D. A. Pierce.*

Sie schaut zu, wie er den braunen Stift mit seinem Taschenmesser anspitzt, und als er später an die Hintertür der Bar klopft und in der Baracke verschwunden ist, rennt sie los und holt den Zettel. *Dekke Kochtopf Dosenöffner Streichhölzer vielen Dank und Gott segne Sie, Jesse Belden, Gefreiter der US Army.*

Am ersten Schultag nach Ostern bringt sie ihm das Gewünschte in einer Papiertüte vom Piggly-Wiggly-Supermarkt. Sie hat zwei hartgekochte Eier dazugepackt, in Folie gewickeltes Maisbrot, ein Stück Schinken und einen halb aufgetauten Auflauf. Mrs Shepards Namensetikett hat sie fast komplett von der Form gekratzt, nur die Buchstaben COR sind übrig geblieben – keine Chance, die rechtmäßige Eigentümerin zu ermitteln. Außerdem noch zwei reife Tomaten und ein paar kleine Schokohasen aus dem Osterkorb, den ihr Vater auf den Küchentisch gestellt hat.

Während er den Brief liest, beobachtet sie sein glückliches Gesicht von ihrem Versteck aus und bewegt die Lippen synchron zu seinen. *Frohe Ostern, Jesse Belden von der US Army, Sie sind ein guter Amerikaner. Mögen Sie Okraschoten und Wachtelbohnen? Mit freundlichen Grüßen, D. A. Pierce.*

Anfang Mai, drei Wochen nach der ersten Sichtung, wartet Debra Ann, bis der Mann in der Röhre verschwunden ist, dann klettert sie mit einer Essenstüte und zwei Dosen Dr Pepper in den Kanal hinunter. Sie leuchtet mit ihrer Taschenlampe in die Röhre. Sind Sie da? Ihre Worte verhallen im Dunkeln. Ich werde niemandem sagen, dass Sie hier sind. Brauchen Sie Hilfe?

Später, als sie sich ein bisschen besser kennengelernt haben, wird Jesse Belden ihr erklären, dass er auf dem nackten Beton schläft, weil der so angenehm kühl ist; dass er sein Geld spart und plant, sich seinen Truck von Boomer zurückzuholen, einem Cousin, der behauptet, Jesse sei ihm zwei Monatsmieten und Essensgeld schuldig. Jesse erzählt ihr, dass er beim Schlafen auf seinem guten Ohr liegt, denn so ist die Welt viel leiser. Nur deswegen hatte er D. A. erst bemerkt, als sie praktisch schon vor ihm stand. Er hatte sie nicht gehört.

Wir haben einander einen Mordsschrecken eingejagt, sagt Jesse.

Ja, ich habe mir fast in die Hose gemacht! Sie beobachtet sein Gesicht, erwartet einen Tadel für die Ausdrucksweise, aber er sagt nichts. Jesse mag ein Erwachsener sein, aber er verhält sich nicht wie einer. Möglicherweise ist er ein bisschen dumm, denkt Debra Ann, jedenfalls hat er keine Ahnung, wie die meisten Leute mit Kindern reden. Er sagt, an dem Tag seien seine Augen so trocken gewesen wie der Staub, in dem er schlief, trocken wie die halb tote Schlange, die der Straßenkater ihm am Morgen vor die Röhre gelegt hatte; aber als Debra Ann ihm mit der Taschenlampe ins Gesicht leuchtete und fragte: Was wollen Sie?, füllten sie sich mit Tränen. Und Jesse, der tagelang nichts anderes gesagt hatte als Ja, Sir oder Nein, Sir, Jesse, dessen Rippen immer noch von dem Schlag in den Rücken schmerzten, den er auf dem Parkplatz kassiert hatte, wo er hinter seinem eigenen Truck hergelaufen war, dieser Jesse antwortete: Ich will nach Hause.

Sie verrät ihm nicht, dass sie ihn wochenlang beobachtet hat. Sie sagt Ja, Sir, und sie verspricht ihm, immer rechts von ihm zu sitzen, damit ihre Worte so glasklar sind wie der kalte Bach, von dem er ihr erzählt hat, daheim in Tennessee, wo seine Mutter und seine Schwester Nadine auf ihn warten.

~

Er ist zweiundzwanzig und sie zehn, und beide sind so dünn wie Ocotillozweige. Beide haben eine kleine Narbe über dem rechten Knöchel, er von einer schlimmen Entzündung, die er sich in Südostasien zugezogen hatte, sie von einem vorzeitig explodierten Silvesterböller. Sie essen Mortadellasandwiches und Sonnenblumenkerne und schauen dem Kater zu, wie er den ausgespuckten Schalen nachjagt. Sie reden davon, ihm ein Halsband zu besorgen. Wenn er sich verläuft, kann der Finder bei Debra Ann anrufen und ihr sagen, wo sie ihn abholen kann.

Sie bringt Jesse Schokoriegel, die in ihrer Hosentasche schmelzen. Sie lecken die warme Flüssigkeit von der Folie. Als sie ihn fragt, warum er in einem Striplokal arbeitet, bekommt er einen knallroten Hals und starrt auf seine Füße. Ohne den Truck kann er nicht auf den Ölfeldern arbeiten. Ich wische da nur die Böden und bringe den Müll raus, sagt er. Früher haben ich und mein Cousin Salzwassertanks gereinigt.

Er verschweigt ihr, dass er nach Texas gekommen ist, weil es in Tennessee keine Arbeit gab und Boomer ihm versprochen hatte, hier könne er leichtes Geld verdienen. Von seinem Zwischenstopp in der Veteranenklinik von Big Springs sagt er ebenfalls nichts. Dort konnte er in einem richtigen Bett schlafen, und das Essen war auch ziemlich gut, aber nach zwei Wochen begleitete der Arzt ihn zu seinem Truck, drückte ihm einen Umschlag in die Hand und sagte: Junge, Sie sind zweiundzwanzig. Sie sollten dankbar sein, dass Sie heile zurückgekommen sind. Ihnen fehlt nichts, was ein bisschen harte Arbeit nicht kurieren könnte. Jesse erzählt D. A. nicht, dass er, als der Arzt ihm die Hand auf die Schulter legte, den schweren Absolventenring spüren konnte. Wie weit ist es nach Odessa, hatte er gefragt, und der Arzt hatte nach Westen gezeigt. Sechzig Meilen, sagte er, und vergessen Sie nicht, nachts von innen die Autotüren zu verriegeln, und da wünschte Jesse sich, der Mann wäre sein Vater.

Debra Ann erzählt ihm, wie sie am Vortag den Kater suchen wollte und Mrs Shepards Lincoln draußen in der Einfahrt stand, was ziemlich seltsam war, weil Mrs Shepard jetzt eigentlich den Pick-up ihres toten Mannes fährt. Auf Debra Anns Klopfen reagierte sie nicht, wahrscheinlich hielt sie einen Mittagsschlaf, aber als Debra Ann dann in die Garage schlich, um mal nachzusehen, was noch in der Tiefkühltruhe war, saß Mrs Shepard in Mr Potters altem Truck, und der Motor lief. Was machen Sie hier?, fragte Debra Ann. Corrine rührte sich erst nicht, aber dann seufzte sie: Du liebe Güte, und schaltete den Motor aus. Was machst *du* hier?

Ich brauche ein scharfes Messer.

Corrine deutete zur Werkzeugbank, wo die verstaubten Gartengeräte lagen. Bring es zurück, wenn du fertig bist, sagte sie. Und nicht rennen, wenn du es in der Hand hältst.

Haben Sie den Kater gesehen?

Nein, ich habe den gottverdammten Kater nicht gesehen. Würdest du jetzt bitte meine Garage verlassen?

Jesse und Debra Ann kauen etwas von dem Süßgras, das Debra Ann in Mrs Ledbetters Vorgarten ausgerissen und in eine Tüte gestopft hat. Sie trinken Orangesaft aus einem großen Kanister, den Jesse von einem Barmann geschenkt bekommen hat. Sie spielen eine Runde Poker, mit den Karten aus Mrs Shepards Küchenschublade. Er zeigt ihr einen Lederbeutel voller Achate, die er am Clinch River gefunden hat. Das Wasser fließt so dicht an seinem Elternhaus vorbei, dass man von der Veranda einen Stein reinwerfen könnte. Such dir die zwei schönsten aus, sagt er. Die bringen Glück.

Vor dem Krieg waren seine Ohren angeblich so gut, dass sein Onkel immer sagte, Jesse könnte es hören, wenn eine Rehkuh sich mit dem Schwanz eine Bremse vom Hintern schlägt. Er hörte die Zecken aus dem Hundefell fallen und die rülpsenden

Welse am Grund des Sees. Er sagt Debra Ann nicht, dass er nach seiner Heimkehr aus Übersee in den Wald ging, ganz still dastand und lauschte. Als die Geräusche sich einstellten – ein vom Wind losgerüttelter Zweig landet auf der Erde, ein Weißwedelhirsch springt durch den Wald, ein Schuss am anderen Ende der Schlucht –, wusste er nicht, ob sie echt waren oder nur eine Erinnerung. Das Zirpen der Grillen, die quakenden Frösche am Bach, zwei Krähen im Kampf mit einem Blauhäher, der ihre Eier klauen wollte, das Summen der Mücken und der Wespen, das Platschen der Regenbogenforelle, die Jesse aus dem Wasser zog. Vielleicht hörte er das alles, aber vielleicht wünschte er es sich nur.

D. A. erzählt ihm, dass sie vor dem Hinsetzen immer einen Blick in die Kloschüssel wirft, denn sie hat Geschichten von Mokassinottern gehört, die durch die Wasserleitungen kriechen und sich über den Schüsselrand schieben. In Stanton hatte sich ein Mädchen nachts zum Pinkeln hingesetzt, und da war eine vier Fuß lange Mokassinotter in die Höhe geschossen und hatte sie mitten in die Pflaume gebissen.

In die Pflaume? Jesse kriegt sich nicht mehr ein vor Lachen. Ja! D. A. lacht auch. Sie ist angeschwollen wie eine Zecke! Debra Ann holt Luft und bläst die Backen auf, dann dreht sie den Kater auf den Rücken und tastet sein Fell ab. Sie fühlt einen Knoten und zieht eine dicke graue Zecke heraus, vollgesogen und breit wie ein Daumennagel. *So* hat das ausgesehen, sagt sie und drückt zu, bis die Zecke platzt und das Blut ihr über die Finger spritzt.

Sie erzählt Jesse, dass sie das Orakel befragt hat und ihre Mutter rechtzeitig zum großen Feuerwerk am 4. Juli wieder zurück sein wird. Beim nächsten Mal wird sie das Orakel mitbringen, dann kann er ihm persönlich ein paar Fragen stellen. Wird er sein Auto von Boomer wiederbekommen? Wird er nach Hause zurückkehren, bevor der Clinch River zu kalt wird und die Fische nicht mehr beißen? Sie erzählt ihm, dass sie so oft zum Büchermobil rübergeht, dass die beiden alten Damen, die dort arbeiten, zwei ledige Schwestern aus Austin, ihr gedroht haben, sie auf die Gehaltsliste zu setzen. Sie darf sich immer so viele Bücher ausleihen, wie sie möchte, und wenn der Buick der Schwestern morgens auf den Parkplatz biegt, sitzt sie manchmal schon auf der klapprigen Metalltreppe. Gelegentlich wirft ihr eine der beiden den Schlüssel zu, sagt Debra Ann, und dann darf sie das Büchermobil aufschließen. Sie liegt vor dem Verdunstungskühler auf dem Teppich, der nach nassem Hund stinkt, und liest den ganzen Tag.

In jedem Buch gibt es mindestens eine gute Stelle, erklärt sie Jesse, weil sie ziemlich sicher ist, dass er nicht so gut lesen kann. Es gibt Liebesgeschichten, schlechte Neuigkeiten und böse Erfinder, eine spannende Handlung und Orte und Leute, die sie gern mal im richtigen Leben kennenlernen würde, dazu Wörter, die so schön und melodiös sind, dass einem beim Aussprechen die Tränen kommen.

Debra Ann steht auf, wischt sich das Zeckenblut an der Shorts ab, hebt die Arme über den Kopf und sagt eine der schönsten Passagen auf, die sie je gelesen hat. *Die Grillen hielten es für ihre Pflicht, jeden daran zu erinnern, dass die Sommerzeit nicht ewig dauern kann. Selbst an den schönsten Tagen im ganzen Jahr – den Tagen, wenn der Sommer in den Herbst übergeht – kündeten sie von Trauer und Vergänglichkeit.* Also, weißt du, sagt sie zu Jesse, ich war noch nie an einem Ort, wo es Herbst wird, aber ich glaube, von Trauer und Vergänglichkeit verstehe ich trotzdem eine Menge. Ich auch, sagt Jesse.

~

Als Ende Mai die Ferien beginnen, besucht sie ihn jeden Tag für mindestens eine Stunde, bevor um 16:30 Uhr seine Schicht anfängt. Der Kater döst auf dem Armeerucksack, Jesse und Debra Ann sitzen auf Milchkisten, die er in dem Müllcontainer hinter dem 7-Eleven gefunden hat. Unsere Veranda, sagt er, und sie antwortet, die Veranda sei wirklich sehr schön. Aber insgeheim schmiedet sie schon einen Plan, ihn zum Mittagessen einzuladen, wenn Mrs Ledbetter einmal nicht zu Hause ist. Sie möchte ihm eine richtige Veranda zeigen, er soll auf einem richtigen Stuhl an einem richtigen Tisch sitzen und verstehen, was im Leben alles möglich ist.

Debra Ann hat zwei Gabeln mitgebracht. Sie brauchen keine fünf Minuten, um den aus Mrs Shepards Gefriertruhe geklauten Auflauf zu essen. Sogar die unaufgetauten Teile sind lecker, sagt er. Der Auflauf schmeckt, als hätte ihn jemand mit viel Liebe und Mühe zubereitet. Nach dem Essen legt Debra Ann ein Blatt Papier auf den Kartontisch. Sie reicht Jesse einen Bleistift und schämt sich ganz kurz, weil sie kleine Zahnabdrücke im Holz bemerkt. Schreib auf, was du brauchst, sagt sie. Ich bringe alles, was ich auftreiben kann.

Würdest du bitte für mich schreiben? Er gibt ihr Papier und Bleistift zurück. Ich bin müde.

Er könnte ein altes Laken gebrauchen, denn für die Decke, die Debra Ann ihm letzten Monat gebracht hat, ist es mittlerweile zu warm. Über die Zigaretten hat er sich sehr gefreut, doch er raucht nie in ihrer Gegenwart. Ein paar mehr davon wären schön, und auch noch etwas von dem Maisbrot, falls sie darankommt, und Wachtelbohnen und Chow-Chow.

Das ist ein gutes Essen, sagt er, dazu noch ein Schluck Buttermilch, und man fühlt sich wie Gott in Frankreich.

Was war das Beste, was du je gegessen hast?, fragt sie.

Braten mit Kartoffeln vermutlich. Oder das Steak, das sie mir am ersten Abend im Camp serviert haben, als ich aus dem Krieg zurückgekommen bin.

Und was ist die beste Süßigkeit?

Die selbst gemachten Chocolate Chip Cookies meiner Mutter.

Ja, wie bei mir, sagt sie, und dann schweigen sie eine Weile. Debra Ann betrachtet sein Gesicht, als wollte sie es sich einprägen. Ich besorge dir eine Zahnbürste, sagt sie, und Jesse lacht. Der einzige Mensch auf der Welt, der sich je für seine Zähne interessiert hatte, war sein Sergeant. Der Mann saß ihm wirklich ständig im Nacken. Jetzt ist er wieder zu Hause in Kalamazoo. Der Name klingt ausgedacht, sagt D. A., und Jesse antwortet, dass er das auch dachte, den Ort dann aber im Atlas gefunden hat, keine zwei Fingerbreit von der kanadischen Grenze entfernt.

Als zum Schichtende die Raffineriepfeife ertönt, sagt Jesse, er müsse nun zur Arbeit. Er könne übrigens noch ein Flohhalsband für den Kater gebrauchen, falls sie eins auftreiben könne, und ein paar Dosen Thunfisch. Und eine große Wasserflasche und vielleicht etwas Insektenspray. Debra Ann schreibt alles mit, und als sie einen Skorpion aus der Röhre herauskrabbeln sieht, aus der anderen, wo der Müll lagert, geht Jesse hin und zertrampelt ihn mit dem Stiefelabsatz. D. A. sieht auf ihre dünnen Plastiksandalen hinunter, auf den pastellrosa Nagellack, den Casey aufgetragen hat, und stellt sich vor, wie der Skorpion über die Sandale kriecht und den Schwanz hebt. Wie schmerzhaft der Stich wäre. Sie überlegt sich, wie schön das ist, wenn ein anderer einen vor so etwas rettet, selbst wenn man gar keine Rettung braucht.

~

Sie kann freihändig durch die ganze Larkspur Lane fahren und sogar um die Kurve, kein einziges Mal muss sie die Hand an den Lenker legen. Sie kann sechsundzwanzig Räder in weniger als einer Minute schlagen und kopfüber vom Klettergerüst hängen, bis sie fast ohnmächtig wird. Sie schafft dreißig Sekunden

Handstand und eine Minute Kopfstand und kann zehn Minuten auf einem Bein stehen. Sie stellt sich auf den warmen Beton des Flutkanals und führt es vor. Im 7-Eleven kann sie Schokoriegel in ihrer Tasche verschwinden lassen, in Mrs Shepards Garage Auflaufformen in ihrem Rucksack, und wenn sie ein besonders weit geschnittenes T-Shirt trägt, schafft sie es sogar, sich in Mrs Ledbetters Küche einen Vortrag anzuhören und sich dabei unbemerkt eine Dose Chili in den Hosenbund zu schieben.

Früher, in den normalen Jahren, hätte sie sich fürs Klauen geschämt. Aber seit Ginny verschwunden ist, hat Debra Ann sich viele Gedanken über das rechtschaffene Leben gemacht. Sie putzt die Küche und sorgt dafür, dass ihr Vater sonntags seine Ruhe hat. Sie kümmert sich um Mrs Shepard und spielt mit Peter und Lily – die sind nur ausgedacht, das weiß sie selbst, aber das ist egal, denn beide haben spitze Ohren und auf dem Rücken Flügel, die in der Sonne glitzern. Sie kommen aus London angeflogen, wenn Debra Ann einen schlechten Tag hat, wenn sie sich die Augenbrauen ausrupft und sich fragt, wo ihre Mutter steckt oder warum sie verdammt noch mal überhaupt abgehauen ist. D. A. hat sich viele Gedanken um Mundraub gemacht, sie hat sich den Bibelunterricht vom vergangenen Sommer in Erinnerung gerufen und weiß: Zu stehlen ist besser, als einen Menschen hungern oder einen Freund im Stich zu lassen.

Wenn Jesse nachmittags zur Arbeit geht, fährt sie mit dem Rad zu Casey oder Lauralee rüber und sieht nach, ob sie zu Hause sind. Sie fährt nach Hause, setzt sich im Schneidersitz auf den Garagenboden und wühlt in Ginnys alter Zedernholzkiste. Sie versucht, sich das Joni-Mitchell-Album anzuhören, das sie im Küchenabfall gefunden hat, aber die Musik erinnert sie an lange Autofahrten mit Ginny durch das westliche Texas, damals, als sie noch gemeinsam die Gegend erkundet haben. Im *Life*-Magazin entdeckt sie einen Artikel über die Zweihundertjahrfeier in Washington. Sie isst ein Butterbrot mit Zucker und wischt die verstreuten Körnchen vom Küchentresen. Dann geht sie mit einer Dose Dr Pepper und einer Tüte Chips zu Mrs Shepard, und als sie sieht, dass der Truck nicht in der Einfahrt steht, kriecht sie in die Weißdornhecke, streckt sich im gesprenkelten Schatten aus und denkt an Ginny, bis ihre Wangen und ihr Kinn mit Erde und Tränen verschmiert sind. Die Hecke ist ein guter Ort zum Weinen, kühl, abgeschieden und ohne Zeugen.

Die Menschen werden alt und sterben. Mr Shepard war schon sehr krank, als er den Jagdunfall hatte, auch wenn er nie darüber reden wollte. Die Haare fielen ihm aus, er brauchte einen Gehstock und wurde vergesslich, am Ende vergaß er manchmal auch Debra Anns Namen. Alle wussten Bescheid.

Männer kommen ständig um – bei Schlägereien, Pipeline-Explosionen oder wegen eines Gaslecks. Sie fallen von Kühltürmen, wollen schnell noch die Bahngleise überqueren oder betrinken sich und versuchen dann, ihre Waffen zu putzen. Frauen kommen um, wenn sie Krebs kriegen oder den Falschen heiraten oder zu fremden Männern ins Auto steigen. Casey Nunallys Vater fiel in Vietnam, als sie noch ein Baby war. Debra Ann hat die Fotos im Flur gesehen: sein Porträt vom Schulfotografen, aufgenommen wenige Monate bevor er die Grundausbildung antrat; ein Hochzeitsfoto aus der Zeit, als er Heimaturlaub hatte; und dann ihr Lieblingsbild, ein Schnappschuss vom Dallas/Fort Worth Airport. Er trägt darauf ein grünes Militärhemd mit Aufnäher an der linken Schulter, hält seine neugeborene Tochter im Arm und strahlt über das ganze Gesicht.

Ich habe ihn nie kennengelernt, sagt Casey. Für sie ist David Nunally eine zusammengefaltete Flagge, die ihre Mutter in der Wäschekommode aufbewahrt. Er ist ein Orden in einer kleinen, mit lila Satin ausgeschlagenen Holzkiste und die abblätternde Farbe an der Hausfassade. Er ist Mrs Nunallys Job im

Bowlingcenter, im Supermarkt, im Kaufhaus, und ihr Gebet in einem Dutzend Kirchen, und jedes klingt ein bisschen verzweifelter als das davor. Er ist der lange Rock, den Casey selbst im Hochsommer tragen muss, wie alle Frauen und Mädchen der Adventistengemeinde. Sie geht nicht sonntags in die Kirche, sondern am Samstag. Er ist der Satz, den Casey immer wieder zu Debra Ann sagt: Alles wäre anders, wenn …

Wenn ein Mensch stirbt, kommen vorgeschriebene Abläufe in Gang. Der Bestatter zog Lauralees Großmutter ihre Lieblingsbluse an und setzte ihr die schönste Perücke auf. Den Krebs versteckte er unter einer dicken Schicht Puder, und die Arme drapierte er knapp unterhalb ihrer Brüste, eine bleiche, runzlige Hand auf der anderen. Lauralee flüsterte, die Wange ihrer Großmutter fühle sich an wie kaltes Gummi. Debra Ann nahm Caseys Hand und wollte sie zum Sarg ziehen, aber da kniff Mrs Ledbetter beide Mädchen in die empfindliche Rückseite ihrer nackten Arme und zischelte Debra Ann ins Ohr: Was in aller Welt stimmt nicht mit dir?

Aber Ginny Pierce ist noch am Leben. Sie ist weg, fort aus der Stadt. Sie hat einen Brief hinterlassen, ihre Sachen und auch ihren Mann und ihre Tochter. Deswegen tätschelt Mrs Shepard manchmal Debra Anns Arm oder bietet ihr an, ihren Pony zu schneiden, deswegen schürzt Mrs Nunally kopfschüttelnd die Lippen. Sonntagmorgens macht ihr Vater Frühstück, sonntagabends grillen sie Steaks und fahren zu Baskin-Robbins. Später sitzt er im Wohnzimmer und hört seine Schallplatten, oder er geht auf ein Bier zu Mr Ledbetter.

Debra Ann möchte nicht, dass im Haus Chaos herrscht, wenn Ginny zurückkommt. Sie will nicht, dass ihre Mom gleich wieder auf dem Absatz kehrtmacht. Sie räumt ein bisschen auf und überlegt dabei, wie sie Jesse helfen könnte, seinen Pick-up wiederzubekommen. Sie macht sich Sorgen um ihren Dad, der nicht genug schläft, und um Mrs Shepard, die manchmal so tut, als wäre sie nicht zu Hause, selbst wenn Debra Ann sich auf die Verandaplanken legt und ruft: Ich kann Ihre Schuhe unter der Tür sehen! Sie wartet auf einen Anruf ihrer Mutter, zuckt jedes Mal zusammen, wenn das Telefon klingelt, und seufzt dann, weil sie wieder nur die Stimme ihres Vaters hört. Sie legt sich zurecht, was sie sagen wird, wenn ihre Mutter heimkommt. Sie wird so entspannt klingen, als riefe Ginny bloß schnell vom Infotresen des Supermarktes an, um nachzufragen, ob sie noch Eiscreme im Haus haben. Wenn ihre Mutter endlich anruft, wird Debra Ann freundlich, aber nicht übereifrig reagieren und die eine Frage stellen, die ihr seit dem 15. Februar nicht mehr aus dem Kopf geht, dem Tag, als sie vom Basketball nach Hause kam und auf ihrem Kopfkissen eine Nachricht von Ginny lag.

Wann kommst du nach Hause?

Ginny

Sonntagmorgen, 15. Februar. Dass sie nicht die Erste ist, ist ein schwacher Trost. Viele andere Frauen sind vor ihr gegangen. Als sie in der Feuerwehrzufahrt der Sam Houston Elementary School parkt, im Kofferraum zwei Taschen und einen Schuhkarton mit Familienfotos, denkt Ginny Pierce an all die Frauen, die aus Odessa geflüchtet sind. Eigentlich ist Ginny kein Mensch, der vor Problemen davonläuft; sie plant, in einem Jahr zurückzukehren, spätestens in zwei. Sobald sie einen Job und eine Wohnung gefunden und etwas Geld auf dem Konto hat, wird sie zurückkommen und ihre Tochter holen.

Mama, warum weinst du?, fragt Debra Ann, und Ginny sagt: Das ist nur der Heuschnupfen, Schätzchen. D. A. schüttelt energisch den Kopf, es ist Februar und zu früh für Heuschnupfen. Als wäre damit alles geklärt. Ginny schluckt, sie spürt einen Kloß im Hals. Kommst du mal kurz her, Schätzchen? Ich möchte dein Gesicht sehen.

Ihre Tochter wird bald zehn. Sicher wird sie sich an diesen Tag erinnern – an den Tag, als sie beide im Fluchtwagen saßen, einem klapprigen, launischen Pontiac, den Ginny seit der Highschool fährt. D. A. wird sich daran erinnern, wie ihre Mutter sie plötzlich gepackt, über den Sitz gezogen und an sich gedrückt hat, Schulter an Schulter. Ginny wird sich daran erinnern, wie sie ihrer Tochter das weiche braune Haar aus den Augen strich, an den Duft nach Haferbrei und Ivory-Seife, an die Schokolade an Debra Anns Kinn (das Kind hatte den ganzen Vormittag genascht), an den Glanz der Sonnenmilch auf ihren Wangen. Sie wischt ihrer Tochter mit zittriger Hand eine Cremeschliere vom Kinn und denkt: Nimm sie einfach mit. Es wird schon irgendwie klappen. Aber da macht Debra Ann sich los und sagt: Lass das. Für sie ist heute ein ganz normaler Sonntag, und ihre Mutter nervt wie immer. Selbst Ginnys Tränen sind für sie ein gewohnter Anblick.

Debra Ann schlägt die Beifahrertür zu und klemmt Ginny fast die Finger ein. Sie wirft sich den Rucksack über die Schulter, ihr Basketball fällt hinunter und rollt über den staubigen Boden. Zum Abschied hebt sie lässig die Hand und entfernt sich vom Auto. Mach's gut, Mama. Mach's gut, Debra Ann.

~

Ginnys Großmutter sprach nur selten über die Frauen, denen die Flucht gelungen war. Über die anderen, die der Versuch das Leben gekostet hatte, sprach sie hingegen sehr viel. Die lebhaften Erzählungen wirken nach, als hätte jemand ein heißes Eisen genommen und sie in Ginnys Erinnerung eingebrannt.

Im Frühjahr 1935 servierte die Frau eines Viehzüchters den Arbeitern das Mittagessen wie an jedem Tag und erhängte sich dann auf der Veranda vor dem Haus. Sie hat nicht mal das Geschirr gespült, sagte Ginnys Großmutter, sie hat es einfach in die Spüle gestellt und sich die Schürze abgenommen und ist hochgegangen, um ihr schönstes Hemdblusenkleid anzuziehen. Die Großmutter erzählte das, als wäre die Spüle voller Geschirr der eigentliche Kern der Geschichte. Später an dem Nachmittag kam einer der Kuhhirten zum Haus, um das Wasserfass zu füllen, und da entdeckte er sie. Auf der Veranda lag ein umgekippter Küchenstuhl, der Wind drehte den Leichnam sanft hin und her, hin und her, und unten aus den Röcken ragte ein nackter Fuß heraus. Zwei Tage lang haben sie nach dem Schuh gesucht, sagte die Großmutter, und Ginny hatte zuckende Beine vor Augen und einen braunen Lederschuh, der über den Hof fliegt und im Sand landet.

Eine andere Frau hatte einen Zettel hinterlassen, auf dem stand, sie müsse unbedingt etwas Grünes sehen, und sei es nur ein Hartriegelstrauch, eine Magnolie, ein Süßgrashalm. Sie sattelte die beste Stute ihres Mannes und gab ihr die Sporen, jagte in hohem Tempo durch die Wüste und endete in einem Stacheldrahtzaun kurz vor Midland. Da draußen verirrt man sich leicht, wenn man sich nicht auskennt, sagte Ginnys Großmutter.

Und nicht einmal die Frauen, die sich an alle Regeln hielten, waren vor den Geschichten der Großmutter sicher. Auf dem Rückweg von der Kirche verliefen sie sich im Schneeregen. Andere wurden vom Schnee eingeschlossen, bis ihnen das Essen und das Feuerholz ausgingen. Sie mussten Babys beerdigen, die ein Tornado ihnen aus den Armen gerissen und auf die harte Erde geschleudert hatte, und Kinder, die während eines Sandsturms hinausgelaufen und vor der Tür erstickt waren. Manchmal vermutete Ginny, dass ihre Großmutter gar keine Geschichten mit gutem Ende kannte.

~

Hinter der Windschutzscheibe erstreckt sich die Interstate 20 platt und reglos wie ein Leichnam. Der Himmel darüber ist leer und ungerührt. Da draußen ist nichts als die endlose Straße, von der Ginny immer geträumt hat, auch wenn sie im Moment nur wenig davon sehen kann. Ginny sucht nach dem Radiosender des Junior College, und kurz darauf schallt Joni Mitchells Stimme durchs Auto, schmerzlich schön, klar und rein wie eine Kirchenglocke oder ein Choral, fast unerträglich. Ginny schaltet das Radio schnell wieder aus. Jetzt hört sie nur noch das beständige Summen der Reifen auf dem Asphalt und gelegentlich ein besorgniserregendes Knirschen unter der Motorhaube. Ginny tritt aufs Gaspedal, das Geräusch wird lauter. Sie kreuzt die Finger und hält den Atem an.

An der Abzweigung zu Mary Rose Whiteheads Haus setzt sie den Blinker, nimmt den Fuß vom Gaspedal und spielt mit dem Gedanken, einfach abzubiegen. Sie sieht sich die Schotterstraße hinunterfahren und an Mary Roses Tür klopfen. An einem Nachmittag vor langer Zeit hatten sie zusammen vor der Highschool gestanden und gewartet, Mary Rose auf ihre Mutter und Ginny auf ihre Großmutter.

Kurz vor dem letzten Klingelzeichen fanden sie sich auf dem Parkplatz wieder, in der Tasche alle Sportsachen und den kompletten Inhalt ihres Spinds. Beide kamen von der Schulkrankenschwester, beide hatten eine wunde, vom Weinen gerötete Nase. Mary Rose drehte das kleine Vorhängeschloss in ihrer Hand. Sie war siebzehn Jahre alt und ihre Schwangerschaft so weit fortgeschritten, dass jemand es bemerkt hatte. Ich dachte immer, bald geht endlich das Leben los, sagte Mary Rose, aber damit ist es jetzt wohl vorbei. Verstehst du, was ich meine? Ginny, die gerade erst fünfzehn geworden war, schüttelte den Kopf und starrte zu Boden. Sie fragte sich, was ihre Großmutter dazu sagen würde. Dazu, dass Ginny jetzt denselben Fehler machte wie ihre Mutter, die vor zehn Jahren bei einem Autounfall umgekommen war.

Mary Rose bückte sich und kratzte sich am Knöchel. Sie richtete sich wieder auf, holte aus und schleuderte das Schloss gegen einen Pick-up. Es prallte von der Fahrertür ab, ohne einen Kratzer zu hinterlassen. Tja, sagte Mary Rose, da kommen wir wohl nicht mehr raus.

Damals nicht, denkt Ginny und tritt das Gaspedal durch.

~

Als aber, nach vielen Tränen, Drohungen und Diskussionen, das Baby kam, war es perfekt. Ginny und Jim Pierce konnten es kaum glauben. *Sie* hatten das gemacht. Ein neues Leben erschaffen. Eine Tochter! Sie kramten die King-James-Bibel aus dem Umzugskarton und suchten einen guten, starken Namen. *Debora*. Auf, auf, Debora! Auf, auf und singe ein Lied! Aber der Standesbeamte trug *Debra* in die Papiere ein, und als sie es bemerkten, fehlten ihnen die drei Dollar für die nachträgliche Änderung, deswegen blieb es dabei. Jim suchte sich Arbeit auf den Ölfeldern, Ginny blieb daheim und wurde Hausfrau.

Wenn ihre Tochter nachmittags schlief, setzte Ginny sich in die Ecke und sah sich in Zeitschriften Städte an, von denen sie nie zuvor gehört hatte. Sie blätterte in Kunstbänden aus dem Büchermobil und studierte Fresken, Gemälde und Skulpturen. Sie staunte darüber, dass jemand sich die Mühe gemacht hatte, diese Kunstwerke zu erschaffen, und sie fragte sich, ob die Künstler dabei an Leute wie sie gedacht hatten. Ginny liebt ihre Tochter, aber sie hat das Gefühl, am Boden einer Regentonne zu sitzen, die sich langsam mit Wasser füllt.

Und deswegen – nicht bloß, weil fremde Männer pfeifen und rufen, wenn sie an der Tankstelle aus dem Auto steigt, oder weil der Wind nie Ruhe gibt und es immer nach Erdgas und Rohöl stinkt; weil sie die Einsamkeit nur manchmal auf Abstand halten kann, beispielsweise wenn Jim früher von der Arbeit kommt oder Debra Ann auf ihren Schoß will, obwohl sie viel zu groß ist, um länger als eine Minute dort zu sitzen –, deswegen hat Ginny fünfhundert Dollar vom gemeinsamen Konto abgehoben, den Autoatlas aus dem Bücherregal im Wohnzimmer gezogen, sich ins Auto gesetzt und West Texas hinter sich gelassen, als hinge ihr Überleben davon ab.

~

Da war ein Mann mit einer Frau und drei Kindern, der auf diesem Land eine kleine Rinderzucht betrieb. Während der Dürre im Jahr 1934 fiel der Viehpreis auf zwölf Dollar pro Tier. Es rechnete sich nicht einmal mehr, die Rinder zum Viehhof von Fort Worth zu bringen. Also wurden sie erschossen, erzählte die Großmutter. Manchmal von Regierungsbeamten, die kamen und nachsahen, ob die Züchter ihre Herden auch wirklich verkleinerten, aber meistens von den Ranchern selbst, die die Drecksarbeit nicht anderen überlassen wollten. Die Männer standen neben den Kadavern, hielten den mit Kerosin getränkten Lappen in der Hand und zögerten, als könnten sich die Dinge doch noch zum Guten wenden, wenn sie nur ein paar Minuten, Tage, Wochen länger warteten. Seufzend setzten sie den Lappen in Brand, und dann traten sie zurück und schüttelten den Kopf. Und immer war da dieser eine alte Bulle, der nicht sterben wollte, der schwankte und brüllte, während eine Kugel nach der anderen seine alte, zähe Haut zerriss, seine Flanken, seine breite Brust. Immer gab es eine alte Kuh, die alle für tot hielten, die sich dann aber erhob und mit rauchenden Flanken und in einer nach verbrannten Haaren stinkenden Wolke über die Weide stakste. So war das damals, sagte die Großmutter, und der Wind blies den ganzen Tag, jeden Tag.

Eines Morgens kamen ein paar Männer aus Austin und entdeckten die verkohlten, immer noch qualmenden Kadaver auf dem Feld. In der Scheune fanden sie den toten Rancher. Seine Frau lag einige Schritte daneben und hielt immer noch die Pistole in der Hand. Die Haustür war offen, der Wind schlug sie immer wieder und mit lautem Krachen gegen die Hauswand. Die Kinder waren in einem abgeschlossenen Zimmer im ersten Stock. Das älteste, ein siebenjähriger Junge, gab den Männern einen Briefumschlag mit Geld für Zugfahrkarten und einer Nachricht. Unter den Namen und die Adresse einer Tante in Ohio hatte jemand geschrieben: Ich liebe meine Kinder. Bitte schicken Sie sie nach Hause.

Ginnys Großmutter war eine alte Frau mit schiefen Zähnen, die an das Höllenfeuer, harte Arbeit und der Missetat angemessene Strafen glaubte. Wenn mitten in der Nacht der Teufel an deine Tür klopft, pflegte sie zu sagen, dann hast du wohl beim Tanz mit ihm geflirtet. Beim letzten Wort klatschte sie fest in die Hände, damit Ginny auch wirklich zuhörte.

Ich gehe nicht mit, sagte der Junge. Ich bleibe hier in Texas. Tja dann, sagte einer der Männer. Komm mit zu mir.

Da hast du dein Happy End, Virginia.

~

Sie ist noch keine dreißig Meilen weit gekommen, als das Heulen unter der Motorhaube schriller und lauter wird, ein stetiges Jaulen, das nicht einmal nachlässt, als sie abbremst und nur noch fünfzig, dann fünfundvierzig und zuletzt vierzig Meilen pro Stunde fährt. Die Sattelschlepper hupen und überholen rechts, der Wind rüttelt am Auto und schiebt es dem Mittelstreifen entgegen. Und dann hört das Jaulen plötzlich auf. Das Auto zittert, als hätte es das Problem abgeschüttelt, und dann fährt Ginny einfach weiter, mit fünfzig, fünfundfünfzig, sechzig Sachen.

Die flachgesichtige Sonne blickt gleichgültig auf sie herunter. Wahrscheinlich hat Debra Ann alle Mädchen beim Basketball besiegt, oder sie sitzt auf der Tribüne und sucht in ihrem Rucksack nach dem Sandwich, das Ginny ihr eingepackt hat. Oder sie ist auf dem Heimweg, während der Basketball neben ihr auf den Asphalt schlägt wie ein beständiger Puls. D. A. wird ein paar Jahre ohne sie durchhalten müssen. Sie hat von beiden Elternteilen nur das Beste mitbekommen, von dem jugendlichen Reservequarterback und dem Mädchen, das Joni Mitchell liebte, zwei junge Menschen, die einander kaum kannten, als sie eines Abends beim Schulball zu viel Jack Daniel's tranken und dann während des schlimmsten Hagelsturms 1966 aufs Ölfeld rausfuhren. Ihre Geschichte war so gewöhnlich wie Staub an einer Fensterscheibe.

Was für eine Frau lässt ihren Mann und ihr Kind im Stich? Eine Frau, die begriffen hat, dass der Mann in ihrem Bett, der sie versehentlich geschwängert hat, ein Junge ist und immer bleiben wird. Die den Gedanken nicht ertragen kann, eines Tages zu ihrer Tochter sagen zu müssen: Das hier ist gut genug für dich. Die fest daran glaubt, irgendwann zurückzukommen. Sobald sie einen Ort gefunden hat, an dem sie sesshaft werden kann.

~

Wenn man es genau bedenkt, können die Country-und-Western-Sänger mit ihren weinerlichen Songs und den blutrünstigen Balladen über Frauen, die aus der Reihe tanzen und am Ende kriegen, was sie verdienen, Grandma nicht das Wasser reichen. Und auch nicht Ginny, wie sich herausstellt.

Im Jahr 1958 waren Ginnys Eltern erst seit wenigen Monaten tot. Der Ölboom hatte sich gelegt, und in der Stadt waren nicht mehr so viele fremde Männer unterwegs, weniger Bohrarbeiter und Raufbolde als früher kamen her, um ihren Lohn auf den Kopf zu hauen und Unruhe zu stiften. Ginny war noch so jung, dass sie an der Hand ihrer Großmutter ging, einfach so, ohne Grund. Die beiden waren wie jede Woche auf dem Weg zum Drugstore, um Großvaters Medikamente zu kaufen, und vielleicht ein paar Lakritzschnüre für Ginny. Sie nahmen die Abkürzung über den Rasen vor dem Rathaus. Der Frühsommer war angebrochen, und der Wind legte immer wieder kleine Pausen ein, sodass sie die angenehm warme Sonne auf dem Gesicht spürten und stehen blieben, um das gesprenkelte Licht in den schmalen, fast noch transparenten Blättern der Hickorybäume zu bewundern. Die schlafende Frau – sie hatte sich auf dem Rasen eingerollt wie eine Mokassinotter – bemerkten sie erst, als sie fast schon über sie gestolpert waren.

Ginny erinnert es so: Sie hatte die Nase in die Luft gehalten und Whisky und Urin erschnüffelt, und im nächsten Augenblick sah sie die nackten Füße der Fremden. Von ihren Zehennägeln blätterte roter Lack ab, der Rocksaum war ihr über die aufgescheuerten Knie gerutscht. Ihre knochigen Schlüsselbeine hoben und senkten sich mit jedem Atemzug, die gezackte Narbe an ihrem Hals erinnerte Ginny an eine Landkarte, die in der Grundschule in ihrem Klassenzimmer gehangen hatte. Am liebsten hätte sie die Frau geweckt und gesagt: Lady, die Narbe an Ihrem Hals sieht aus wie der Sabine River, das ist wunderschön. Aber ihre Großmutter drückte ihre Hand noch fester und zog sie mit einem Ruck weiter, kniff die Lippen zusammen und zischte: Tja, die wurde wohl ziemlich hart rangenommen.

Ginny versuchte tagelang, hinter die Bedeutung des Satzes zu kommen. Manchmal stellte sie sich die fremde Frau mit einem Sattel auf dem Rücken vor, sie ist durstig, unter der Satteldecke ragt ihr zerknitterter Rock heraus, sie beißt auf ein Mundstück, und der Schweiß läuft ihr in die Augen, während irgendein alter Rancher auf ihr über ein Ölfeld reitet. An anderen Tagen dachte sie darüber nach, wie die Frau zusammengerollt unter dem Hickorybaum gelegen hatte. Das Rot an ihren Zehennägeln war dasselbe wie an Ginnys Bollerwagen. Ihre Großmutter hatte sie so hastig weitergezogen, wie sie sie sonst aus der Scheune zog, wenn einer der Bullen eine Kuh bestieg.

Hätte ihre Großmutter nicht immer so viel um die Ohren gehabt mit Ginny, dem Staub und den Ölflecken, die sie aus Großvaters Hemden bürsten musste, hätte Ginny sie danach gefragt. Aber so hielt sie den Mund und dachte nur manchmal an die aufgeschlagenen Knie und die Narbe, die sich über den

Hals der Frau schlängelte wie der Sabine River. Ginny hatte die schlafende Frau unter dem Hickorybaum schön gefunden. Sie findet sie bis heute schön.

~

Ein paar Meilen hinter dem Slaughter Field stehen die letzten Bohrtürme und Ölpumpen, und dann beginnt die offene Wüste. Jenseits von Pecos steigt und fällt die Straße sanft an und ab. Der Horizont wird gezackt, das Land rötlich und uneben. Wie einsam es hier draußen ist. Wie malerisch.

Ginny hat beide Hände ans Lenkrad gelegt, ihr Blick wandert zwischen der Temperaturanzeige und der Straße hin und her. In Van Horn hält sie an einer Tankstelle. Sie bleibt im Auto sitzen und hält das Steuer fest umklammert, während der Tankwart die Scheiben putzt. Er schiebt sich die Zigarette in den Mundwinkel, überprüft den Reifendruck und fragt Ginny, ob sie noch etwas braucht. Sein Overall ist vom selben Grau wie Debra Anns Augen, auf der Brusttasche prangt ein ovaler Aufnäher von Gulf Oil. Nein, danke, sagt sie und gibt ihm fünf Dollar.

Er zeigt auf die Rückbank. Sie haben vergessen, die Bücher zurückzugeben, bevor Sie losgefahren sind. Ginny dreht sich um und sieht *Kunst in Amerika*, daneben aufgerissene Schokoriegelverpackungen und eine von Debra Anns Klassenarbeiten. Die Wörter *annulliert* und *Übergriff* sind falsch geschrieben.

Auf Höhe der Viehhöfe von El Paso kurbelt sie die Fenster hoch. Ihre Haut brennt, und ihre Augen tränen, als der Gestank nach Methan durch die Lüftungsklappen eindringt. Noch sechzehn Meilen bis zur Grenze von New Mexico. So weit war Ginny noch nie von zu Hause entfernt.

~

Schönheit! Schönheit ist nichts für Leute wie uns, hatte ihre Großmutter gesagt, als Ginny erklären wollte, warum sie nachmittags am liebsten daheim war und sich Bilder ansah. Du solltest besser auf das achten, was vor deiner Nase ist, sagte die alte Frau. Du willst dich mit so was beschäftigen? Das hättest du früher entscheiden müssen. Oder woanders geboren worden sein. Möglicherweise hatte sie recht, auf jeden Fall erscheint der Preis sehr hoch, und Ginny weiß nicht, ob sie sich auf den Handel einlassen soll, denn ganz offensichtlich kann sie nicht beides haben. Die Welt oder ihre Tochter?

Hinter Las Cruces reißt der Keilriemen endgültig, und Ginnys Auto schlittert auf den Seitenstreifen neben dem Highway. Sie steigt aus und sieht den Mond über der Wüste aufgehen wie einen zerbrochenen Karneol, und ihre Angst, ihr Kummer und ihre Sehnsucht sind so groß, dass sie sich erst Jahre später wieder an den Mann erinnern wird, der hinter ihrem Auto hielt. Die Reifen seines Trucks knirschten über den kalkigen Schotter des Seitenstreifens. Sie wird sich nicht an die Aufschrift an der Seitentür des Trucks erinnern – *Garza & O'Brien, Abschleppdienst und Kfz-Reparatur* – oder daran, dass er einen Werkzeugkasten von der Ladefläche nahm und an Ort und Stelle den kaputten Keilriemen austauschte, während sie stumm weinend an der Motorhaube lehnte und die Sterne betrachtete. Oder an seine Worte, als sie ihm ein paar Dollar in die Hand drücken wollte. Nein, junge Lady, das kann ich nicht annehmen. *Pues*, viel Glück.

~

Bis sie endlich anhalten kann, wird sie fast tausend Meilen Himmel gesehen haben. Flagstaff, Reno und ein kurzer Aufenthalt in Albuquerque, den sie um jeden Preis vergessen will. Sie schläft wochen- und monatelang im Auto, nachdem sie den ganzen

Tag geputzt oder den ganzen Abend gekellnert hat. Sie wird die Wüste von Sonora durchqueren, deren Rinnen und Schluchten in Sackgassen enden, sie wird am Rand einer von Neuschnee bedeckten Wiese auf dem Mogollon Rim sitzen. Die Straße ist voller Haarnadelkurven, manche sind so spitz, dass Ginny das Auto zurücksetzen muss. Sie betet, dass niemand ihr entgegenkommt, bevor sie die Biegung genommen hat.

Sie wird in einer Bar in Reno arbeiten, wo jeden Abend um neun dieselbe ältere Lady erscheint und bis zum Schluss bleibt. Der Lippenstift verläuft in den Fältchen ihrer Oberlippe, ihr Nagellack hat die Farbe von Blut, und ihr Lächeln ist so grimmig, hart und ehrlich wie das Gesicht, das Ginny jeden Morgen im Spiegel sieht. Sie findet alles schön – den Himmel und das Meer, Junkies und alte Damen, Musiker in der U-Bahn-Station, Museen an der Endhaltestelle. Sie wird in Nebel gehüllte Brücken sehen und dunkle, wimmelnde Wälder voller versteckter Sümpfe. Wie sich herausstellt, hat jeder Ort seinen eigenen Himmel, und die Erde ist fast nirgendwo so braun und flach wie in Odessa, Texas. So viel wilde grüne Schönheit, und in Ginnys Herz immer ein Loch von der Größe einer Kinderfaust. Sie wird den Pontiac fahren, bis er auseinanderfällt, und dann wird sie ihm nachtrauern. Niemals, denkt sie, werde ich einen Mann so lieben wie dieses Auto. Wenn die Leute, die sie unterwegs trifft, Fragen stellen oder sie näher kennenlernen wollen – einige werden sie lieben, manche liebt sie zurück, aber nicht so sehr wie ihre Tochter, die mit jedem Tag ihrer Abwesenheit ein kleines Stückchen größer wird – und sagen *Und, was hat dich hierherverschlagen* oder *Woher kommst du*, weiß Ginny nicht, was sie antworten soll. Stattdessen packt sie ihr Auto und fährt weiter.

Mary Rose

Heute Abend bläst der Wind, als hätte er etwas zu beweisen. Meine Tochter kommt kurz nach Mitternacht zu mir, weil sie wieder schlecht geträumt hat. Ich zögere nicht, hebe die Decke an und sage: Hier bist du sicher, wir wohnen jetzt in der Stadt. Ich hole das Baby zu uns ins Bett, auch wenn das bedeutet, dass ich es noch einmal in den Schlaf stillen muss. In diesem Bett ist jede Menge Platz für mich und meine Kinder. Wir haben alles, was wir brauchen.

Glücklicherweise schlafen beide tief und fest, als das Telefon klingelt. Ich greife zum Hörer und lausche. Ich versuche, mir die Stimme einzuprägen, nur für den Fall, dass ich sie noch einmal höre, auf der Straße oder beim Einkaufen oder vor Gericht. Männer und Frauen, alt und jung, und alle sagen mehr oder weniger das Gleiche. Du willst dich wirklich für diese dreckige Mexikanerin einsetzen? Du glaubst ihr, nicht ihm?

Je betrunkener sie sind, desto gemeiner werden sie. Ich bin eine Lügnerin und Verräterin. Sie wissen, wo ich wohne. Ich ruiniere das Leben eines jungen Mannes, bloß weil dieses Mädchen nicht seinen Willen bekommen hat. Ich sage gegen einen von unseren Jungs aus und für eine Schlampe – und sie kennen noch viele andere hässliche Wörter für das Mädchen. Mein Leben lang habe ich sie gehört, ohne mir viel dabei zu denken, aber jetzt tun sie mir weh.

Der heutige Anrufer ist ziemlich blau. Und mit demselben Mund küssen Sie Ihre Mutter?, frage ich, als er mal kurz innehält, um Luft zu holen oder noch einen Schluck Bier zu trinken, dann lege ich schnell auf. Als das Telefon wieder klingelt, schiebe ich eine Hand hinter den Nachttisch und ziehe das Kabel aus der Wand. Der Radiowecker zeigt 1:30 Uhr, die Bars haben gerade zugemacht.

Dann bin ich jetzt wohl wach. Ich decke die Kinder zu und lege ein Kissen längs zwischen Baby und Bettkante. In der Küche und im Wohnzimmer brennt Licht, aber auf dem Weg dorthin schalte ich alle Lampen ein – Aimees Kinderzimmer, Badezimmer, Flur. Nur das Babyzimmer bleibt dunkel, abgesehen von dem kleinen Nachtlicht neben dem Wickeltisch. Im Wohnzimmer schiebe ich eine Hand hinter die neuen Vorhänge und vergewissere mich, dass die gläserne Schiebetür zur Terrasse verriegelt ist. Weil die neue Haustür nicht genau in den Rahmen passt, überprüfe ich auch sie. Letzte Woche wollte ich schlafen gehen und war überzeugt, ich hätte sie abgeschlossen, aber als ich um zwei Uhr morgens aufgestanden bin, um zu pinkeln und nach dem Baby zu sehen, stand sie sperrangelweit offen. Den Rest der Nacht habe ich am Küchentisch verbracht, vor mir eine Tasse Kaffee und die Alte Lady zu meinen Füßen wie einen treuen Hund. Ich öffne die Haustür kurz, um nachzusehen, ob die Verandalampe noch funktioniert, schließe sie wieder, verriegele sie und rüttele sicherheitshalber am Knauf.

Der Wind streicht über die Fenster, ein kleines Tier wetzt seine Krallen am Glas. Draußen auf der Ranch denkt man bei diesem Geräusch an ein Opossum oder ein Gürteltier, aber hier in der Stadt kann es nur ein Eichhörnchen sein oder eine Nachbarskatze. Wenn ich den Wind höre, muss ich neuerdings an Tiere denken, die es hier seit hundert Jahren nicht mehr gibt, Panther und Wölfe, oder an Wirbelstürme, die meine Kinder in die Höhe reißen und fallen lassen könnten. Ich stehe in der Küche, rauche eine Zigarette, höre den Wetterbericht und trinke ein Bier, das Robert in den Schrank gestellt hat. *Mein* Bier, Mary

Rose, höre ich ihn sagen. Ein Mann stellt in seinem eigenen Haus doch keine *Sachen in den Schrank*. Beim Ausatmen beuge ich mich über die Spüle und puste den Qualm in den Abguss. Robert bezahlt die Miete, aber ich betrachte das Haus nicht als seins. Es gehört mir und den Kindern.

Letzte Woche habe ich mir eingebildet, Dale Strickland am Ende der Straße zu sehen, und dann noch einmal auf dem Supermarktparkplatz. Gestern stand er in Mrs Shepards Vorgarten und beobachtete mein Haus. Ich habe ihn auch an anderen Orten gesehen. Dabei sitzt er im Gefängnis. Ich rufe jeden Morgen und jeden Nachmittag dort an und überzeuge mich davon, dass er nicht entkommen oder auf Kaution entlassen worden ist.

Gloria Ramírez begegnet mir ebenfalls. Als Suzanne Ledbetter gestern früh unangekündigt mit einem Teller Kekse an die Tür klopfte, stand ich wie erstarrt da, eine Hand am Türknauf, und erwartete, die geschundene Gloria zu sehen. Als Mrs Shepard Ginnys Tochter mit einem Auflauf rüberschickte – dem dritten in drei Wochen, und alle wandern direkt in den Müll –, musste ich erst mal blinzeln, als das schlanke, dunkelhaarige Mädchen vor mir stand. Debra Ann sieht aus wie ihre Mutter, groß und breitschultrig, mit dunkelbraunen Haaren und grauen Augen, die einen sofort durchschauen. Ich kenne deine Mom noch aus der Highschool, sagte ich. Sie hat mir einmal sehr geholfen, als ich einen schlimmen Tag hatte. Ich nahm die Auflaufform entgegen, bedankte mich und schloss die Tür. Gloria könnte eine unserer Töchter sein, dachte ich, und dann setzte ich mich im Flur auf den Boden und weinte, bis Aimee sich über mich beugte. Alles in Ordnung?, fragte sie. Ja, natürlich, antwortete ich, weil sie meine Tochter und noch ein Kind ist. Sie fragte, ob wir meine Mutter anrufen könnten, ihre Großmutter, vielleicht könnte sie kommen und uns helfen? Auf keinen Fall, sagte ich, Großmutter hat zu viel zu tun. Ich erinnerte sie daran, dass meine beiden kleinen Brüder immer noch zu Hause wohnen, dass mein Vater als Wasserlieferant in ganz West Texas unterwegs ist und sie außerdem die Kinder meines älteren Bruders betreuen muss, weil er auf einer Bohrinsel in Südamerika arbeitet. Wenn wir Grandma anrufen, sagte ich, wird sie denken, es sei etwas Schlimmes passiert. Wir schaffen das allein.

Wer war das Mädchen? Aimee hatte alles vom Küchenfenster aus beobachtet.

Keine Ahnung, log ich. Irgendein Kind aus der Nachbarschaft.

Sie war so alt wie ich. War sie nett?

Das weiß ich nicht, Aimee. Sie war ... ziemlich groß für ihr Alter.

In Wahrheit möchte ich nicht, dass meine Tochter sich mit den Nachbarskindern anfreundet. Wenn sie Freundinnen findet, wird sie mit ihnen durch die Gegend streifen wollen, und das kann ich nicht zulassen. Ich erzähle ihr nicht, dass die stille Debra Ann Pierce immer ein Buch dabeihat und ihrer Mutter wie aus dem Gesicht geschnitten ist. Ich sage ihr nicht, dass ich es kaum schaffe, den Teenager, der damals mit mir auf dem Schulparkplatz stand, mit der Mutter in Verbindung zu bringen, die ihr Kind zurückgelassen hat.

Aimee trat von einem Fuß auf den anderen, sie hopste wie ein Tennisball. Vielleicht sollte ich mal nach draußen und fragen, ob sie mit mir Fahrrad fahren will.

Nach draußen? Ich legte Aimee eine Hand auf den Kopf, damit sie zu hopsen aufhörte. Nächsten Monat vielleicht, sagte ich. Wir haben hier doch alles, was wir brauchen.

Mir ist langweilig, jammerte sie. Ich versprach ihr, spätestens zu ihrem Geburtstag im August ein paar Kinder einzuladen. Wenn du das Luftgewehr bekommst, das du dir so wünschst, kann sie rüberkommen, und dann könnt ihr im Garten auf Dosen schießen.

Mama, jetzt ist Juni!, sagt meine Tochter, als würde ich noch im Februar leben. Als wüsste ich nicht, welcher Monat ist.

Du wirst noch jede Menge Gelegenheiten haben, andere Mädchen kennenzulernen, aber du und ich – ich legte ihr meine Hände an die blassen, weichen Wangen und sah in ihre blauen Augen –, wir haben nicht mehr so viel Zeit. Bald wirst du zehn!

Ich werde die erste zweistellige Zahl, sagte sie. Eine Nichtprimzahl.

Und ich werde auf dich aufpassen, Aimee, sagte ich. Ich werde dich immer beschützen.

Für immer und ewig?

Das ist unser kleines Ritual, seit wir in die Stadt gezogen sind. Ich sage, ich werde sie beschützen, und Aimee fragt: Für immer und ewig? Aber an dem Nachmittag runzelte sie nur die Stirn und wirkte, als wollte sie widersprechen. Das Baby fing an zu wimmern, es holte Luft und setzte zum Schreien an, und ich war dankbar für die Gelegenheit, nach nebenan gehen zu können.

Jetzt höre ich dieselben Töne, es hat Hunger, und obwohl meine Brüste schon bei der Vorstellung schmerzen, gehe ich zu ihm. In einer halben Stunde werden wir alle wieder eingeschlafen sein – das Baby mit geöffnetem Mund an meiner Brust, Aimee an meinem Rücken und mit den Füßen auf meinen Unterschenkeln, einen Arm um meinen Hals geschlungen. Ja, für immer und ewig.

Als ich mich losmache und wieder in die Küche schleiche, ist es halb sechs. In weniger als einer Stunde wird die Sonne aufgehen. Ich gönne mir noch eine Zigarette und hoffe, dass das Baby nicht aufwacht. In unserem alten Haus habe ich mich manchmal nach draußen gesetzt und auf die kleinen Tiere im Gebüsch gelauscht, während die Wüste in Rosa, Orange und Gold schimmerte. Einmal habe ich gesehen, wie zwei Rennkuckucke eine kleine Klapperschlange getötet und gefressen haben. Die Geräusche dort draußen erschienen mir wie der wahre Klang der Welt, als könnte oder sollte sie gar nicht anders klingen. So hatte ich das immer empfunden, bis zu dem Morgen, als Gloria Ramírez vor unserer Tür stand. Das Quietschen der Pumpen und das Wummern der Trucks, die Röhren über unser Land transportierten, hat mich nie gestört – ganz anders als der Lärm hier in der Stadt, die Autohupen und das Geschrei, die Sirenen und die Musik aus den Bars in der Eighth Street.

Die feuchten Handtücher in der Waschmaschine haben angefangen zu stinken, auf dem Küchentisch liegen eine Schere, Buntstifte und Tonpapierschnipsel, Überreste von Aimees letztem Schulprojekt, einem Schaubild über die Belagerung von Goliad. Während der Kaffee in die Kanne tröpfelt, räume ich ein bisschen auf. Gerade, als ich mich hingesetzt habe, fällt mir der Eimer wieder ein, der unter dem undichten Waschbecken im Badezimmer steht. Ich gehe rüber, leere ihn in die Wanne und halte inne. Wann habe ich zum letzten Mal gebadet oder mich morgens geschminkt? Du lässt dich gehen, würde meine Mutter jetzt sagen, aber für wen soll ich mich hübsch machen? Aimee und dem Baby ist mein Aussehen egal, und Robert ist immer noch wütend auf mich, weil ich die Tür aufgemacht und das Mädchen ins Haus gelassen habe. Mit ihm ist kaum zu reden. Er gibt *ihr* die Schuld an dem ganzen Ärger.

Als Kind habe ich in der Kirche gelernt, dass man auch für jene Sünden bestraft wird, die man nur in Gedanken begeht. Vergebung ist durchaus nicht allen sicher, wahrscheinlich den meisten Menschen nicht. Wer sich taufen lässt, erhöht seine Chancen auf Vergebung, muss aber dennoch fürchten, dass die eigene Sünde in Gedanken – sie ist wie eine Gewehrkugel und lässt sich nicht entfernen, ohne dass man dabei stirbt – von der tödlichen Sorte war. Gnade stand in der Kirche ebenfalls nicht hoch im Kurs. Als ich Robert in den Tagen nach dem Verbrechen zu erklären versuchte, dass ich dem Kind unrecht getan und es verraten hatte, zumindest in Gedanken, antwortete er, meine einzige Sünde sei es gewesen, die Tür geöffnet und nicht an unsere eigenen Kinder gedacht zu haben. Die wahre Sünde bestehe darin, sagte er, einen Teenager nachts durch die Gegend streifen zu lassen. Seither kann ich seinen Anblick kaum noch ertragen.

Strickland hatte sich ohne Gegenwehr vom Hilfssheriff festnehmen lassen. Aimee hatte im Büro des Sheriffs angerufen und der Frau am anderen Ende der Leitung von dem Mädchen erzählt, das mit ihr am Küchentisch saß, und von dem fremden Mann vor dem Haus. Wo ist er jetzt?, fragte die Frau, und als Aimee sagte: Draußen, mit meiner Mama, ging alles ganz schnell. Der Hilfssheriff lief auf den jungen Mann zu und rammte ihm den Lauf seines Revolvers in die Brust. Ich weiß nicht, sagte er, ob du dumm bist oder verrückt, aber grins nicht so blöd. Du steckst ganz schön tief in der Scheiße.

Der Hilfssheriff hatte recht. Keith Taylor, der neue Bezirksstaatsanwalt, klagte Strickland wegen schwerer sexueller Nötigung und versuchten Mordes an. Seine Sekretärin Amelia meldet sich fast jeden Tag, um mich über die erneute Verschiebung der Gerichtsverhandlung zu informieren oder Fragen zu stellen. Hatte ich Gloria vorher schon gekannt? Was hat sie gesagt? Hatte ich mich von Dale Strickland bedroht gefühlt?

Sie gehen jetzt ins Haus und holen sie raus, hatte er gesagt. Sofort. Wecken Sie nicht Ihren Mann, der oben liegt und schläft, oder auch nicht, der vielleicht gar nicht zu Hause ist, gehen Sie rein, Mary Rose, nehmen Sie das Kind beim Arm und bringen Sie es raus.

Und ich hätte ihm gehorcht.

Als der Morgen anbricht, gehe ich durchs Haus und schalte

alle Lampen aus. Robert wird einen Anfall kriegen, wenn er die Stromrechnung sieht. Wir können es uns nicht leisten, ein Haus in der Stadt zu mieten, wird er sagen, vor allem nicht dieses Jahr. Wir haben bereits ein Haus. Ja, werde ich sagen, in der Wüste. Ich werde ihn daran erinnern, dass er immer derjenige war, der in die Stadt ziehen wollte, und er wird mich darauf hinweisen, wie sehr ich es dort draußen geliebt habe und dass er jetzt in der Nähe des Viehs sein muss. Er hatte jemanden eingestellt, der ihn für die drei Tage vertreten sollte, als ich unseren Sohn zur Welt brachte und mich im Krankenhaus erholen musste, aber der Mann war einfach abgehauen, um auf den Ölfeldern zu arbeiten. Schraubenwurmfliegen befielen die offenen Wunden der Tiere, ihre Ohren, sogar ihre Genitalien. Robert verlor fünfzig Rinder. Der gesamte Jahresgewinn ist den Bach runter, sagt er bei jedem Besuch. Er kommt immer sonntags, mit einer Tüte Bonbons für Aimee und Blumen für mich.

Danke, sage ich und hole eine Vase für die Blumen, und dann stehen wir uns misstrauisch gegenüber. Er denkt, dass ich unsere Familie zerrissen habe, und ich denke, dass es ihm lieber gewesen wäre, wenn ich mich mit Aimee im Haus eingeschlossen und das Mädchen auf der Veranda im Stich gelassen hätte.

Jeden Sonntag begutachtet Robert das Baby wie einen Bullen, den er eben auf einer Auktion ersteigert hat. Er nimmt seinen Sohn für ein paar Minuten auf den Schoß, bestaunt seine großen Hände – das sind die Hände eines Quarterback, sagt er – und reicht ihn mir dann zurück. In ein paar Jahren wird der Junge alt genug sein, um einen Football zu fangen, Heuballen vom Truck zu werfen oder draußen auf der Ranch auf Schlangen zu schießen; vielleicht kann Robert dann mehr mit ihm anfangen. Bis dahin gehört er mir.

Wenn die Kinder schlafen, packe ich Robert ein paar Aufläufe für die kommende Woche ein, und er fährt wieder, oder wir streiten uns, und er fährt erst danach. Ich bin jedes Mal erleichtert, wenn ich höre, wie er die Autotür zuschlägt und den Motor startet.

Ich bin fest entschlossen, meine Kinder hier in der sicheren Stadt aufwachsen zu lassen, aber ich vermisse den Himmel und die Stille. Seit unserem ersten Tag im neuen Haus denke ich darüber nach, wieder auszuziehen. Nicht zurück auf die Ranch, sondern an einen Ort, der so friedlich ist, wie die Ranch es früher war. Bevor die Schraubenwurmfliegen und die Ölkonzerne bei uns einfielen, bevor Dale Strickland zu unserem Haus kam und eine feige Lügnerin aus mir machte.

In meinen ganzen sechsundzwanzig Jahren habe ich Texas nur zwei Mal verlassen. Beim ersten Mal fuhren Robert und ich für unsere Flitterwochen nach Ruidoso. Es kommt mir vor, als wäre es drei Menschenleben her, ich war damals siebzehn und im dritten Monat mit Aimee schwanger, aber wenn ich die Augen schließe, kann ich immer noch den Gipfel der Sierra Blanca sehen, der sich über dem kleinen Ort erhebt. Ich atme tief ein und erinnere mich an den Duft der Kiefern, an den beißenden, stechenden Geruch in der Nase, wenn man die langen Nadeln knickte und verdrehte.

Auf der Heimreise drei Tage später hielten wir in Fort Stanton, und da fiel mir zum ersten Mal im Leben auf, dass die Luft in Odessa einen Eigengeruch hat. Irgendwas zwischen Tankstelle und einer Tonne mit verfaulten Eiern. Wenn man hier aufwächst, nimmt man ihn gar nicht mehr wahr.

Ich habe die Kiefern noch ein weiteres Mal gerochen, vor zwei Jahren, als ich Robert darüber informierte, dass Aimee und ich für drei Tage nach Carlsbad fahren und eine ältere Großcousine besuchen würden, von der ich ihm nie erzählt hatte. Während der Fahrt hörten wir im Radio, dass in Denver neun Menschen durch ausgetretenen Schwefelwasserstoff umgekommen waren.

Was ist Schwefelwasserstoff?, hatte Aimee gefragt, aber ich konnte es ihr nicht erklären. Wer ist der Skid-Row-Slasher?, fragte sie. Was ist die IRA? Ich suchte einen Musiksender, und wir hörten Joe Ely und die Flatlanders. Als wir Carlsbad erreichten, fuhr ich einfach weiter.

Aimee – ich warf einen Blick in den Rückspiegel, sah den Pick-up, der uns seit fünf Meilen verfolgte, und nahm den Fuß vom Gaspedal –, was würdest du dazu sagen, wenn wir beide nach Albuquerque fahren?

Aimee blickte von ihrer Zaubertafel auf. Warum?

Warum nicht? Wir könnten mal was Neues probieren. Angeblich gibt es da ein Holiday Inn mit Indoor-Pool und Spielhalle. Wir könnten einen Ausflug in die Berge machen und uns die Goldkiefern ansehen.

Kriege ich ein Souvenir?

Nein, diesmal nicht. Diesmal gibt es nur Erinnerungen. Die Worte blieben mir fast im Hals stecken, als ich auf den Seitenstreifen fuhr, um einen Sattelschlepper vorbeizulassen. Als das Arschloch uns überholte, fuhr er extra weit rechts und drückte auf die Hupe, und ich machte mir beinahe in die Hose vor Schreck. Acht Jahre früher hätte ich ihm den Stinkefinger gezeigt, aber jetzt saß mein Kind neben mir auf dem Beifahrersitz. Ich biss die Zähne zusammen und lächelte.

Fremden gegenüber behaupten die Einwohner von Odessa gern, bis zur nächsten Großstadt wären es nur zweihundert Meilen; aber Amarillo und Dallas sind mindestens dreihundert entfernt, El Paso liegt in einer anderen Zeitzone und Houston und Austin auf einem anderen Planeten. Mit der *nächsten Großstadt* ist Lubbock gemeint, an guten Tagen dauert die Fahrt zwei Stunden. Bei Sandstürmen, Buschfeuern oder wenn man eine kurze Mittagspause bei Dairy Queen in Seminole einlegt, braucht man einen halben Tag. Und von Odessa nach Albuquerque? Vierhundertsiebenunddreißig Meilen, knapp über sieben Stunden, wenn man bei Roswell nicht gerade in die Radarfalle fährt.

Vor dem Schlafengehen blieb uns gerade noch genug Zeit für einen Cheeseburger und ein paar Bahnen im Pool. Als Aimee in der Badewanne saß, rief ich Robert an und sagte ihm, wir seien gut in Carlsbad angekommen und meine alte Großcousine rieche immer noch nach Urin und Essig. Er grunzte in den Hörer. Anscheinend hatte er Mühe, den Hühnchenauflauf warm zu machen, den ich zum Auftauen auf den Küchentresen gestellt hatte. Deck ihn mit Alufolie ab, sagte ich, und stell ihn in den Ofen. Nach dem Auflegen saß ich auf dem Bett und betrachtete das Telefon. Ich war in der zehnten Woche schwanger, und allein beim Gedanken an ein Baby verspürte ich den Wunsch, in die nächste Scheune zu gehen und mich zu erhängen. Robert wünschte sich einen Sohn, am besten zwei, aber mir reichte Aimee. Ich hatte mir überlegt, den Schulabschluss nachzuholen und vielleicht sogar ein paar Kurse am Odessa College zu belegen.

Drei Meilen von unserem Hotel entfernt, in einer von Lehmhäusern gesäumten Straße, stand ein Gebäude aus roten Ziegelsteinen und Schlackenbeton, unauffällig wie ein Industrielager oder ein Bürogebäude, und darin war eine Abtreibungsklinik untergebracht. Die Eingangstür war aus dickem Glas, die Fassade fensterlos. Auf dem Parkplatz davor fand höchstens ein Dutzend Autos Platz, auf der sonnigen Fläche dahinter stand ein Picknicktisch mit zwei Holzbänken und überquellenden Glasaschenbechern. Wir setzten uns an den Tisch, und ich erklärte Aimee, sie müsse im Wartezimmer allein bleiben, während ich mit einem Mann über neue Möbel für unsere Veranda sprechen würde. Etwas noch Langweiligeres war mir nicht eingefallen. Es war zehn Uhr, und damit Zeit für meinen Termin, doch wir blieben noch eine Weile in der Sonne sitzen. Ich zweifelte keine Sekunde an meinem Entschluss, aber es fiel mir unendlich schwer, von der

Bank aufzustehen. Sieh mal, sagte ich, auf den Pick-up dahinten ist ein Hahn aufgemalt. Riecht es hier nach Braten? Führt die kleine alte Dame dahinten ein *Schwein* spazieren? Als Aimee sagte, sie müsse jetzt wirklich mal aufs Klo, gingen wir hinein.

Das ist legal, sagte ich mir immer wieder, es ist seit fast zwei Jahren legal. Aber die vielen Lügen, die vielen Meilen und die überquerte Staatengrenze drückten schwer auf mein Gewissen. Ich trat an den Schalter, sprach mit gedämpfter Stimme und schob die dreihundert Dollar, die ich von meinem Sparbuch abgehoben hatte, über den Tresen. Ich tat so verstohlen, als wollte ich Kokain kaufen.

Die Rezeptionistin lächelte mich an und legte das Geld in eine Schublade. Sie reichte mir ein Klemmbrett und sah zu Aimee hinüber. Mrs Whitehead, wer wird Sie nach dem Eingriff nach Hause begleiten?

Niemand, sagte ich. Ich fahre selbst.

Sie brauchen jemanden, der sie bringt. Sind Sie ganz allein?

Ich bin aus Texas hergekommen.

Oh, verstehe. Die Frau überlegte und schob sich einen Fingernagel zwischen die Zähne. Übernachten Sie hier in der Stadt?

Wir wohnen im Holiday Inn, sagte ich leise.

In dem neuen in Downtown?, fragte sie lächelnd und mit gedämpfter Stimme. Ich nickte.

Okay, gut, sagte sie. Manche Frauen wollen sofort nach Hause fahren, was leicht zu Komplikationen führen kann. Sie haben Glück, sagte sie, es dauert nur zwei Stunden.

Zwei Stunden! Ich drehte mich zu meiner Tochter um. Sie hatte sich mit einer Tüte Chips und ihrem Nancy-Drew-Buch hingesetzt. Die Frau streckte den Arm aus und berührte meine Hand. Das haben wir ständig, wir werden uns um sie kümmern.

Ich blinzelte angestrengt und versuchte, die Hand der Frau scharf zu sehen. Ihre Fingernägel hatten die Farbe von rosa

Teerosen, am Ringfinger steckte ein Ehering. Danke, sagte ich. Sie heißt Aimee.

Ich strahlte meine Tochter an: Bin gleich zurück!

Keine Sorge, rief die Frau mir nach, als ich eine Schwingtür aufschob und fast eine andere Patientin über den Haufen rannte, die gleich dahinter stand. Wir machen es uns nett! Möchtest du eine eiskalte Dose Dr Pepper?, fragte sie meine Tochter.

Ja, Ma'am, sagte Aimee. Viel Spaß mit dem Möbelmann, Mama.

Auf der Rückfahrt zum Holiday Inn hielten wir bei Whataburger. Aimee sah sich Zeichentrickfilme an, während ich mich auf der Damentoilette übergab und darauf wartete, dass die Krämpfe aufhörten. Ich habe den Hamburger nicht vertragen, sagte ich, als sie von außen an die Kabinentür klopfte. Gib mir ein paar Minuten.

Am Nachmittag ging Aimee schwimmen und spielte an den Flipperautomaten, während ich in einem Clubsessel saß und Salty Dogs trank. Am nächsten Morgen brachen wir in aller Frühe in die Sandia Mountains auf, um die Kiefern zu riechen. Fichten, Tannen, Wacholder – ich schloss die Augen und stellte mir vor, wir würden tief im Wald in einem kleinen Holzhaus leben, inmitten gutmütiger, harmloser Tiere, an einem Ort, an dem man natürlich verletzt werden konnte, aber nicht, weil jemand einem Böses wollte.

Wir hielten jede Stunde an einer Tankstelle, damit ich die Binden wechseln konnte, und zusätzlich zwei Mal, weil Aimee die Süßigkeiten erbrach, die ich sie im Hotel hatte essen lassen. Wir waren erst um kurz vor Mitternacht wieder zurück. Ich sagte zu ihr: Ich würde dich niemals bitten, etwas vor deinem Vater geheim zu halten, außer im Notfall, aber wir haben jetzt einen Notfall. Zu meinem Mann sagte ich: Ich habe eine schlimme Pilzinfektion, du solltest dich eine Weile von mir fernhalten.

Vier Monate später war ich wieder schwanger. Ich konnte meine eigene Dummheit nicht fassen und beschloss, das Kind zu bekommen.

Als ich ein kleines Mädchen war, schien die Zeit zu verfliegen. Im Sommer stieg ich nach dem Frühstück auf mein Fahrrad, und drei Herzschläge später war es Zeit fürs Abendessen. Wenn ich jetzt auf die Küchenuhr blicke, kann ich nicht glauben, wie früh es noch ist. Nicht mal zehn Uhr, und ich habe das Baby schon drei Mal gestillt, seit es um sechs aufgewacht ist. Meine rechte Brust schmerzt, die Brustwarze fühlt sich hart und heiß an. Das Baby liegt nölend im Bettchen, Aimee hopst auf der Matratze herum und ruft: Mir ist langweilig, für immer und ewig, mir ist langweilig!

Tag drei der Sommerferien.

Als das Telefon klingelt, zucke ich erschrocken zusammen, aber dann ist nur Keith Taylors Sekretärin dran. Es gab ein paar Probleme mit Glorias Mutter, sagt sie, aber wir hoffen, dass Gloria trotzdem aussagen kann. Was für Probleme?, frage ich, aber die Sekretärin will es mir nicht sagen. Ich frage, ob ich Gloria besuchen darf, ob ich mit ihr sprechen kann, aber Amelia schweigt. Nach einer Weile fragt sie: Wie geht es Ihnen, Mary Rose?

Oh, ganz gut, sage ich fröhlich. Machen Sie sich um mich keine Gedanken!

Ich würde ihr gern erzählen, dass meine Kinder hier in der Stadt gut aufgehoben sind. Fast stündlich rufen irgendwelche Männer hier an, manchmal auch Frauen, aber ihre Beschimpfungen sagen mehr über sie selbst aus als über mich. Ich habe mein altes Gewehr, und im Handschuhfach eine neue Pistole. Stattdessen danke ich der Frau für ihren Anruf und verabschiede mich.

Die Wäsche liegt vor der Waschmaschine und vermehrt sich wie ein Rudel Präriehunde. Wir haben keine Milch und keine Eier mehr im Haus, außerdem habe ich der Frauengruppe unserer neuen Kirchengemeinde einen Besuch versprochen. Das Baby kreischt wie von einer Wespe gestochen, Aimee fällt wie auf ein Stichwort vom Bett und schlägt sich den Kopf an der Kommode auf. Sie liegt heulend am Schlafzimmerboden, die Beule an der Stirn ist jetzt schon sichtbar. Aber eigentlich ist sie nur sauer, weil ich sie nicht aus dem Haus lasse, nicht mal für eine Minute.

Dale Strickland hat Gloria Ramírez vergewaltigt, und in den Wochen danach tuschelten die Leute in den Vereinen, Bars und Pausenräumen. Sie standen in ihren Vorgärten und in den Gängen des Supermarktes. Sie saßen auf dem Parkplatz vor der Cafeteria zu Gericht, und auf der Sportplatztribüne lenkte ihr Gerede die anderen Zuschauer vom Spiel ab. Ich hörte mir das alles an, den Rest erfuhr ich aus dem Radio und aus der Zeitung.

Stricklands Eltern wohnen in Magnolia, Arkansas, und wenn man der Lokalzeitung und ein paar besonders lautstarken Bürgern von Odessa glauben darf, ist er ein guter Junge. In seiner sonntäglichen Radiopredigt sagte Pastor Rob, Strickland habe in seinem Leben nicht mal einen Strafzettel für zu schnelles Fahren kassiert. In seiner Heimatstadt kann keiner sich erinnern, dass er jemals beim Gottesdienst oder beim Footballtraining gefehlt hätte, und den jungen Frauen gegenüber war er immer höflich und respektvoll. Sein Vater, ein Prediger der Pfingstgemeinde, hatte Empfehlungsschreiben von Gemeindemitgliedern gesammelt und an die Staatsanwaltschaft geschickt, um die Unbescholtenheit seines Sohnes zu beweisen. Angeblich musste Keith Taylor einen zusätzlichen Tisch in seinem Büro aufstellen lassen, nur um Platz dafür zu haben.

In einem der Zeitungsartikel stand, der Angeklagte habe vor dem betreffenden Abend zwei Nächte durchgemacht und Amphetamintabletten konsumiert. Sein Vorarbeiter hatte sie ihm gegeben, eine gängige Praxis auf den Ölfeldern. Den Drogenmissbrauch billigte keiner – die Leute reden bis heute über Art

Linkletters Tochter –, aber manchmal bringt das Tempo auf den Ölfeldern die Bohrarbeiter an ihre Grenzen. Diese Männer befinden sich im ständigen Kampf, schrieb der Journalist, sie kämpfen darum, das Öl aus der Erde zu holen, bevor der Boden rund um das Bohrloch nachgibt, sie kämpfen gegen die Preise der OPEC und gegen die Araber. Es klang fast so, als kämpften sie für Amerika.

Eine Woche später veröffentlichte dieselbe Zeitung zwei Leserbriefe. Im ersten zeigten sich der Reverend und eine Mrs Paul Donnelly von der First Methodist Church angewidert und bekümmert vom Verhalten der Leute, in der Zeitung ebenso wie in der Stadt. Sie beteten für Besserung, und sie fragten: Was, wenn es Ihre Tochter gewesen wäre?

Im zweiten erinnerte ein aufrechter Bürger uns alle daran, dass das vermeintliche Opfer, ein vierzehnjähriges mexikanisches Mädchen, den ganzen Samstagabend allein vor dem Drive-in verbracht hatte. Zeugen hatten unter Eid ausgesagt, dass es freiwillig in das Auto des jungen Mannes eingestiegen war. Niemand hatte ihr eine Waffe an den Kopf gehalten. Das sollten wir berücksichtigen, schrieb er, bevor wir das Leben dieses Jungen ruinieren. Ein Mensch gilt als unschuldig, bis seine Schuld bewiesen ist. Ich pfefferte die Zeitung durch die Küche, eine absolut unbefriedigende Geste, weil das Papier einen halben Schritt weit flatterte und dann mit einem traurigen Rascheln zu Boden fiel.

In den Wochen nach unserem Umzug hörte ich mich immer wieder *Wie bitte?* fragen. Auf dem Parkplatz vor Furr's Cafeteria, bei Telefonaten mit Aimees Schule, sogar in der Warteschlange beim Straßenverkehrsamt, wo ich die Adresse in meinem Führerschein ändern lassen wollte. Manchmal sagte ich auch: Tut mir leid, aber das stimmt nicht. Mrs Bobby Ray Price wollte mit mir über diese *hässliche Sache* plaudern, als wir im Piggly-Wiggly-

Supermarkt an der Kasse standen. Aimee bettelte um irgendwelche neuartigen Bonbons, die angeblich im Mund explodierten. Ich hörte Mrs Price kurz zu und schüttelte dann den Kopf. So ein Blödsinn, dachte ich, sagte aber nichts.

Wir kühlen Aimees Beule, und gegen Mittag gehen wir kurz nach draußen, um frische Luft zu schnappen. Ich stehe im Vorgarten und halte das schlafende Baby im Arm, Aimee schmollt und malt mit einem Stück Kreide Zahlen auf den Gehweg. Das Baby seufzt und greift nach meiner rechten Brust. Der Schmerz ist so stechend und plötzlich, dass ich es auf die andere Seite nehmen muss. Ich bin dankbar, als es sich beruhigt und wieder einschläft. Nach einer Weile sehen wir Suzanne Ledbetter. Sie trägt schmale weiße Sandalen und weiße fast knielange Shorts. Die ärmellose weiße Bluse betont ihr rotes Haar, und von ihrer blassen, sommersprossigen Schulter baumelt eine Strohtasche. Ich beneide sie, weil sie an diesem Morgen ganz offensichtlich geduscht hat. Als Suzanne Aimee und mich bemerkt, winkt sie und klopft auf ihre Tasche. Klingeling, hier kommt Avon!

Mrs Nunally biegt in ihrem alten Chevy um die Ecke und hält auf unserer Höhe. Normalerweise trägt sie einen Kittel oder eine Schürze über der Kleidung, je nachdem, von welchem Job sie gerade kommt, aber heute sehe ich einen schwarzen Rock und eine hellgrüne Bluse, deren Ärmel ihr bis an die schmalen Handgelenke reichen. Über ihrer linken Brust steckt ein Namensschild am Stoff. Sie ist auf dem Weg zu Beall's Department Store, wo sie zwei Nachmittage pro Woche arbeitet. Mrs Shepard hat mir erzählt, dass Mrs Nunally sich nicht mehr schminkt, seit sie bei den Adventisten ist, doch heute trägt sie blassrosa Lippenstift und Lidschatten in der Farbe ihrer Bluse.

Sieh dich an!, sagt Suzanne. Du siehst wirklich hübsch aus.

Du meine Güte, sagt Mrs Nunally mit einem Blick auf die

Hände meines Sohnes. Der wird mal ein Footballspieler! Die beiden Frauen beugen sich gurrend über das Baby und machen Kussgeräusche. Suzanne nimmt es mir aus dem Arm und drückt es sich an die Brust. Sie wiegt sich mit geschlossenen Augen hin und her und gibt mir das Kind dann vorsichtig zurück. Ich denke an meine schmerzenden Brustwarzen und die schlaflosen Nächte und verspüre den Impuls, die Annahme zu verweigern. Warte kurz, möchte ich sagen, ich hole schnell die Wickeltasche.

Wo ist Lauralee?, nörgelt Aimee. Sie hat schiefe Hüpfkästchen auf den Gehweg gemalt.

Beim Schwimmunterricht, sagt Suzanne. Gleich hole ich sie ab und bringe sie zur Ballettschule.

Mrs Shepard steht vor ihrem Haus und hält einen tröpfelnden Schlauch in der Hand.

Alles in Ordnung mit ihr?, frage ich Mrs Nunally.

Suzanne beugt sich vor und dämpft die Stimme. Wie ich hörte, hat Potter Selbstmord begangen.

Was?, sage ich. O Gott, nein! Es war ein Jagdunfall. Das Baby in meinem Arm seufzt und dreht im Schlaf den Kopf hin und her. Der Schmerz strahlt von meiner Brustwarze bis in den Arm, ich nehme es auf die andere Seite.

Potter war in seinem ganzen Leben nicht auf der Jagd, sagt Suzanne. Der Mann hätte ein Tier nicht mal erschießen können, wenn er kurz vorm Verhungern gewesen wäre.

Mrs Nunally schürzt die Lippen und runzelt ganz leicht die Stirn. Das stimmt hoffentlich nicht, sagt sie, das würde ich den beiden nicht wünschen.

Mrs Shepard überquert die Straße, ein Glas Eistee in der Hand, während Ginnys Tochter aus der breiten Hecke neben ihrer Veranda herauskriecht.

Debra Ann und Aimee stehen einander wortlos gegenüber, und dann fragt Debra Ann meine Tochter, ob sie zusammen Rad fahren wollen. Sie hat sich einen Mückenstich am Oberarm aufgekratzt, es blutet. Nein, sage ich. Bitte bleibt hier im Garten.

Ach, so ein Quatsch, sagt Mrs Shepard. Was soll ihnen schon passieren.

Nein, wiederhole ich spitz. Mrs Shepard trinkt einen großen Schluck Eistee und leckt sich über die Lippen.

Ich habe mich bei Suzanne für den Auflauf und bei Mrs Nunally für den Limettenkuchen bedankt, und nun danke ich Mrs Shepard für *ihren* Auflauf. Als ich die Form über dem Mülleimer ausgeleert habe, ist mir ein kleiner Aufkleber mit Suzannes Namen aufgefallen.

Ach, nichts zu danken. Meine Damen, zufällig kenne ich ein junges Mädchen, das gern als Babysitter arbeiten würde. Sie wühlt in ihrer Tasche, zieht ein paar lose Zettel heraus und verteilt sie. Hier ist ihre Telefonnummer, sie heißt Karla Sibley. Ich kann sie wirklich empfehlen.

Suzanne betrachtet stirnrunzelnd den Zettel. Und woher kennst du die Kleine?

Aus der Kirche, antwortet Mrs Shepard wie aus der Pistole geschossen.

Ach wirklich? Gehst du wieder hin, Corrine?, fragt Suzanne.

Oh ja, Suzanne! Die Gottesdienste sind mir ein Trost, vor allem seit Potters Unfall.

Verstehe. Suzanne verengt die Augen und nimmt die Tasche auf die andere Schulter. Wir in der Crescent Park Baptist beten für dich.

Ich danke euch, sagt Mrs Shepard.

Mrs Nunally wendet sich stirnrunzelnd an Suzanne. Wie geht es dir?

Ich hatte leider einen Abgang, sagt sie, und ihre Wangen werden feuerrot. Aber es geht mir gut! Wir versuchen es in ein paar Monaten noch einmal.

Oh nein, sagt Mrs Nunally.

Du hast noch so viel Zeit, sagt Mrs Shepard. Du bist erst sechsundzwanzig.

Danke, Corrine, aber ich bin vierunddreißig.

Tatsächlich? Du siehst wirklich keinen Tag älter aus als sechsundzwanzig. Mrs Shepard hält inne und sieht Mrs Nunally an. Stört es euch, wenn ich rauche?

Tut mir leid, sage ich zu Suzanne.

Das muss es nicht, antwortet sie. Ich habe eine wunderschöne, intelligente und begabte Tochter. Und seht mal, was ich noch habe! Sie greift in ihre Strohtasche, holt ein paar Avon-Pröbchen heraus – Parfum und Gesichtscreme, Lidschatten, sogar winzige Lippenstifte sind dabei – und verteilt sie.

Mrs Shepard gibt ihre ohne hinzusehen an Mrs Nunally weiter und zieht eine Zigarette aus der Brusttasche ihrer Bluse. Sie atmet den Rauch aus, er riecht so warm und gut, dass ich ihr die Zigarette am liebsten aus der Hand reißen würde.

Bereiten Sie sich immer noch auf die Verhandlung vor?, fragt sie mich.

Ja. Ich nehme das Baby auf den anderen Arm und sehe kurz zu Aimee hinüber. Sie und Debra Ann sitzen unter dem abgestorbenen Baum und unterhalten sich angeregt. Manchmal sehen sie zu uns herüber.

Suzanne beugt sich leicht vor und wedelt den Zigarettenrauch weg. Wie ich gehört habe, versucht der Onkel des Mädchens, die Stricklands zu erpressen.

Was für eine Verleumdung, falle ich ihr ins Wort. So was sagt man doch nicht.

Ich behaupte ja nicht, dass es stimmt, erwidert Suzanne. Aber ihr wisst doch, wie schnell Gerüchte sich verbreiten.

Oh ja, das wissen wir!, lacht Mrs Shepard laut. Es klingt wie ein Schnattern und erinnert mich an die zutraulichen Kanadakraniche, die ich auf der Ranch zurückgelassen habe. Sie zieht die Augenbrauen hoch, die sie an diesem Morgen Gott sei Dank nicht aufzumalen vergessen hat, und tritt ein paar Schritte zurück, um den Qualm nicht auf mein Baby zu blasen.

Das ist in der Tat verleumderisch, aber was kann man von diesen Heuchlern schon erwarten?, fragt sie.

Suzannes Mund zuckt, sie atmet scharf ein. Tja, da sprichst du wohl nur für dich, Corrine, denn ich bin keine Heuchlerin. Sie hält inne und lässt den Blick durch die Runde schweifen, wie um ihren Worten Nachdruck zu verleihen. Suzanne Ledbetter ist keine Heuchlerin. Aber Mrs Shepard und ich schweigen, und Mrs Nunally ist schon wieder auf dem Weg zu ihrem Auto und sagt: Schönen Tag noch, Ladys. Suzanne nickt und geht weiter, ganz langsam, als hätte sie den Weg vergessen. Vor ihrem Haus leert sie umständlich den Briefkasten und rupft ein paar Löwenzahnpflanzen aus, die es gewagt haben, sich in ihrem Süßgras breitzumachen. Zuletzt holt sie einen Besen von der Veranda und fegt den Gehweg.

Mrs Shepard, die offensichtlich nirgendwo erwartet wird und nichts Besseres zu tun hat, steht da und schaut zu, wie ich mit meinem Sohn kuschele. Er ist noch so klein, dass ich immer wieder an ihm schnuppern muss, nur um mich zu vergewissern, dass er zu mir gehört.

Neugeborene, sagt Mrs Shepard. Gibt nur eins, was besser riecht: ein fabrikneuer Lincoln Continental. Darf ich mal? Sie hält sich die Zigarette hinter den Rücken, lehnt sich vor und atmet den Duft meines Sohnes ein. Oje, sagt sie, die vollen Windeln vermisse ich kein bisschen, und auch nicht die schlaflosen Nächte, aber diesen Geruch, den vermisse ich.

Ich ziehe dem Baby die Decke bis unters Kinn und sehe sie an. Sie hätten Gloria Ramírez mal sehen sollen. Er hat sie grün und blau geschlagen. Das Baby zuckt im Schlaf, klappt den Mund auf und wieder zu. Ich beuge mich vor und dämpfe die Stimme. Mrs Shepard, es war, als hätte ein Tier sie angefallen.

Bitte, nennen Sie mich Corrine.

Corrine, sage ich, Dale Strickland ist nicht besser als ein Wildschwein. Schlimmer. Die Schweine wissen es ja nicht besser. Hoffentlich endet er auf dem elektrischen Stuhl. Das würde ich mir wünschen.

Sie lässt die Zigarettenkippe auf den Gehweg fallen und schiebt sie mit dem Fuß über den Bordstein. Wir sehen sie verglühen, während Corrine eine weitere Zigarette aus der Tasche zieht, sie ansteckt und überlegt, was sie antworten soll. Sie lächelt und kitzelt das Baby unterm Kinn. Ich weiß, meine Liebe. Wollen wir mal hoffen, dass ein halbwegs anständiger Richter den Prozess leitet. Werden Sie aussagen?

Ja. Ich kann es kaum erwarten, denen zu erzählen, was ich gesehen habe.

Tja, das ist gut. Mehr können Sie nicht tun. Mary Rose, darf ich Sie etwas fragen? Bekommen Sie genug Schlaf?

Ich hebe ruckartig den Kopf und will ihr versichern, dass es mir gut geht, und den Kindern auch, dass wir keine Hilfe brauchen, von niemandem, aber Corrine beobachtet mich wie ein Blackjack-Croupier einen Falschspieler.

Ich könnte ihr die Wahrheit sagen. Dass ich in manchen Nächten träume, Gloria Ramírez steht vor meiner Tür und ich mache ihr nicht auf. Ich ziehe mir das Kissen über den Kopf, aber das Klopfen wird immer lauter, und wenn ich es nicht mehr aushalte, steige ich aus dem Bett und gehe durch mein neues Haus. Ich ziehe die schwere Tür auf, und dort auf der Veranda steht Aimee, zusammengeschlagen und in zerfetzter Kleidung, barfuß und blutig. Mama, weint sie, warum hast du mir nicht geholfen?

Ich könnte ihr von den anonymen Anrufen erzählen, die uns praktisch seit dem ersten Tag mit neuem Telefonanschluss erreichen, und dass ich in manchen Nächten nicht mehr weiß, ob ich einfach nur müde bin oder starr vor Angst.

Stattdessen sage ich: Alles okay, danke. Mir geht es prima.

Corrine wühlt in der Schachtel nach einer weiteren Zigarette, es wäre die dritte, aber die Schachtel ist leer. Sie zerdrückt sie und schiebt sie in die Tasche ihres Hosenanzugs. Ich hätte schwören können, dass die Schachtel noch halb voll ist, sagt sie. Seit Potters Tod kann ich mir nichts mehr merken. Letzte Woche habe ich eine Decke verlegt und nicht wiedergefunden. Eine Decke! Sie sieht sehnsüchtig zum Garagentor hinüber. Tja, ich gehe dann wohl mal rüber und schalte den Rasensprenger ein, außerdem brauche ich noch einen Eistee. Heute sollen es fast achtunddreißig Grad werden. Im Juni!

Als ich merke, dass sie Debra Ann Pierce in meinem Vorgarten vergessen hat, ist sie längst wieder im Haus. Die Mädchen sehen gelegentlich herüber und schneiden Grimassen, aber nach einer Weile ignorieren sie mich komplett. Als das Baby wach wird, scheuche ich sie ins Haus und schließe die Tür ab. Die Kinder spielen in Aimees Zimmer, während ich versuche, das Baby zu stillen. Meine rechte Brust brennt wie Feuer, ein harter Knoten neben der Brustwarze deutet auf einen entzündeten Milchkanal hin. Das Baby dockt an, und der Schmerz schießt durch meinen ganzen Oberkörper.

Als es Zeit wird, zum Frauenkreis zu gehen, ist es draußen fast dreiunddreißig Grad warm. Aimee ist sauer, weil ich ihre neue Freundin nach Hause geschickt habe. Im Auto tritt sie immer wieder gegen das Handschuhfach und dreht an den Lüftungsklappen herum. Das Baby liegt zwischen uns auf dem Sitz und beschwert sich.

War es schön mit Debra Ann?, frage ich.

War okay, sagt sie. Tritt, Tritt, Tritt.

Hör auf damit, Aimee. Versteht ihr euch?

Ja, schon, sagt sie. Angeblich hat sie jede Menge Freunde, aber ich glaube, die meisten davon sind ausgedacht.

Es ist unser zweiter Besuch in der Gemeinde. Vor dem Umzug hatte ich mir überlegt, dass wir vielleicht auf das Baptistenradio verzichten und uns eine richtige Kirche suchen sollten. Vielleicht täte es uns gut, uns einer Gruppe anzuschließen, außerdem redet Aimee in letzter Zeit immer öfter davon, sich taufen zu lassen. Aber das heutige Treffen ist der reinste Horror. Der Verdunstungskühler läuft ununterbrochen, doch es ist sinnlos, und die Hitze verschlimmert das Brennen in meiner Brust. Als wir hereinkommen, unterhalten die anderen sich gerade darüber, dass sie ein paar alte Kleidungsstücke ihrer Ehemänner in Kartons packen und den bedürftigen Familien am Stadtrand bringen könnten. Dort schießen die Bohrarbeitercamps nur so aus dem Boden.

Diese Lager sind wirklich furchtbar, sagt Mrs Robert Perry. Überall Müll, und oft gibt es nicht mal fließend Wasser. Außerdem – sie stockt und spricht leiser – wohnen da jede Menge Mexikaner.

Zustimmendes Murmeln aus allen Richtungen. Die führen sich schrecklich auf, sagt eine Frau, und eine andere ergänzt, dass nicht alle so sind, nur *manche*. Mir klappt die Kinnlade runter. Als hätte ich so etwas noch nie gehört, als hätte mein Vater früher am Esstisch nicht genauso geredet und auch meine Tanten und Onkel an der Thanksgivingtafel. Sogar mein eigener Ehemann! Aber jetzt muss ich an Gloria und ihre Familie denken und spüre einen Stich. Die Erinnerung ist wie eine offene Wunde, die ich nicht in Ruhe lassen kann.

Aimee und das Baby sind nebenan im gemeindeeigenen Krippenraum. Wir sind hier in einer *Kirche*, habe ich mir gesagt, als ein Teenager vor Entzücken quiekte und mir meinen Sohn aus dem Arm riss. Hier sind meine Kinder *sicher*. Ich schließe die

Augen und lege mir eine Hand an die Stirn. Möglicherweise habe ich ein wenig Fieber. Die rechte Seite meines Oberkörpers fühlt sich von der Achsel abwärts an, als hätte mich jemand mit einem Flammenwerfer verbrannt.

Mary Rose, ist alles in Ordnung? B.D. Hendrix' Ehefrau Barbie steht neben meinem Platz und legt mir eine Hand auf die Schulter. Eine Frau sagt, ich sei wahrscheinlich nur erschöpft, eine andere erwähnt die schreckliche Sache mit der kleinen Ramírez, und alle murmeln zustimmend. Wirklich eine Schande. Wie um Himmels willen kann Dale Stricklands Mutter noch ruhig schlafen? Wahrscheinlich ist sie krank vor Sorge um ihren Jungen und alles nur wegen dieses Missverständnisses.

Das war kein Missverständnis, sage ich. Das war eine Vergewaltigung, und ich habe die Nase gestrichen voll davon, dass alle so tun, als wäre es anders gewesen. Ich verstumme und sehe mich im Gemeindesaal um. Es ist höllisch heiß. Einige der Frauen, die sich eben noch mit Gemeindebroschüren Luft zugefächelt haben, sitzen wie erstarrt auf der Kante ihres Klappstuhls, als erwarteten sie eine Offenbarung. Ich deute es als Zeichen, dass ich weitersprechen soll. Ein paar Stunden später wird mir aufgehen, was für ein furchtbarer Irrtum das war, aber jetzt noch nicht.

Man kann immer wieder behaupten, ein Sandsturm sei nur ein laues Lüftchen, fahre ich fort, und man kann eine Dürre eine Durststrecke nennen, aber das ändert nichts daran, dass das Haus zerfällt und die Tomatenpflanzen in den Beeten vertrocknen und ... Meine Kehle schnürt sich zu, und zu meinem Entsetzen steigen mir Tränen in die Augen. Ich will nicht vor diesen frommen Frauen weinen. Ich könnte einfach den Mund halten, vielleicht würde dann alles wieder in Ordnung kommen, mehr oder weniger.

Ich habe sie gesehen, sage ich. Und was er ihr angetan hat.

Verzeihung, Mary Rose – die Stimme kommt aus der Richtung des Verdunstungskühlers –, ich weiß, was Sie *glauben*, gesehen zu haben. Aber soweit ich weiß, sind wir hier immer noch in Amerika, und da gilt ein Mann als unschuldig, bis seine Schuld bewiesen ist.

Ein Raunen geht durch den Saal, wird von einer Frau zur anderen weitergereicht. Was sie über Stricklands verfassungsmäßige Rechte sagen, trifft zu, aber es scheint mir, als hätten sie das Mädchen jetzt schon verurteilt. Wenn ihr mich bitte entschuldigen würdet, murmele ich und verziehe mich auf die Damentoilette.

Irgendwann schicken sie die Schatzmeisterin hinterher, Mrs L. D. Cowden, die nach mir sehen soll. Mrs Cowden ist ein verdientes Gemeindemitglied und behauptet, ihre Großmutter habe damals im Jahr 1881 die ersten Hickorybäume der Stadt gepflanzt, im selben Jahr, als bei der Explosion in der Nähe von Penwell die fünf chinesischen Eisenbahnarbeiter umgekommen sind. Ein Sturm brach die ersten fünfundzwanzig Setzlinge in der Mitte durch. Dabei ist die Geschichte eine dreiste Lüge. Jeder weiß, dass Mrs Shepards Großmutter Viola Tillman die Bäume gepflanzt hat, nur will es niemand zugeben. Vor sechs Jahren wurde Corrine gebeten, die Gruppe zu verlassen, wie Suzanne mir sagte, nach einer kleinen Reiberei mit Barbie Hendrix. Man hätte es ihr nachsehen oder zumindest damit leben können, schließlich war sie seit Ewigkeiten Mitglied in der Kirche, aber sie hatte aufgehört, sich donnerstagnachmittags hier die Haare machen zu lassen. Mir reicht's, hatte sie den Damen gesagt. Von nun an kümmere ich mich selbst um mein Seelenheil, den ganzen Weg bis rauf zu Jesus.

Mrs Cowden findet mich in der Damentoilette, wo ich mich ans Waschbecken klammere und mit den Tränen kämpfe. Sie lehnt stumm im Türrahmen, während ich mir lauwarmes Wasser ins Gesicht spritze und leise Selbstgespräche führe. Was für ein *Sch* … So ein Unsinn. Nicht zu glauben.

Soll ich Ihnen ein Glas Eistee holen?, fragt Mrs Cowden.

Nein, danke.

Hören Sie, sagt sie, alle wissen, was das Mädchen über jene Nacht behauptet. Wir müssen da nicht ständig dran erinnert werden. Außerdem ist das Wort so hässlich.

Ich stelle das Wasser ab und richte mich auf. Sie meinen Vergewaltigung?

Sie zuckt zusammen. Ja, genau.

Als ich vor einigen Wochen Wehen bekam, im neuen Haus die vollen Umzugskartons herumstanden und Robert mit einem entlaufenen Bullen beschäftigt war, hat Grace Cowden mir das Abendessen für eine ganze Woche und einen Stapel Archie-Comics für Aimee gebracht. Soweit ich weiß, hat sie in ihrem ganzen Leben noch nie etwas Unfreundliches gesagt, zu niemandem. Ich strecke den Arm aus. Tut mir leid, Grace.

Sie nimmt meine Hand und drückt sie sich ans Herz. Mir tut es auch leid, Mary Rose. Sie lächelt milde. Das waren ein paar verrückte Monate. Der Sohn eines Predigers sitzt Downtown in einer Gefängniszelle. Ginny Pierce brennt nach Gott weiß wohin durch und lässt ihre Familie im Stich. Und jetzt Sie mit dem neugeborenen Baby und dem Prozess vor der Nase. Und die Hitze ist eine echte Qual.

Sie hält meine Hand fest und überlegt dabei laut, ob es dem Richter nicht vielleicht reichen würde, wenn ich einen Brief schreibe. Vielleicht wäre das weniger belastend für mich und meine Familie. Abgesehen davon – sie beugt sich ein Stückchen vor – hat Lou Connelly gehört, die Mutter des Mädchens sei abgeschoben und das Kind zu Verwandten in Laredo geschickt worden. Verflixt, am Ende würde sie vielleicht gar nicht persönlich an der Verhandlung teilnehmen. Wahrscheinlich nur, falls Geld dabei rausspringt.

Ich ziehe meine Hand sanft von Grace' Herz weg und wende

mich wieder dem Waschbecken zu. Ich drehe das Wasser auf, während sie weiterredet. Was die Frauengruppe betrifft, sagt sie, nun ja, eigentlich sollen diese Treffen Spaß machen. Keine von uns kommt her, um sich hinterher schlecht zu fühlen.

Mrs Cowden sagt, sie und ein paar andere Damen hätten sich überlegt, dass ich vielleicht ein paar Treffen aussetzen sollte, nur bis die Aufregung sich gelegt hat und wir diese hässliche Sache hinter uns lassen können. Bis ich mich wieder beruhigt habe.

Ja, denke ich. Bis ich wieder die alte Mary Rose bin. Ich halte die Hände unter den Hahn und schaue zu, wie das Wasser darüberläuft. Aus dem Ausguss steigt der Gestank von Schwefel und Erde auf. An jenem Morgen auf der Veranda, als er schon Handschellen trug und auf dem Rücksitz des Streifenwagens saß, legte mir einer der Sanitäter, ein junger Mann mit bernsteinfarbenen Augen, eine Hand in den Nacken. Ein zweiter gab mir ein Glas Eiswasser, das nach Kälte und Schwefel roch. Was zur Hölle denn passiert sei, wollten sie wissen. Ich schüttelte immer wieder den Kopf und brachte kein Wort heraus. Die beiden Mädchen im Haus weigerten sich, den Sanitätern die Tür zu öffnen. Als sie dann doch eingelassen wurden, ließ Gloria keinen der beiden in ihre Nähe. Ich trank das Eiswasser, und die Männer warteten draußen auf der Veranda, während ich hineinging, einen feuchten Waschlappen holte und ihn Gloria vorsichtig an die Wange hielt.

Jetzt wird alles wieder gut, sagte ich zu ihr, während meine Tochter stumm in der Ecke stand und uns beobachtete. Alles wird gut, wiederholte ich, und diesmal sah ich beiden Mädchen in die Augen. Ich tupfte Glorias Gesicht ab und versicherte ihr, dass alles wieder gut würde, für uns alle.

Draußen auf der Ranch kommt das Wasser eiskalt aus der Leitung, selbst im Sommer, aber hier in der Stadt ist es warm und, anders als das Brunnenwasser, frei von Sand und Eintrübungen. Klares Wasser, sauberer Neustart, reiner Tisch. Sie hatte nicht geweint, kein einziges Mal, aber als die Sanitäter sie dazu bewegen wollten, in den Krankenwagen einzusteigen, und einer ihr dabei die Hand an den Rücken legte, fing sie an zu kreischen, als hätte er auf sie eingestochen. Es war, als fürchtete sie, auf einen Hackblock gestellt und der Länge nach zerteilt zu werden. Sie wehrte sich und strampelte und schrie nach ihrer Mutter. Sie kam zurück und klammerte sich an mir fest, als wäre sie in einem Wirbelsturm und ich der letzte feste Halt. Ich war vollkommen erschöpft und fertig und machte mich los. Obwohl sie die Arme nach mir ausstreckte, drehte ich mich um, ging ins Haus und machte die Tür hinter mir zu. Ich hörte sie schreien, während die Männer sie bei den Handgelenken packten, in den Krankenwagen bugsierten und die Heckklappe zuschlugen.

Und jetzt behaupten die Leute hier in der Stadt, das Mädchen sei eine Lügnerin und Erpresserin, eine Schlampe. Und vergib uns unsere Schuld? Alles klar. Ich drücke die Handkanten aneinander und fange das Wasser in meinen Handflächen auf. Wem soll ich mich anschließen, hier in Odessa? Wie wird mein Alltag aussehen, was für eine Frau will ich sein? Die alte Mary Rose? Grace Cowden? Ich lächle flüchtig, und als das Wasser zwischen meinen Fingern durchrinnt, presse ich sie fester zusammen. Wenn ich mich beeile, kann ich aus meinen Händen trinken – und ich trinke. Ich schlürfe laut, das Wasser läuft mir übers Kinn, während Grace glucksende Laute ausstößt. Ich beuge mich vor und fange mehr Wasser auf. Vielleicht ist Vorsicht besser als Nachsicht. Dann wiederum vielleicht auch nicht. Ich habe das Kind einer anderen im Stich gelassen, in jeder Hinsicht, und nun will ich unbedingt meine Courage beweisen.

Und wie sieht meine Heldentat aus?

So: Gerade, als die geschätzte Mrs L. D. Cowden zu einem Vortrag darüber ansetzt, dass ich mir mehr Ruhe gönnen und vielleicht zufüttern sollte, hebe ich den Kopf, drehe mich um und schleudere ihr das kalte Wasser ins Gesicht.

Grace steht da wie versteinert. Endlich hält sie den Mund. Nach einer Weile hebt sie die Hand, wischt sich ein paar Tropfen von der Stirn und schnippt sie zu Boden. Nun, sagt sie. Das war wirklich unnötig.

Fahr zur Hölle, sage ich. Warum gehst du nicht und packst ein paar Kartons für diese Leute, auf die ihr so hinabschaut?

Wären beide Kinder krank und die Speisekammer leer, würde Robert sich trotzdem beschweren, dass er in die Stadt kommen muss. Aber als er *davon* hört, setzt er sich sofort ins Auto. Ich kann mir mühelos vorstellen, wie das Telefon in unserer alten Küche nicht mehr stillsteht; wie Robert mit einem Mortadellasandwich in der Hand den Hörer aufnimmt und eine Frau – oder ihr Mann – große Sorgen um mein Wohlergehen äußert. Als die Kinder im Bett sind, sammle ich Aimees Bücher und Spielsachen ein, und er folgt mir schimpfend und tobend durch die Zimmer. Meine Brust schmerzt, als hielte jemand eine brennende Fackel daran. Am liebsten würde ich mir den Still-BH vom Leib reißen und darauf herumtrampeln.

Warum gibst du dir so gar keine Mühe, Mary Rose?, fragt er. Jeden Tag versuche ich alles, was in meiner Macht steht, damit wir die Ranch nicht verlieren. Das Land, das meine Familie seit achtzig Jahren bewirtschaftet. Er folgt mir in die Küche, wo ich eine Papiertüte mit Konserven fülle, damit er sie auf die Ranch mitnehmen kann. Glaubst du, du tust uns einen Gefallen, wenn die Leute dich für verrückt halten?

Ich gehe in die Hocke, inspiziere die Dosen im Regal und rechne nach. Ich könnte schwören, dass wir gestern noch zweimal Rindfleisch mit Bohnen und eine Dose Mais hatten.

Robert steht neben mir, so dicht, dass ich den Kuhmist an seinen Stiefeln riechen kann. In den vergangenen achtundvierzig

Stunden hat er mehr als ein Dutzend Rinder an die Schmeißfliegen verloren. Jene, die nicht sofort gestorben waren, hat er erschießen müssen, und weil Schmeißfliegen ihre Eier auf frische Kadaver legen, musste er die toten Tiere mit dem Bulldozer zusammenschieben, mit Kerosin übergießen und in Brand stecken.

Ich stelle das Geschirr vom Abendessen in die Spüle und drehe das warme Wasser auf. Was soll ich sagen, Robert? Anscheinend sind die Leute in dieser Stadt fest entschlossen zu glauben, dass es sich um ein Missverständnis handelte, um eine Kabbelei unter Liebenden.

Ja, und woher willst du wissen, dass es anders war?

Ich tauche beide Hände ins heiße Wasser und versuche, den Schmerz auszuhalten. Es riecht nach Bleiche, so intensiv, dass ich mich fragen muss, ob ich mich bei der Dosierung geirrt habe. Ich ziehe die Hände wieder heraus, sie sind dunkelrot.

Robert, willst du mich verarschen? Hast du von ihren Verletzungen gehört? Die mussten ihre Milz entfernen, um Gottes willen! Hast du überhaupt gehört, was ich erzählt habe?

Ja, Mary Rose. Ich habe mir angehört, was du erzählt hast, dreißig Mal.

Ich drücke meine Hände ins Geschirrtuch, um sie abzukühlen. Alles in der Küche stinkt nach Bleiche. Ich drehe mich zu meinem Mann um und versuche, ruhig zu bleiben. Robert, Gloria Ramírez ist vierzehn. Was, wenn es Aimee getroffen hätte?

Wage es nicht, dieses Mädchen mit meiner Tochter zu vergleichen.

Warum nicht?

Weil es nicht dasselbe ist, ruft er. Du weißt doch, wie die sind!

Ich nehme ein paar trockene Teller aus dem Abtropfgestell und knalle sie so energisch auf den Küchentresen, dass die Schranktüren klappern. Nein, sage ich, weiß ich nicht. Halt einfach den Mund, verdammt noch mal.

Robert beißt die Zähne zusammen, verengt die Augen und ballt eine Hand zur Faust. Ich reiße die Gardinen auf und sehe mich nach dem großen Holzlöffel um. Wenn wir uns jetzt prügeln, möchte ich den ersten Treffer landen, außerdem brauche ich Zeugen.

Verzeihung, Mary Rose, aber ich werde nicht einfach den Mund halten.

Er redet auf mich ein, bis das Telefon klingelt. Geh nicht ran, sage ich, das ist sicher dieser Vertreter, der ständig anruft. Das Telefon klingelt und klingelt, verstummt, schrillt abermals los. Robert steht da und sieht mich an, als hätte ich komplett den Verstand verloren. Geh nicht ran!, rufe ich, aber er ist schon auf dem Weg. Das ist dieser gottverdammte Vertreter!

Das Telefon hört auf zu klingeln. Robert will wissen, wie lange ich Aimee noch im Haus einsperren will. Ich lüge und sage, sie hätte hier in der Larkspur Lane schon jede Menge neue Freundinnen gefunden.

Ich stehe immer noch an der Spüle. Als er sich an mich heranschiebt und fragt, ob ich ihn denn nicht ein kleines bisschen vermisse, greife ich mir an die Brust und erzähle ihm von dem Milchstau.

Volltreffer.

Ich habe gesehen, wie mein Mann den Arm bis an den Ellenbogen in eine Kuh hineinschiebt, um das Kälbchen aus der Steißlage zu drehen, und wie er weint, wenn weder Kuh noch Kalb die Nacht überleben; aber ein Wort über die entzündeten Brustwarzen seiner Frau, und er kann das Haus gar nicht schnell genug verlassen.

Er nimmt die Konserven und einen von Suzannes Aufläufen mit, und als er aus der Einfahrt auf die Straße zurücksetzt, hupt er zum Abschied. Ich nehme eine Aspirin und lasse das Spülwasser ablaufen. Corrine Shepard sitzt gegenüber auf der Veranda.

Ich hebe eine schaumbedeckte Hand hinter dem Fenster, und sie winkt zurück. Die kleine rote Glut ihrer Zigarette tanzt fröhlich im Dunkeln. Hallo, Mary Rose.

Als das Telefon wieder klingelt, kostet es mich meine ganze Beherrschung, nicht hinzulaufen und den Hörer abzuheben. Komm doch her, du Arschloch, will ich sagen. Ich stehe mit meiner Winchester auf der Veranda und erwarte dich.

Glory

Sechs Uhr morgens, und Alma ist müde, wie immer. Die ganze Nacht lang hat sie Verwaltungsbüros und Pförtnerlogen geputzt, Konferenz- und Pausenräume, und die Toiletten, wo Männer manchmal neben die Kloschüssel pinkeln und die Mülleimer vor Essensresten und leeren Waschbenzinkanistern überquellen. Aber heute ist Freitag, und wie ihre sechs Kolleginnen aus dem Team freut sie sich auf ihren Lohn – Geld für die Miete und für Lebensmittel, für die vielen kleinen Wünsche und Bedürfnisse ihrer Tochter, für die Verwandten zu Hause und, falls ein paar Dollar übrig bleiben, für eine Kleinigkeit für sie selbst – Handcreme, einen neuen Rosenkranz, eine Tafel Schokolade. Die Vorfreude sorgt dafür, dass Alma und die anderen nicht ganz so müde sind wie sonst.

Draußen am Werkstor steht ein Van vom Grenzschutz, die Schiebetüren sind geöffnet. Weil sie Frauen sind, die jüngste ist achtzehn und die älteste eine fast sechzigjährige Großmutter mit einem halben Dutzend Enkeln, und weil die vier Grenzschützer neben dem Van groß und breitschultrig sind und ihre Dienstpistolen gut sichtbar an der rechten Hüfte tragen, läuft die Verhaftung zügig und fast lautlos ab. Die Frauen werden jenseits der Ysleta–Zaragoza International Bridge abgesetzt, und Alma bekommt keine Gelegenheit, ihrem Bruder von den versteckten Ersparnissen im Kleiderschrank zu erzählen, eine Flasche Wasser und ein zweites Paar Schuhe für die lange Reise nach Puerto Ángel einzupacken oder sich von Glory zu verabschieden. Alma hat Probleme, den neuen Namen ihrer Tochter richtig auszusprechen. Glory, so möchte das Kind jetzt genannt werden. Glory, als hätte man von ihrem Namen eine Silbe abgeschlagen. Alma vermisst sie.

Die Nachricht von der Razzia macht in der Community blitzschnell die Runde, dank Señora Domínguez, die noch einmal schnell zurückgegangen war, um ihren Pullover aus dem Pausenraum zu holen, und die Verhaftung der anderen durch das kleine Fenster beobachten konnte. Nachdem der Van losgefahren war, blieb sie noch fast eine Stunde dort, als hätte man ihre Füße am Betonboden festgeklebt, und erst beim nächsten Schichtwechsel schlüpfte sie durchs Werkstor. Die Leute werden sich noch monatelang die traurige und schöne Geschichte von Lucha Domínguez und dem vergessenen Pullover erzählen, einem leichten Baumwollcardigan, den sie im Frühling und im Sommer trägt, nicht, weil sie ständig friert, sondern weil das indigoblaue Gewebe sie an den Nachthimmel in ihrer Heimat Oaxaca erinnert. Wäre sie nicht gewesen, hätten Ehemänner, Kinder und Schwestern erst viele Wochen später erfahren, was Alma Ramírez, Mary Vásquez, Juanita González, Celia Muñoz und dem sechzehnjährigen Mädchen zugestoßen war, das keine Woche zuvor zum Team gestoßen war und das die anderen nur als Ninfa aus Taxco im Bundesstaat Guerrero kannten.

~

Drei Tage nach der Razzia klopft Victor an die Tür zu Almas Wohnung. Keine Sorge, ich gebe mein Zimmer im Ritz nicht auf, sagt er zu seiner Nichte und stellt zwei Seesäcke und eine Tüte mit Lebensmitteln auf den Teppichboden. Die Männerbaracke im Arbeitercamp von Big Lake hat tropfende Wasserhähne und Grillen so groß wie Jalapeños. Er streckt die Zeigefinger aus und deutet die Länge an, ein Zoll, zwei Zoll, um ihr die Größe der Insekten zu veranschaulichen, und dann sieht er sich bewundernd in der Wohnung um, als hätte er seit seiner Heimkehr aus dem Krieg nicht mindestens zwei Mal pro Woche hier zu Abend gegessen. Als bemerkte er die Buckel und Wasserflecken an den Wänden nicht oder dass der Teppich an den Fußleisten Wellen schlägt und die Lamellen der Jalousien so altersschwach sind, dass man sie nur mit größter Vorsicht öffnen und schließen darf. Als wäre der Wasserhahn hier nicht ebenfalls undicht, ein stetes Tröpfeln, das nach fauligen Eiern im Sommer stinkt. Als raschelten hier keine Grillen durchs Gebälk.

Los grillos, hatte Alma vor ein paar Wochen gesagt, und Glory hatte die Augen verdreht. Mein Gott, was war so schwer daran, sie einfach Grillen zu nennen? Ay mija, no maldigas al Señor.

Kein Spanisch, bitte, sagte Glory. Tu ein Mal im Leben so, als ob du dazugehörst.

Glory schaut zu, wie ihr Onkel seine restlichen Sachen vom Gehweg hereinschleppt und zu dem Sofabett geht, auf dem er schlafen wird. Er stellt einen dritten Seesack ab, neben die kleine Holzkiste mit zwei Büchern, einer Tüte Kartoffelchips, einer Cornflakesschachtel, einem Milchkanister und zwei Sixpacks Coors Light. Hier ist es viel schöner als in meiner alten Wohnung, sagt er, außerdem ist der Stellplatz überdacht, das schützt meinen El Camino vor Hagel, was, Gloria?

Glory hält sich die Ohren zu und geht rückwärts in Almas Schlafzimmer. Ihr Onkel sieht sie verständnislos an. Nennt mich, wie ihr wollt, aber bitte nicht so, hatte sie ihre Mutter und ihren Onkel angefleht, und auch den Staatsanwalt, der sie zum Gespräch geladen hatte. Warum nicht, mija?, fragt Victor auch jetzt wieder. Das ist doch dein Name. Weil, möchte sie ihn anschreien, ich immer noch seine Stimme hören kann.

Es ist kurz nach vier, und der ganze Apartmentblock summt und vibriert von den Stimmen der Kinder, die aus dem Hort oder vom Bibelkurs nach Hause kommen. Mütter und große Schwestern treiben sie zur Eile an, sie sollen bei der Hausarbeit helfen. Die in die Fenster eingebauten Ventilatoren brummen und blasen warme Luft in den kleinen Innenhof. Rancheramusik schallt über den Parkplatz, und wieder muss Glory gegen den Impuls ankämpfen, ins Schlafzimmer ihrer Mutter zu laufen, sich ins Bett zu legen und sich ein Kissen über den Kopf zu ziehen. Draußen auf dem Ölfeld hat er seine Musik laut aufgedreht und von einem Countrysender zum anderen geschaltet, einmal auch kurz in einen vom College betriebenen Punksender, den sie früher sehr gemocht hat. Und warum sollte er die Musik auch nicht laut aufdrehen? Wer sollte es hören? Niemand kann dir helfen, hatte er gesagt, und er hatte recht behalten.

Gloria liegt immer noch im Schlafzimmer, als der Hausverwalter Mr Navarro an die Tür klopft. Sie können hier nicht bleiben, sagt er zu Victor. Mr Navarro hat von der Razzia in der Raffinerie gehört und wünscht keine Illegalen im Haus. Victor erklärt dem Mann, dass seine Nichte Glory hier in Odessa geboren wurde, in der Klinik.

Y tú?, fragt der alte Mann.

Victor antwortet auf Spanisch, Glory versteht ihn nicht. Hier in Texas, sagte ihre Mutter immer, ist Spanisch die Sprache der Hausmeister und Haushaltshilfen, keine Sprache für ihr Kind, und wer in der Schule Spanisch spricht, muss nachsitzen, im besten Fall. Doch Glory versteht den Sinn, wenn auch nicht die Vokabeln. Victor ist Amerikaner, so wie seine Nichte, das sagt er zu dem Mann. Er hat sich seine Einbürgerung damit verdient, dass er zwei Mal in Vietnam war, cabrón.

Kurz darauf klopft ihr Onkel an die Schlafzimmertür und kündigt an, eine neue Wohnung für sie beide zu suchen, eine bessere. Du kannst schon mal packen, Glory.

Ihr Leben einzusammeln dauert nicht lang. Vor vier Jahren

sind Glory und Alma mit drei Koffern und einer Milchkiste voller Küchenutensilien in diese möblierte Wohnung gekommen. Jetzt legt Glory ihre Kleider in einen und Almas in einen anderen Koffer. Sie faltet die Tagesdecke zusammen, zieht die Laken vom Bett und packt sie zusammen mit den Kissen und einem Messer in den dritten Koffer. Da ist eine hölzerne Zigarrenkiste mit leichtem Zederndufт, in der die alten Familienfotos aus Oaxaca liegen. Wo die Sandstrände so weiß sind wie Salz, sagt Tío, und die Schnapperfische butterweich. Glory legt die Kiste in den Koffer ihrer Mutter, zwischen eine Jeans und Almas Lieblingsbluse.

Sie geht in die Küche, öffnet den Schrank neben dem Herd und packt alles in die Milchkiste: den Kochtopf, Löffel und Kaffeetassen, angeschlagene Teller aus dem Kirchenladen und einen schlichten Kochlöffel aus Holz, mit dem Alma vor achtzehn Jahren über die Grenze gekommen ist. Sie hat Bohnen und Eintöpfe damit umgerührt, damals, als sie sich mit sechs anderen Frauen, die ihr Geld ebenfalls in die Heimat schickten, eine Einzimmerwohnung teilte. Als Glory klein war, schlug ihre Mutter ihr damit manchmal auf den Hintern, und später, da war sie zehn, pfefferte Alma ihn wütend durch die Küche und schrie, Glory solle endlich aufhören, nach dem Vater zu fragen, den sie nie kennengelernt hat. Aber wo ist er denn?, hatte sie gefragt. ¿Pues, quién sabe? Vielleicht ist er in Kalifornien, vielleicht ist er tot. ¿Y a mí qué me importa?

Und noch ein paar Jahre später, als Glory größer und stärker war als ihre Mutter, warf Alma ihr vor, sie schwänze die Schule. Sie zeigte mit dem Löffel auf Glorys Kopf, und Victor übersetzte, während sie ihr Kind anflehte, das Hirn zu benutzen, das Gott ihr gegeben hatte, und etwas aus ihrem Leben zu machen, statt in Pinkie's Spirituosenladen Bier zu klauen und auf dem Parkplatz neben der alten Büffeltränke abzuhängen. Beim Anblick des alten Holzlöffels muss Glory weinen, sie setzt sich an den kleinen

Küchentisch, massiert die roten Narben an ihren Füßen und fragt sich, wie lange es dauern wird, bis Alma das Geld, den Mut und eine Gelegenheit findet, abermals den Fluss zu überqueren.

~

Das Jeronimo, ein hufeisenförmig angelegtes Motel an der Kreuzung von Pearl und Petroleum, verfügt über sechsunddreißig Zimmer und ist keine Meile von der Raffinerie entfernt. An besonders warmen Abenden fliegen die Sicherungen raus, weil alle Motelgäste gleichzeitig die Klimaanlage, die Kochplatte und den Fernseher einschalten, und wenn man dann das Zimmer verlässt und sich ans eiserne Geländer stellt, kann man die orangeblauen Flammen der Gasfeuer sehen. Draußen ist es nicht kühler als drinnen, aber meistens weht ein schwacher Wind.

Victor lenkt seinen langen weißen El Camino – er nennt ihn El Tiburón, den Hai – auf einen der Parkplätze neben dem umzäunten Pool. Pues, da kannst du den ganzen Tag auf der Luftmatratze liegen!, sagt er zu seiner Nichte, die sich gegen die Beifahrertür sinken lässt und die Wange ans warme Fensterglas drückt. Es ist kurz nach zehn und der Parkplatz voller Dieseltrucks, Pick-ups, Kleinwagen und Kombis. Ein kleines Wohnmobil auf der anderen Seite des Pools nimmt gleich zwei Parklücken in Anspruch, die gelben Lämpchen am Vordach flackern auf der Wasseroberfläche. Eine Frau schwimmt durch den Pool, ihre Hände und ihr Kopf hinterlassen kleine Bugwellen. In der Mitte des Beckens dreht sie sich auf den Rücken und lässt sich im Dunkeln treiben, ihr Bauch ragt aus dem Wasser, und gelbe Haarsträhnen umwabern ihr Gesicht wie Aale. Glory sieht jetzt erst, dass die Frau Jeansshorts und ein T-Shirt trägt. Ihre weißen Arme und Beine leuchten im Dunkeln wie Haizähne.

Victor hilft Glory, die Koffer in den ersten Stock zu tragen, und dann überreicht er ihr einen Schlüssel. Der schwere Anhänger hat die Form von Texas. Das Gute an diesem Motel: Es ist so billig, dass Glory ein eigenes Zimmer bekommt. Das Dixie Motel draußen am Andrews Highway wäre doppelt so teuer. Victor hat ihr den Schlüssel zur Nummer fünfzehn gegeben, das ist nur folgerichtig, sagt er, weil sie im Herbst fünfzehn wird. Das Jahr wird schnell rumgehen, mi vida, sagt er, und bald wirst du dich besser fühlen. Das hier ist nicht dein Leben.

Zimmer fünfzehn riecht nach Zigaretten und Frittierfett, aber der Teppich ist frisch gesaugt, und das Bad duftet nach Zitronenreiniger. Auf einer braunen Kommode, die fast so breit ist wie das Zimmer, steht ein Fernseher, auf dem Doppelbett liegt eine karottenfarbige Tagesdecke aus Polyester. Während Victor sich auf die Suche nach einem Getränkeautomaten macht, reißt Glory die Laken herunter und bezieht das Bett mit Almas nach Blüten duftender Wäsche. Zum Schluss breitet sie die Tagesdecke darüber, die ihre Mutter sich im letzten Herbst nach ein paar Extraschichten geleistet hat. Sie ist mit blauen Wiesenlupinen bedruckt, angeblich Almas Lieblingsblume, auch wenn Glory nie im Leben eine echte gesehen hat. Damals hatte Victor ihnen einen Ausflug vorgeschlagen, im April könnten sie ins Hill County fahren, wo Glory sich in eine Wiese voller winziger lilablauer Blumen setzen und Alma sie fotografieren würde. Sie würden das Bild einrahmen und aufhängen, wie die Hälfte aller Eltern im Bundesstaat Texas. Danke, hatte Glory zu ihrem Onkel gesagt, aber ich bleibe lieber zu Hause und lese *Der scharlachrote Buchstabe*. Da siehst du mal, wie undankbar sie ist, sagte Alma und starrte sie an, bis Glory die Augen niederschlug. Und jetzt ist schon Juni, denkt Glory. Wir haben es verpasst.

Victor kommt mit einer kalten Flasche Dr Pepper zurück und verspricht, ihr ein Donut zu bringen, bevor er am nächsten Morgen zur Arbeit fährt. Dann tritt er auf den Laubengang hinaus, der sich über die gesamte Breite des Motels erstreckt, und Glory schließt die Tür und legt die dünne Messingkette an. Zwischen ihren Zimmern gibt es eine Verbindungstür, aber Victor meinte, die sei nur für Notfälle. Wenn er etwas von ihr möchte, wird er vom Gang aus anklopfen, wie jeder andere. Glory hat ihr Leben lang von einem eigenen Zimmer geträumt, von einer abschließbaren Tür, und nun fühlt sie trotz des Horrors, der sie hergebracht hat, einen Funken der Freude.

Ein schmales Viereck aus Nachmittagssonne schiebt sich durch einen Spalt zwischen den Vorhängen und fällt auf den Teppich, in der Lichtsäule schwebt Staub. Glory zieht die Vorhänge zu, das Licht verschwindet. Das Fenster ist kaum größer als ein Pizzakarton, nicht einmal ein sehr kleiner Mann würde hindurchpassen. Trotzdem überprüft sie den Metallhaken und das Stück Besenstiel, das jemand zwischen die Fensterelemente geklemmt und sie damit blockiert hat. Die Frau mit den gelbblonden Haaren hat den Pool längst verlassen. Sie sitzt auf einem der Liegestühle, ein Handtuch um den Kopf und in der Hand eine Zigarette. Die nasse Kleidung klebt ihr am drallen Körper. In den Zimmern ist es dunkel, das Jeronimo liegt still da.

Die Betreiber dulden keinen Ärger, hat Victor zu ihr gesagt, als sie auf den Parkplatz fuhren und sie angesichts der vielen Pick-ups die Augen aufriss. Die vermieten, sagte er, ausschließlich an Familien und Berufstätige. Hier bist du sicher – er streckte die Hand aus und wollte ihren Arm berühren, überlegte es sich aber dann anders –, du wirst dich wohlfühlen.

Vielleicht hat er recht, aber als Glory sich ins Bett legt, tastet sie noch einmal nach dem Taschenmesser unter dem Kissen. Falls jemand zur Tür hereinkommt oder durchs Fenster, wird sie bereit sein. Ihre Finger streichen ein, zwei, drei Mal über den kühlen Stahl und den Ledergriff. Beim Einschlafen hält sie das Messer in der Hand und geht die einzelnen Schritte immer wieder durch – zum Messer greifen, die Klinge aufschnappen lassen, in die Dunkelheit stechen, bis sie einen Widerstand spürt.

In jedem ihrer Träume ist die Wüste voller Leben. Sie geht langsam, aber der Mond schiebt sich hinter die Wolken, und sie kann den Steinhaufen nicht erkennen, oder das Schlangennest dahinter. Sie stolpert, fällt hin und springt mit einem Schrei wieder auf, aber da sind die Schlangen schon überall, sie winden sich um ihre Knöchel und Beine und kriechen ihr über Bauch und Brust. Eine legt sich um ihren Hals, Glory spürt das Flattern einer winzigen Zunge an ihren Wimpern. Sie hält ganz still und wartet darauf, dass die Schlangen von ihr ablassen und sich in die Dunkelheit zurückziehen. Durch die Fensterscheiben des Trucks fällt Mondlicht ein. Seine Pupillen sind zwei schwarze, von blauem Himmel umrandete Löcher. Los geht's, Gloria, sagt er, jetzt kannst du dich für das Bier revanchieren, das ich dir ausgegeben habe, und für das Benzin für die Fahrt hierher. Warte, sagt sie. Warte! Sie greift in die Tasche ihrer Jeans und schließt die Faust um den Ledergriff. Das Messer schießt in die Höhe und findet seine Kehle wie von allein.

Glory wacht auf und liegt im Dunkeln, streicht sich mit einem Finger über die erhabenen Stellen am Bauch. Die Narbe, breit wie ein Löwenzahnstängel, beginnt unter der Brust und zieht sich in Schlangenlinien über den Bauch, als wäre Glory zerteilt und wieder zusammengeflickt worden. Sie macht einen Schlenker um den Bauchnabel und endet auf dem Schamhügel. Als sie im Krankenhaus zu sich kam, hatte man sie rasiert und ihre Bauchdecke mit einer langen Reihe aus Metallklemmen verschlossen. Milzriss, hatte der Chirurg zu Victor gesagt, resultierend aus einem Schlag in den Unterleib. Sie hatte sich gewehrt, und wie. Ihre Hände und Füße steckten in weißen Bandagen, ihr Haar war abrasiert, und Nähte bedeckten ihre Kopfhaut. Victor beugte sich über sie und flüsterte ihr ins Ohr, ihre Mama könne nicht ins

Krankenhaus kommen – zu viele Cops, zu viele Fragen –, aber sie warte zu Hause. Hör zu, sagte er zu seiner Nichte, du hast überlebt. Er sagte noch mehr, aber Glory war schon wieder in Schlaf und Schmerz versunken, die sie nicht auseinanderhalten konnte. Vielleicht hat er gesagt: Diese Geschichte handelt vom Krieg, oder: Diese Geschichte handelt von dir.

~

Am nächsten Morgen um halb fünf steht Victor mit einem Schokodonut und einer Tüte Milch vor der Tür. Du musst immer abschließen, sagt er. Wenn du Hilfe brauchst, wähle die Null für die Rezeption. Nachdem er gegangen ist, legt Glory sich wieder ins Bett und lauscht, wie der Parkplatz draußen zum Leben erwacht. Dieselmotoren und Türenschlagen. Vor ihrer Tür stehen Männer und murmeln schlaftrunken. Sie hört Arbeiterstiefel auf Metalltreppen, und dann eine Hupe. Anscheinend hat einer der Kollegen verschlafen. Sie zieht sich die Decke bis ans Kinn, hält das Messer fest umklammert. Um fünf hat der Parkplatz sich geleert. Bis die Ehefrauen und Kinder und Freundinnen aufwachen, ist es im Jeronimo so still wie in einer menschenleeren Kirche. Erst jetzt kann Glory ruhig schlafen.

Am späten Vormittag laufen Kinder die Treppen rauf und runter und machen Arschbomben im Schwimmerbereich des Pools, während die Freundinnen und Ehefrauen zur Mittagsschicht aufbrechen oder im Strike-It-Rich Lebensmittel einkaufen. Nachdem der Zimmerservice angeklopft und einen Stapel sauberer Handtücher abgegeben hat – nein, danke, sagt Glory, als die Frau hereinkommen und das Bett machen will –, schaut Glory stundenlang fern. Sie isst Chips, döst immer wieder ein, badet oder duscht, späht hinaus und schaut zu, wie das Sonnenlicht über den Teppich kriecht, während im Hintergrund Seifenopern und

Putzmittelreklamen laufen. Ein paarmal greift sie nach dem Telefonhörer und spielt mit dem Gedanken, Sylvia anzurufen, aber sie hat seit Februar nicht mehr mit ihren Mitschülern gesprochen. Was soll sie sagen? Hallo, hier ist das dümmste Mädchen der Welt, das zu einem Fremden ins Auto gestiegen ist und die Beifahrertür hinter sich zugezogen hat, und dann ist ihr Foto in der Zeitung erschienen, sodass sie keine Chance mehr hat, die Sache hinter sich zu lassen.

Abends um sieben kommt ihr Onkel zurück. Er hat fast immer eine Tüte von Whataburger und ein Geschenk dabei – eine Zeitschrift, Lippenbalsam, eine Kochplatte und Dosensuppen, damit sie auf ihrem Zimmer zu Mittag essen kann, Erdnussbutter, Salzcracker und ein kaum bearbeitetes Arbeitsbuch Spanisch, das neben einer der Ölpumpen im Sand lag. Jeden Abend bringt er etwas mit und überreicht es ihr. Sie kann sehen, wie viel Mühe er sich gibt, sich die Ölreste von den Händen zu schrubben.

Eines Abends kommt er mit einer Sonnenbrille, einem tragbaren Kassettenrekorder und drei Kassetten zurück – Carole King, Fleetwood Mac und Lydia Mendoza. Für die letzte habe ich halb Odessa abgesucht, sagt er. Den Rekorder kannst du überallhin mitnehmen, du brauchst nicht mal eine Steckdose. Er zeigt ihr, wo das Batteriefach ist und wie man den Trageriemen einstellt.

Ich brauche das nicht, sagt Glory. Ich möchte keine Musik hören, und wenn doch, dann bestimmt nicht diesen Mist.

Okay. Victor packt die Sachen zurück in die Papiertüte. Ich stelle es da drüben auf die Kommode, nur falls du deine Meinung änderst. Ich gehe jetzt duschen, danach können wir ein bisschen fernsehen. Victor erzählt seiner Nichte, Alma komme bald zurück, dann würden sie alle drei vor dem Fernseher sitzen. Er hat der Familie in Puerto Ángel ihre neue Adresse geschickt. Es ist nur eine Frage der Zeit, bis Alma zurückschreibt, und dann werden sie sicher wissen, dass es ihr gut geht. Bestimmt hat deine Mutter schon einen Plan, sagt er. Im September wird sie versuchen, über die Grenze zu kommen, dann ist es nicht mehr so heiß.

Jetzt ist Juni, und die Haarbüschel auf Glorys Kopf sind kaum dicker als Federflaum. So wie der ganze Rest macht auch ihr Haar einen Neuanfang. Wie Brandy Henderson, eine Figur aus *The Edge of Night*, die untertaucht und aus der Erzählung verschwindet, legt auch Glorys Leben eine Pause ein. Es wurde angehalten wie eine Kassette, und nun macht sie sich auf den Neustart gefasst. Im August musst du nichts weiter tun, als auszusagen, meint ihr Onkel. Zieh dir ein hübsches Kleid an, geh in den Zeugenstand und sag einfach die Wahrheit. Ich will nicht, antwortet sie. Mir doch egal, was mit ihm passiert.

~

Als es draußen fast siebenunddreißig Grad warm ist, schaltet sich die Klimaanlage aus, tickt für einige Minuten und verstummt dann ganz. Die Hitze drückt von außen gegen die Fensterscheibe und kriecht durch die winzigen Risse in der Dichtung, es ist, als hätte sie nur auf diese Gelegenheit gewartet. Sie schiebt sich durch den dünnen Spalt zwischen Tür und Teppich und lässt sich aus den Lüftungsklappen über dem Bett herab.

Normalerweise würde Glory sich jetzt in eine kalte Badewanne legen, aber der Tag ist so heiß, dass nur warmes Wasser aus dem Hahn kommt. Nach einer Weile weichen ihr Wunsch, nicht gesehen zu werden, ihre Scham über die Narben und die abgeschorenen Haare, ihre Furcht seit dem Überfall einer Empfindung, die sie seit Februar nicht mehr hatte: Langeweile. Wenigstens gibt sie dem Gefühl an dem Morgen diesen Namen. Jahre später wird sie es vielleicht Einsamkeit nennen. Am Nachmittag wühlt sie in einem Karton, bis sie den von Victor gekauften Badeanzug findet, einen blauen Einteiler mit breiten Trägern. Sie schlüpft hinein, ohne ihren Bauch eines Blickes zu würdigen, auch nicht ihre Füße und Knöchel und die sternförmigen Narben in ihren Handflächen.

Hast du in einen Stacheldrahtzaun gegriffen, um nicht zu stürzen?, hatte Victor im Krankenhaus gefragt. Mädchen, diese Zähigkeit kenne ich nur vom Militär. Ich bin trotzdem hingefallen, hatte sie geantwortet. Na ja, sagte er, dann lass den Teil deiner Geschichte doch einfach weg. Erzähl den Leuten, dass du zugedrückt hast, bis die Stacheln glatt am Draht anlagen.

Den Teil meiner Geschichte? Nein. Das ist nicht meine Geschichte.

Sie zieht die Zimmertür fest hinter sich zu und greift das Eisengeländer, das den Laubengang im ersten Stock umläuft. Sie legt eine Hand an die Tasche ihrer Shorts und spürt die Konturen des Messers, dann geht sie mit klopfendem Herzen los und versucht, so zu tun, als würde sie jeden Tag in diesem Pool schwimmen, als stiege sie diese Treppe ständig hinunter, als wäre sie ein ganz normales Mädchen.

Sie setzt sich auf eine der Liegen am tiefen Ende des Pools, immer noch in dem Led-Zeppelin-T-Shirt und den Jeansshorts, die sie über den Badeanzug gezogen hat. Bevor sie das Zimmer verließ, hat sie eine Flasche Coca-Cola in ein weißes Handtuch gewickelt, das nun zu ihren Füßen liegt. Sie trinkt hektisch. Wochenlang hat sie durch die Vorhänge gespäht und die Frau beobachtet, die sie am ersten Abend gesehen hatte. Sie kommt jeden Tag mit ihren beiden Kindern an den Pool, einem pummeligen kleinen Jungen, der die gelben Haare seiner Mutter geerbt hat und immer eine marineblaue Badehose trägt, und einem kleinen, spindeldürren Mädchen, dessen Sommersprossen und strähnige Haare im Sonnenlicht rötlich schimmern.

Sie nähern sich dem Nichtschwimmerbereich, bleiben stehen und mustern Glory flüchtig wie eine Einbrecherin. Das kleine

Mädchen streckt sich auf einem der Liegestühle aus und schlägt ein dickes Buch auf, der Junge springt mit seinen Spielsachen – ein verblichenes Plastikboot, ein Tennisball, ein mit silberfarbenem Isolierband geflickter Schwimmring – ins Wasser. Die Mutter dreht ein paar Runden im Pool, wickelt sich ein Handtuch um den Kopf, setzt sich eine Sonnenbrille auf und legt sich neben ihre Tochter. Mutter und Kind reiben sich Arme und Beine großzügig mit Babyöl ein. Sie lehnen sich zurück und warten, bis die Sonne sie rosa, pink und dann krebsrot gefärbt hat. Sie tragen passende Badeanzüge mit einem Muster aus großen Blüten in Rot und Gelb, der Anzug des Mädchens ist ein bisschen zu groß und der der Mutter zu klein.

Hässlichere Menschen hat Glory nie gesehen. Der Junge hat eine Zahnlücke dort, wo vorher seine Milchzähne waren, das Mädchen zupft sich die sonnenverbrannte Haut von den Schultern und schiebt sich die Flocken beim Lesen verstohlen in den Mund. Die Gliedmaßen der Mutter sind unbehaart, wabbelig und rosa, wie Muschelfleisch.

Glory lehnt sich zurück und schließt die Augen, bis ihr die Sonne auf den Lidern brennt und das Metall des Messers an ihrem Bein zu heiß wird. Sie schiebt es unter das Handtuch, steckt es aber nach ein paar Minuten wieder ein. Als sie es nicht mehr aushält, tritt sie an die Poolkante und hält das Handtuch ins Wasser, wringt es aus und bedeckt sich Beine, Arme und Gesicht damit.

Der kleine Junge paddelt bis ans tiefe Ende des Beckens und dümpelt auf dem Wasser, nur wenige Schritte von Glory entfernt. Kannst du mir einen Dollar wechseln?, fragt er plötzlich, als hätte er in seiner Badehose einen Geldschein versteckt, als könnte er ihn tropfnass herausziehen und gegen eine Handvoll Münzen eintauschen. Glory starrt ihn mit offenem Mund an, als hätte seine Stimme sie sprachlos gemacht.

Verstehst du mich?, nölt er.

T. J.! Lass das Mädchen in Ruhe! Die Frau springt auf und eilt herüber. Beim Gehen wackelt ihr breiter Körper wie eine riesige Aufblasfigur im Wind. Das Handtuch auf ihrem Kopf löst sich, rutscht über ihren Rücken und fällt zu Boden. Für eine so dicke Frau ist sie ungewöhnlich schnell, die Strecke legt sie binnen Sekunden zurück.

T. J. grinst in Glorys Richtung und stößt sich von der Poolkante ab. Warum kommst du nicht rein?, fragt er. Hast du Angst vor dem Wasser? Erinnert dich wohl daran, wie du über die Grenze gekommen bist, was? Er kichert und schiebt sich eine Faust in den Mund, um das Geräusch zu ersticken. Er wiegt wahrscheinlich keine fünfunddreißig Kilo; Glory kann zwar nicht richtig schwimmen, aber sie könnte ihn ertränken.

Die Mutter geht auf alle viere, streckt den Arm aus und bekommt den Schwimmreifen zu fassen. Verdammt, T. J., du kleines Miststück. Komm sofort aus dem Wasser. Sie zerrt den Reifen ans andere Ende des Beckens, und der Junge fängt an zu heulen, noch bevor sie ihn gepackt hat. Sie richtet sich auf und zieht ihren Sohn in die Höhe, er rudert mit dem freien Arm und strampelt wie wild mit den Beinen. Die Frau ist überraschend stark, ihr Anblick eine Freude.

Glory ist nun ebenfalls auf den Beinen. Sie greift nach dem Handtuch und sieht sich um. Um zum Tor im Zaun zu gelangen, muss sie an der Frau und dem Jungen vorbei, oder sie geht einmal ums Becken herum und passiert das Mädchen, das sein Buch zur Seite gelegt hat und jetzt lachend auf der Liege sitzt.

Warte, sagt die Frau zu Glory. Kannst du kurz warten? Sie lässt ihren Sohn los und beugt sich über ihn, keuchend und mit rotem Gesicht. Sie kneift ihn so fest in die weiche Rückseite seines Oberarms, dass er aufheult. Wenn du so was noch einmal sagst, wirst du drei Tage lang nicht mehr sitzen können. Sie lockert ihren Griff, der Junge schnieft.

Hast du mich verstanden? Sie hält seine Haut immer noch zwischen den Fingern.

Ja, sagt er.

Geh rauf und mach einen Mittagsschlaf. Tammy! Bring T. J. rauf aufs Zimmer, er ist – sie sieht ihren Sohn böse an – sehr müde. Der Südstaatenakzent der Frau ist so breit, dass Glory sie kaum versteht.

Das Mädchen springt auf, hält das Buch hoch und schreit: Da oben ist es zu heiß! Außerdem hast du versprochen, dass wir zum Büchermobil gehen!

Später vielleicht. Die Brust der Frau hebt und senkt sich schnell. Ihr geht jetzt rauf. Sofort.

Sie schauen zu, wie der Junge schimpfend den Parkplatz überquert, dann dreht die Frau sich zu Glory um und streckt die Hand aus. Tut mir leid, was er gesagt hat, er schnappt diesen Mist von seinen Verwandten väterlicherseits auf. Glory steckt die Hände in die Hosentaschen. Ist doch egal.

Ich bin Tina Allen aus Lake Charles in Louisiana, und die beiden kleinen Monster heißen T. J. und Tammy. Mein Mann arbeitet auf einem Ölfeld in der Nähe von Ozona.

Glory sieht sie wortlos an, bis Tina sich seufzend umdreht und zu ihrer Liege zurückgeht. Sie kramt kurz in ihrer Handtasche. Ich hole mir was Kaltes zu trinken. Möchtest du auch was?

Nein, danke.

Ach komm, Schätzchen. Wie wäre es mit einer Dose Dr Pepper? Du würdest mir einen Gefallen tun. Tinas Lachen ist laut und kehlig und erinnert Glory an eine besonders verhasste Lehrerin von damals, als sie noch eine ganz normale Schülerin war und davon träumte, Gitarre zu lernen, viel Geld zu verdienen und unabhängig zu sein. Die Lehrerin hatte die mexikanischen Kinder in der Klasse immer ihre *kleinen braunen Flüchtlinge* genannt. Einmal hatte Glory zusammen mit ihrer besten Freundin

Sylvia ein Teppichmesser aus dem Werkraum gestohlen und die Reifen ihres Autos zerstochen. Schade, dass ich nicht weiß, wie man einen Bremsschlauch durchschneidet, hatte Sylvia gekichert und die Hände ausgestreckt wie beim Autofahren. Rettet mich, meine kleinen braunen Flüchtlinge! Wenn Glory daran zurückdenkt, muss sie immer noch lachen. Sie vermisst ihre Freundin schrecklich.

Kann ich auch eine Zigarette haben?, fragt sie.

Verzeihung, aber du siehst nicht so aus, als dürftest du schon rauchen.

Tja, darf ich aber. So viele Worte hat Glory seit ihrer Entlassung aus dem Krankenhaus nur mit ihrer Mutter und mit ihrem Onkel gewechselt. Wie ihr bewusst wird, hätte sie jetzt wirklich gern eine Zigarette, und am liebsten würde sie beim Rauchen die Beine ins Wasser baumeln lassen.

Tja, dann. Tina öffnet ihre Tasche und bietet Glory eine dünne, elegante Benson & Hedges an. Wollen wir uns setzen?

Sie nehmen auf den Liegen Platz und betrachten das Motel. Es ist kurz nach zwölf, die Mittagssonne brennt mit geballter Kraft auf sie nieder. Die Klimaanlage ist noch immer ausgefallen, und im Hof ist es noch stiller als gewöhnlich, nur auf der gegenüberliegenden Straßenseite rumpeln die Laster von den Höfen der Gießereien und Gewerbebetriebe. Hinter dem Motel erstreckt sich ein Feld mit bräunlichem Gras und zerbrochenen Flaschen, in deren Scherben sich das Sonnenlicht grün, rot und blau bricht. Noch weiter dahinter stehen ein paar kleine Holzhäuser mit ungepflegten Gärten und dünnen Fenstervorhängen, in denen sich die giftigen Abgase der Raffinerie sammeln.

Tina nimmt einen tiefen Zug von ihrer Zigarette, legt den Kopf in den Nacken und bläst den Qualm der Sonne entgegen. Ich vermisse Lake Charles, dabei ist es da alles andere als paradiesisch. Fiese Typen an jeder Ecke, und die Sümpfe sind voller Alligatoren und Mücken. Die Ratten sind so groß wie Hunde, Biberratten heißen die – Tina ascht auf den Boden und verreibt die Asche mit dem großen Zeh –, aber man kann da gut angeln, und die meisten Leute sind nett. Außerdem wachsen da Bäume. Hartriegel, Zürgelbäume, Zypressen. Ich vermisse die Bäume, und die Flusskrebse, denen man das Fleisch direkt aus der Schale saugt. Terry und ich sind nur so lange hier, bis wir genug Geld für einen eigenen Kutter zusammenhaben. Mehr wünsche ich mir gar nicht – ein eigenes Boot, damit Terry als Fischer arbeiten kann, und dass die Kinder wieder zur Schule gehen. Das ist doch nicht zu viel verlangt, oder?

Sie lächelt Glory an. Was ist mit dir? Bist du schon länger hier?

Glory hat aufmerksam zugehört und merkt jetzt erst, dass sie auch etwas sagen sollte, dass sie der Frau von ihrem Leben erzählen muss. Geben und nehmen. Ich bin mit meinem Onkel hier, sagt sie. Er arbeitet in Big Lake, als Wasserträger, manchmal reinigt er auch die Tanks. Ich erhole mich von … einem Unfall.

Pauvre ti bête, sagt Tina, und als Glory sie ansieht, fügt sie hinzu: Armes kleines Ding. Was ist mit deinen Füßen passiert?

Glory sieht an sich hinunter. Ihre Füße und Knöchel sind von Dutzenden winzigen Narben übersät – von den Kaktusstacheln und den Stahlteilen, den Scherben und krummen Nägeln, Blechschildern und Stacheldraht, von allem, was ihr auf der Flucht im Weg war. Ihre Kehle schnürt sich zu.

Ist schon okay, Schätzchen, sagt Tina.

Glory öffnet den Mund, schließt ihn wieder. Sie schüttelt den Kopf und betrachtet die Zigarette. Ich wurde von einem Mann überfallen, draußen auf einem Ölfeld.

Oh Scheiße, sagt Tina, und nach einem längeren Schweigen fügt sie hinzu: Tut mir leid.

Ich bin in sein Auto eingestiegen und mitgefahren.

Mag sein, sagt Tina, aber das bedeutet doch gar nichts. Er ist derjenige, der was Böses getan hat. Dich trifft keine Schuld.

Sie sitzen schweigend da, aber nach einer Weile fängt Tina wieder von den Bäumen in ihrer Heimat an, von Zypressen mit knorrigen Stämmen, die im Winter ihre Nadeln abwerfen und tausend Jahre alt werden können, und von Tupelobäumen mit leuchtend roten Früchten. Man kann sie nicht essen, sagt sie, aber der Honig ist gut. Tina wirft ihre abgebrannte Zigarette hinter den Zaun und zündet sich sofort eine neue an. Aber da gibt es nicht nur grünes Laub und jede Menge Fische, sagt sie und hält Glory die Schachtel hin. Willst du einen Witz hören?

Klar. Glory zieht eine Zigarette heraus und steckt sie sich zwischen die Lippen.

Was ist eine Jungfrau in Lake Charles? Tina atmet tief ein und bläst drei perfekte Rauchkringel in die Sonne. Sie bleiben ganz kurz in der heißen Luft stehen, wie Regenwolken.

Keine Ahnung. Was denn?

Tina schnaubt. Eine hässliche Zwölfjährige, die sehr schnell rennen kann. Sie verstummt und starrt in den Pool. Ich vermute mal, ich war nicht hässlich genug. Oder zu langsam.

Haha, sagt Glory, aber dann prusten beide los. Sie sitzen in der prallen Sonne, rauchen und lachen sich schlapp.

Hier ist es ja wirklich so heiß wie in einem Ochsenarsch, sagt Tina. Ich gehe schwimmen. Sie drückt die halb gerauchte Zigarette vorsichtig am Boden aus und legt sie auf den Tisch, für später. Dann lässt sie ihre massige Gestalt ins Wasser sinken. Der Badeanzug klebt an ihren großen Brüsten. Kommst du auch rein? Fühlt sich gut an.

Sekunden später ist Glory im Wasser. Das T-Shirt und die Shorts ziehen sie abwärts, als wollten sie sagen, los doch, geh unter. Sie ist keine gute Schwimmerin – ins Schwimmbad gehen nur die weißen Kids, und wenn ihre Freunde damals bei den

Spritztouren in fremden Viehtränken baden gingen, wollte Glory nie dazusteigen –, aber jetzt merkt sie, dass sie, wenn sie die Arme ausstreckt und die Finger spreizt, wie von allein an der Oberfläche schwebt. Tina und Glory schließen die Augen und treiben Seite an Seite im Pool. Die Sonne hämmert ihnen auf die Lider, die Hitze drückt bleischwer auf ihre Haut. Sie lassen sich treiben, und Tina seufzt immer wieder: Verdammt noch mal. Verdammt.

Einmal spürt Glory Tinas Hand an ihren Fingern und zuckt zusammen, als hätte sie eine Schlange berührt. Ende Februar hatte eine Krankenschwester Glorys Kinn gehalten und sie gebeten, die Augen zu schließen, während eine zweite Schwester ganz vorsichtig die Fäden aus ihrer Kopfhaut zog. Mit einer Pinzette, einen nach dem anderen, bis sie als schwarzes Gewirr in einer kleinen Schüssel lagen. An dem Tag hatte Glory zum letzten Mal die Berührung eines anderen Menschen gespürt.

Einmal habe ich die Lieblingsdecke meiner Mutter absichtlich in Brand gesteckt, sagt sie plötzlich. Ich wünschte, ich hätte das nicht getan. Wir hatten Streit, wegen der Schule. Ich wollte nicht mehr hingehen. Ich wollte arbeiten, so wie sie, und Geld verdienen. Ich wollte mir neue Klamotten und eine Gitarre kaufen, vielleicht sogar Unterricht nehmen.

Kinder machen allen möglichen Quatsch, sagt Tina. Sieh dir meine an. Wahrscheinlich hat deine Ma sich für ein kleines Brandloch in irgendeiner Decke gar nicht interessiert. Tina reckt die Arme über den Kopf. Nie hat Glory einen Menschen mit so viel Auftrieb gesehen.

Und, wann gehst du wieder in die Schule?, fragt Tina. Was willst du später mal machen?

Glory hebt eine Hand aus dem Wasser und zählt an den Fingern ab: Erstens: nie. Zweitens: keine Ahnung. Manchmal hatte sie das Schulgelände in der Mittagspause verlassen und war einfach nicht zurückgekommen. Sie und Sylvia trampten zu irgendwelchen Freunden und verbrachten den Tag mit Musikhören und kiffen, oder sie schauten zu, wie die anderen rummachten und irgendwann in ein anderes Zimmer verschwanden.

Tina seufzt, ihr ausladender Körper dehnt sich im Wasser aus und zieht sich wieder zusammen. Nie wieder in die Schule? Im Ernst? Mädchen, ich kann es gar nicht erwarten, dass meine beiden Engelchen wieder in die Schule gehen. Deine Mama hatte recht.

Kann sein. Glory lässt sich mit geschlossenen Augen treiben, ihre Hände rotieren unablässig. Als sie wieder gegen Tinas Hand stößt, greift sie zu und drückt sie fest. Sie wartet, und einen Moment später erwidert Tina den Druck.

Sie werden einander nicht wiedersehen. Der Tag war so überwältigend für Glory, dass sie sich für eine weitere Woche in Zimmer fünfzehn zurückzieht. Tinas Mann wird ein besser bezahlter Job auf einer Bohrinsel in der Nähe ihres Heimatortes angeboten, und nach einer kurzen Diskussion mitten in der Nacht tragen sie die schlafenden Kinder zum Kombi. Als Glory das nächste Mal mit dem Messer, dem Handtuch und einer kalten Flasche Dr Pepper zum Pool geht, ist Tina längst wieder in Lake Charles. Doch Glory wird nie ihre freundliche Art vergessen, das kehlige Lachen, ihre glitschige, warme Hand, als ihre Finger sich ineinanderschoben und Tina fragte: Wann ist es passiert?

~

Damals im Februar, als Alma und Glory sich fast jeden Tag über Geld und Hausaufgaben stritten. Als Glory sagte: Ich will die Schule abbrechen und arbeiten gehen, ich will mein eigenes Geld verdienen. Alma hatte energisch den Kopf geschüttelt. Es war ihre Aufgabe, Geld zu verdienen; Glory sollte lernen.

Manchmal hielten Jungs in der Gasse hinter dem Haus und hupten, bis Glory sich ihre Kaninchenfelljacke schnappte und verschwand; meistens hatte Mr Navarro vorher noch angeklopft und gerufen, sie sollten mit dem Geschrei aufhören. Am Valentinstag hatte ihre Mutter sie auf Spanisch beschimpft, kurz bevor sie zur Nachtschicht abgeholt wurde, und da war Glory ins Schlafzimmer gegangen, hatte sich seelenruhig über das Bett gebeugt und ihre Zigarette auf der neuen Tagesdecke ausgedrückt wie in einem Blumentopf. Ich kann dich nicht verstehen, Alma. Weder du noch die Schule haben mir Spanisch beigebracht, verdammt. Zwei Stunden später ließ sie den Blick über den Parkplatz des Sonic schweifen und war überzeugt, dass sie hier nichts mehr verloren hatte. Sie stieg in Dale Stricklands Truck und zog die schwere Beifahrertür zu. Der nächste Morgen war so still wie ein Leichnam, der Wind blies ein paar frisch aus dem Boden gerissene Steppenläufer über das Land. Der Wind befahl ihr, aufzustehen, und sie stand auf. Als ein Mesquitezweig unter ihrem nackten Fuß zerbricht, hört sie die Stimme ihres Onkels wie ein fernes Echo: Langsam, Glory. Sie glaubt, dass sie diesen blauen weiten Himmel über dem Horizont vermissen wird, denn sie kann nicht bleiben, jetzt nicht mehr. Der Wind zerrt und schiebt ohne Unterlass, er zieht an und lässt nach, hebt in die Höhe, hält fest und lässt wieder los, und alle Geschichten und alle Stimmen beginnen und enden gleich. *Hör zu, diese Geschichte handelt vom Krieg*, oder vielleicht: *Diese Geschichte handelt von dir.*

Suzanne

Am ersten und dritten Freitag jedes Monats fährt Suzanne Ledbetter mit ihrer Tochter zur Genossenschaftsbank und zahlt Jons Scheck ein, und dazu das Bargeld aus ihren Verkäufen von Avonprodukten und Tupperware. Sie sind immer schon um kurz vor neun da, um den Männern aus dem Weg zu gehen, die auf der anderen Seite des Highways in der Raffinerie arbeiten und in den Pausen herauskommen. Lauralee bleibt im Auto sitzen und spielt mit ihrem Tambourstock, während Suzanne drinnen die Überweisungsträger ausfüllt. Sparkonto, Rentenkonto, Urlaubskonto, dazu noch eins für Lauralees Studium und Hochzeit und ein letztes, das in ihrem Notizbuch als Spendenkonto geführt wird. Sie hat es eröffnet, als sie noch in Vollzeit Lebensversicherungen verkauft hat, und niemand, nicht einmal Jon, weiß davon. Dieses Konto ist ihr Sicherheitsnetz. Falls alles zusammenbricht, wird es ihr neue Perspektiven eröffnen.

Suzanne schiebt die Überweisungen und das Geld über den Tresen, und wie immer lobt die Frau am Schalter ihre saubere Handschrift und die akkuraten Bündel. Ich kenne niemanden, der so gut organisiert ist wie Sie, sagt sie, und Suzanne antwortet: Also, das ist zu freundlich von Ihnen, Mrs Ordóñez, und dann holt sie eine Visitenkarte und eine Parfumprobe aus ihrer Handtasche. Weil sie lieber Produkte verkauft, die Frauen helfen, sich schöner zu fühlen, erwähnt sie die neue Kollektion von Plastikdosen in ihrem Kofferraum mit keinem Wort. Stattdessen klemmt sie draußen auf dem Parkplatz einen Katalog unter den Scheibenwischer von Mrs Ordóñez' Auto.

Ende Juni, und die Hitze ist mörderisch. Als sie zum Auto zurückgeht, sinken die Absätze von Suzannes Pumps in den schwarzen Teer und in den Schotter ein. Lauralee hat die Fenster hochgekurbelt und den Motor laufen gelassen, dünne Strähnen umrahmen ihr Gesicht. Sie hat Suzannes rotes Haar geerbt, das Suzanne wiederum von ihrer Mutter geerbt hat.

Wie viel haben wir diese Woche verdient?, fragt Lauralee, als Suzanne die Tür zugezogen hat und sich mit einem Papiertaschentuch Stirn und Achseln trocknet.

Fünfundvierzig Dollar. Beim Training heute Nachmittag werden wir uns ein bisschen mehr ins Zeug legen müssen.

Du schaffst das, sagt Lauralee. Der Tambourstock rollt in den Fußraum. Sie beugt sich ächzend vor, um ihn aufzuheben, der Gurt schneidet ihr in den Bauch, als sie gegen Suzannes Sitz tritt und die Arme reckt. Du bist die beste Verkäuferin von ganz Odessa.

Weil sich nichts so gut anfühlt, wie sein eigenes Geld zu verdienen, sagt Suzanne. Die Produkte befinden sich in kleinen weißen Papiertüten auf dem Beifahrersitz, die Lüftungsdüsen sind direkt darauf gerichtet. Sie holt ein kleines Spiralbuch aus ihrer Handtasche und notiert sich die neuesten Kontostände. In dieser Monatshälfte ist sie fünf Dollar hinter ihrem Ziel zurückgeblieben. Vor zwei Wochen waren es sogar zehn. Suzanne tupft sich ein letztes Mal die Achseln ab, setzt sich die Sonnenbrille auf und zieht ihren Lippenstift nach. Es ist an der Zeit, Arlene heraufzubeschwören, denkt sie, steckt das Notizbuch wieder ein und wendet sich dem Schreibblock mit der To-do-Liste zu: Lauralee zum Klavierunterricht fahren, Mary Rose einen Auflauf vorbeibringen, die Gobelinstickerei in Ls Schlafzimmer aufhängen, zum Sportplatz fahren und Pröbchen abliefern, Dr. Bauman anrufen, zur Bank. *Erledigt*.

Sie sind spät dran, also legt Suzanne hastig den ersten Gang ein und fährt mit quietschenden Reifen und jaulendem Getriebe vom Parkplatz. An der Kreuzung von Dixie und South Petroleum Street steht die Ampel auf Grün, und sie rasen mit fast sechzig Sachen weiter, kommen dem Zug aber trotzdem nicht zuvor. Suzanne tritt auf die Bremse und klackert mit den Nägeln aufs Lenkrad, während die Waggons der Burlington Northern Railroad vorbeirattern. Als der Zug langsamer wird und dann komplett zum Stehen kommt, beißt Suzanne sich kurz auf den Daumennagel, legt den Rückwärtsgang ein und nimmt eine andere Route. Du darfst dich nie darauf verlassen, dass ein Mann dich versorgt, sagt sie zu Lauralee. Nicht einmal, wenn er so nett ist wie dein Daddy.

Werd ich nicht. Ihre Tochter ist sicher angeschnallt, neben ihr liegen Klavierbücher auf dem Sitz. Die Stepptanzschuhe und die Ballettschlappen liegen im Kofferraum, neben der Schwimmtasche und der großen Wanne voller Tupperware.

Dein Daddy ist der beste Mann von ganz Odessa, sagt Suzanne, andere hatten nicht so viel Glück wie ich. Du wirst im Leben alles bekommen, was du dir wünschst – sie versucht, über den Rückspiegel Blickkontakt mit ihrer Tochter herzustellen –, aber du darfst niemals nachlassen, nicht eine Sekunde. Wer nachlässt oder nicht aufpasst, rennt gegen eine Laterne.

Suzanne glaubt an Sonnenlicht und Bleiche, und dass man sich nicht hinter Ausreden verstecken darf. Je früher Lauralee sich ein realistisches Bild von der Lage macht, desto besser, also sagt sie zu ihr: Dreck, so haben die Leute meine Familie genannt. Wir waren Dreck als Pächter in England, und als Kleinbauern in Schottland und als landlose Farmer in Kentucky und später in Alabama, und auch hier in Texas, wo die Männer sich als Pferdediebe und Bisonjäger verdingt haben, als Klansmänner und bei der Bürgerwehr, und die Frauen waren Lügnerinnen und Komplizinnen. Und deswegen, fuhr sie fort, sitzen wir an Thanksgiving nur zu dritt am Tisch. Deswegen kommt keiner unserer Verwandten zur Zweihundertjahrfeier in die Stadt. Ich würde diese Leute nicht mal bewirten, wenn sie mir eine Pistole an den Kopf halten würden – wozu sie durchaus fähig wären.

Wenn ihre Tochter ein wenig älter ist, wird Suzanne ihr erklären, dass ihre Vorfahren vor nicht einmal hundert Jahren in Erdlöchern hausten, dass sie sich vor Schuldeneintreibern und den Texas Rangern verstecken mussten und von den Pfeilen der Komantschen durchbohrt wurden. Suzannes Familie war zu dumm – oder zu isoliert – und merkte nicht, dass die letzten Indianerkriege seit fünf Jahren vorbei waren und die überlebenden Komantschen, hauptsächlich Frauen, Kinder und alte Männer, nach Fort Sill gebracht worden waren. Bis zu seinem Todestag trug Suzannes Ururgroßvater einen Tabaksbeutel aus der Hodenhaut eines Mescalero-Apachen bei sich, den er auf dem Llano Estacado ermordet hatte. Suzannes Cousin Alton Lee bewahrt den Beutel bis heute auf, in einer alten Zedernholzkiste mit Brandmalen und aufgeklebter Konföderiertenflagge.

Ich habe keine Lust auf Klavier, sagt Lauralee. Klavier ist langweilig.

Suzanne knirscht mit den Zähnen und kaut auf der Innenseite ihrer Wange herum. Junge Dame, du glaubst, du hättest es schwer? Als ich in deinem Alter war, musste ich mitansehen, wie ein Alligator einen Jungen gefressen hat. Nur sein kleines Dallas-Cowboys-T-Shirt ist übrig geblieben, und ein Turnschuh.

Warum wurde er gefressen? Lauralee hat die Geschichte schon tausendmal gehört und weiß, welche Fragen sie stellen muss.

Tja, er hat nicht auf den Weg geachtet. Wenn man nicht auf den Weg achtet, holen einen die Alligatoren. Jedenfalls hat die Mutter des Jungen – sie hieß Mrs Goodrow, und ihre Familie lebte in East Texas, weil sie aus Lousiana vertrieben worden war – tapfer weitergemacht. Sie hatte noch acht andere Kinder und keine Zeit für Grübeleien, außerdem waren alle Kinder von verschiedenen Männern. Wenigstens hat deine Großmutter Arlene uns das so erzählt. Deine Großmutter war begabt, sie hätte einem Eisbär ein Glas kaltes Wasser verkauft! Sie war süßer als Zucker und so hübsch wie eine Lupinenwiese. Sie wurde fünf Jahre hintereinander zur Rodeoqueen von Harrison County gewählt.

Ich wünschte, sie wäre hier, sagt Lauralee.

Das wünschen wir uns alle, Schätzchen. Schultern gerade!, ruft sie Lauralee nach, als die sich vom Auto entfernt, sonst kriegst du einen Buckel wie eine alte Jungfer! Klavierunterricht: *erledigt*.

Arlene und Larry Compton hatten Suzanne und ihre Brüder kreuz und quer durch West Texas geschleift, immer dem Boom nach. Stanton, Andrews, Ozona, Big Lake. Sie hatten immer versucht, etwas Geld für schlechte Zeiten zurückzulegen, doch sobald der Ölpreis fiel oder Arlene einen ungedeckten Scheck zu viel eingelöst und den Sheriff auf sich aufmerksam gemacht hatte, mussten sie bei Nacht und Nebel das Auto packen und verschwinden. Suzanne und ihre Brüder quetschten sich wie Sardinen auf die Rückbank, die Eltern saßen vorn, rauchten Kette und machten einander Vorwürfe. Wenn sie sich beeilten, sagte ihr Daddy, würden sie vielleicht die Sonne über den Sümpfen aufgehen sehen. Verdammt noch mal, Suzie, sagte ihre Mutter. Wenn du nicht aufhörst, gegen die Rückenlehne zu treten, kannst du was erleben.

Zurück in East Texas bezogen sie die nächstbeste kleine Teerpappenhütte am Rand der Sümpfe, irgendeine Unterkunft, deren Eigentümer ihren Namen nicht kannte – Compton, wie in: *Die Comptons sind wieder in der Stadt, lasst eure Katzen nicht aus dem Haus, schließt alle Türen ab, versteckt das Tafelsilber, und mahnt eure Töchter zur Vorsicht*. Oder der Vermieter kannte ihren Namen und kümmerte sich nicht weiter. Niemand sonst wollte da draußen wohnen.

Ihre Mutter war so unberechenbar gewesen wie die streunenden Hunde, die sich, wenn Suzanne das Tor offen stehen ließ, in den Hof aus festgetrampelter Erde schlichen. Wenn ihr Vater sie nach draußen schickte, um es zu schließen, tappte sie durch die Dunkelheit, schwor sich, das Tor beim nächsten Mal nicht zu vergessen, und hoffte, dass die Schemen, die sie sah, nur Schatten im Mondlicht waren. Manchmal drückte er ihr, wenn er morgens aus dem Haus und auf Arbeitssuche ging und ihre Brüder noch schliefen, ein Zehncentstück in die Hand und sagte: Mach dich rar, deine Mutter braucht Ruhe.

In dem Fall spazierte sie in die Stadt, in deren Nähe sie gerade wohnten, und gab die zehn Cent aus, und wenn die Sonne unterging oder sie Hunger bekam, lief sie nach Hause, stand auf der Veranda, legte eine Hand an den Türknauf und das Ohr ans raue, splittrige Holz, und während der Wind die Dachpappe sanft gegen die Hausfassade schlug, fragte sie sich, was sie dadrinnen erwartete.

~

Wenn man Dr. Bauman glauben kann, wird Suzanne kein zweites Kind austragen. Ihr Unterleib ist voller Verwachsungen, sagt er. Ein weiterer Abgang wäre zu belastend für ihren Körper, ihre Seele, ihre Familie. Es wäre das Beste, den Unterleib gleich auszuräumen. Machen Sie ein für alle Mal Schluss damit, wo Sie doch ohnehin keine Verwendung mehr dafür haben. Mit *dafür* meint er Suzannes Eierstöcke. Sie wird den Unterschied kaum bemerken, sagt er, außer dass ihre Monatsblutung ausbleiben wird, und das ist schließlich kein großer Verlust.

Suzanne klopft bei Mary Rose. In der einen Hand hält sie die

Auflaufform, auf den Fingern der anderen kaut sie herum. Sie bewundert das neugeborene Baby, lobt seine Größe, seine Länge und sein Gewicht, und Mary Rose gibt es sofort her. Suzanne erwähnt ihr Gespräch mit dem Arzt. Mary Rose sagt, es tue ihr leid, das zu hören, doch sie sieht an Suzannes Kopf vorbei in den Vorgarten und auf die Straße. Sie haben sich nicht mehr unterhalten, seit Corrine Shepard Suzanne mehr oder weniger unverhohlen vorgeworfen hat, eine Heuchlerin zu sein – eine absurde Vorstellung, die sie, wie Suzanne hörte, angeblich von D. A. Pierce hat.

Ach, ich bitte dich, mir geht es prima, sagt sie. In Kambodscha verhungern die Menschen! Sie mustert die zarte Mary Rose, die Schatten unter ihren Augen. Du siehst aus, als bekämst du auch nicht genug zu essen.

Mary Rose sieht auf die Auflaufform hinunter, und auf das Baby, das sie im anderen Arm hält wie eine Tüte mit Einkäufen. Schön, sagt sie tonlos, vielen Dank.

Unter die Form habe ich einen kleinen Tupperware-Katalog geklebt.

Mary Rose fühlt am Boden der Glasform nach. Oh, ja.

Meiner Freundin von der Kreditgenossenschaft habe ich auch einen gegeben. Suzanne bemerkt ihren abgekauten Nagel und schiebt sich schnell die Hand hinter den Rücken. Kennst du Mrs Ordóñez?

Wir sind bei der Viehzüchterbank, sagt Mary Rose.

Nun, sie ist wirklich nett. Suzanne wirft einen Blick auf ihre Armbanduhr. Wenn du einen grünen Salat dazu machst, hast du ein gesundes Abendessen.

Auflauf: *erledigt*.

Suzanne hat nur die besten Absichten, trotzdem wundert sie sich manchmal über die Dummheit der Menschen. In heiklen Situationen sagt sie deswegen oft das Falsche. Als vor einem Jahr ein Wirbelsturm den Trailerpark in West Odessa zerstörte, drei

Menschen tötete und ein weiteres Dutzend verletzte, fragte sie laut, wie man dazu komme, in so instabilen Bauten zu hausen. Die Überlebenden, sagte sie zu Rita Nunally, sollten vor Gericht gestellt werden, weil sie ihre Familien diesem Risiko ausgesetzt haben. Aber hausgemachte Aufläufe, die einer Nachbarin das Kochen ersparen, kriegt sie problemlos hin. Wenn im Rezept von einer Dose Champignonsuppe die Rede ist, brät sie frische Pilze an und bindet sie mit Milch und einem Löffel Mehl ab. Ihre Aufläufe sind vielleicht keine Haute Cuisine, aber jeder davon ist eine vollwertige Mahlzeit mit Fleisch, Gemüse und Nudeln oder Reis.

Ihre Chocolate Chip Cookies enthalten echte Butter, keine Margarine, und sie spart auch nicht mit dem braunen Zucker. Alles frisch und nichts aus der Konserve, so lautet ihr Motto. Keine Wachtelbohnen und kein Maisbrot für Lauralee, erklärt sie ihren Nachbarinnen, und auch keine Schwangerschaft vor dem Collegeabschluss. Ihre Tochter wird niemals gekochten Löwenzahn oder Kohlblätter essen müssen, und auch nicht das Fleisch von Alligatoren oder Klapperschlangen. Sie wird niemals Wels oder Karpfen oder andere Fische essen, denen man erst den Darm entfernen muss, und nach dem Essen wird es immer einen Nachtisch geben, egal wie bescheiden. Vor jedem Abendessen zündet Suzanne zwei kleine Kerzen an und stellt sie auf den Tisch, dann tritt sie einen Schritt zurück und betrachtet die Szenerie. Die Kerzen sind hübsch, sagt sie zu Jon und Lauralee. Mit Kerzen fühlt sich jeder Abend besonders an, selbst an einem Mittwoch. Außerdem kann man bei Kerzenlicht nicht die kleine rote Beule an ihrem Kinn erkennen, wo sich ein Pickel bildet, oder den Schneidezahn, den sie sich im Alter von fünfzehn Jahren bei einem Sturz angeschlagen hat, oder die Nagelbetten, an denen sie ständig herumkaut.

Als ich ein kleines Mädchen war, sagt sie zu Lauralee, hätte ich meinen Augapfel dafür gegeben, in einem Haus mit Teppichboden zu wohnen, und mit einer Badewanne so groß, dass man sich drin ausstrecken kann, und mit einem Klavier, das meine Mutter sich verdient hat, indem sie sechsundfünfzig*tausend* S-&-H-Treuemarken gesammelt und aufgeklebt hat. Dein Vater und ich sind seit fünf Generationen die Ersten in der Familie, die ein eigenes Haus besitzen, und dein Haus wird eines Tages noch schöner sein. Du wirst studieren und ein Haus kaufen, das noch größer ist als das hier, zweistöckig und mit vielen Fenstern, aus denen man rausgucken und die Welt sehen kann.

Sie sind vom Klavierunterricht zurück, *erledigt*, und Suzanne hängt eine Gobelinstickerei über das weiße Rattankopfteil von Lauralees Bett. Die Stickerei ist ein Überbleibsel von Suzannes kurzem Abstecher in die Handarbeit im Frühling nach der Fehlgeburt. Die Fehlgeburt ereignete sich so früh, dass Suzanne nicht unterscheiden konnte, ob es sich tatsächlich um eine abgehende Schwangerschaft handelte oder nur um eine besonders lange und schmerzhafte Periode. Sie hat die Stickerei in einen Messingrahmen gespannt, schlanke grüne Ranken und weiße Rosen bilden eine lockere Girlande um den Spruch *Ich bin klein, mein Herz ist rein, soll niemand drin wohnen als Jesus allein.* Mit einem überzähligen Nagel zwischen den Eckzähnen steht sie auf Lauralees schmalem Bett und stupst vorsichtig den Rahmen an, erst eine Ecke, dann die andere, bis er vollkommen gerade hängt. Sie tritt einen Schritt zurück und begutachtet ihr Kunstwerk, beugt sich vor und berührt sanft die rechte obere Ecke. Perfekt.

Lauralee sitzt mit krummen Schultern und im Schneidersitz auf dem Teppich und hört Gordon Lightfoot auf ihrem kleinen rosa Plattenspieler. Seit das Album vor ein paar Wochen herauskam, dreht sich die verdammte Platte rund um die Uhr auf dem Plattenteller. Bei dem Song über die Schiffskatastrophe auf dem Lake Superior ist Lauralee jedes Mal zu Tränen gerührt.

Sieh mal, meine kleine Stickerei passt da wirklich perfekt hin, sagt Suzanne und streicht ihrer Tochter über das feine Haar. Schätzchen, warum machst du das nicht mal kurz aus? Das ist doch wirklich zu rührselig.

Vielleicht sollten sie und Jon nach Dallas fahren und sich eine zweite Meinung von einem Experten einholen. Vielleicht könnten sie ein Kind adoptieren, oder Suzanne könnte warten, bis wieder einmal einer ihrer Brüder oder Cousins anruft und fragt, ob sie und Jon eine Weile die Kinder zu sich nehmen können, weil es gerade so schwierig ist, und dann könnte Suzanne sagen, ja, gern, aber nur, wenn sie für immer bleiben. Falls sie sich für eine Behandlung entscheidet, wird sie niemandem davon erzählen, bis es vorbei ist. Sie wird ins Krankenhaus gehen, sich operieren lassen und wieder in der Küche stehen, bevor Lauralee Schulschluss hat, bevor die Sirene heult und Jon von der Raffinerie nach Hause kommt.

Suzanne geht in die Küche, wo ihr Block auf dem Tisch liegt, und die Produkttüten aus dem Auto. Sie sieht zum Fenster hinaus und entdeckt D. A. Pierce, die vor dem Haus ihre Runden auf dem Fahrrad dreht. Suzanne lässt alles stehen und liegen, läuft hinaus und ruft: Hey, Debra Ann Pierce, komm mal her. Ich will mit dir reden. Das Mädchen stößt einen spitzen Schrei aus und radelt davon, seine stämmigen Beine stampfen mit den Pedalen auf und ab wie kleine Ölpumpen. Mit einem irren Schlenker weicht sie einem Truck aus, der das Stoppschild an der Ecke missachtet, und dann ist sie verschwunden.

~

Um nicht von einem hoch konzentrierten jungen Mann über den Haufen gerannt zu werden, gehen sie am Rand des Spielfelds. Wenn Lauralees Blick abschweift, ermahnt Suzanne sie, aufmerksam zu bleiben. Wenn man nur einmal kurz nicht aufpasst, wird das Auto abgeschleppt, oder man kommt vom Gottesdienst nach Hause, und alle Möbel stehen vor dem Haus und versinken langsam im Sumpf.

Suzanne hält eine Tupperdose in der einen und sechs kleine Avon-Tüten in der anderen Hand. Drei weitere hat sie in ihrer Tasche, deren Gurt ihr in die Schulter schneidet. Hier draußen ist es höllisch heiß, doch Suzanne hat sich das Haar ordentlich hinter die Ohren gestrichen. Ihre Caprihose in leuchtendem Orange ist frisch gebügelt, die Bluse so weiß wie eine Magnolienblüte. Sogar hier draußen auf dem heißen, staubigen Footballfeld sollen alle Nachbarn sagen: Suzanne Ledbetter sieht aus, als stiege sie gerade aus einem Flugzeug.

Lauralee läuft ein paar Schritte hinter ihrer Mutter. Sie hält den Kopf gesenkt und hat sich den Tambourstock in die Armbeuge geklemmt. Sie hat krumme Beine wie ein Präriehase, und ihr sommersprossiges Gesicht sieht aus, als wäre vor ihrer Nase ein Füller mit roter Tinte explodiert. Obwohl Suzanne ihr am Nachmittag das Haar auf Lockenwickler aufgedreht hat, hängt es jetzt schon wieder platt herunter. Nur über der Stirn baumelt eine einzige Locke und hält tapfer durch. Mach den Rücken gerade, sagt Suzanne. Lauralee wirft den Kopf in den Nacken, stakst auf das Feld und hält den Tambourstock wie Judith ihr Schwert.

Auf dem Footballfeld absolvieren die Spieler gerade eine Runde Burpees. Nach den ersten fünfzig befiehlt ihnen Coach Allen, wieder von vorn zu beginnen. Den Jungen läuft Schweiß über die Stirn, die Säume ihrer Schulterpolster und Trikots sind dunkel von der Nässe. Einer fällt zu Boden und bleibt liegen. Jemand spritzt ihm kaltes Wasser ins Gesicht, die anderen lachen. Scheiße, damals beim Training hat der Coach ihnen einen *Eimer* Eiswasser ins Gesicht gekippt. Einmal hat ein Spieler hier draußen auf dem Feld einen Hitzschlag erlitten, aber er ging nicht in die Kabine. Er spielte einfach bis zum Abpfiff weiter.

Suzanne geht zur Tribüne, wo die Fans sitzen, zwischen den Knien Bierdosen oder Plastikbecher mit Eistee, und jemand raunt: Gott, ich liebe sie. Suzanne weiß, sie reden über Lauralee, die jetzt am Rand des Spielfelds steht und mit dem Bâton Achten in die Luft malt.

Super, Schätzchen, ruft sie. Versuch mal einen Reverse Flash und danach einen Little Joe Flip!

Lauralee dreht ihre Arme hinter den Rücken und wirbelt den Bâton, bis er in die Höhe fliegt und dann mit einem dumpfen Schlag auf der Erde landet. Sie ist ja so talentiert, sagt eine Frau. Ich kann es gar nicht erwarten, sie in ein paar Jahren bei der Halbzeitshow zu sehen. Und sie ist *groß*, sagt eine andere. Du meine Güte! Versuch mal ein Pinwheel, ruft Suzanne. Mit doppelter Drehung! Lauralee schleudert den Stock der Sonne entgegen und dreht sich zweimal um die eigene Achse, der Stock fällt herunter und kullert an die Seitenlinie.

Suzanne steigt auf die Tribüne und verteilt die rosa-weißen Avon-Tüten. In jeder steckt der Katalog des kommenden Monats, dazu Lippenstift und Lidschatten, Parfum, Cremes und Lotionen. Jedes Produkt ist in weiches rosa Seidentuch gewickelt und säuberlich mit weißem hauchdünnem Band verknotet. Suzanne strahlt über das ganze Gesicht und bedankt sich bei jeder Anwesenden einzeln. Die Schecks und Geldscheine verschwinden in einem weißen Umschlag. Sie steckt ihn in ihre Handtasche und zieht den Reißverschluss zu.

Gut möglich, dass einer von Suzannes Verwandten mindestens einem der Männer auf der gegenüberliegenden Tribüne Geld schuldet. Oder dass ihre Mutter mindestens einem der Väter dieser Männer einen ungedeckten Scheck angedreht hat, damals, in der guten alten Zeit. Niemand würde ihr daraus einen Strick drehen, andererseits reicht ein Frauenleben nicht aus, die Vorurteile der Leute zu beseitigen. Also bleibt Suzanne ständig in Bewegung. Sie sammelt ein, fährt herum und teilt aus. Sie meldet sich freiwillig, rechnet, plant und geht auf die Knie, um Krumen einzusammeln, die niemand sonst gesehen hat. Irgendetwas muss immer abgewischt werden – ein Tisch, eine Fensterscheibe, das Gesicht ihrer Tochter.

Hau ihn um!, schreit ein Zuschauer. Mit der Einstellung könnt ihr die Midland Lee nicht schlagen, ruft ein anderer. Zwei Jungs prallen mit Wucht gegeneinander und bleiben sekundenlang reglos auf dem Feld liegen. Ach was, schreit jemand von der Tribüne, ist doch nicht so schlimm, mal eins auf die Glocke zu kriegen! Auf die Beine, Jungs, ruft der Coach, und die Spieler rollen sich langsam auf die Seite, gehen auf die Knie und erheben sich.

Nachdem sie alle Avon-Bestellungen verteilt hat, öffnet Suzanne die Halteclips an der Seite der Kuchenbox und hebt die Glocke ab, und zum Vorschein kommen drei Dutzend Schokoladencupcakes, die sie dem Team nach dem Training überreichen wird. Eine der Frauen lobt die praktische Box, Suzanne verteilt Kataloge. Nächste Woche wird sie eine Produktparty veranstalten. Die Frauen sollten mal auf ein Käsecremesandwich und einen Eistee vorbeischauen, und bitte nicht das Scheckbuch vergessen. Suzanne zwinkert ihnen zu, wie Arlene es getan hätte.

An einem guten Tag konnte Suzannes Mutter einfach jeden um den Finger wickeln. Wer immer ihr begegnete, setzte große Hoffnungen auf sie. Sie war perfekt darin, Situationen intuitiv zu erfassen und zu dem Menschen zu werden, der gerade gefragt war – Adventistin, Falschspielerin, verzweifelte Mutter in Not. In Blanco war sie eine fromme Katholikin, in Lubbock sprach sie in Zungen und lief barfuß über glühende Kohlen. Als sie eine Zeit lang in Pecos wohnten, ließ sie alle in dem Glauben, sie hätte bei einer Gasexplosion das Augenlicht verloren. Sie hatten während der ganzen Fahrt ins nächste County gelacht.

Das geht alles in Lauralees Collegefonds, erklärt Suzanne den Frauen, was eigentlich nicht stimmt, aber auch nicht ganz gelogen ist.

Sicher wird sie sehr erfolgreich sein, egal wofür sie sich später entscheidet, sagt eine der Frauen und wendet sich dann wieder ihrer Sitznachbarin zu, um übers Wetter, die Footballmannschaft und den Ölpreis zu plaudern. Eine Frau hat Neuigkeiten zum Fall Ramírez, eine andere denkt laut darüber nach, was die Mutter des Mädchens wohl gemacht hat, während ihre Tochter sich herumtrieb. Nun, ich kann dir sagen, was sie *nicht* gemacht hat, sagt Suzanne. Auf sie aufgepasst.

Hm-mmm, sagt eine.

Es hätte jede unserer Töchter treffen können, gibt eine andere zu bedenken.

Meine nicht, sagt Suzanne. Denn ich lasse sie keine Sekunde aus den Augen.

Just in dem Moment torkelt einer der Linebacker an die Seitenlinie und kotzt ins Gras. Lauralee wirft den Bâton höher, wirbelt dreimal herum und legt grinsend den Kopf in den Nacken. Der Stock trifft sie mitten ins Auge, so fest, dass selbst Coach Allen japst. Lauralees Geheul wälzt sich über das Spielfeld wie eine Windhose, ein hohes Kreischen, eine gnadenlose Attacke auf Gehör und Verstand.

Suzanne springt die Tribüne hinunter, und bei jedem ihrer schweren Schritte erzittert die Aluminiumstruktur. Die Umhängetasche schlägt ihr gegen die Hüfte, die Cupcakes sind vergessen und bleiben schmelzend in der hintersten Reihe zurück. Suzanne packt ihre Tochter bei den Schultern und starrt ihr in das getroffene Auge. Es ist kaum gerötet. Wahrscheinlich wird es nicht einmal anschwellen.

Alles okay, sagt sie. Drück etwas Erde darauf. Aber Lauralee heult immer weiter, und alle unterbrechen das, was sie gerade tun. Coach Allen brüllt nicht mehr herum, die Frauen wühlen nicht mehr in den Tüten, die männlichen Zuschauer spielen sich nicht mehr als Trainer auf, selbst die Spieler halten inne. Und alle scheinen die Augen in einer einzigen, koordinierten Bewegung auf Suzanne zu richten und zu sagen: Tu was!

Ich hasse den Tambourstock, ruft Lauralee.

Oh nein, tust du nicht. Suzanne beißt sich in den Daumen und wirft einen Blick ins Publikum, das mit offenem Mund dasitzt und immer noch darauf wartet, dass sie die Sache in die Hand nimmt. Tut sie nicht!, ruft sie.

Lauralee heult erneut los, lässt sich zu Boden fallen, wälzt sich hin und her, bedeckt sich das Auge mit der Hand und ruft immer wieder *aua, aua, aua.*

Hör auf damit, zischt Suzanne. Willst du, dass die Leute dich weinen sehen? Sie zieht ihre Tochter auf die Beine, zerrt sie über das Spielfeld zum Auto, drückt sie auf den Beifahrersitz und fleht sie inständig an, doch bitte das Geheul einzustellen und sich zu benehmen wie ein großes Mädchen, um Himmels willen. Sie startet den Motor und richtet das Gebläse auf Lauralees Gesicht. Nun kann sie sehen, dass das Auge doch anschwillt. Lauralee wird ein Veilchen von der Größe einer Walnuss bekommen.

Können wir bitte nach Hause, sagt Lauralee leise.

Gleich, Schätzchen. Suzanne steigt noch einmal aus, drückt sanft die Tür zu, geht zum Kofferraum, lehnt sich an und wartet, bis das Training vorbei ist.

Kurz darauf hasten die Spieler in die Kabine, und die Coaches ziehen sich ins Büro zurück, um sich die Videoaufzeichnung anzusehen. Die Zuschauer klettern von der Tribüne, gehen zu den Autos und Trucks und unterhalten sich über die Saison, den Ölpreis und das Konzert, das Elvis letzten März in der Sporthalle gegeben hat. Lauralee weint immer noch. Drei Männer kommen nacheinander zu Suzannes Auto, bleiben verlegen stehen und beäugen das Mädchen auf dem Beifahrersitz. Suzanne entschuldigt sich für ihr Kind, greift in die Umhängetasche und drückt ihnen eine Tüte in die Hand, einmal für die Gattin, einmal für die Freundin und einmal für den Mann selbst, worüber Suzanne aber niemals ein Sterbenswörtchen verlieren würde. Sie lächelt und zwinkert und steckt das Geld in den kleinen weißen Umschlag. Sie zeigt ihnen die Tupperdosen im Kofferraum.

Eines Tages wird Suzanne sterben, und was werden die Leute dann über sie sagen? Dass sie der halben Stadt Geld geschuldet hat, dass sie eine Säuferin war? Nein und noch mal nein. Dass sie arm war wie eine Kirchenmaus? Nein. Die Leute werden sagen, dass Suzanne Ledbetter eine gute Bürgerin und Geschäftsfrau war, die nie aus der Reihe tanzte. Sie war ein Engel auf Erden, wird man sagen, und mit ihrem Tod hat die Stadt einen großen Verlust erlitten. Suzanne überfliegt die Liste, greift seufzend zum Stift und streckt die Hand aus, um ihrer Tochter die Schulter zu tätscheln. Du darfst nicht zulassen, dass sie deine Tränen sehen, Schätzchen. Mehr wollte ich damit nicht sagen.

Lauralee setzt sich auf und wischt sich mit dem Handrücken über die Nase. Ich weiß.

Du musst zäher sein als die anderen.

Bevor sie Jon kennengelernt hat, musste Suzanne sich unter der einen oder anderen Faust wegducken. Sie ist Fingern ausgewichen, die sich in ihren Po krallen, ihren Rücken streicheln, ihre Schulter massieren wollten. Sie war zwölf, als ihr ein Junge zum ersten Mal ungefragt an die Brust fasste, aber davon wird sie Lauralee nichts erzählen – noch nicht, denn Lauralee ist zu klein. Heute sitzen sie hier im Auto, und sie wird ihrem Kind nur das Folgende sagen:

Einmal wollte ein Junge mich begrabschen, da war ich kaum

älter als du jetzt. Er ist einfach auf mich zugegangen, vor aller und vor Gottes Augen, und hat mich angefasst.

Was hast du getan?

Na ja, ich habe mir ein Kantholz gegriffen und es ihm auf den Kopf geschlagen. Ich habe ihn einfach umgehauen. Er ist erst drei Tage später aufgewacht. Und er musste genäht werden – fünfzehn oder zwanzig Stiche, ich kann mich nicht erinnern.

Hast du Ärger bekommen?

Oh, nein! Seine Mama hat uns den Sheriff vorbeigeschickt, der mich verhören sollte, und willst du wissen, was er zu mir gesagt hat? Er sagte: Das nächste Mal solltest du mit einem Brett zuschlagen, in dem noch ein paar rostige Nägel stecken, und dann sollte einer deiner Brüder ihn in den Sumpf schleifen und den Alligatoren überlassen. Anschließend hat er mir einen Dollar gegeben, der war so viel wert wie fünf Dollar heute. Er hat mir über den Kopf gestreichelt und meiner Mutter gesagt, sie solle am nächsten Tag mal wegen einer anderen Sache auf die Wache kommen. Suzie Compton, sagte er zu mir, du bist in diesem Haus das einzig Gute. Willst du wissen, was ich mit dem Dollar gemacht habe?

Süßigkeiten gekauft?

Nein, Ma'am. Ich habe ihn in eine kleine Kiste mit Vorhängeschloss gelegt, und den Schlüssel habe ich an einer Kette um den Hals getragen, bis zu dem Tag, als ich von zu Hause ausgezogen bin.

Corrine

Als Debra Ann fragt, ob sie sich Potters altes Armeezelt borgen darf, das seit zwanzig Jahren in der Garage liegt und Staub ansammelt, sagt Corrine ihr, sie und Potter hätten viele glückliche Nächte in diesem Zelt verbracht, damals, als sie in Big Bend auf Weißwedelhirschjagd gingen oder im Guadalupe-Mountains-Nationalpark den Sternenhimmel bewunderten. Ihren ersten richtigen Familienurlaub hatten sie im Sommer 1949 unternommen, sie hatten zu dritt in den Grand Canyon gestarrt, und Potter und Corrine hatten Alice' Hände so fest gehalten, dass das Kind aufheulte. Auf der Rückfahrt zum Campingplatz hatte Alice schwankend zwischen ihnen auf dem Sitz gestanden, und bei jedem Schlagloch hatten sie lachend die Arme vor sie gehalten und gerufen: Wäre das nicht lustig, wenn Alice durch die Windschutzscheibe fliegt? Als Alice in den Fußraum kroch und zwischen Corrines Füßen einschlief, drehte Potter das Radio leiser. Er ließ den Wagen ausrollen, trug seine Tochter ins Zelt und steckte sie in den Schlafsack, der zwischen ihren lag.

D. A. gähnt, reibt sich die Augen und zupft an ihrer Braue. Okay, Mrs Shepard. Kann ich es jetzt ausleihen?

So ist das, wenn man so alt ist wie ich. Man versucht ständig, sich an so viel zu erinnern wie möglich. Aber wie geht es *dir*, Miss Pierce?, fragt Corrine, und Debra Ann lächelt. Das erste ehrliche Lächeln seit dem vierten Juli, der ohne eine Spur von Ginny kam und ging.

Ganz gut, sagt D. A. Ich werde meinem Freund Jesse helfen, zu Tennessee zurückzukommen.

Wem?, will Corrine fragen, weil Debra Ann zu alt ist für Fantasiefreunde, aber dann lässt sie es bleiben. Wer weiß, welche Geschichten Debra Ann sich diesen Sommer wieder ausgedacht, welches komplizierte Narrativ sie sich zusammengesponnen hat. Wer könnte die Gedankengänge eines Kindes nachvollziehen?

Nach Tennessee, Liebes. Was ist mit Peter und Lily passiert?

Die sind nicht echt. Aber Jesse ist ein echter Mensch.

Hm-hmm. Corrine streicht dem Kind eine Haarsträhne aus den Augen. Komm morgen wieder, dann schneide ich dir den Pony.

Nachdem Debra Ann mit dem Zelt in der einen und einem Sandwich mit Butter und Zucker in der anderen Hand abgezogen ist, schenkt Corrine sich ein Glas Buttermilch ein, brät Rührei und lässt im Hintergrund die Nachrichten laufen. Jimmy Carter, Gasleck in der Nähe von Sterling City, mehr Bohranlagen, weniger Rinder. Kein Wort über Gloria Ramírez oder den Prozess, der in weniger als einem Monat beginnen wird. Dafür gibt es eine andere Schreckensnachricht. Der Nachrichtensprecher befragt einen Reporter, der auf einem Ölfeld unweit von Abilene steht. Dort wurde eine Frauenleiche gefunden, die vierte innerhalb von zwei Jahren. Der Ölboom ist doch ein wahrer Segen für die kleinen Gemeinden, hatte Corrine verbittert zu Potter gesagt. Zieht die allerbeste Sorte von Psychopathen an. Und falls die Vorhersagen stimmen, ist das erst der Anfang. Corrine schaltet den Fernseher aus und geht in den Vorgarten, um den Rasensprenger an eine andere Stelle zu schieben.

Der Sommer war knochentrocken, und Corrine hat es sich zur Gewohnheit gemacht, morgens den Sprenger aufzudrehen und langsam durch den Vorgarten zu bewegen. Nachmittags bereitet sie sich ein Sandwich zu und spült es mit Eistee und Bourbon oder Scotch runter, dann fährt sie zum Strike-It-Rich und kauft Zigaretten. Vor einigen Wochen hat sie Potters Truck endgültig in die Garage gestellt. Ständig in die hohe Führerkabine zu klettern und wieder heraus war zu viel für ihre Knie, außerdem hat sie ihren Lincoln mit dem FM-Radio und der Innenausstattung aus dunkelrotem Crashsamt vermisst, dieses Gefühl, in einer Jacht über die Eighth Street zu gleiten. Manchmal stellt sie ihren Drink in den Getränkehalter in der Mittelkonsole, fährt mit offenen Fenstern durch die Stadt und sucht Streit mit auswärtigen Autofahrern und Lieferanten, die sie beim Spurenwechsel schneiden. Sie hasst das Öl, aber sie liebt die Hitze und das Land, die karge Schönheit und die unablässige Sonne. Diese Liebe hat sie mit ihrer Großmutter geteilt, so wie die Angewohnheit, den Tag mit einer Tasse Kaffee und einem Schokodonut zu beschließen.

Und auch das gehört zu Corrines Routine: Jeden Abend um kurz nach neun, wenn es draußen endlich dunkel ist, sitzt sie in Potters Truck. Der Zündschlüssel steckt, das Garagentor ist geschlossen. Meistens bleibt sie über eine Stunde so sitzen und wünscht sich, sie hätte die Nerven. Wenn sie ins Haus zurückgeht, lässt sie den Zündschlüssel stecken. Sie mixt sich einen weiteren Drink, zündet sich eine weitere Zigarette an und tritt auf die Veranda. Fünf Monate sind verstrichen, seit Potter von ihr gegangen ist – und oh, wie hasst sie den Ausdruck, *von ihr gegangen*, als wäre Potter einfach nur ein bisschen zu weit in die Wüste hinausgefahren, als könnte er den Irrtum jederzeit bemerken und kehrtmachen und zu ihr zurückkehren.

Jeden Sonntag meldet sich Alice und kündigt an, sie bald zu besuchen und sich um sie zu kümmern. Sie wünscht sich, dass Corrine nach Alaska umsiedelt. Ich bin krank vor Sorge um dich, hat Alice Ende Juli gesagt.

Wirst du, wenn ich nach Alaska umziehe, zu *meiner* Beerdigung kommen?

Mutter, das ist so unfair. Du hast ja keine Ahnung, wie mein Leben hier aussieht.

Aber Corrine will an ihrem Groll festhalten, vielleicht sogar noch jahrelang. Ich denke nicht. Mach's gut, Schätzchen.

~

Während der dreißig Jahre, in denen sie in überhitzten Klassenzimmern voller Viehzüchterkinder, Cheerleader und nach Aftershave stinkender Rabauken Englisch unterrichtet hat, entdeckte Corrine jeden August den Namen von mindestens einem Außenseiter oder Träumer in der Klassenliste. In guten Jahren waren es zwei oder drei – die komischen Käuze, die hier fehl am Platz waren, die Cellisten, Genies und aknegeplagten Tubaspieler, die Dichterinnen. Jungs, denen Asthma die Footballkarriere vereitelte, und Mädchen, die nicht gelernt hatten, sich dumm zu stellen. Literatur kann Leben retten, hatte Corrine zu ihnen gesagt. Zum Rest der Klasse sagte sie: Ich wecke euch, wenn die Stunde um ist.

Jeden Morgen schob sie das kleine Gefängniszellenfenster ein Stück weit auf, und während der Kastenventilator sich heldenhaft bemühte, den Geruch von Schweiß, Kaugummi und Bosheit aus der Luft zu filtern, ließ Corrine den Blick über die Klasse schweifen und beobachtete die Außenseiter. Meistens konnte es sich irgendein Penner nicht verkneifen, zu rülpsen, zu furzen oder seine Kaugummiblase platzen zu lassen, doch fast immer waren ein oder zwei Jugendliche dabei, die sich ihre Worte für immer einprägen würden. Sie würden irgendwann den Abschluss machen, schleunigst aus diesem Dreckskaff verschwinden und Corrine Briefe von der Uni, der Technischen Hochschule oder der Army schreiben, einmal sogar aus Indien. Während ihrer Zeit als Lehrerin hatte ihr das fast gereicht. Wenn ich von Literatur spreche, meine ich auch Gedichte und Lieder, sagte sie zu den gequälten Seelen, ich meine auch das Vogelgezwitscher und den

Wind in den Bäumen. Ich meine Zeter und Mordio, Ruf und Antwort und die Stille dazwischen. Ich meine die Erinnerung. Haltet euch an diesem Gedanken fest, wenn ihr das nächste Mal nach der Schule verkloppt werdet.

Literatur ist ein Lebensretter. Corrine glaubt immer noch daran, auch wenn sie es seit Potters Tod nicht mehr geschafft hat, sich auf ein Buch zu konzentrieren. Ihre Erinnerungen gehen auf Wanderschaft; manchmal sind sie ein Windhauch auf einer baumlosen Ebene, dann wieder ein Wirbelsturm im Spätfrühling. Abends sitzt sie auf der Veranda und lässt sich von diesen Geschichten am Leben erhalten, nur noch ein kleines bisschen länger.

In Corrines Leben gab es viele ereignislose oder unangenehme Monate und Jahre, an die sie praktisch keine Erinnerungen mehr hat. Beispielsweise kann sie sich nicht an die Geburt ihrer Tochter im Winter 1946 erinnern, oder an die darauffolgenden Monate. Sie weiß hingegen noch jedes Detail vom 25. September 1945, dem Tag, als Potter aus Japan heimkehrte – unversehrt, sah man von seinen Albträumen und seiner neuerworbenen Flugangst ab. Drei Jahre im Cockpit einer B-29 sind genug, sagte er zu Corrine, ich werde nie wieder in ein Flugzeug steigen. Seit Potters Tod sind fünf Monate vergangen, aber in Corrines Kopf ist seine Stimme so durchdringend und klar wie ein Donner.

~

Er hat drei Tage Heimaturlaub, und sie haben sich zum ersten Mal geliebt, auf der Rückbank des Ford ihres Vaters. Nun sitzen sie einander gegenüber, lächelnd, blutverschmiert und wundgescheuert. Also, das war wirklich furchtbar, sagt Corrine, und Potter lacht und verspricht, es beim nächsten Mal besser zu machen. Er küsst die Sommersprossen auf ihrer Schulter und fängt an zu singen. *What a beautiful thought I am thinking, concerning that great speckled bird … and to know my name is written in her holy book.*

~

Während der Beerdigung ihrer Großmutter sitzt die zehnjährige Corrine in der ersten Reihe. Als ihr Vater zu schluchzen beginnt und der Prediger die Trauerrede an seiner Stelle beenden muss, begreift sie das Ausmaß seines Verlusts.

Mit elf sieht sie zum ersten Mal, wie ein Kälbchen auf die Welt kommt. Unsicheres Staksen, jämmerliches Blöken, und sie muss daran denken, wie gern ihre Großmutter jetzt dabei wäre.

Als sie zwölf ist, kommt ihr Vater eines Tages mit einer Flasche schwarzgebranntem Whiskey und nur noch acht Fingern nach Hause. Nicht weinen, meine Kleine, sagt er. Ich habe die beiden Finger ohnehin nie gebraucht. Nicht auszudenken, wenn es *die hier* getroffen hätte – er hebt die andere Hand und wackelt mit den Fingern, sie müssen beide lachen, aber sie erinnert sich an die Worte ihrer Großmutter, als damals das erste Öl aus dem Boden schoss. *Gott helfe uns.*

Mit achtundzwanzig nimmt sie den Anruf eines Vorarbeiters entgegen, der ihr mitteilt, auf dem Ölfeld von Stanton habe sich eine Explosion ereignet. Sie bettet die schlafende Alice auf den Beifahrersitz und fährt zum Krankenhaus. Sie ist überzeugt, dass Potter gestorben ist, und sie versucht jetzt schon, sich ein Leben ohne ihn vorzustellen. Aber da ist er und sitzt grinsend im Bett, Gesicht und Hals von hässlichen Brandwunden bedeckt. Liebling, sagt er, ich bin vom Bohrturm gefallen, kurz bevor er in die Luft geflogen ist. Dann stirbt sein Grinsen. Die anderen nicht.

Im Oktober 1929 kommt Corrines Vater zum Mittagessen nach Hause. Er hat nichts für oberflächliches Geplauder übrig, Geschwätz, so nennt er das, aber an dem Tag redet er so viel, dass er zwischendurch kaum sein Sandwich kauen kann. Die Penn-Quelle ist hochgegangen, der Gasaustritt war so heftig, dass Teile des Bohrgestänges, Erde und Gestein haushoch in die Luft geschleudert wurden. Der Unfall hat sich um neun Uhr morgens ereignet, und immer noch sprudelt das Rohöl heraus. Niemand kann sagen, wie viele Barrel in den Wüstenboden eingesickert sind, und der Vorarbeiter weiß nicht, wann er die Sache wieder unter Kontrolle haben wird. Heute ist ein historischer Tag, sagt Prestige zu Corrine und ihrer Großmutter Viola Tillman. Ab heute wissen alle, wo Odessa liegt.

Corrine und Viola haben schon ihre Hüte und Handschuhe zusammengesucht, aber Prestige schüttelt den Kopf und schiebt sich den letzten Bissen Eiersandwich in den Mund. Ein Ölfeld ist kein Ort für junge Mädchen und – er sieht Viola an – ältere Damen. Ihr bleibt zu Hause. Ich meine es ernst.

Corrine ist groß für ihr Alter, aber um mit dem Fuß ans Gaspedal von Prestiges Model T zu kommen, muss sie bis nach vorn an die Sitzkante rutschen. Sie schlingern über den Llano Estacado, das junge Mädchen und die alte Frau werden ordentlich durchgeschüttelt, während ein paar von Prestiges Hereford-Rindern ungerührt und mit mahlendem Kiefer zuschauen. Als es bis zum Bohrloch noch eine gute Meile ist, färbt der Himmel sich schwarz, und die Erde unter ihnen bebt. Die Luft ist voller Dreck, sie müssen sich ein Tuch vor Mund und Nase halten. Gotte helfe uns allen, sagt Viola.

Das Öl fällt zurück auf die Erde, verteilt sich und bedeckt alles, was ihm im Weg ist – den lila Salbei und das blaue, von Viola so geliebte Moskitogras, das Präriegras und das Büffelgras, das Corrine bis an die Hüfte reicht. Ein Rudel Präriehunde steht keine zehn Schritte entfernt und heult das größer werdende Loch an. Ein kleines Weibchen huscht an die Abbruchkante und späht hinein, und Corrine muss an die vielen Gänge und Baue im Umkreis von fünf Meilen denken, in denen kleine. verwirrte Tiere sitzen und nicht verstehen, was mit ihnen passiert. Um den Unglücksort haben sich etwa fünfzig junge Männer versammelt, doch keiner beachtet das Gras, die Tiere oder den Boden. Alle blicken in den Himmel, einen andachtsvollen Ausdruck im Gesicht. Nichts wird überleben, sagt Viola.

Corrine runzelt die Stirn und schnüffelt in die Luft, ihre Großmutter lässt sich gegen die Beifahrertür sinken. Violas Wangen sind blass, die Augen trüb. Sie hustet, hält sich das Tuch vor Mund und Nase. Dieser Gestank, sagt sie. Als hätten alle Kühe von West Texas im selben Moment gefurzt. Und die Bäume!, ruft sie und zeigt auf eine Reihe von Hickorysetzlingen, auf die ein Ölarm zukriecht. Was ist mit den Bäumen?

Aber jetzt wissen alle, wo West Texas liegt, erwidert Corrine, außerdem hat Daddy gesagt, das Land sei sowieso keinen Cent wert. Viola Tillman starrt ihre Enkelin an, als hätte sie sie nie zuvor im Leben gesehen. Auf dem Llano Estacado mag es nicht viel mehr geben als Sterne, Weite und Stille, im Winter die Singvögel und nach ein paar Regentropfen den Geruch der Weihrauchzedern, aber sie liebt dieses Land. Hier sind Großmutter und Enkelin zusammen durch ausgetrocknete Flussbetten und Kreosotbüsche geritten, sie haben die wilden Halsbandpekaris zwischen den Feigenkakteen wühlen sehen. Zusammen haben sie den größten Baum weit und breit entdeckt und auch benannt, Galloping Ghost, nach Red Granges Mantel aus Waschbärenpelz. Nun hat Violas Gesicht die Farbe von kalter Asche, ihre Hände zittern. Bring mich nach Hause, sagt sie zu ihrer Enkelin.

Jawohl, Ma'am, sagt Corrine.

Meinst du, du kannst mich nach Georgia fahren?

In drei Monaten wird Viola tot sein, bis dahin hat ihre Enkelin vom Ölboom so viel gesehen, dass sie für den Rest ihres Lebens jeden Ölboom hassen wird.

Drei Tage lang schießt eine unkontrollierbare Ölfontäne aus der Penn-Quelle in die Höhe. Binnen Stunden entsteht eine Lache groß wie ein Haus, Seitenarme bilden sich und vernichten alles, was ihnen im Weg ist. Bevor die Arbeiter die Quelle unter Kontrolle bringen, versickern dreißigtausend Barrel Rohöl im Erdreich. Als es so weit ist, stehen sie mit schwarz verschmierten Händen und Gesichtern auf der glitschigen Plattform. Sie johlen, schütteln einander die Hand und klopfen sich auf den Rücken. Wir haben sie bezwungen, rufen sie, wir haben den Deckel draufgemacht.

~

Seit Potters Tod hat Corrine so oft in den Nachthimmel gestarrt, dass er ihr so vertraut ist wie früher die Konturen von Potters Gesicht. Hoch über der Larkspur Lane kriecht die Mondsichel in die Himmelsmitte und bleibt für eine oder zwei Stunden dort hängen, bevor sie den langsamen Abstieg zum westlichen Horizont antritt. Am Schluss sind nur ein paar verstreute Sterne übrig – *Die Nacht brodelt vor elf Sternen* – und die Bars seit zwei Stunden geschlossen. Die Straße ist dunkel, nur bei Mary Rose brennt noch Licht; ihr Haus leuchtet wie eine Bohrinsel in einem weiten schwarzen Meer.

Corrine hört Jon Ledbetter, noch bevor sie ihn sehen kann. Seine Fließhecklimousine hält mit quietschenden Reifen vor dem Stoppschild an der Ecke von Custer und Eighth Street, dann kommt sie um die Kurve geschossen. Die Seitenscheiben sind heruntergekurbelt und das Radio voll aufgedreht, Kris Kristoffersons heiserer Bariton droht, die Lautsprecher zu sprengen. Das Eisteeglas hinterlässt einen dunklen Rand auf dem Beton der

Veranda; Corrine ist zu alt, um so lange mit übergeschlagenen Beinen auf den harten Stufen zu sitzen. Beim Versuch, sich zu erheben, stößt sie das Glas beinahe um. Sie wird zu Jon Ledbetter rübergehen und ihm sagen, er soll sein gottverdammtes Radio ausschalten.

Als sie die Hälfte der Strecke geschafft hat, dreht Jon die Musik leiser. Die Straße liegt wieder in vollkommener Stille da. Mary Roses Gesicht erscheint kurz im Fenster, im Küchenlicht schimmert ihr blondes Haar fast weiß. Sie hält einen Moment inne, dann beugt sie sich vor und zieht den Vorhang zu. Corrines zlinkes Bein ist immer noch halb eingeschlafen, und sie kann jeden Tropfen des Bourbon fühlen, den sie in den Eistee gemischt hat, aber irgendwann erreicht sie die andere Straßenseite. Jon sitzt noch im Auto, er hat die Hände ans Lenkrad gelegt, im Radio läuft ein trauriger Song.

Corrine kennt ihren jungen Nachbarn kaum, den Mann von Suzanne, der ständig arbeitet, der mitten in der Nacht zur Raffinerie fährt, wenn die Sirenen schweigen, doch sie erkennt ihn an der Silhouette seiner Schultern und an den Ölflecken an seinen Händen. Früher saß Potter manchmal genauso da, vor allem in den Wochen und Monaten nach dem Krieg.

Sie geht zum Auto, achtet aber peinlich genau darauf, ihm nicht zu nahe zu kommen. Mit leiser Stimme fragt sie ihn, ob er sich kurz zu ihr auf die Veranda setzen will, ob er ein Glas Eiswasser möchte oder einen Drink. Sie kennt die Musik, sie besitzt die Platte, wenn er will, kann sie sie gern auflegen.

~

Der große Nachkriegsboom nimmt Fahrt auf, und der Krieg liegt knapp so lange zurück, dass die Menschen sich wieder auf die Zukunft freuen. Corrine und Potter spazieren Hand in Hand über den Parkplatz des Autohändlers an der Eighth Street. Sie treten gegen Reifen, fahren ein paar Autos Probe und entscheiden sich zuletzt für einen Dodge, den sie bar bezahlen. Sie könnten nicht zufriedener mit sich sein. Das Auto ist wunderschön, mit rundlicher Fahrerkabine und Sechszylinder-Seitenventilmotor. Potter überredet Corrine, etwas mehr Geld für eine verlängerte Ladefläche auszugeben, so können sie lange Ausflüge machen, sich dort hinten ausstrecken und die Milchstraße bewundern.

~

Sobald man Corrine die Schwangerschaft ansieht, verabschiedet der Schulleiter sie mit einem Händedruck und einem Glas des berühmten, selbst gemachten Chow-Chow seiner Frau. Was zum Teufel soll ich denn die nächsten sechs Monate lang tun?, fragt sie, als sie weinend im Büro der Schulsekretärin sitzt. Söckchen stricken? Die Sekretärin kennt das. Sie hat selbst Kinder, die allerdings schon seit Jahren aus dem Haus sind, und obwohl sie sie über alles liebt, dankt sie Gott jeden Morgen nach dem Aufwachen dafür, dass sie niemanden mehr bekochen oder bei den Hausaufgaben betreuen muss. Liebes, sagt sie, Sie werden länger aussetzen als nur sechs Monate.

Baby Alice schreit jede Nacht, von Mitternacht bis drei Uhr morgens. Potter und Corrine wissen nicht, warum, und sie können nichts dagegen tun. Sie sind so müde, dass Potter einen nervösen Tic am linken Auge entwickelt und eingebildete Geräusche hört. Corrine weint, und anschließend hasst sie sich fürs Weinen, denn bevor sie Mutter wurde, musste sie nie weinen, niemals.

~

An Abenden wie diesem, sagt Corrine zu Jon, halte sie es im Haus kaum aus. Weder im Wohnzimmer noch in der Küche, schon gar nicht im Schlafzimmer. Sie schafft es nicht, seine Sachen anzufassen, nicht einmal den Stapel Fernsehzeitschriften neben seinem Sessel oder das Handtuch, das immer noch im Badezimmer an seinem Haken hängt. Auf dem Teppich sind noch Reste des Schnupftabaks zu sehen, über den sie vierzig Jahre lang geschimpft hat. Der alte Lenkradschoner trägt den Abdruck seines Daumens, die Doppelmatratze den seines Körpers. Überall stehen seine Schuhe herum. Sie hat es nicht einmal geschafft, das Fernsehprogramm umzuschalten.

Ob Jon einen Drink will? Sie könnte einen gebrauchen.

Jon nimmt das Gedichtbuch in die Hand, das Corrine auf der Veranda hat liegen lassen. Er fasst es mit spitzen Fingern an, als könnte es jeden Augenblick explodieren. *Leben oder sterben*. Er lacht. Ist die Frage ernst gemeint?

Teufel noch mal, ja!, sagt Corrine. Möchtest du eine Zigarette?

~

Sie und Potter reden über nichts anderes mehr als Geld und das Baby. Sie haben sich angewöhnt, abends im Bett zu liegen und über alles zu streiten, was sie stört. Corrine wird noch verrückt, weil sie den ganzen Tag daheim verbringen muss. Potter arbeitet sechzig Stunden pro Woche und versteht nicht, warum sie nicht einsieht, wie glücklich sie sich schätzen kann. Corrine ist bewusst geworden, dass sie auf die Langeweile des Mutterdaseins völlig unvorbereitet war. Potter findet, dass sich um Haus und Kind zu kümmern völlig ausreichend ist. Warum freundet sie sich nicht mit anderen jungen Müttern an oder geht in die Kirchengemeinde? Corrine schnaubt und verdreht die Augen. Tja, dann hätte ich immerhin zwei Stunden am Tag was zu tun, sagt sie.

Dieses ganze Gerede davon, Frauen sollten mit ihren Kindern zu Hause bleiben, wenn sie es sich nur leisten können, ist ein astreiner Haufen Mist. Potter sagt, er weiß nicht, wie er seinen Kollegen erklären soll, dass seine Frau arbeiten geht. Corrine ist scheißegal, was seine Kollegen denken. Sie wenden sich voneinander ab und starren ihre jeweilige Wand an. So geht das jeden Abend.

~

Der Mann an der Maschine hat das Gleichgewicht verloren, erzählt Jon. Möglicherweise war er müde. Vielleicht hatte er Streit mit seiner Frau, bevor er zur Arbeit gefahren ist, oder eins der Kinder war krank oder er konnte wegen einer unbezahlten Rechnung nicht schlafen. Vielleicht hatte er eine Doppelschicht hinter sich, weil sich jemand krankgemeldet hat, und war lange genug dabei, um zu wissen, dass ein Ölboom nicht ewig andauert. Was die Überstunden betraf, folgte er einem simplen Motto: Man soll die Feste feiern, wie sie fallen.

Möglicherweise war es ein Missgeschick. Er ist ausgerutscht, er ist gestürzt. Er hatte die Aufgabe schon Hunderte Male erledigt, eigentlich beherrschte er die routinemäßige Überprüfung der Tankwagen mit verbundenen Augen. In einer langen Reihe standen sie am Verladedock der Olefinfabrik, ihre letzte Station, bevor sie mit flüssigem Ethylen befüllt und nach Kalifornien geschickt wurden. Er stand oben auf der letzten Leitersprosse, hatten die Arbeiter Jon erzählt, als ein Ingenieur am anderen Ende des Zugs das Okay für einen zusätzlichen Waggon gab, und dann erzeugte das Ankoppeln einen kleinen Ruck; der Mann verlor den Halt und stürzte unter den Zug. An einem anderen Tag wäre er vielleicht in der Lage gewesen, schnell hervorzukrabbeln, bevor die Reifen seine Oberschenkel überrollten. Vielleicht. Aber dieses Gedankenspiel macht Jon fertig, außerdem ist es jetzt auch egal, vor allem für den Mann, der heute unter seiner Aufsicht gestorben ist. Es war meine Aufgabe, für seine Sicherheit zu sorgen, sagt er zu Corrine.

~

Alice ist sechs Monate alt und will nicht schlafen. Corrine steht unter der Dusche, lehnt sich an die Wand und schlägt den Kopf gegen die Fliesen, gerade so fest, dass es wehtut. Alice will nicht schlafen, sie will nicht schlafen, sie will nicht schlafen.

~

Dieser Neuwagen fährt sich wie ein Traum, behauptet Potter, während er mit dem Schalthebel ringt, der leicht klemmt. Und erst das Radio! *Das* ist High Fidelity! Er dreht die Lautstärke bis zum Anschlag auf, schlägt aufs Lenkrad und johlt mit Hank Williams und den Drifting Cowboys. *I been in the doghouse so doggone long, that when I get a kiss I think that something's wrong*. Er verstummt.

Ja, klar, sagt Corrine.

Als sie wieder zu Hause sind, schickt sie Potter noch mal zum Einkaufen, setzt Alice in den Laufstall und lässt sie kurz weinen. Sie ruft den Direktor der Highschool an. Der Ölboom ist immer noch nicht vorbei, sagt sie, bestimmt können Sie Unterstützung gebrauchen? Corrine hat richtig geraten, die Anmeldungen haben sich verdoppelt, und die Schule braucht dringend eine zusätzliche Englischlehrerin. Was sagt Potter dazu, dass Sie wieder arbeiten gehen wollen?, fragt die Sekretärin. Vielleicht könnte Corrine ihn bitten, den Direktor anzurufen?

Sie haben monatelang keinen Sex – monatelang! –, und es

ist Potters Schuld. Ihrer Meinung nach hat er sich gehenlassen. Seit der Geburt des Kindes ist Corrine mindestens fünfhundert Meilen gelaufen, um ihre alte Figur wiederzubekommen, sie hat sich von Eisbergsalat und Äpfeln ernährt, obwohl sie sich nichts sehnlicher wünschte als ein Steak mit einer Ofenkartoffel und allem Drum und Dran. Sie hat eine Zigarette geraucht, wenn sie lieber einen Schokoriegel gegessen hätte. Nicht so Potter. Während der Schwangerschaft hatte er ein paar Kilo zugenommen – fünfzehn, um genau zu sein –, vom vielen Herumliegen und von der Blue-Bell-Eiscreme, die sie sich geteilt haben, während Alice versuchte, sich durch Corrines Bauchdecke ins Freie zu boxen. Er isst immer noch jeden Abend eine Schüssel davon, er bringt sie mit ins Schlafzimmer und nimmt sie mit ins Bett.

Und sie gibt dem Baby die Schuld. Corrine liebt Alice mit einer Heftigkeit, die sie bis ins Mark erschüttert hat, vor allem in den ersten Wochen und Monaten. Dass man ihnen überhaupt erlaubt hatte, ein so kostbares und verletzliches Lebewesen aus dem Krankenhaus mitzunehmen! Allein das war ihnen wie ein Wunder erschienen und außerdem vollkommen verantwortungslos. Aber was Corrine betrifft, erstreckt sich da eine ununterbrochene Kette von Ursachen und Folgen zwischen der Geburt des Kindes und der Tatsache, dass sie seither nicht mehr gevögelt wurde. Sie vermisst es, von Potter an den Hüften gepackt und durch halb geschlossene Lider beobachtet zu werden, sie vermisst seine Finger an ihrem Hals, auf dem sich rote Flecken bilden, wenn sie kommt, sie vermisst die Flecken selbst, die sich verdunkeln und auf Kinn und Wangen ausbreiten.

Das Baby liegt im Bett, und sie sitzen im Wohnzimmer in ihren Sesseln und hören Bob Willis im Radio. Corrine versucht zu lesen, aber mit einem Ohr lauscht sie immer auf das Kind. Früher habe ich das ständig getan, denkt sie, ich habe so viel gelesen. Ich konnte mir ganze Gedichte merken und mich selbst damit zum Weinen bringen. Ich konnte jederzeit zur Tür hinausgehen und lange Spazierfahrten unternehmen. Ich habe mein eigenes Geld verdient.

Potter löst ein Kreuzworträtsel. Er lässt den Bleistift sinken und sieht seine Frau an. Hey, sagt er sanft, Corie, kann ich dich mal was fragen?

Hm. Kommt drauf an.

Was brauchst du?

Was ich *brauche?*

Ja. Was brauchst du, Corrine, um mit mir und Alice glücklich zu sein?

Sie zögert nicht. Ich möchte wieder arbeiten, Potter.

Liebling, du arbeitest doch! Du kümmerst dich um mich und Alice.

Ja, das stimmt. Aber ich würde lieber vor einer Klasse hormonstrotzender Trottel stehen und Englisch unterrichten.

Tut mir leid, das wäre zu viel für dich.

Potter bereut seine Worte, kaum dass er sie ausgesprochen hat. Und tatsächlich, Corrine geht zum Angriff über. Potter, willst du mich verarschen? Meinst du das ernst? Ich werde dir sagen, was ich brauche, Potter, ich brauche Menschen, die mich nicht behandeln, als wäre ich zur Idiotin mutiert, bloß weil ich ein Baby zur Welt gebracht habe. Die frommen Betschwestern von Odessa sollen aufhören, mir einzureden, ich bräuchte nichts weiter zu meinem Glück als *ein zweites Kind*. Ha! Sie lässt das Buch zuknallen und hält es sich über den Kopf, und ganz kurz denkt Potter, sie wolle ausholen und ihn damit schlagen.

Ich muss wieder in die Schule, sagt Corrine, weil ich es liebe, einen Haufen Teenager in Geiselhaft zu nehmen und ihnen *Meine Antonia* von Willa Cather vorzulesen. Soll doch jemand anderes herkommen und Alice jeden Tag acht Stunden lang was vorsäuseln – jeden Tag, Potter! Hast du je mal drüber nachgedacht, wie das wäre, wenn du ununterbrochen bei der Arbeit sein müsstest?

Du warst eine fantastische Lehrerin, sagt er, aber wer soll sich um Alice kümmern?

Ich *bin* eine fantastische Lehrerin.

Sie sitzen da und hören die Wanduhr ticken. Der Nachbarshund bellt. Der neue Kühlschrank in der Küche schaltet sich ein, ein stetes Brummen, das bis in den letzten Winkel des Hauses dringt. Potter wird sich bis zu seinem Todestag wünschen, er hätte in diesem Moment anders reagiert, aber er meint es nur gut, als er das Kreuzworträtsel auf das Tischchen legt, aufsteht, zu seiner Frau geht, sich neben ihrem Sessel auf den Teppich kniet und fragt: Meinst du, es wäre zu früh für ein zweites Kind?

~

Morgens beim Aufwachen denkt sie an Alice, und auch abends, wenn sie einschläft, und in allen Stunden dazwischen. Alice ist ein Blitz und die Verwüstung danach, sie ist eine Flamme, die auf ein Gebüsch aus Wacholder und Mesquite überspringt. Sie ist die Liebe, und darauf war Corrine nicht vorbereitet. Auf einmal ist da ein Mensch, um den die ganze Welt sich dreht, der selbst der Grund für diese Welt ist, sich zu drehen; ohne den die Welt nicht mehr vorstellbar wäre. Falls Alice etwas zustößt, falls sie krank wird oder einen Unfall hat, falls eine Klapperschlange in den Garten kriecht, während Alice draußen auf der Decke liegt – solche Gedanken reichen aus, eine Frau in die nächste Kirche zu treiben oder, wie in Corrines Fall, in das Büchermobil, das seit der vergangenen Woche auf dem leeren Grundstück steht, keinen Block von ihrem neuen Haus entfernt.

~

Jons Aufgabe ist es auch, mitten in der Nacht zur Familie des Arbeiters zu fahren, an die Haustür zu klopfen und auf der Veranda zu stehen, bis die Ehefrau ihm öffnet. Sie wollte die Kinder nicht wecken, erzählt er Corrine, deswegen hat er sich mit ihr aufs Sofa gesetzt und gewartet, bis ihre Schwester kam. Er hielt die Hände gefaltet und seine Fingernägel versteckt. In der Raffinerie hatte er geduscht und sich das saubere Ersatzhemd aus seinem Spind angezogen, aber Blut ist hartnäckig, und als er neben ihr auf dem Sofa Platz nahm, konnte er es unter seinen Nägeln und in den Fältchen seiner Fingerknöchel sehen. Die Frau stellte Fragen, und er dachte sich Lügen aus – dass es schnell gegangen war, dass er nicht gelitten hatte, dass er nicht einmal mitbekam, was passierte. Jon sah, wie die Frau eine Hand um die andere schloss und sich gegen den Mund drückte. Nur einmal sagte er die Wahrheit: Dass der Mann nicht allein gewesen war, er war nicht allein gestorben. Jon war zur Stelle gewesen, hatte seinen Kopf in die Hände genommen und ihm gesagt, alles würde wieder gut.

~

Als Alice schon laufen kann, beschließen sie, mit dem Truck auf den Highway zu fahren, den Motor auszutesten und zu sehen, wozu er imstande ist. Potter ruft seinen Schwiegervater an und bittet ihn, sich über Nacht um Alice zu kümmern. Über die Berge in der Nähe von Salt Flat hat er nur Gutes gehört. Angeblich kann man dort zelten. Sie sollten jetzt fahren, bevor der Frühling kommt und es zu heiß wird.

Potter breitet sein altes Armeezelt zum Lüften im Garten aus und überprüft die Nähte, während Alice durch die schwere Canvasklappe hineinkriecht und wieder heraus und einen einzigen Satz vor sich hin singt: Was ist mit mir? Was ist mit mir?

Corrine füllt die Kühltasche mit Bier, kaltem Brathuhn und

Kartoffelsalat und lädt drei Wasserkanister auf die Ladefläche des Dodge. Potter verstaut eine kleine Flasche Bourbon, eine Taschenlampe, zwei Signalfackeln und seinen Armeerevolver im Handschuhfach, Corrine legt ihre Damenpistole dazu. Potter steckt ein paar Kondome in sein Portemonnaie. Corrine packt ihr Diaphragma, Spermizidcreme und ein paar Kleenex in ihre Handtasche.

Während Potter in der Küche sitzt und Alice füttert, steht Corrine am Fußende des Betts und überlegt sich, das kurze schwarze Negligé einzupacken, das sie zuletzt vor Alice' Geburt getragen hat. Möglicherweise passt es ihr noch; dann wiederum wäre es vielleicht ein bisschen übertrieben, so ein Kleidungsstück auf einen Campingtrip mitzunehmen. Corrine zieht eine Strickjacke und einen weitschwingenden roten Rock an, der knapp unter dem Knie endet – Potter liebt diesen Rock –, und wühlt im Kleiderschrank nach ihren schwarzen Pumps, die sie während der Fahrt tragen könnte. Ihre Bücher legt sie neben die Reisetasche. Im letzten Moment zieht sie ihren Slip aus und entscheidet sich stattdessen für schwarze Nylons und einen Strumpfhalter. Corrine ist fast dreißig Jahre alt und hat noch nie ohne Unterwäsche das Haus verlassen. Das Gefühl ist köstlich. Sie setzt sich die neue Brille auf und wieder ab und blinzelt in den Spiegel über der Kommode. Sie setzt die Brille wieder auf und geht ins Wohnzimmer. Ta-da! Sie streckt einen Arm elegant in die Höhe.

Potter macht große Augen. Er lacht, hält ihr die Hand hin. Wow! Baby, du siehst aus wie eine Bibliothekarin.

Corrine lässt den Arm sinken. Vielen Dank auch.

Nein, Corrie! Liebling, ich meinte …

Aber da fängt Alice zu weinen an, wankt auf ihre Mutter zu und hebt die Arme wie ein winziger Einbrecher, der sich im Scheinwerferlicht eines Streifenwagens wiederfindet. Als seine Frau sich an ihm vorbeischiebt, berührt Potter sie am Ärmel.

Schön weich, sagt er, aber sie hört es nicht. Sie beruhigt das Kind, und er steht daneben, die Hand immer noch nach seiner Frau ausgestreckt.

Sie küssen Alice und herzen sie und reden auf sie ein, als würden sie einen Frachter nach Kamerun besteigen. Dem Großvater drücken sie einen Zettel mit Anweisungen in die Hand. Prestige überfliegt die Liste, faltet sie zusammen und steckt sie in die Brusttasche. Tja dann, sagt er. Amüsiert euch. Lasst euch Zeit.

Sie fahren auf dem neuen Highway Richtung Norden nach Notrees und kommen an den Camps vorbei, die auf dem Parkplatz der Sporthalle aus dem Boden geschossen sind. Alle warten darauf, dass endlich mehr Häuser gebaut werden. Auf der Brache hinter der Halle befindet sich ein Lager nur für Familien, wo dünne, dreckverschmierte Kinder spielen und raufen und sich im Staub wälzen. Corrine sieht hin und beißt sich auf den Daumennagel. Die meisten von denen gehen wahrscheinlich nicht mal zur Schule, sagt sie. Es ist ein Skandal. Eine Schande.

Warum?, fragt Potter und spielt an den neuen Scheinwerfern herum, schaltet sie ein und wieder aus und wieder ein. Von irgendwas müssen die Leute schließlich leben.

Es ist eine Schande, dass wir diese Menschen in Zelten auf irgendwelchem Brachland leben lassen, Potter. Die Ölfirmen sollten sich anständig um sie kümmern.

Ich glaube, die tun ihr Bestes, unter diesen Umständen. Wir hatten sehr viele Zugezogene in sehr kurzer Zeit.

Ach, Unsinn. Den Ölfirmen sind die Menschen doch egal, und wenn du was anderes glaubst, machst du dir was vor. Außerdem – sie sucht in ihrer Handtasche nach Puder und Lippenstift –, stört dich denn gar nicht, was sie der Natur antun?

Potter tritt das Gaspedal durch. Es würde mich noch viel mehr stören, wenn ich dich und Alice nicht ernähren könnte, oder wenn ich kein Geld zurücklegen könnte für den Fall, dass unsere Tochter eines Tages aufs College gehen möchte wie ihre Mutter.

Corrine fährt sich mit dem roten Stift über die Unterlippe, dann überprüft sie ihre Zähne im Spiegel. Sie denkt an den Slip, den sie heute nicht trägt. Das Leder der Sitzbank fühlt sich angenehm kühl in den Kniekehlen an. Fahr vorsichtig, sagt sie. Wir wollen keinen Unfall riskieren.

Ja, ja. Potter schaltet das Radio ein, sie rauchen. Der Qualm zieht durch die Fenster ab, während sie Pick-ups mit Männern auf der Ladefläche überholen. Ein paar blicken ihnen direkt ins Gesicht, andere wenden die Augen ab, als wären sie auf der Flucht – vor dem Gesetz, vor der Mafia, vor Frau und Kindern daheim in Gulf Shores oder Jackson oder irgendeiner anderen elenden Kleinstadt ohne Arbeitsplätze und ohne Zukunft.

Neben der Straße türmen sich Stacheldrahtballen und Stahlträger. Eine Viertelmeile weiter fährt einer der Pick-ups rechts ran. Zwei Frauen springen von der Ladefläche, stellen sich an den Straßenrand und rudern wie wild mit den Armen, ein anderer Wagen hält, und sie steigen ein. Die Männer johlen. Corrine runzelt die Stirn und schiebt sich die Hände unter die Oberschenkel. Das Futter ihres Rocks klebt an ihren Pobacken, ihre Schenkel sind verschwitzt. Was Alice wohl gerade macht? Hopst wahrscheinlich auf dem Bauch ihres Großvaters herum. Er wird tagelang Muskelkater haben.

Als sie Mentone erreichen, steht die flammende Sonne dicht über dem Horizont. Sie halten neben einem Picknicktisch oberhalb einer steilen Böschung, unten fließt der Pecos flach und träge dahin. Das Jahr war zu trocken; man könnte hier nicht einmal ertrinken, wenn man es wollte. Oben leuchten die Zirruswolken rosa, im diffusen Abendlicht hat die Wasseroberfläche die Farbe von Mesquiterinde. Sie stapfen nacheinander ins Gebüsch, um zu pinkeln. Corrine hat ihre Mühe mit den Zweigen, die Absätze ihrer Pumps versinken im Sand, und sie klatscht laut in die Hände, um die Schlangen zu verschrecken. Sie weiß, wie albern es ist, hier keine Wanderstiefel zu tragen, aber als sie aus den Mesquitebäumen tritt und den Rock um die Knie schwingen lässt, stößt Potter einen Pfiff aus.

Hallo, Mrs Shepard, sagt er. Frau meiner Träume.

Zum ersten Mal an diesem Tag, vielleicht zum ersten Mal seit Wochen, muss Corrine breit grinsen. Hallo, Mr Shepard!

Nach einem schweigsamen Picknick mit Brathuhn und Bier fahren sie weiter nach Norden. Die Nacht ist angebrochen, rechts und links des Highways leuchten die Gasfeuer. Potter sagt, in manchen Nächten lassen die Ölfirmen so viel Erdgas ab, dass man von Odessa nach El Paso fahren kann, ohne ein einziges Mal die Scheinwerfer einzuschalten. Zuverlässig wie die Sonne über West Texas, sagt er.

Ja, aber ich wünschte, sie würden nicht so stinken, sagt Corrine. Wenn man bloß wüsste, was die da verbrennen.

Als sie den Highway verlassen haben und auf die Berge zufahren, schaltet Potter die Scheinwerfer aus. Sie rollen über eine dunkle, unbefestigte Straße. In der Ferne zucken die Feuer. Potter wirft seiner Frau einen Blick zu. Seine Augen leuchten im Gaslicht, die Sommersprossen auf ihren Wangen schimmern wie Gold, er fängt an zu singen. *Frankie was a good girl, everybody knows. She paid one hundred dollars for Albert's suit of clothes. He's her man, and he did her wrong.* Als er die Hand ausstreckt und Corrines Knie berührt, zuckt sie zusammen. Seit sie das Kind vor Stunden dem Großvater übergeben haben, haben sie einander nicht angefasst, von einem beiläufigen Tätscheln mal abgesehen.

Corrine legt ihre Hand auf seine und massiert sanft seine Fingerknöchel. Flirtest du mit mir?

Potter lacht. Ja, vielleicht. Ein bisschen.

Tja, sagt sie und holt tief Luft. Warum nicht.

Potter biegt unvermittelt auf eine andere unbefestigte Straße ab und fährt auf die offene Wüste zu. Holperig geht es weiter, ihre Köpfe bewegen sich auf und nieder wie Schwimmer einer Angel. Potter überprüft die Schotterstraßen, die zu beiden Seiten von der Piste abgehen und kaum breiter sind als der Dodge. Corrine lehnt sich vor und späht durch die Windschutzscheibe. Wohin fahren wir?

Früher gab es dahinten einen kleinen Hügel. Eine gute Stelle, um die Sterne und den Mond aufgehen zu sehen. Wollen wir anhalten und aussteigen?

Klar.

Kurz darauf parkt er neben einem Mesquitewäldchen. Hier sieht es gut aus, sagt er.

Sie sitzen eine Weile rauchend auf der Heckklappe, lassen die Beine baumeln und bewundern die Sterne. Der lächelnde Mond hängt knapp über dem Horizont, und die Burlington Northern Railroad rollt durch die Wüste, so weit entfernt, dass der Pfiff der Lokomotive kaum lauter ist als ein Ächzen. Potter steht auf, greift durch das geöffnete Seitenfenster ins Auto und klappt das Handschuhfach auf. Werden wir uns jetzt gegenseitig erschießen?, fragt Corrine.

Haha. Sehr lustig. Er kommt mit dem Bourbon zurück, lehnt sich neben Corrine an die Heckklappe und klemmt sich die Flasche zwischen die Beine. Er scharrt mit einem Stiefel in der Erde. Er könnte jetzt alles Mögliche zu ihr sagen, und Corrine denkt nicht zum ersten Mal, dass sie vielleicht besser Walter Hendrickson geheiratet hätte, einen Jungen aus der Nachbarschaft, der inzwischen Countrysongs schreibt und sogar davon leben kann.

Ich wünschte, du könntest als Hausfrau und Mutter glücklich sein, sagt Potter.

Corrine steht auf und entfernt sich mit langen Schritten vom

Truck. Als sie sich umdreht, ist ihr Gesicht wutverzerrt. Fick dich, Potter.

Potter sieht aus, als würde er am liebsten im Busch verschwinden. Vielleicht hat Corrine Glück, und er fällt in einen verlassenen Brunnen oder ein Klapperschlangennest.

Ich sage dir was, Potter. Es gibt nur eine Sache, die ich noch mehr hasse, als den ganzen Tag mit Alice allein zu Hause zu sein: Mich schuldig zu fühlen, weil es mir keinen Spaß macht. Corrine versagt die Stimme, sie schlägt sich eine Hand vor den Mund und versucht, nicht zu weinen, was sie aber nur noch wütender macht.

Potter schraubt die Bourbonflasche auf, trinkt einen großen Schluck und dann noch einen. Irgendwo im Gebüsch fängt eine Baumwachtel zu singen an. *Bob White! Not quiet! Come again, some other night.* Eine zweite antwortet: *Bob White, Bob White. Hooey, hooey, hooey.* Eine Sternschnuppe rauscht über den Himmel – da! – und ist sofort wieder verschwunden. Potter hält ihr die Flasche hin, Corrine schüttelt den Kopf und zündet sich eine neue Zigarette an. Er beobachtet sie für ein paar Minuten und stellt die Whiskeyflasche dann auf die Ladefläche. Er legt Corrine seine Hände auf die Schultern. Sie ist groß und kurvig, aber immer noch fast einen Kopf kleiner als ihr Mann. Potter beugt sich vor und sieht in ihre schönen Augen. Corrine, es tut mir leid.

Wenn er jetzt gesagt hätte, er sei ein sowjetischer Spion, hätte Corrine nicht überraschter sein können. Sie selbst entschuldigt sich niemals, bei niemandem, es ist einer ihrer schlimmsten Charakterfehler, doch auch Potter schmeißt nicht gerade mit Entschuldigungen um sich.

Sie berührt sein Gesicht, legt ihm eine große, warme Hand an die Wange. So hat sie ihn seit Monaten nicht berührt.

Potter, während du über Japan deine Einsätze geflogen bist, habe ich den ganzen Tag unterrichtet, und danach bin ich mit den anderen Frauen auf die Weide rausgefahren und habe geholfen, Rinder auf Züge zu verladen. Abends war ich fix und fertig, wirklich, ich war hundemüde, Potter. Sogar meine Brüste haben wehgetan. Aber ich habe mich auch *stark* gefühlt. Und dann seid ihr Männer aus dem Krieg zurückgekommen, und wir sollten uns plötzlich schwängern lassen und in die Küche verschwinden wie ein paar alte Kühe in die Scheune. Vielleicht ist das gar nicht so schlecht, vielleicht gibt es jede Menge Frauen, die damit glücklich sind, oder sie beschweren sich einfach nur weniger als ich. Corrine stößt sich von der Heckklappe ab und geht ein paar Schritte, dann dreht sie sich zu ihrem Mann um. Ich liebe Alice. Sie ist das Beste, was wir zwei je zustande gebracht haben. Aber nimm mich ernst, Potter. Zu Hause verliere ich den Verstand.

Sie kommt zurück und stellt sich neben ihn. Einige der Gasfeuer sind erloschen, der Himmel ist voller Sterne. Corrine ist angespannt. Ihr Rücken ist so gerade wie immer, aber ihre Hände zittern.

Sobald wir wieder zu Hause sind, sagt Potter, suchen wir eine Betreuung für Alice. Vielleicht eine dieser Bohrarbeiterwitwen, von denen du ständig redest.

Mein Gott, *endlich*. Danke! Sie drückt ihre Zigarette an der Stoßstange aus. Darf ich dich noch um etwas bitten?

Liebling, wenn der Direktor mich fragt – und dass er mich fragen wird, wissen wir beide –, werde ich ihm versichern, dass wir drüber gesprochen haben und einer Meinung sind. Du solltest wieder arbeiten gehen.

Corrine lacht verbittert und rollt die Augen. Natürlich hat Potter recht. Sie braucht seine Einwilligung, und selbst damit ist noch nicht gesagt, dass man sie tatsächlich einstellen wird. Am liebsten würde sie ausspucken oder jemandem die Whiskeyflasche auf den Kopf schlagen. Nein, Potter, das meinte ich nicht. Ich möchte mehr reden.

Reden?

So wie früher, vor Alice. Als wir uns noch nicht so gut kannten.

Sie studiert sein Gesicht. Er sieht aus, als hätte sie ihm vorgeschlagen, sich mit einer Zange selbst die Schneidezähne zu ziehen.

Ach, verdammt. Vergiss es. Corrine schnippt die Kippe in einen Kreosotbusch, hopst rückwärts auf die Heckklappe und lässt die Beine vor und zurück schwingen.

Potter läuft ein paarmal ums Auto. Nach der dritten Runde bleibt er vor seiner Frau stehen und hält sanft ihre Beine fest. Mrs Shepard, darf ich Sie auf einen Drink einladen?

Ja. Ja, warum nicht. Corrine greift zur Flasche, schraubt den Deckel ab und trinkt ein paar Schlucke. Ein Bourbontropfen läuft ihr über den Hals.

Corrines Hals ist hübsch, lang, schlank und voller heller Sommersprossen. Potter legt einen Finger daran, bewundert ihre weiche Haut, entdeckt eine neue, nicht besonders tiefe Falte. Habe ich dir je gesagt, wie schön dein Hals ist?

Nicht in letzter Zeit.

Ja. Er beugt sich herunter und leckt den Bourbon aus der Kuhle über dem Schlüsselbein. Ein hübsches Wort übrigens. *Schlüsselbein.*

Corrine lässt sich gegen ihn sinken und legt den Kopf in den Nacken. Meinst du, dass uns hier irgendwer sehen kann?

Nein, und wenn jemand käme, würden wir ihn aus zehn Meilen Abstand bemerken.

Sie sehen einander an. *Sag was,* denkt sie.

Ich will dich schmecken, sagt er und küsst sie auf die Lippen. Die adrette Lady mit der neuen Brille und der Hochsteckfrisur. Die süße Corrine mit dem warmen Bourbonmund.

Corrine will sich die Brille abnehmen.

Behalt sie auf. Bitte.

Sie sieht ihn verwundert an und trinkt noch etwas Whiskey. Beim Schlucken bewegt sich ihr Hals. Ja, sonst vergessen wir uns noch und übersehen die fremden Autos.

Vielleicht brauchst du noch einen kleinen Schluck, sagt er. Flüssigen Mut.

Corrine trinkt weiter und reicht ihrem Mann die Flasche. Auf den Mut.

Auf den Mut, sagt er, stellt den Whiskey ab, ergreift ihre Hand, drückt sie sich ans Herz und dann an den Reißverschluss seiner Jeans. Härter geht nicht.

Sie kichert. Er drückt ihre Knie auseinander, streicht mit der Hand über ihren Oberschenkel und reißt die Augen auf, als er nackte Haut spürt.

Corrine, warum stehst du nicht auf und zeigst mir deine Strümpfe?

Sie geht ein paar Schritte, ihr Gesicht und ihr Haar schimmern im Mondlicht, schwarze Pumps und ein angedeutetes Lächeln, ein unter den Rocksaum gehakter Finger.

O Gott, Liebling. Komm her. Er hebt sie auf die Ladeklappe, ihre Kniekehlen berühren das Metall, er zieht sie ein Stückchen vor. Leg dich hin, Corrine.

~

Jon hat seit seiner Zeit in Übersee nicht mehr geraucht, und er hatte sich geschworen, nie wieder damit anzufangen, aber als er jetzt den Qualm einatmet, spürt er, wie seine Lunge sich weitet, größer wird, und es fühlt sich so verdammt gut an, Scheiße noch mal, was für eine Erleichterung, fast schießen ihm die Tränen in die Augen. Was sagt man, wenn man einen Sterbenden im Arm hält? Hab keine Angst? Du bist nicht allein?

Die Platte ist einmal durchgelaufen. Jon und Corrine hören

das Klicken, als die Nadel sich hebt und der Arm zurückschwenkt.

Wollen wir, fragt er, noch ein bisschen weiterhören?

Musik?, fragt sie.

Ja.

Du könntest die Platte umdrehen.

Als Jon aufstehen will, schwankt er und rempelt Corrine an. Er richtet sich auf, aber sie packt sein Hemd und zieht ihn an sich, als wäre er ein Kind, das an der Hafenkante ausgerutscht ist, oder sie ein Schiff, das zu sinken droht. Sie sind zwei Schwimmer in einem aufgewühlten Meer. Corrine ergreift seine Hand und legt sie sich an die Wange, und nach einer Weile erwidert er die Geste. Sie sitzen da und schauen zu, wie die letzten Sterne verblassen. Bald geht die Sonne auf. Zeit, nach Hause zu gehen.

~

Am folgenden Nachmittag, auf der Rückfahrt, zieht Corrine Potters warme Hand vom Schaltknüppel und legt sie sich auf den Rock, schiebt sie abwärts und dann wieder aufwärts, unter dem Stoff diesmal, vorbei an der kleinen Narbe am rechten Knie, bis auf den nackten Oberschenkel. Sie sind müde, verkatert und wundgescheuert, und sie haben es nicht bis in die Berge geschafft. Corrine lehnt sich seitwärts, streckt den Kopf zum Fenster hinaus und versucht, sich im Seitenspiegel zu sehen. Wenn sie zu Hause ankommen, werden alle Probleme noch existieren. Sie werden immer noch ein junger Mann und eine junge Frau in der harten Nachkriegszeit sein, mit Ängsten und Sorgen und einer kleinen Tochter, die sie ernähren und lieben müssen. Sie werden sich weiterhin wegen Sex und Geld streiten, und über die Frage, wer den Rasen mähen, das Geschirr spülen und die Rechnungen bezahlen soll. In ein paar Jahren wird Corrine drauf und dran sein, alles hinzuschmeißen, weil sie sich in den Sozialkundelehrer verliebt hat, und weitere Jahre später wird Potter etwas ganz Ähnliches passieren. Sie werden die Zähne zusammenbeißen, es aussitzen und darauf warten, dass die Liebe sich wieder einstellt, und wenn es dann so weit ist, wird es ihnen jedes Mal wie ein Wunder erscheinen. Aber heute flattert Corrines offenes Haar im Wind, und an ihrem schlanken Hals leuchtet ein roter Fleck. Liebling, sagt er, du könntest nicht schöner sein.

Debra Ann

Jesses Geschichten sind viel besser als ihre eigenen. Er war beim Militär und hat in Übersee gedient. Zurück in Tennessee habe er seine Entlassungspapiere ständig bei sich getragen, erzählt er, in der Brusttasche seines Hemds, als müsste er sie jederzeit vorzeigen können, als wäre es ein Verbrechen, den Krieg überlebt zu haben. Die Army hatte ihm ein neues Gebiss bezahlt, und als seine Mutter ihn wiedersah, schlug sie sich lachend eine Hand vor den Mund. Ihre Hände waren breit und voller Kratzer, die Knöchel schief und wund, vernarbt von Hammerschlägen, Fleischerhaken und den Maschinen in der Näherei.

Bei der Willkommensparty im Trailer schüttelten die Gäste ihm freundlich die Hand. Er versuchte, sie immer rechts von sich zu haben, trotzdem verstand er nicht alles, was sie sagten. Er nickte höflich und ließ sich nachschenken, und als einer fragte, wo er eigentlich gewesen sei, antwortete er: Verdammt, keine Ahnung, hab nie gelernt, den Namen richtig auszusprechen, und da musste er an die beiden Jungen denken, die er getötet hatte. Seine Tanten unterhielten sich über ihre Arbeit auf den Baumwollfeldern oder in der Textilfabrik. Die Onkel sprachen über ihre Pläne, nach Kentucky zu fahren und sich dort als Minenarbeiter zu bewerben. Wenn sie Jesses Blick auffingen, wurden ihre Züge weich. Du hast dir für deine Rückkehr nach Belden Hollow eine höllisch schlechte Zeit ausgesucht, sagten sie, hier gibt es rein *gar nichts* zu tun.

Und dann fuhr sein Cousin Travis in einem fabrikneuen Ford F-150 vor, den er sich in Texas gekauft hatte. Bar bezahlt, erzählte er stolz. Er trug neue Stiefel und hatte sich einen Spitznamen zugelegt, *Boomer*, wegen des Ölbooms und weil er jetzt auf einem Ölfeld arbeitete.

Weil sie noch ein Kind ist und noch dazu ein Mädchen, verschweigt Jesse Debra Ann, was sein Cousin noch alles gesagt hatte. Man braucht von Öl keinen blassen Schimmer zu haben. Man tut einfach, was einem gesagt wird, und holt sich jeden Freitag seinen Lohn ab. Dreihundert Dollar pro Woche und mehr texanische Pussys, als man stopfen kann. Pack die Gummis ein, Bruder. Mach dich auf eine Party gefasst.

Stattdessen erzählt Jesse, wie er im Januar in Tennessee losgefahren ist, mit seinem Gepäck auf dem Beifahrersitz, Boomers Telefonnummer in der Hosentasche und einem ganz bestimmten Satz im Kopf, dem Satz *Jesse, reiß dich zusammen*. Er erzählt, wie hinter Dallas die Bäume verschwanden und wie er sich gefragt hatte, wie um alles in der Welt eine Landschaft so staubig und so braun sein kann. Wenn Wind aufkam, nahm selbst der strahlend blaue Himmel einen Erdton an. Manchmal konnte er Himmel und Land, Luft und Staub nicht mehr auseinanderhalten.

Und so bist du nach Odessa gekommen, sagt Debra Ann.

Genau. Boomers Vorarbeiter hat mich kurz gemustert und schallend gelacht: Du hast hoffentlich nichts gegen enge Räume, Shorty. Als ich Mr Strickland sagte, ich hätte im Krieg als Tunnelratte gedient, drückte er mir einen Zwanziger für ein Paar Arbeitsstiefel in die Hand und sagte, ich solle am nächsten Tag wiederkommen und die Ersatzklamotten nicht vergessen.

Mein Daddy hat früher Salzwassertanks gereinigt, sagt D. A., kurz nach meiner Geburt. Er hat gesagt, als er zum ersten Mal mit der Atemmaske und dem Besen und dem riesigen Schabeisen in den Tank klettern musste, hätte er fast einen Herzinfarkt bekommen, so eng und dunkel war es da drin.

Sie sitzen nebeneinander auf der Kante der Röhre, beide

haben die Knie an die Brust gezogen und versuchen, nicht mit der nackten Haut den glühend heißen Beton zu berühren. Als ich in den Tank geklettert bin, sagt Jesse, habe ich ausgesehen wie ein Mann. Als ich wieder rauskam, sah ich aus wie eine dieser Onyxstatuen, wie sie in Asien auf dem Markt verkauft werden. Ich war voller Öl, von Kopf bis Fuß. Ich habe mich unter die Außendusche gestellt und zwanzig Minuten gebraucht, um mir das Zeug von der Haut zu schrubben.

Mein Daddy hat es gehasst. Er hat gesagt, ihm wurde schlecht davon.

Ja, kann sein, sagt Jesse. Er überlegt. Zu Hause gab es nicht viel anderes zu tun, als am Clinch River zu angeln oder am Paint Rock und im Greasy Cove nach Achaten zu suchen. Oder ein Mal pro Woche zum Veteranenhospital rüberzufahren und untersuchen zu lassen, ob sein Gehör sich verbessert hatte. Aber hier in Odessa hat er Arbeit, wie ein richtiger Mann. Jesse nimmt ein Kreidestück und fängt an, Kringel auf den Beton zu malen.

Dank deiner Gastfreundschaft kann ich fast alles sparen, was ich verdiene, sagt er zu Debra Ann. In einem Monat oder so habe ich genug Geld zusammen, dann muss Boomer mir meinen Truck zurückgeben.

Er sieht Boomer manchmal im Stripclub, er sitzt dort mit denselben Männern an der Bar, die Jesse von der Ladefläche geschubst haben. Sie trinken und begaffen die Frauen, und wenn Jesse Glasscherben zusammenkehren oder Kotze aufwischen muss, lachen sie ihn aus. Keiner redet mit ihm, sie haben ihn nicht mal gefragt, wo er jetzt wohnt.

D. A. zeigt ihm die Postkarte, die kurz nach dem vierten Juli angekommen ist. Sie betrachten sie abwechselnd, studieren Vorder- und Rückseite. Ein Cowboy aus Gips hat sich den Hut tief in die Stirn gezogen und lehnt an einem Schild mit der Aufschrift Gallup, New Mexico.

Aber abgestempelt wurde sie in Reno, sagt Jesse.

Ich weiß, sagt D. A. Keine Ahnung, wo zur Hölle meine Mutter steckt. Sie rupft dem Freund die Karte aus der Hand, springt auf und rennt die Böschung hoch, ohne sich zu verabschieden. Sie will jetzt nicht mehr in seiner Nähe sein, sie will sich irgendwo verkriechen, wo niemand ihre Trauer sieht.

~

Debra Ann ist noch nie geflogen, sie hat noch nicht einmal Texas verlassen, aber früher ist Ginny jeden Monat mit ihr nach West Odessa gefahren, um eine Stunde bei Debra Anns Urgroßmutter zu verbringen. Ginny saß am einen Ende des Sofas und Debra Ann am anderen, während die alte Dame ihnen Eistee nachschenkte und von der Wiederkunft Christi redete. Manchmal nahm Ginny auf dem Rückweg zum Auto Debra Anns Hand. Lass uns nach Andres fahren und bei Dairy Queen ein Eis essen, schlug sie vor. Oder willst du lieber zu den Dünen und die Sterne herauskommen sehen, und danach fahren wir nach Monahans und holen uns Cheeseburger vom Drive-in?

Sie setzten sich auf die Motorhaube und lauschten dem Wind. Manchmal blies er so heftig, dass Sand zwischen ihre Zähne geriet, der sich später nach dem Baden als Spur in der Wanne absetzte. An diesen Abenden hatte Debra Ann das Gefühl, dass die Sterne allein für sie leuchteten. Da ist Orion, sagte Ginny und zeigte nach Süden. Dort sind die Pleiaden, man sagt auch die sieben Schwestern dazu, dabei sind es neun, und drumherum sind Tausende andere Sterne, die wir nicht sehen können.

Eines Abends näherte sich ein Truck auf der Schotterstraße. Ginny setzte sich auf, machte die Schultern gerade und verengte misstrauisch die grauen Augen.

Sollen wir fahren?, fragte Debra Ann.

Nein, sagte Ginny. Es ist unser gutes Recht, hier zu sein. Sie kletterte von der Motorhaube, beugte sich ins Wageninnere, nahm etwas aus dem Handschuhfach, drehte das Radio auf und kam zurück. Manchmal hörten sie den Jazzsender des College. Chet Baker und Nina Simone. Hörner, Klavier, Stimmen wehten über den Sand und verschwanden zwischen den Dünen.

Lass uns diesen Abend nicht vergessen, sagte Ginny. Da waren Tränen in ihren Augen. Der Mond erhob sich orange und riesig über diesen abgelegenen Winkel der Welt, meilenweit war nichts zu sehen als der helle Sand. Ginny überreichte ihrer Tochter lächelnd die Wagenschlüssel. Möchtest du fahren, D. A.? Bis zur nächsten asphaltierten Straße sind es mindestens zehn Meilen.

~

Er erzählt ihr, wie ein Junge aus einem der Seitentunnel herauskam und direkt vor ihm stand. Sie waren dem Grundwasserspiegel so nah, dass Jesse die Mineralien riechen konnte. Er staunte darüber, dass der Junge einfach so aus der Dunkelheit herausgetreten war; es hätte nicht sein dürfen. Sie standen einander gegenüber und glotzten, erschreckt und mit offenem Mund. Den zweiten Jungen bemerkte Jesse erst, als der ihm einen Gewehrkolben an die linke Schläfe schlug.

Er erzählt Debra Ann nicht, dass der Knall seines Dienstrevolvers noch in den Tunnelgängen widerhallte, als er sich über die Jungen beugte, beide mit einem Loch in der Brust, und auch nicht, dass er den Kopf schüttelte, weil es in seinem blutenden linken Ohr so seltsam still war. Es klang, als hätte jemand zu seiner Linken eine Backsteinmauer hochgezogen, die ihn nun von der Welt trennte. Es wäre falsch, Debra Ann zu erzählen, dass er jeden Morgen mit dem Gedanken an die beiden Jungen aufwacht.

Waren sie Brüder? Und falls ja – hat ihre Mutter die ganze Nacht wachgesessen und auf sie gewartet und sich gefragt, ob ihnen etwas zugestoßen ist?

Jesse hat fast genug Geld zusammen, um sich den Truck zurückzuholen, und er hat sich langsam an den Gedanken gewöhnt, noch vor dem Wintereinbruch wieder zu Hause zu sein, als ihm eine der Stripperinnen erzählt, Boomer habe die Stadt verlassen. Sie gibt ihm eine Cocktailserviette, auf die sie Boomers neue Nummer und Adresse gekritzelt hat. Er sagt, du sollst ihn besuchen kommen, sobald du das Geld zusammenhast.

Jesse betrachtet die Telefonnummer, sie steht direkt unter dem Logo des Clubs, einer Frauensilhouette mit großen Brüsten und Kaninchenohren auf dem Kopf. *Penwell, Texas, Trailer hinter der alten Tankstelle.*

Wie komme ich denn nach Penwell?, fragt er die Frau.

Bis dahin sind es etwa fünfzehn Meilen, antwortet sie und streicht ihm sanft über den Arm. Tut mir leid, Süßer, ich würde dir ja gern helfen, aber ich kann nicht. Trotz der schlechten Nachricht meint Jesse noch Stunden später, ihre warme Berührung auf der Haut zu fühlen.

~

Seit neun Monaten kein Regen, und die Rasensprenger laufen Tag und Nacht. Nicht ohne einen gewissen Stolz erzählt D. A. jedem, der es hören will, dass sie seit Mitte Juni nicht mehr gebadet hat. Sie rennt einfach durch den nächstbesten Vorgarten mit Rasensprenger, und fertig. Das ist das Gute daran, wenn die Mutter nicht da ist, sagt sie zu Aimee. Aimee sagt, ihre Mutter lasse sie nie aus den Augen.

Aimee ist einen halben Kopf kleiner als Debra Ann und hat helle, fast unsichtbare Wimpern. Die Mädchen rennen durch die

Rasensprengerfontänen in Aimees Garen, ihre sonnenverbrannten Gesichter werden scheckig und pellen sich. D. A.s Pony ist so lang, dass er ihr bis über die Augen fällt; sie geht auf alle viere und spielt einen Schäferhund, der Aimee durch den Garten jagt. Sie teilen sich alles – Chipstüten, eine Grasmilbeninfektion und einmal sogar eine Ringelflechte. Die Insektenstiche auf ihren Armen und Beinen verwandeln sich in entzündete Wunden, die verkrusten und vernarben. Wenn ihre Schultern rot wie Tomaten sind, setzen sie sich in den Mauerschatten und ignorieren Aimees Mutter, die alle paar Minuten an die Hintertür kommt und besorgt in den Garten sieht. Aimee sagt, bei ihr zu Hause stehe das Telefon niemals still. Am Vortag hat sie gehört, wie ihre Mutter gefragt hat, ob das Ganze nicht langsam zu langweilig werde, und dann hat sie den Hörer so fest aufgeknallt, dass dem Anrufer wahrscheinlich das Trommelfell geplatzt ist.

Im Schwimmbad des CVJM sitzt Mrs Whitehead kerzengerade auf einer Liege, hält das Baby im Arm und überwacht, wie Aimee zum ersten Mal im Leben vom Brett springt. Als Debra Ann an der Reihe ist, steht sie sekundenlang an der Kante, dünn und ängstlich, aber als sie sieht, wie Aimee unten am Beckenrand Wasser tritt und sie anfeuert, wirft sie sich in die Tiefe. In den Millisekunden, bevor sie eintaucht und strampelnd wieder an die Wasseroberfläche kommt, hat sie das Gefühl, unbesiegbar zu sein. Aimee sagt, für sie sei es genauso gewesen.

Sie ziehen Vertrauen aus ihren Körpern, aus Muskeln, Sehnen und Knochen, die sie zusammenhalten und ihnen sagen: *Beweg dich*. Sie sind Top-Sprinterinnen, Turnerinnen und olympische Schwimmerinnen, die im Tauchen und Synchronspringen die Goldmedaille holen. Während Mrs Whitehead dem Baby die Windeln wechselt und versucht, ihm das neue Fläschchen zu geben, drücken sie einander unter Wasser oder springen vom Beckenrand. Sie lassen sich bis auf den Grund sinken, setzen sich auf die rauen Kacheln und beobachten die Kinderschwärme hoch oben, die langen Schatten von Armen und Beinen im Wasser. Sie halten die Luft an, solange sie können. Als sie an die Oberfläche steigen und prustend auftauchen, steht Mrs Whitehead am Beckenrand und schreit um Hilfe.

Stell dich nicht so an, ruft Aimee, holt tief Luft, taucht wieder unter und entfernt sich mit kräftigen Beinschlägen von ihrer Mutter.

Alles in Ordnung, sagt Debra Ann. Wir spielen nur.

Mrs Whitehead nimmt das Baby auf die andere Hüfte und rückt ihm das Mützchen zurecht. Ich möchte, dass ihr jetzt aus dem Wasser kommt und euch kurz zu mir setzt, sagt sie. Bitte.

Aimee liest im *People*-Magazin ein Interview mit Karen Carpenter und beschließt, von nun an mindestens acht Gläser Wasser täglich zu trinken, und als der Schwimmbadbesuch sich dem Ende neigt, trägt sie ihre Kleidung in eine der abschließbaren Kabinen und schält sich aus dem Badeanzug. D. A. denkt laut darüber nach, dass ihr Vater zu viel arbeitet und sie nicht gut genug für ihn kocht. Makkaroni mit Käse sind kein richtiges Essen. Aimee sagt, ihre Mutter schlafe schlecht, und wenn ihr Vater zu Besuch ist, stehen sie in der Küche und streiten wegen der Gerichtsverhandlung. Letzte Woche ging dabei eine Lampe zu Bruch.

Daddy will, dass wir *sofort* auf die Ranch zurückziehen, sagt sie zu Debra Ann. Er sagt, er hat keine Lust mehr, Miete *und* eine Hypothek zu bezahlen. Manchmal ist meine Mutter eine richtige Zicke. Das letzte Wort spricht Aimee ganz langsam aus, sie zieht es in die Länge und lässt es in der Luft hängen wie einen köstlichen Duft nach gebuttertem Popcorn oder warmer Schokolade.

~

Als sie Jesse fragt, wo er sich in der letzten Zeit so herumgetrieben hat und warum er keine Gesellschaft möchte, weiß er keine Antwort. Vielleicht liegt es an der Hitze, aber seit Kurzem hat er ständig ein Dröhnen in seinem guten Ohr, einen leichten Schmerz, der selbst dann nicht aufhört, wenn die Bar schließt und der Türsteher die Musik abdreht.

Er erzählt Debra Ann nicht, dass er das Dröhnen hört, wenn eine der Tänzerinnen ihm ein paar Dollar Trinkgeld abgibt und sagt: Danke, Jesse, du bist ein echter Schatz. Er hört es, wenn er die Böden wischt und den Müll zum Container trägt, wenn er seinen Lohn entgegennimmt und sich vom Barmann verabschiedet, ebenfalls ein Veteran, der Jesse manchmal die Garderobe aufschließt und ihn dort duschen lässt, wenn die Tänzerinnen noch nicht da sind. Jesse ist dankbar dafür, wirklich. Aber er wünscht sich trotzdem, der Mann würde ihn nach Schichtende auf einen Drink einladen, wie den Rest des Teams.

Er verschweigt D. A., dass das Dröhnen ihn bis zu seinem Schlafplatz verfolgt und mit ihm auf der Pritsche liegt, wenn er im Dunkeln darauf wartet, dass der streunende Kater kommt und sich neben ihm einrollt. Dass es am Morgen noch da ist, wenn er und der Kater aufwachen, sich strecken und über die erbarmungslose Hitze wundern. Stattdessen erzählt er ihr, dass er seit seiner Zeit in Übersee mit jedem Schlafplatz zufrieden wäre, sein Lager in der Röhre sich aber unbequemer anfühlt als noch vor einem Monat. Dass er sich nach dem Aufwachen manchmal fragt, ob er jemals nach Hause zurückkehren wird. Der Sommer ist da, und Jesse war noch kein einziges Mal zum Angeln am Clinch River. Seine Schwester Nadine hat ihn noch kein einziges Mal angeschrien, er solle sich einen Hut aufsetzen, weil er sonst an einem Sonnenstich stirbt. Bis nach Hause sind es über tausend Meilen, sagt er. Ich glaube, ich bin einfach müde.

Ich weiß, was du meinst, sagt D. A., weil sie denkt, dass eine

Erwachsene so etwas antworten würde. Mir geht es genauso. Sie kratzt die offene Schramme an ihrem Knöchel. Als es zu bluten anfängt, steht Jesse auf und geht in sein Versteck, um ein Taschentuch zu holen. Debra Ann ist der Zutritt verboten. Jesse hat ihr erklärt, dass es nicht schicklich wäre, wenn sie seine Unterwäsche sieht oder sein Rasierzeug auf der umgedrehten Milchkiste. Aber ich sehe das ständig, hätte sie antworten können. Wenn du bei der Arbeit bist, gehen der Kater und ich manchmal rein und machen einen Mittagsschlaf auf deiner Pritsche.

Du darfst an der Flechte nicht rumkratzen, sagt er. Sonst wird sie immer größer. Der Pilz setzt sich unter die Fingernägel, und dann infizierst du alles, was du anfasst.

Debra Ann reißt die Hand weg und mustert ihre Nägel. Erzähl mir eine von deinen Geschichten, sagt sie. Erzähl mir, wie du den zweiköpfigen Wels gefangen hast. Erzähl mir von deiner Schwester Nadine und wie sie sich zweimal hat taufen lassen, weil sie überzeugt war, dass es beim ersten Mal nicht gewirkt hat. Erzähl mir von Belden Hollow und den Trilobiten.

Aber Jesse hat keine Lust zu erzählen, schon seit Wochen nicht mehr. Vielleicht kann Debra Ann beim nächsten Mal noch ein paar von Mrs Ledbetters selbst angebauten Tomaten mitbringen, oder ein paar Schlaftabletten aus Mrs Shepards Küchenschublade? Wenn er eine Nacht richtig durchschlafen könnte, würde es ihm vielleicht besser gehen.

Vielleicht, sagt D. A., aber ich glaube, die Tomaten sind für dieses Jahr alle abgeerntet. Sie erwähnt nicht, dass sie sich nach Ginnys Postkarte überlegt hat, das Klauen aufzugeben, denn sie könnte das bravste Mädchen sein und alle gestrandeten Fremden von West Texas versorgen, und es würde doch nichts helfen. Ginny wird nicht nach Odessa zurückkehren, nicht in der nächsten Zeit.

Sie liegen am Boden des Flutkanals im Schatten, tauchen Lappen in einen Eimer mit Eiswasser, wringen sie aus und legen sie sich aufs Gesicht. Wenn du nach Penwell willst, sagt Debra Ann beiläufig, könnte ich dich hinfahren.

Du bist zu jung zum Autofahren, lacht Jesse. Er fischt einen Eiswürfel aus dem Eimer und schiebt ihn sich in den Mund. Debra Ann taucht eine Hand ins Wasser, sucht nach dem größten Würfel und wirft ihn, so weit sie kann. Der Eiswürfel schlittert über den Beton und ist fast sofort geschmolzen.

Warte mal, sagt Jesse und verschwindet kurz in seinem Versteck. Als er zurückkommt, hält er ein Bündel Geldscheine in der Hand, insgesamt siebenhundert Dollar. Ihm fehlen nur noch hundert, dann kann er nach Penwell und sich seinen Truck zurückholen.

Darf ich es mal halten?, fragt sie, und als Jesse ihr das Geld gibt, hopst sie auf und ab und ruft: Wir sind reich, wir sind reich, wir sind reich!

Jesse streckt die Hand aus, sie gibt das Geld widerwillig zurück. Ich könnte dir ein Gummiband mitbringen, zum Verschnüren, sagt sie. Wann fährst du zurück nach Tennessee?

Es gibt da keine Jobs, sagt er, aber wenn ich meinen Truck wiederhabe, könnte ich noch eine Weile hierbleiben und auf einer Bohrplattform arbeiten und jede Menge Geld verdienen.

Was er nicht sagt: Wenn er mit leeren Händen zu Nadine und seiner Mutter zurückkehrt, wird das ein weiterer Fehlschlag in einer lebenslangen Reihe von Fehlschlägen sein.

Sie schweigen eine Weile und setzen sich hin und wieder auf, um den Lappen einzutauchen und auszuwringen und sich auf das Körperteil zu legen, dem es gerade am schlechtesten geht. Stirn, Hals, Brust.

Ich habe unseren Kater seit Tagen nicht gesehen, sagt Jesse. Wir sollten ihm einen Namen geben.

Tricky Dick?, sagt Debra Ann. Elvis? Walter Cronkite?

Nein, sagt Jesse, man kann einem Kater keinen Menschennamen geben. Er ist ein guter Jäger. Wie wäre es mit einem Jägernamen?

Bogenschütze?, fragt Debra Ann. Scharfschütze?

Schütze, sagt Jesse. So nennen wir ihn.

Debra Ann legt sich den Waschlappen aufs Handgelenk, zählt bis fünf, legt ihn auf das andere.

Es ist später Nachmittag, der Schatten kriecht weiter durch den Flutkanal. Jesse rutscht schweigend auf seinem Platz herum. Als er und Nadine Kinder waren, wusste seine Mutter nie, was sie gerade trieben. Solange sie pünktlich zum Abendessen nach Hause kamen, war es ihr egal. D. A. ist ein zähes kleines Ding, denkt er. Er wird sie vermissen.

Debra Ann hat Jesse aufmerksam beobachtet und ihm die Gefühle vom schmalen Gesicht abgelesen. Meine Mama hat mich einmal quer durch die Wüste fahren lassen, sagt sie.

Hat sie nicht, sagt Jesse. Du kommst ja nicht mal an die Pedale ran.

Doch, komme ich, ich muss nur ganz vorn sitzen, dann klappt es. Sie taucht wieder die Hand ein und tastet herum, aber die Eiswürfel sind geschmolzen. Sie zieht die Hand aus dem Wasser und malt mit dem Zeigefinger ein Herz auf den Beton. Es verblasst fast sofort.

Wenn du jemanden brauchst, der dich nach Penwell fährt, sagt sie, könnte ich mir für eine Stunde Mrs Shepards Auto borgen. Du fährst das Auto hin, holst deinen Truck ab, und auf dem Rückweg fahre ich hinter dir her. Wenn wir auf den richtigen Moment warten, zum Beispiel wenn sie einkaufen ist, wird sie nichts merken.

Wenn sie nichts davon weiß, ist es Diebstahl, sagt Jesse.

Es ist kein Diebstahl, wenn man die Sache zurückbringt.

Und wenn du auf dem Rückweg einen Unfall hättest, würde ich mir das nie verzeihen.

Wird nicht passieren.

Wenn du ein bisschen älter wärst vielleicht, dreizehn oder sogar zwölf.

Debra Ann steht auf und stellt sich vor ihn. Sie verschränkt die Arme vor der Brust und kneift die Augen zusammen. Tja, ich bin wohl alt genug, dir den ganzen Sommer lang zu helfen. Ich bin alt genug, niemandem zu verraten, dass hier draußen einer wohnt, der Mrs Ledbetters Aufläufe isst und in der Tittenbar arbeitet.

~

Die vier Mädchen lehnen eine alte Aluminiumleiter an Mary Roses neue, mannshohe Sicherheitsmauer aus Beton. Weil Casey die kleinsten Füße und den besten Gleichgewichtssinn hat, stellt sie die Ziele auf. Alle zwei Schritte beugt sie sich vorsichtig hinunter und stellt eine leere Dr-Pepper-Dose auf die Mauer. Als sie zwölf Dosen abgestellt hat, geht sie weiter bis ans Ende und setzt sich rittlings auf die Mauer. Die Mädchen sehen Aimee beim Üben zu. Mit jedem Schuss fliegt eine Dose herunter und landet auf dem Weg hinter dem Haus. Als alle unten sind, sammelt Lauralee sie ein, klettert hoch und gibt sie Casey, und dann wiederholt sich alles von vorn.

Aimee ist großzügig im Umgang mit ihrem Kleinkalibergewehr, aber Casey hat Angst davor, und Mrs Ledbetter hat Lauralee verboten, eine Waffe auch nur anzurühren, deswegen überwacht Lauralee, wie viele Schüsse abgegeben wurden und wie viele Löcher in den Dosen sind. D. A. will es auch einmal probieren, aber als sie statt der Dosen die Mauer trifft und die Kugel querschlägt und Casey sich vor Schreck in ihrem langen Rock verheddert und von der Mauer fällt, beschließt sie, einfach nur Aimee zuzuschauen.

Aimee stellt sich jeden Tag ein kleines bisschen weiter von der Mauer weg, und sie wird jeden Tag besser. Aimee erzählt Debra Ann, dass sie und ihre Mutter an manchen Abenden in den Garten gehen und üben, bis man die Dosen in der Dunkelheit nicht mehr erkennen kann.

Vormittags, wenn die anderen beim Schwimmunterricht oder in der Bibelschule sind, bringt Debra Ann Jesse sein Essen und fragt, ob er schon genug Geld für die Heimreise zusammenhat. Nachmittags schaut sie zu, wie Aimee sich das Gewehr an die Schulter legt und eine Dosenreihe nach der anderen von der Mauer ballert.

Anfang August steht Mary Rose auf der Terrasse und sieht, wie Aimee vierzig Dosen nacheinander trifft. Sie verschwindet im Haus und kommt mit zwei alten Knäueln Häkelwolle und einer kleinen Holzahle zurück. Die Mädchen bilden spontan eine Fertigungsstraße. Debra Ann sticht ein Loch in den Boden jeder Dose, Lauralee schiebt das Garn durch und zieht es oben wieder heraus, Casey schlägt einen Knoten hinein, um die Dose am Verrutschen zu hindern und so weiter. Eine Weihnachtsgirlande aus Blech, sagt Casey nach den ersten zwanzig Dosen. Sie hängen die halbe Girlande in die unteren Äste der kleinen Ulme, die Mary Rose in der Woche nach dem Einzug gepflanzt hat. Der Rest baumelt herunter. Debra Ann rennt hin, tritt dagegen und springt zurück. Die Mädchen schauen zu, wie Aimee trifft, bis ihr die Patronen ausgehen. Während sie ihren Abzugfinger entspannt, zählt Debra Ann die Löcher. Fünf, ruft sie, fünf in derselben Dose. Die nächsten fünf Dosen: fünf Schüsse, einer in jeder Dose. Lauralee notiert alles in ihrem Ringblock.

Du bist eine Scharfschützin, sagt Debra Ann. Vielleicht kannst du mir nächsten Sommer beibringen, wie man das macht.

~

Ich habe eine gute Geschichte für dich, die meine Mutter mir erzählt hat, sagt Debra Ann zu Jesse, der zu müde ist, herauszukommen und sich neben sie zu setzen. Wenn es okay ist, ruft er mit schwacher Stimme aus der Röhre, würde ich hier liegen bleiben und dir vom Bett aus zuhören.

Alles in Ordnung mit deinem Geld?, fragt sie, und er bejaht, bald wird er genug beisammenhaben, aber heute Nachmittag ist er wirklich müde. Die Nächte sind zu heiß zum Schlafen, außerdem schmerzt sein Ohr. Debra Ann steht auf und tritt an die Röhre. Darf ich mich hier auf die Kante setzen?, fragt sie. Dann kannst du mich besser hören.

Jesses Stimme ist leise. Okay, aber nicht reinkommen. Ich will jetzt keinen Besuch.

Die Entwässerungsröhre ist etwa eine Handbreit höher als Debra Ann. Sie tritt auf den Beton, lehnt sich mit dem Rücken an die Röhrenwand und lässt sich hinunterrutschen. Es ist Anfang August, der Tag ist still und träge. Sogar im Schatten spürt sie ein Brennen auf Gesicht, Hals und Schultern.

Da war einmal eine Ranchersfrau, die unten am Pecos River gewohnt hat, erzählt Debra Ann, damals, als es in diesem Teil von Texas noch Schafherden gab. Sie war eine wunderschöne Frau mit dicken roten Haaren, und in der Sonne sah es aus, als stünde ihr Kopf in Flammen.

Aber sie hatte kein Glück. Ihr Mann und ihre Kinder waren ausgeritten, die Zäune zu kontrollieren, als plötzlich ein Schneesturm aufzog. Alle erfroren. Die Suchmannschaft fand die toten Kinder in einem ausgetrockneten Flussbett, angeschmiegt an ihre Pferde. Der Mann lag ein paar Schritte daneben, sein Kopf lehnte an dem Stacheldrahtzaun, den er und seine Frau erst ein paar Wochen zuvor gespannt hatten.

Jahrelang wurde sie nicht gesehen. Sie ritt nicht mehr in die Stadt, nicht mal, um Kaffee oder Maismehl zu kaufen. Der Bahnhofsvorsteher sammelte ihre Post in einer alten Holzkiste unter dem Tresen, und die Männer sprachen manchmal davon, hinauszureiten und nach ihr zu sehen, aber niemand wollte sie in ihrer Trauer stören. Außerdem waren die Zeiten schlecht, alle hatten viel zu tun wegen des legendär harten Winters von 1886 und des Banns auf texanische Rinder und so weiter, und außerdem war sie ja vielleicht ohnehin tot.

Irgendwann hatte einer die Idee, Streichhölzer zu ziehen und den Verlierer loszuschicken, damit er ihren Leichnam vom Baum schnitt oder die Geier von ihren Knochen verscheuchte. Aber als der sechzehnjährige Junge, der das kürzeste Streichholz gezogen hatte, auf der Ranch ankam, stand sie gesund und munter im Garten. Sie war knochig und ihre Haut von der Sonne verbrannt, und ihre Hände waren voller Narben und Flecken. Ihre Augenbrauen und Wimpern waren so gebleicht, dass sie fast weiß aussahen.

Aber was für einen Garten sie da hatte! So etwas hatte der Junge noch nie gesehen. Es hatte seit drei Jahren nicht mehr richtig geregnet, aber hier draußen im Garten der Frau gediehen Pflanzen, die die Leute hier nur aus ihrer alten Heimat Ohio oder Louisiana kannten, Pfirsichbäume und knorrige Melonenranken, Maisstängel und Tomatensträucher. Unter dem Küchenfenster wuchs Geißblatt, in einer Ecke des Gartens blühten Wildblumen. Kolibris schwirrten von Blüte zu Blüte. Der Junge stand da und glotzte und versuchte zu verstehen, und nach einer Weile bemerkte er einen tiefen Graben, der den Garten mit dem Pecos River verband. Die Frau hatte ganz allein den Fluss umgeleitet!

Sie schickte den Jungen in die Stadt zurück und gab ihm zwei Körbe mit, einen mit Melonen und einen mit Gurken, und jeder, der bei seiner Ankunft am Bahnhof zufällig in der Nähe war, nahm an der spontanen Freudenfeier teil. Ein Mann holte sein Messer heraus und schnitt die Gurken, ein anderer holte eine

Machete und zerteilte die Melonen in Hälften und dann in Viertel. Die Männer kratzten das weiche orange Fruchtfleisch mit bloßen Händen heraus und aßen, bis ihre Gesichter verklebt und ihre Hemden nass waren. Es war ein Festmahl, und alle bewunderten die Frau für ihren Fleiß und ihren grünen Daumen. Wie konnte es sein, dass jemand dort draußen in der Wüste einen so prächtigen Garten angelegt hatte?

Eines Abends, als die Männer vor dem Bahnhof saßen und selbst gebrannten Whiskey tranken und die Pfirsiche aßen, die die Frau in die Stadt geschickt hatte, scherzte einer, sie sei vielleicht eine Hexe. Vielleicht hatte sie den Pecos River durch einen Zauberspruch umgelenkt? Oder sie hat einen Graben ausgehoben, sagte ein alter Mann, der allein in der Ecke saß; aber er war ein stadtbekannter Lügner und Spinner, deswegen beachtete ihn keiner.

Die Monate verstrichen, und wann immer ein Mann zu ihr hinausritt, kehrte er mit Körben voller Obst und Gemüse zurück.

Und dann, sagt Debra Ann, brach natürlich die Grippe aus.

Natürlich?, fragt Jesse. Seine Stimme ist heiser und krächzend, kaum zu verstehen.

Ja, sagt Debra Ann. So hat meine Mutter es immer formuliert.

Natürlich, hatte Ginny gesagt, womit sie zum Ausdruck bringen wollte, dass jede Legende eine Katastrophe braucht.

Weil die Männer nicht glauben wollten, dass es einfach nur Pech war oder sie alle zu dumm, suchten sie nach einem Schuldigen. Wie konnte eine Frau ganz ohne fremde Hilfe einen solchen Garten bestellen? Wie konnte sie einen Fluss umleiten? Wie konnte sie weiterleben, ohne ihren Mann und ihre Kinder? Jede Frau mit ein bisschen Selbstachtung hätte sich umgebracht, sagte einer, oder sie wäre zumindest in den Mittleren Westen zurückgegangen.

Als mehrere Babys und Kleinkinder krank wurden und starben, war das Schicksal der Frau besiegelt. Fünf Männer beschlossen, hinauszureiten und zu überprüfen, ob sie dafür verantwortlich war.

Sie hatten schon vor dem Sonnenuntergang zu trinken angefangen und waren nicht mehr bei Sinnen.

Um kurz nach Mitternacht ritten sie los, und unverzüglich ereilte sie das Unglück. Einer war so betrunken, dass er vom Pferd fiel, mit dem Kopf gegen einen Stein schlug und an seinem eigenen Erbrochenen erstickte. Einer wollte einen Umweg reiten und den anderen zeigen, wo sich zwischen den Felsen das Gas sammelte; warf man ein brennendes Streichholz hinein, tanzten die Flammen über das Gestein. Aber in den Zwischenräumen hatte sich mehr Gas angesammelt, als er gedacht hatte, und so verbrannte er bei lebendigem Leib.

Nun waren nur noch drei Männer übrig, die zu der armen Frau reiten und sie fragen wollten, ob sie eine Hexe sei. Doch wie aus dem Nichts fegte ein Gewitter über das Land, und einer der Männer wurde samt Pferd vom Blitz erschlagen. Und als ein anderer ihm helfen wollte – keiner von ihnen wusste, was Elektrizität ist –, starb auch der.

Und so kam es, dass am Ende nur ein einziger, betrunkener, verängstigter und wütender Mann vor der Tür der Frau stand.

Und willst du wissen, was passiert ist?, fragt D. A.

Was denn? Jesses Stimme ist jetzt so leise, dass Debra Ann sich vorbeugt und die Frage wiederholt: Willst du wissen, was passiert ist?

Was denn? Er versucht, lauter zu sprechen, aber es klingt jämmerlich, und Debra Ann fragt sich, ob es ihrem Freund gut geht, ob die Hitze und die Einsamkeit ihn zermürbt haben, ob er möglicherweise nicht mal mit ihrer Hilfe wieder auf die Beine kommt.

Nun, sagt sie, der Mann hat angeklopft, ehrlich gesagt war es eher ein Hämmern, und dann hat er gerufen, sie solle endlich die gottverdammte Tür öffnen.

Was ist mit ihr passiert?, flüstert Jesse. Etwas Schlimmes?

Das habe ich meine Mom auch immer gefragt.

Und was hat sie gesagt?, fragt Jesse, und Debra Ann schließt die Augen.

Ihre Mutter hält inne, steht von der Bettkante auf, geht durchs Zimmer und liest ein paar Kleidungsstücke vom Boden auf. Die Frau hat eine Laterne geholt und die Tür aufgemacht, sagt Ginny, und im zuckenden gelben Licht sah ihr Haar aus wie Feuer.

Debra Ann kann die dunklen Ringe unter Ginnys Augen sehen, die abgekauten Fingernägel. Was hat die Frau dann gemacht?

Ginny lacht leise. Nun, sie hat ihn auf der Stelle erschossen und seine Leiche ans Ende des Grundstücks geschleift. Ginny tritt ans Bett und steckt Debra Anns Decke fest.

Und danach hat man sie nie mehr belästigt. Ihre Tage hat sie im Garten verbracht, aber sie hat nie wieder einen ihrer prächtigen Körbe in die Stadt geschickt. Abends saß sie auf der Veranda und sah die Sterne auftauchen, einen nach dem anderen. Sie wurde hundertfünf Jahre alt und starb friedlich im Schlaf, und bis jemand auf die Idee kam, hinzureiten und nach ihr zu sehen, war sie nur noch ein Häuflein Staub auf der Matratze.

Und ihr Garten?, fragt Debra Ann. Was ist aus dem Garten geworden?

Der ist wahrscheinlich auch gestorben, sagt Ginny achselzuckend. Aber zu seiner Glanzzeit war er wirklich bemerkenswert.

Ein Rascheln in der Röhre, und dann schlendert der Kater heraus, macht einen Buckel und streicht Debra Ann um die Beine. Nach einer Weile erscheint Jesse aus der Dunkelheit. Er setzt sich neben Debra Ann und schlingt sich die Arme um die Knie. Seine Augen leuchten in der hellen Nachmittagssonne. Das war eine gute Geschichte, sagt er. Tut mir leid, dass deine Mom abgehauen ist.

Debra Ann zuckt die Achseln und fragt sich besorgt, ob ihre Ringelflechte vom Knöchel auf den Unterschenkel gewandert ist. Mir doch scheißegal, sagt sie und zupft sich ein paar schwarze Härchen aus der Augenbraue. Was ist mit deinem Truck? Wann wirst du ihn dir wiederholen?

Jesse zieht die Cocktailserviette aus der Hosentasche und zeigt sie Debra Ann. Boomer ist anscheinend umgezogen, sagt er.

Das ist am Arsch der Welt. D. A. schnappt sich den Kater und dreht ihn auf den Rücken. Zu weit, um zu Fuß zu gehen.

Sieh dir mal seine Eier an!, lacht sie, und Jesse wiegt sich vor und zurück und versucht, mitzulachen. Er streichelt dem Kater den Bauch, und dann unterhalten sie sich noch eine Weile, bis er zur Arbeit und D. A. nach Hause gehen und das Abendessen kochen muss.

Mary Rose

Es ist noch nicht einmal neun, und draußen ist es bereits so heiß, dass ich mir wünsche, ich hätte die Feinstrumpfhose weggelassen. Andererseits kann ich den Gerichtssaal ja schlecht mit nackten Beinen betreten. Als Aimee und ich zu Corrine rübergehen, fühlt sich meine untere Körperhälfte an wie in eine Wurstpelle gepresst. Aimee trödelt ein paar Schritte hinter mir und ist beleidigt, weil sie dachte, sie dürfte heute ebenfalls als Zeugin aussagen. Sie hat mich darauf hingewiesen, dass *sie* damals mit Gloria Ramírez in der Küche saß. *Sie* hat den Sheriff angerufen, und nun kann sie nicht verstehen, warum niemand hören will, was sie zu sagen hat. Weil ein Gerichtssaal nicht der richtige Ort für ein kleines Mädchen ist, habe ich ihr zum x-ten Mal erklärt. Weil ich für uns beide sprechen werde.

Ich übergebe Corrine das Baby. Sie hebt es in die Höhe, sieht ihm in die Augen, verzieht das Gesicht und reicht es an Aimee weiter. Sie ist immer noch im Nachthemd, ihr dünnes Haar ist zerdrückt und steht ihr an einer Seite im rechten Winkel vom Kopf ab. Danke, dass Sie sich um sie kümmern, sage ich. Karlas Baby hat leider Magen-Darm.

Aimee hebt einen Finger, um dem Baby gegen die Stirn zu schnippen, aber als Corrine ihr unbegrenzt viel Dr Pepper, Fernsehen und vielleicht sogar D. A. Pierce verspricht für den Fall, dass sie es in den Schlaf wiegt, dreht meine Tochter sich um und verschwindet ohne ein Wort des Abschieds in Richtung Wohnzimmer. Das Baby liegt über ihrer Schulter wie ein Kartoffelsack, sein kleiner Kopf wippt wie eine Boje. *Vorsicht!*, will ich rufen, stattdessen laufe ich noch mal zurück, um die Windeltasche zu holen.

Ich erzähle Corrine, dass Keith Taylor mir geraten hat, mir den ganzen Vormittag freizunehmen. Sie verengt die Augen und legt den Kopf schief. Ihr Adlerblick verrät, dass sie sich fragt, wo Robert eigentlich ist, warum er mich nicht zum Gericht fährt und mir beisteht. Am liebsten würde ich ihr erklären, dass ich nicht auf seine Hilfe angewiesen bin. Unsere Probleme haben angefangen, lange bevor Gloria Ramírez vor meiner Tür stand. Aber dass er mir Vorwürfe macht, weil ich dem Kind geholfen habe, dass er mir die Schuld gibt an dem, was da draußen passiert ist, sein Hass und seine Heuchelei – es war mir nie zuvor aufgefallen, doch inzwischen kann ich nicht mehr an ihn denken, ohne Gloria vor Augen zu haben. Ich würde Corrine gern davon erzählen, aber der Tag ist heiß, wir stehen zwischen Tür und Angel, und meine Kinder nehmen ohnehin schon genug von ihrer Zeit in Anspruch.

Ich weiß nicht, was ich ohne Sie machen würde, sage ich. Roberts Rinder fallen auf der Weide um und sterben wie die Fliegen. Wie die Schmeißfliegen.

Corrine zieht die Mundwinkel hoch. Ihr Gesicht ist von unzähligen, komplizierten Fältchen durchzogen und erinnert mich an die Dielenbretter unserer alten Veranda draußen auf der Ranch, oder an die ausgetrockneten, rissigen Betten der Bäche, die früher unser Land durchzogen haben. Doch als ich länger hinsehe, erkenne ich ein kleines Lächeln, ein Lächeln, das sagt: Ach, lassen Sie den Blödsinn, Mary Rose. Wir wissen beide ganz genau, dass er Sie für Ihre Zeugenaussage bestrafen will.

Lady, sagt sie stattdessen, Sie sehen müde aus.

Wirklich?, sage ich. Sie überhaupt nicht!

Sie lacht leise. Touché.

Mir geht es gut – ich greife in die Windeltasche, hole ein Taschentuch heraus und tupfe mir den Schweiß vom Gesicht, weil er mein Make-up zu ruinieren droht – und ich freue mich, dass die Gerechtigkeit siegen wird.

Wird sie das? Corrine schiebt eine Hand in die Tasche ihres Morgenmantels, und ich bekomme Lust auf eine Zigarette, auch wenn das bedeuten würde, noch länger hier draußen in der Hitze zu stehen, aber dann zieht sie nur entschuldigend die Schultern hoch. Anscheinend verlege ich in letzter Zeit einfach alles, sagt sie. Zigaretten, Streichhölzer, Schlaftabletten. Verdammt, mir sind sogar ein kleiner Topf und ein Glas Chow-Chow abhandengekommen. Wahrscheinlich bin ich vor Trauer verblödet! Sie zwinkert mir zu, aber als sie mich fragt, ob ich genug Schlaf bekomme, wirkt ihr Gesicht ernst.

Ich könnte ihr von unserem Telefon erzählen, das Tag und Nacht klingelt, von den bösen Nachrichten auf dem Anrufbeantworter und dem Baby, das alle zwei oder drei Stunden gestillt werden will. Wenn es eingeschlafen ist, ziehe ich meine Brustwarze aus seinem Mund und stehe noch mal auf, um die Türen abzuschließen und die Lampen einzuschalten. Ich überprüfe alle Fenster, manche auch mehrmals. Ich lausche auf jedes kleine Geräusch, auf den Wind, der über die Insektengitter streicht, und den Pick-up, der vom Parkplatz der Bar rollt, auf das einsame Heulen der Fabriksirene. Manchmal bilde ich mir ein zu hören, wie in einem anderen Zimmer ein Fenster geöffnet wird, und dann bin ich überzeugt, dass jemand einsteigen und uns etwas antun will. Und jede Nacht klammere ich mich an denselben Gedanken: Sobald Dale Strickland verurteilt und nach Fort Worth geschickt wurde, wird all das aufhören. Es wird den Leuten zu langweilig werden, nachts hier anzurufen, und ich werde meine Pflicht erfüllt und Gloria geholfen haben.

Ich gebe Corrine die Windeltasche und sage, dass ich schon länger nicht mehr gut schlafe, dass sich das aber in naher Zukunft ändern wird. Außerdem habe auch ich in den letzten Wochen das eine oder andere verlegt – Konserven, Streichholzschachteln, Aspirin, sogar ein paar Handtücher.

Wahrscheinlich mischen die uns irgendwas ins Trinkwasser, sagt sie.

~

Auf dem Parkplatz vor dem Gericht drückt mir Keith Taylor einen Pappbecher mit Kaffee in die Hand. Der Kaffee sieht so dickflüssig aus, als könnte er einen Abfluss verstopfen. Mr Ramírez, der Onkel, hat mich heute Morgen angerufen, sagt er. Sie wird nicht persönlich erscheinen, Mary Rose.

Das sollte mich nicht überraschen – Keith hat mich wochenlang gewarnt, dass Victor seit Juni niemanden an seine Nichte heranlässt, nicht einmal die Mitarbeiterinnen der Staatsanwaltschaft; dass er nicht mal genau weiß, wo Gloria jetzt wohnt –, aber ich fahre trotzdem hoch: Warum nicht?

Die beiden Männer, die ganz in der Nähe neben einem Abschleppwagen stehen, drehen sich zu uns um. Sie tragen Blouson, weißes Hemd, Cowboyhut und schicke Schlangenlederstiefel. Sie unterbrechen ihre Unterhaltung, um uns zu beobachten, und dann lehnt sich der mit dem weißen Stetson vor und flüstert dem anderen etwas ins Ohr. Der andere nickt. Am liebsten würde ich sie anschreien: Habt ihr mir irgendwas zu sagen? Seid ihr die Hurensöhne, die mich nachts anrufen?

Mary Rose, ich habe Ihnen immer gesagt, dass es so kommen könnte, sagt Keith. Mr Ramírez will ihr das nicht zumuten, und ich kann ihn verstehen. Keith hebt seinen Kaffeebecher in Richtung der beiden Männer, ein kleiner Gruß. Er ist groß und gutaussehend und in der ganzen Stadt für seinen doppelten Ehrgeiz bekannt: erstens jeden Fall zur Anklage zu bringen und zweitens Junggeselle zu bleiben. Er ist mindestens zehn Jahre älter als ich, wirkt an diesem Morgen aber zehn Jahre jünger und nur halb so müde.

Sie *muss* aussagen, murmele ich. Die Sonne brennt, und ich kämpfe gegen den Impuls, am Bund meines Jeansrocks herumzuzerren. Der Asphalt brennt mir von unten Löcher in die Schuhsohlen. Als die Gerichtsstenografin Mrs Henderson mit einem Aktenstapel auf dem Arm an uns vorbeigeht, streicht Keith sich über den blonden Schnurrbart und reckt die Brust noch weiter vor.

Sobald sie im Gebäude verschwunden ist, atmet er aus und lässt die Schultern wieder hängen.

Hören Sie, Mary Rose, das Mädchen hat alles verloren, selbst seine Mutter, und Mr Ramírez wird wissen, wie manche Leute hier über sie reden. Vielleicht ist er der Meinung, dass sie genug gelitten hat. Vielleicht möchte er nicht, dass sie wieder in die Öffentlichkeit gezerrt wird.

Ich kann es nicht fassen. Und das war es dann? Sie lassen ihm das durchgehen?

Keith zupft am Stoff seiner Bundfaltenhose und wischt sich einen Schweißtropfen von der Stirn. Er blickt in die Sonne, als spielte er mit dem Gedanken, sie vom Himmel zu schießen. Ich kann ihm keinen Vorwurf machen, sagt er, ganz ehrlich.

Sie muss vor Gericht auftreten und erzählen, was dieses Schwein ihr angetan hat. Können Sie sie nicht dazu zwingen?

Nein, Mary Rose, ich kann sie nicht dazu zwingen.

Warum nicht? Was sollen wir sonst tun, damit die Gerechtigkeit siegt?

Wir? Keith lacht. Haben Sie eine Maus in der Tasche? Er steht so still da, dass ein paar erdnussgroße Stechfliegen auf seinem Hemd landen. Seine Hände sind groß und sommersprossig, und als er die Fliegen verscheucht, spüre ich einen warmen Luftzug.

Wissen Sie, was ich an meinem Job am meisten hasse?

Einen Prozess zu verlieren?

Oh! Ja, könnte man meinen, aber die Antwort ist nein, Ma'am. Er lächelt und nickt zu den Männern hinüber, die sich in Bewegung setzen und auf das Gerichtsgebäude zugehen. Am meisten hasse ich es, wenn mir jemand Chilisauce in den Arsch spritzt und behauptet, es sei nur kaltes Wasser. Verzeihen Sie meine Ausdrucksweise.

Keith trinkt einen Schluck Kaffee, runzelt die Stirn – furchtbar – und trinkt weiter. Diese Frauen, mit denen Mrs Ramírez zusammengearbeitet hat ... Die putzen hier seit Jahren alle möglichen Büros, und nie hat sie jemand nach einer Sozialversicherungsnummer gefragt. Verdammt, die haben drei Jahre lang im Gericht die Böden gewischt und die Abfalleimer geleert, bevor die Stadtverwaltung Wind davon bekommen und die Nerven verloren hat. Aber keine fünf Wochen, nachdem das Mädchen sich in Ihr Haus flüchtet, wird Mrs Ramírez nach Schichtende in der Raffinerie von Beamten der Einwanderungsbehörde abgeholt. Die wollen uns doch verarschen. Entschuldigen Sie meine Ausdrucksweise.

Er leert den Kaffee mit einem letzten langen Schluck und lässt den Becher zu Boden fallen. Wir haben den Bericht des Sheriffs, wir haben die Krankenakte, wir haben Sie. Das muss reichen.

Ich werfe ihm einen schiefen Blick zu, hebe den Pappbecher auf und werfe ihn in den Mülleimer. Wir stehen praktisch direkt daneben. Nicht zum ersten Mal frage ich mich, ob ich ihm von den anonymen Anrufern erzählen sollte, die mich seit Monaten belästigen. Sie haben wohl eine Schwäche für diese Chilifresser, was, Mrs Whitehead? Du weißt doch, was mit Leuten passiert, die ihre Rasse verraten, oder, Mary Rose? Ich komme rüber und vergewaltige dich auch, du Schlampe.

Ich weiß, dass ich nichts zu befürchten habe, alles nur Säufer und Schwätzer, wahrscheinlich würde Keith mich ohnehin nur daran erinnern, dass wir in einem freien Land leben und die Leute sagen dürfen, was sie wollen. Außerdem will ich niemanden um Hilfe bitten, nicht mal Keith. Ich will einfach nur in Ruhe gelassen werden. Und falls doch irgendwann jemand vor der Tür steht, will ich bereit sein.

Ich bin bereit, sage ich.

Gut. Wir sollten reingehen und uns für ein paar Minuten vor die Klimaanlage stellen. Er legt mir eine Hand an den Rücken, wir überqueren den Parkplatz. Verdammt, ist das heiß, sagt er. Hallo, Scooter, sagt er, als wir auf der Treppe dem Verteidiger begegnen.

Letzte Woche haben wir meine Aussage geprobt, und Keith hat mich vor Stricklands Anwalt gewarnt. Ich war in der Küche und habe das Baby gestillt, Keith hat mir vom Wohnzimmer die Fragen zugerufen.

Das ist ein hartnäckiges kleines Arschloch, sagte er, nachdem ich das Baby hingelegt und uns zwei Eistee geholt hatte. Verzeihen Sie meine Ausdrucksweise – er zwinkerte Aimee zu, die mir mit einem Wassereis in der Hand ins Wohnzimmer gefolgt war. Sie hatte ihn angestarrt, als plante sie jetzt schon die Hochzeit. Ich will mal Anwältin werden und dasselbe arbeiten wie Sie, sagte sie. Cleveres Mädchen, sagte er, du solltest dich an der Universität von Texas für Wirtschaftsrecht einschreiben. Strafrecht bricht einem nämlich das Herz.

Er streckte die Hand aus und tat so, als hätte er ihre Nase geklaut. Aimee schlug seine Hand weg und verdrehte die Augen. Für so was bin ich zu alt, Mr Taylor.

Ja, kann sein. Wie dem auch sei. Scooter Clemens stammt aus Dallas. Highland Park. Sein Stetson ist immer so sauber, dass man von der Krempe essen könnte. Dabei kann er wahrscheinlich nicht mal reiten! Keith beugte sich vor und sah mir in die

Augen. Seine Familie ist schon seit Urzeiten in Texas. Wahrscheinlich hat er auf dem Dachboden eine riesige Kiste voller weißer Kapuzen.

Warum?, fragte Aimee. Keith druckste kurz herum, dann sagte er: Na ja, für Halloween.

Aimee, dein Eis tropft auf den Teppich, sagte ich. Geh und iss im Garten weiter.

Sie seufzte und kniff die Lippen zusammen, ich konnte ihr ansehen, dass sie eine Diskussion anfangen wollte, aber als Keith ihr einen Silberdollar anbot dafür, dass sie uns eine Weile allein ließ, konnte sie gar nicht schnell genug verschwinden. Wir hörten, wie die Küchentür hinter ihr ins Schloss fiel.

Scooter Clemens hat den Killerinstinkt, sagte Keith. Seit dreißig Jahren haut er junge Männer raus. Fassen Sie sich bei Ihren Antworten kurz. Lassen Sie sich nicht aus der Ruhe bringen. Und vor allem: Schauen Sie nicht in Dale Stricklands Richtung, wenn er in den Saal geführt wird.

~

Richter Rice ist ein stiernackiger alter Texaner mit buschigen weißen Augenbrauen und breiten Footballspielerschultern. Er erinnert mich an die Bulldogge, die meinen Bruder und mich auf dem Heimweg von der Schule gejagt hat. Wenn er nicht gerade zu Gericht sitzt, kümmert er sich um seine Rinderzucht. Die Ländereien seiner Familie reichen vom texanischen Plainview bis nach Ada in Oklahoma.

Als der Gerichtsdiener Strickland in den Saal begleitet, schlage ich die Augen nieder. Ich höre, wie er zu seinem Platz rübergeht. Als Scooter fragt, ob man ihm die Handschellen abnehmen kann – er wird schon nicht abhauen, sagt er mit seinem breitesten texanischen Akzent –, bleibt mir ganz kurz die Luft weg. Aber der Richter verneint, auf keinen Fall, der Mann bleibt in Gewahrsam, bis er verurteilt oder freigesprochen wird. Ich atme durch die Nase aus. Ich versuche, nicht rüberzusehen.

Nachdem wir den Schwur abgelegt und das Gebet gesprochen haben, zieht Richter Rice eine Pistole unter seinem Talar hervor und legt sie vor sich auf den Tisch. Die ersetzt in West Texas den Hammer, erklärt er. Willkommen in meinem Gerichtssaal. Ich blicke auf, doch der Richter lässt den Blick schweifen. Benehmt euch, sagt er und zeigt mit dem Hammer in die letzten Reihen.

Ich stehe auf, werde vereidigt und lasse Keith nicht aus den Augen. Sehen Sie mich an, hat er bei unseren Proben immer wieder gesagt. Sehen Sie mich an, wiederholt er jetzt. Erzählen Sie mir, was Sie gesehen haben. Ich mache meine Aussage, danach gibt es eine Pause von fünfzehn Minuten. Außer der Jury sind noch ein paar andere Leute anwesend, Männer in verschiedenem Alter und von unterschiedlichem Aussehen. Keith zeigt auf einen jungen Mann, der allein in der letzten Reihe sitzt. Er trägt ein weißes Hemd und eine schwarze Krawatte und hat die Arme vor der breiten Brust verschränkt. Sein Schnurrbart ist gestutzt und sein Haar so kurz, dass an manchen Stellen die Kopfhaut durchschimmert. Keith beugt sich herüber. Der Onkel, flüstert er. Am liebsten würde ich aufspringen, zu ihm rüberlaufen und ihn fragen, wie es ihr geht, was sie jetzt macht, warum sie nicht da ist.

Ich werde zum zweiten Mal aufgerufen und bin noch keine Minute im Zeugenstand, als ich mir noch mal vergegenwärtige, was Keith bei seinem letzten Besuch zu mir gesagt hat. Bevor er seine Sachen in die Aktentasche packte und das Baby bewunderte, das aufgewacht war und strampelte und weinte. Sehen Sie niemals Mr Strickland an, Mary Rose. Sie dürfen alle im Saal ansehen, aber ihn nicht.

Also starre ich Mrs Henderson an, bis sie den Kopf hebt und

mir zuzwinkert. Die Feinstrumpfhose schneidet mir in den Unterleib wie ein Einweckring, aber statt an meinem Rock herumzuzerren, lege ich die gefalteten Hände in den Schoß und lächle den Richter an.

Mrs Whitehead, wie geht es Ihnen?, fragt Scooter Clemens und schaut dabei auf seinen Block, als stünde dort etwas sehr Wichtiges.

Ganz gut, antworte ich. Danke.

Wie ich gehört habe, hatten Sie es in letzter Zeit nicht leicht. Ist alles okay?

Ja, sage ich und frage mich, was zum Teufel er meint.

Wie läuft es auf der Ranch? Haben Sie sehr viele Tiere an die Dasselfliegen verloren?

Schmeißfliegen, korrigiere ich ihn.

Oh, Verzeihung, Mrs Whitehead. Schmeißfliegen.

Mein Mann hat fast die gesamte Herde verloren.

Wow! Clemens zieht ein Taschentuch heraus und tupft sich die Stirn ab. Tut mir leid, das zu hören. Bitte grüßen Sie Robert von mir. Diese Viecher sind wirklich lästig – er faltet das Taschentuch zusammen, schiebt es sich in den Ärmel und lächelt mich an –, aber zum Glück hat er ja Sie und die Kinder, die ihn dort draußen unterstützen. Wahrscheinlich ist er froh, wenn er abends nach Hause kommt und Sie sieht. Clemens schlägt sich an die Stirn und dreht sich zur Jury um. Ich folge seinem Blick und stelle mit Schrecken fest, dass es im ganzen Saal nur zwei Frauen gibt – Mrs Henderson und mich. Wir haben hier nichts verloren, denke ich, dieser Saal wurde nicht für uns gebaut.

Oh, Verzeihung, Mrs Whitehead, sagt Clemens. Wie plump von mir, zu vergessen, dass Sie und die Kinder jetzt in der Stadt wohnen.

Ja, sage ich. Wir sind im April umgezogen. *Seinetwegen.*

Ich erkläre dem Gericht, dass ich, nachdem ich gesehen hatte, was Dale Strickland Gloria Ramírez angetan hatte, nur noch meine Tochter nehmen und verschwinden wollte. Ich erwähne Ginny Pierce, die möglicherweise nie zurückkommt. Raylene McKnight, die sich mit den halben Familienersparnissen, zwei Koffern und dem zehnjährigen Sohn über Midland, Dallas, Atlanta und London ins australische Melbourne abgesetzt hat. Denken Sie nur an die vielen Zwischenlandungen!, sage ich, aber da unterbricht mich Richter Rice und sagt, ich solle bitte, bitte mit meiner Aussage fortfahren. Junge Frau, sagt er, ich habe etwas gegen komplizierte Geschichten, vor allem, wenn sie nichts mit meinem Fall zu tun haben. Er hat recht, all das hat nichts mit Gloria Ramírez zu tun, und ich spüre, wie mir die Wärme ins Gesicht steigt. Das ist *meine* Geschichte, du alter Gockel, denke ich, du kannst ruhig mal still sitzen und sie dir anhören, aber stattdessen sage ich: Ja, Sir, und zupfe an meinem Rock.

Tja, wirklich schade, dass Sie sich von so einem kleinen Zwischenfall aus Ihrem Zuhause vertreiben lassen, sagt Scooter. Wenn alles geklärt ist, gehen Sie hoffentlich zu Ihrem Mann zurück, denn da gehören Sie hin.

Mr Clemens, ich denke, das geht Sie …

Keith schüttelt unmerklich den Kopf, fast kann ich hören, was er denkt: Lassen Sie sich nicht provozieren, Mary Rose.

Wie geht es Ihrem neugeborenen Sohn?

Gut, danke.

Gefällt es Ihnen in dem neuen Haus in der – er wirft einen Blick auf den Block – Larkspur Lane?

Als ich den Straßennamen höre, schießt mein Blick zum Verteidigertisch hinüber. Strickland starrt auf die Tischplatte, er lächelt. Falls er eine Gelegenheit bekommt, wird er zu meinem Haus fahren. Er wird seinen Truck in der Einfahrt parken. Aber diesmal wird er nicht mal aussteigen müssen. Ich werde ihm durch die Windschutzscheibe ins Gesicht schießen.

Larkspur Lane, wiederholt Clemens. Wohnt da nicht auch Corrine Shepard?

Für jemanden, der nicht aus Odessa ist, sage ich, scheinen Sie sich ziemlich gut auszukennen.

Er schmunzelt. Am liebsten würde ich ihm die Schneidezähne ausschlagen.

Und, geht es Corrine gut?

Ja, warum?

Wie ich gehört habe, ist sie ein echter Wirbelwind. Nimmt Leuten die Vorfahrt, sorgt für Aufruhr in der Kirche. Aber wahrscheinlich waren ihre Vorfahren schon hier ansässig, als Odessa noch ein Pinkelstopp auf dem Weg der Texas and Pacific Railway war, und deswegen kommt sie damit durch. Er sieht zu den Geschworenen hinüber. Einige schütteln schmunzelnd den Kopf.

Wie verstehen Sie sich mit Ihren neuen Nachbarn, Mrs Whitehead?

Keith Taylor seufzt laut und erhebt sich von seinem Platz. Euer Ehren, wozu sollen diese Fragen führen?

Richter Rice hat mit in die Hand gestütztem Kinn und geschlossenen Augen zugehört, aber nun richtet er sich auf und sieht mich an. Wie ich hörte, haben Sie Grace Cowden vor nicht allzu langer Zeit in der Kirche vermöbelt?

Keith zieht die Schultern fast bis an die Ohren hoch und beugt sich stirnrunzelnd über seine Unterlagen.

Meine Frau redet immer noch davon, lacht der Richter. Ihr Weiber! Ständig ist irgendwas. Ach, wo wir beim Thema sind … Mr Clemens, ich habe vor, Mrs Rice heute um eins zum Mittagessen im Country Club zu treffen. Haben Sie sachdienliche Fragen an Mrs Whitehead?

Scooter Clemens nickt gravitätisch. Ja, danke. Mrs Whitehead, können Sie uns sagen, wie weit es von Ihrem Haus bis zur Farm to Market Nummer hundertzweiundachtzig ist?

Zur alten Ranch Road?

Ranch Road, wiederholt er. Nein, Ma'am, ich meinte FM 182.

Okay, sage ich achselzuckend. Alle hier nennen die Straße Ranch Road.

Nun, Richter Rice nicht. Und ich auch nicht. Er sieht die Geschworenen an, als hätte er gerade einen Insiderwitz erzählt. Auf einmal kneift mir die Feinstrumpfhose noch tiefer in den von der Schwangerschaft weichen Bauch. Ich muss an Aimee Jo und meinen Jungen denken, kaum vier Monate alt, die ich bei Mrs Shepard gelassen habe, um hier meine Pflicht als Bürgerin zu erfüllen und über schreckliche Dinge zu sprechen. Ich habe nicht darum gebeten, es ist mir einfach passiert. Ich habe es nicht herausgefordert. Plötzlich brennen und jucken meine Brüste, weil ich das Baby seit fast vier Stunden nicht gestillt habe, und auf einmal fürchte ich, die Milch könnte auslaufen und durch die Taschentücher tröpfeln, die ich mir in den BH geschoben habe, und dann wäre ich vor all diesen Männern bloßgestellt. Ich erkläre Scooter, dass die Straße von allen nur Ranch Road genannt wird, und wer sie anders nennt, ist bestimmt nicht von hier, so wie er, denn seine Stiefel sehen so aus, als wäre er damit noch nie in einen Kuhfladen getreten. Die Geschworenen lachen. Ich sage, dass ich Gloria Ramírez an jenem Morgen als Erste gesehen habe.

Ranch Road, sagt Clemens. In Ordnung. Mrs Whitehead, an dem Morgen, als diese kleine Mexikanerin – er sieht auf seinen Block –, als Gloria Ramírez bei Ihnen vor der Tür stand. Was hat sie da gesagt?

Was sie gesagt hat?

Ja, Ma'am.

Na ja, nichts.

Kein einziges Wort? Mr Clemens blickt zur Jury hinüber, ich ebenfalls. Drei der zwölf Männer kommen mir bekannt vor. Sie sehen nett aus, und ein bisschen verwundert, als täte ich ihnen leid.

Sie hat um ein Glas Wasser gebeten, sage ich, und sie wollte zu ihrer Mutter.

Hatte sie am Vorabend getrunken? Wirkte sie verkatert?

Das bezweifle ich, Mr Clemens. Sie ist noch ein Kind.

Nun, sie ist vierzehn …

Ja, unterbreche ich ihn, ein Kind.

Clemens lächelt. Tja, manche Mädchen sind mit vierzehn so entwickelt wie andere mit siebzehn, wenigstens hat mein Daddy das immer gesagt.

Am liebsten würde ich den Zeugenstand verlassen, mir einen Stuhl schnappen und ihm auf den Kopf schlagen. Aber ich sitze nur da und knete meine Finger.

Hat sie gesagt, sie sei belästigt worden?

Wie bitte?

Ich wollte nicht zu direkt sein, Mrs Whitehead. Hat Gloria Ramírez gesagt, sie sei vergewaltigt worden?

Ich habe sie *gesehen*. Ich konnte *sehen*, was er ihr angetan hat.

Aber hat die junge Frau gesagt, sie sei vergewaltigt worden, Mrs Whitehead? Hat sie das Wort verwendet?

Das Mädchen hatte seine Schuhe verloren! Sie hat drei Meilen barfuß zurückgelegt, nur um ihm zu entkommen. Du lieber Gott, er hat sie so schlimm verprügelt, dass ihre Milz gerissen ist.

Richter Rice lehnt sich vor und sagt leise: Ma'am, in meinem Gericht wird der Name des Herrn nicht missbraucht.

Wollen Sie mich verarschen?, möchte ich fragen. Ist das Ihr Scheißernst? Stattdessen schlage ich die Augen nieder und versuche, nicht an meinem Rockbund zu zupfen. Ja, Sir, sage ich.

Hier steht – Scooter konsultiert schon wieder seinen verdammten Schreibblock –, dass die Wunden und Abschürfungen an Miss Ramírez' Händen und Füßen zu einem Sturz passen. Hat sie sich die Milz möglicherweise dabei verletzt?

Statt meine Antwort abzuwarten, erinnert er mich daran, dass ich unter Eid stehe und die Wahrheit sagen muss, die ganze Wahrheit und so weiter, und weil er jedes Missverständnis ausschließen will, redet er so langsam wie mit einem Kind. Mrs Whitehead, ich habe Ihnen eine simple Frage gestellt, die sich mit ja oder nein beantworten lässt. Hat sie gesagt, er habe sie vergewaltigt?

Ja, sage ich.

Sie hat das Wort verwendet?

Ja.

Keith Taylor legt sich Daumen und Zeigefinger an die Unterlippe und zupft daran. Er sieht aus, als würde er jeden Moment in Tränen ausbrechen. Ich drehe mich zum Saal um, wo Mr Ramírez sitzt, aber er starrt auf seine Knie.

Nun, verzeihen Sie, Mary Rose, sagt Clemens, aber das haben Sie in keiner der früheren Vernehmungen so ausgesagt. Wollen Sie uns einen Bären aufbinden?

Nein, sage ich. Ich hatte es einfach vergessen.

Verstehe.

Keith steht auf und bittet darum, mich unter vier Augen sprechen zu dürfen. Richter Rice lehnt den Antrag ab – es ist schon spät, und er muss mal für kleine Königstiger –, aber er bietet Keith an, zum Zeugenstand zu kommen. Keith durchquert den Saal mit vier langen Schritten und ist bei mir. Mary Rose, flüstert er, Sie müssen hier die Wahrheit sagen.

Sie hat das Wort nicht ausgesprochen, sage ich zum Richter, aber das war auch gar nicht nötig. Ein Blinder hätte gesehen, was ihr passiert ist.

Clemens lächelt, als hätte er im Lotto gewonnen. Dann haben Sie also tatsächlich versucht, uns einen Bären aufzubinden. Was ist mit dem Gentleman dort drüben? Mr Strickland? Haben Sie ihn am fraglichen Morgen ebenfalls gesehen?

Ja, er stand vor meinem Haus.

Was wollte er?

Er hat sie gesucht.

Er hat sich Sorgen um seine Freundin gemacht?

Sie ist nicht seine Freundin. Sie ist ein Kind und er ein erwachsener Mann.

Hm, macht Scooter. Ich glaube nicht, dass Miss Ramírez ihm ihr Alter verraten hat. Ihren Nachnamen zieht er in die Länge, und dabei schaut er in die Richtung der Geschworenen, wie um sicherzustellen, dass alle es mitbekommen.

Er war also auf der Suche nach der jungen Dame, die ihn am Vorabend begleitet hat?

Sie stand vor meiner Tür und hatte Todesangst. Er hätte sie beinahe umgebracht.

Woher wollen Sie das wissen? Hat sie Ihnen das erzählt?

Das war nicht nötig. Ich habe es *gesehen*.

Hat Mr. Strickland Sie bedroht?

Er hat mich angeschrien und mir befohlen, sie rauszuholen. Er hat mich eine Schlampe genannt.

Mrs Whitehead, sagt Richter Rice, ich habe Sie eben gebeten, auf Ihre Wortwahl zu achten.

Er war also verkatert – wieder sieht Clemens zu den Geschworenen hinüber, als wären sie alle in derselben Burschenschaft –, wie wohl so einige von uns, schließlich war es der Morgen nach dem Valentinstag. Und er war gereizt, weil er sich mit seiner Freundin gezankt hatte und sie abgehauen war.

Einspruch, sagt Keith Taylor, aber der Richter sagt: Nein, Keith. Kommen Sie, das wissen Sie selbst.

Einspruch, Euer Ehren! Er versucht, die Geschichte umzudeuten.

Und *dagegen* wollen Sie Einspruch erheben, Keith? Clemens lächelt, aber das Lächeln reicht nicht bis an die Augen. Er ist eine Schlange. Wahrscheinlich verlangsamt sich sein Puls, wenn man die Klimaanlage richtig aufdreht.

Ist das nicht meine Aufgabe?, fragt er. Sollten wir es uns nicht gut überlegen, ob die Beweise *ohne jeden Zweifel* ausreichen, bevor wir das Leben dieses jungen Mannes ruinieren?

Langsam reicht es mir. Sie ist ein Kind, Sie Mistkerl, sage ich.

Clemens kehrt zu seinem Tisch zurück, setzt sich und stützt den Kopf auf die Hände. Der Richter schlägt den Pistolengriff auf das Pult und spricht so leise, dass alle Anwesenden sich vorbeugen. Mrs Whitehead, ich verstehe, wie belastend das alles für Sie und Ihre Familie war, aber eins kann ich Ihnen versprechen, wenn Sie noch ein einziges Mal in meinem Gericht fluchen, werden Sie die Nacht in einer Zelle verbringen. Haben Sie mich verstanden?

Ja.

Ja, was? Das Gesicht unter den buschigen weißen Augenbrauen ist dunkelrot.

Ja, wiederhole ich.

Ja, *was?*

Ich weiß, was er hören will. Als ich ein paar Jahre älter war als Aimee jetzt, gab es eine Zeit, in der mein Vater und ich uns bis aufs Blut gestritten haben, hauptsächlich weil ich ihm ständig widersprach. Eines Tages hatten wir beide genug, wir standen uns in der Einfahrt gegenüber, er traktierte mich mit Fragen, und ich sah ihm in die Augen. Ich war sehr zufrieden darüber, dass es funktionierte; dass ich gewachsen war und nun tatsächlich auf Augenhöhe mit ihm. Er stellte die nächste Frage, ich verschränkte die Arme vor der Brust.

Und sagte: Ja.

Ja, *was?*, fragte er.

Ja, kicherte ich.

Er schlug mir ins Gesicht. Ja, *was?*

Ja. Er schlug mich noch einmal. Ja, was?

Ja.

Nach der dritten Ohrfeige sagte ich, was er hören wollte – ja, Sir –, aber ich habe den Moment nicht vergessen und meinem Vater nie verziehen. An dem Tag schwor ich mir, meine eigenen Kinder niemals zu schlagen. Ich sehe mich auf der Suche nach einem Verbündeten im Gerichtssaal um, ich brauche Beistand. Mr Ramírez nickt andeutungsweise. Ich frage mich, wie sein Leben hier in Odessa seit dem Verbrechen aussieht. Wo Glorias Mutter jetzt ist, und wann sie ihre Tochter wiedersehen wird. Nichts ist wichtiger als das, nicht einmal mein Stolz. Also sehe ich den Richter an, zwinge mich zu einem Lächeln und sage: Ja, Sir.

Aber er ist noch nicht fertig. Wirklich bedauerlich, sagt er, dass eine junge Dame – eine Mutter – vor Gericht mit solchen Worten um sich wirft.

Ja, Sir.

Vielen Dank. Hat der junge Mann Sie bedroht?

Es war ... so etwas war mir noch nie passiert. Es war, als stünde der Teufel persönlich vor meinem Haus. Ein so böser Mensch war mir nie im Leben begegnet.

Clemens springt auf. Einspruch! Die Frage ist mit ja oder nein zu beantworten.

Hat er Sie oder Ihre Familie bedroht, Mary Rose?

Nein, Sir.

Braves Mädchen, sagt Clemens, und der Richter lehnt sich zurück und verschränkt die Hände hinter dem Kopf. Mr Clemens, haben Sie noch Fragen an die Zeugin?

Eine letzte. Mrs Whitehead, haben Sie Mr Strickland mit einer Waffe bedroht?

Aus dem Augenwinkel sehe ich, wie Keith sich vorbeugt und in seinen Unterlagen wühlt. Ich schaue nicht in Stricklands Richtung. Ja, antworte ich.

~

Victor Ramírez steht draußen neben seinem Auto und hat eine Hand schon am Türgriff, als er mich über den Parkplatz laufen sieht. In zehn Minuten muss ich wieder im Gericht sein. Ich bin erst ein paar Schritte gerannt und trotzdem außer Atem. Ich blicke an mir hinunter, nur um auszuschließen, dass da Milchflecken auf meiner Bluse sind, und eile auf Mr Ramírez zu, als wäre er meine Rettung.

Tut mir leid, sage ich. Ich wollte Gloria nur helfen.

Glory, sagt er und starrt in den Himmel, als hätte ich nichts gesagt.

Darf ich sie besuchen und mal mit ihr reden? Sie fragen, wie es ihr geht?

Er schmunzelt. Nein, Ma'am. Nein, das dürfen Sie nicht. Er öffnet die Fahrertür und setzt sich ins Auto. Ich will die Tür festhalten, aber er schiebt meine Hand weg.

Sie fahren?

Ja, Ma'am.

Bitte, Mr Ramírez, sie muss eine Aussage machen!

Ihr wollt doch sowieso nicht hören, was *Glory* zu sagen hat. Verstehen Sie das nicht, Mrs Whitehead? Er zieht die Tür zu, startet den Motor und fährt los.

~

Keith steht auf und zupft sich energisch den Kragen zurecht. Mary Rose, würden Sie uns bitte noch einmal beschreiben, wie

Gloria Ramírez ausgesehen hat, als sie an besagtem Morgen vor Ihrer Tür stand?

Ja, gern.

Tja, dann fassen Sie sich kurz, sagt Richter Rice. Wenn ich meine Frau warten lasse und die Rippchen am Ende aus sind, darf ich heute im Pferdestall übernachten. Allgemeine Heiterkeit im Gerichtssaal. Auch Dale Strickland lacht, ein hohles, tonloses Wiehern, bei dem sich mir die Zehennägel aufrollen. Sogar Mrs Henderson verzieht die Lippen. Keith Taylor und ich sind die Einzigen im Saal, die nicht lachen.

Als ich auf meinen Platz zurückkehre, streckt Dale Strickland die Finger aus und drückt ganz leicht meine Hand. Auf meinem Unterarm richten sich alle Härchen auf. Im hinteren Teil des Saales öffnet sich eine Tür, und ein Lichtstrahl fällt ein, der den Staub in der Luft zwischen uns zum Flimmern bringt.

Keith eilt auf mich zu, alle anderen verharren schweigend, wo sie sind, oder sie haben es nicht bemerkt. Vielleicht bricht auch ein Tumult los, und alle haben es gesehen, aber so werde ich es erinnern: als ein großes Schweigen.

Mary Rose, sagt Dale Strickland so sanft, dass ich ihn kaum hören kann, und zieht den Daumennagel über meine Handfläche. Er trägt Handschellen, ich spüre das Metall an meiner Haut. Mary Rose, sagt er – dass er meinen Vornamen kennt, finde ich unerträglich –, ich möchte mich bei Ihnen entschuldigen. Für den ganzen Ärger, den Sie und Ihre Familie meinetwegen hatten. Er kneift die Lippen aufeinander und lächelt mit geschlossenem Mund. Wenn das alles vorbei ist, sagt er, sehen wir uns hoffentlich unter angenehmeren Umständen wieder. Vielleicht auf der Ranch, oder hier in der Stadt?

Er hat so leise gesprochen, dass ich mir nicht sicher sein kann, ihn richtig verstanden zu haben. Doch etwas habe ich über ihn erfahren: Offenbar ist er cleverer als ich. Denn jeder im Saal kann meine Antwort hören. Ja, klar, komm gern vorbei, dann puste ich dir das Hirn aus dem Schädel.

Die ist doch verrückt, sagt irgendjemand, und dann reden alle durcheinander. Ein anschwellendes Murmeln wälzt sich durch den Saal. Dale Strickland grinst mich an, Richter Rice hämmert mit dem Pistolengriff aufs Pult. Sein Mund ist ein schmaler Strich. Ich hoffe doch sehr, dass Ihr Mann das Baby auch ohne Sie versorgen kann, Mrs Whitehead, denn die heutige Nacht verbringen Sie in Gewahrsam.

Schön, sage ich. Ich habe keine Angst vor Ihnen, alter Mann! Und dann führt der Gerichtsdiener mich hinaus.

Ich muss nicht im Gefängnis übernachten. Nachdem ich sechs Stunden in der Zelle gesessen habe, kommt Richter Rice vorbei. Es ist vier Uhr, er hat Dienstschluss. Das reicht, sagt er. Sind Sie bereit für die Heimfahrt, junge Lady? Haben Sie Ihre Lektion gelernt?

Ja, antworte ich.

Ja, was?

Ja.

Er mustert mich stumm, und ich frage mich, ob es jetzt zu einem weiteren Kräftemessen kommt, aber da schüttelt er den Kopf und geht zum Empfangstresen.

Bis sie den Schlüssel gefunden und mich freigelassen haben, sind meine Kleider durchgeschwitzt und meine Brüste so schwer von der Milch, dass ich kaum noch gerade stehen kann. Mit an die Brust gedrückter Handtasche gehe ich an dem Officer hinter dem Tresen vorbei. Ich kann sie bis auf den Flur lachen hören, und als ich die Wache verlasse und über den Parkplatz zu meinem Auto gehe, lachen sie immer noch.

~

Als ich bei Corrine ankomme, ist der Kleine so in Rage, dass ich mir beim Versuch, ihn schnell zu beruhigen, einen Blusenknopf abreiße. Er kreischt und rudert mit den Armen, seine scharfen Fingernägel hinterlassen lange Kratzer auf meiner Brust. Erst als er angedockt hat, können wir aufatmen und uns entspannen.

Zu Hause spricht meine Tochter kein Wort mit mir, während ich ein paar Konservendosen öffne und das Essen koche, und auch nicht, während ich das Baby zum zweiten Mal in zwei Stunden stille. Auch als das Telefon klingelt und ich einfach im Sessel sitzen bleibe und Robert eine Nachricht auf dem neuen Anrufbeantworter hinterlässt, macht sie den Mund nicht auf. Ein unkomplizierter Abend.

Nach Einbruch der Dunkelheit kommt Corrine herüber, und wir machen es uns gemütlich. Ich mixe uns aus Wodka und Grapefruitsaft einen Pitcher Salty Dog und trage ihn zusammen mit zwei Gläsern auf die Terrasse. Corrine trägt den Aschenbecher hinterher. Wir schalten die Außenleuchte ein, lassen die Terrassentür einen Spaltbreit offen stehen und setzen uns im Garten unter den freien Himmel. Er ist lila, möglicherweise zieht ein Sandsturm auf.

Und, fragt Corrine, wo zur Hölle warst du den ganzen Tag? Sie streicht ein Zündholz an, ihre Augen glänzen im Licht der zuckenden Flamme. Heute Abend tobt ein kleiner Wind durch die Welt, der anscheinend frei entscheiden kann, in welche Richtung und wie stark er blasen möchte. Wenn ein Streichholz aufflackert und sofort verlischt, nimmt man es persönlich.

Okay, denke ich, nun wäre die Gelegenheit, meine dunkle Ecke zu verlassen und jemandem die Wahrheit zu erzählen. Aber dann unterhalte ich Corrine mit einer lustigen Anekdote über eine junge Frau mit tropfenden Brüsten, die einem Richter freche Widerworte gibt und im Knast landet. Ich schmücke die Szene aus und schildere, wie ich zu Dale Strickland sage, ich würde ihn gern erschießen, und wie Keith *Scheiße* murmelt und der Richter den Pistolengriff so fest aufs Pult hämmert, dass alle dachten, das Holz würde splittern. Ich mache meine Sache so gut, dass Corrine nicht mehr aus dem Lachen herauskommt. Das ist eine der besten Gerichtsanekdoten, die ich je gehört habe, sagt sie. An die werde ich mich bis zu meinem Tod erinnern.

Ja, so wie alle anderen in dieser Stadt, sage ich.

Sie reicht mir ihr Glas, und ich fülle den Grapefruitsaft mit Wodka auf. Keine Sorge, sagt sie. Auch darüber wird Gras wachsen.

Ja, klar. In ein paar Wochen ist alles vergessen. Wir lachen. Wir wissen beide, dass die Sache mich noch jahrelang verfolgen wird und auch Aimee. Sie wird überall das Mädchen mit der verrückten Mutter sein, die einen Nachmittag in der Gefängniszelle verbringen musste. Dieser Tag wird uns beide verändern. Ab heute werde ich sie beim Kartenspielen nicht mehr gewinnen lassen, und wenn sie verliert, werde ich sie wissen lassen, warum, und das nicht immer mit rücksichtsvollen Worten. Wir werden stundenlang im Garten stehen und Dosen von der Mauer schießen, und wenn sie jammert, sie sei müde und wolle mit Debra Ann spielen oder mit einem anderen Mädchen aus der Straße, werde ich sie zum Dosenaufsammeln hinter die Mauer schicken. Stell sie auf und schieß sie wieder runter, werde ich sagen. Los, noch mal. Noch mal! Du musst lernen, jedes Ziel mit dem ersten Schuss zu treffen.

Ich werde ihren Vater zwingen, in die Stadt zu kommen, wenn er sie sehen will, und zwanzig Jahre werden vergehen, bis ich wieder unser karges, wunderschönes Land betrete, auf der alten Veranda sitze und den Sonnenuntergang beobachte, nichts wird mich vom Himmel trennen als eine Schotterstraße, und nichts wird zu hören sein als die Rinder und die Vögel, gelegentlich auch ein Kojote. In ein paar Jahren werde ich Aimee dabei erwischen, wie sie sich nachts aus dem Haus schleichen und mit ihren Freunden zum Ölfeld rausfahren will, und dann werde ich sie so fest ohrfeigen, dass man meinen roten Handabdruck noch am nächsten Morgen sehen kann. Bis zu meiner Entschuldigung werden Jahre verstreichen, und wenn ich dann so weit bin, wird sie jedes meiner Worte verwahren wie eine Patrone in einem Magazin.

Der Himmel ist jetzt schwarz und der Garten dunkel, nur unsere glimmenden Zigaretten sind zu sehen und ein schwacher Streifen Küchenlicht, der quer auf der Terrasse liegt.

Willst du nicht rangehen?, fragt Corrine, als das Telefon klingelt.

Teufel noch mal, nein, sage ich. Ich habe mir eine Maschine angeschafft, die das für mich macht. Sie hat fast zweihundert Dollar gekostet, ich musste sie aus Dallas bestellen.

Wir lauschen, während der Anrufbeantworter anspringt und meine Stimme in den Garten weht.

Mein Gott, sagt Corrine. Man hört nicht auf, sich zu wundern. Ich müsste nie wieder ans Telefon gehen! Sie nimmt die Fliegenklatsche, schlägt sie auf den Tisch, *erwischt*, und greift zum Wodka.

Der Wind dreht, und auf einmal ist es unmöglich, die Existenz der Raffinerie zu verdrängen. Wir setzen uns auf, halten uns die Nase zu und warten. Keith Taylors träge Stimme dringt bis in den dunklen Garten. Hier spricht Keith Taylor, sagt er, und wir müssen beide grinsen. Oje, sagt Corrine, ohne Daumen und Zeigefinger von ihrer Nase zu nehmen, wäre ich nur dreißig Jahre jünger. Das wäre ein Ritt! Wir prusten los. Ich schüttele mich vor Lachen, bis meine Schultern gelockert sind und die Rückenschmerzen nachlassen.

Ich habe Neuigkeiten für Sie. Er hält kurz inne, das Knacken einer Bierdose ist zu hören. Er schweigt so lange, dass ich mich frage, ob er den Hörer aus der Hand gelegt und mich vergessen hat, oder ob der Anrufbeantworter kaputt ist.

Um vier war alles vorbei, sagt er. Einfache Körperverletzung. Eine kurze Haftstrafe auf Bewährung und dazu eine Geldstrafe, zahlbar an die Familie Ramírez. Diese Fälle sind immer schwierig. Es tut mir leid, Mary Rose. Um fünf haben sie ihn entlassen.

Das Band schaltet sich ab.

Corrine und ich sitzen schweigend im Dunkeln, aber ich weiß, was sie denkt. Denn wer hat auch nur eine Minute lang geglaubt, er könnte verurteilt werden? Wer außer mir?

Tut mir leid, sagt sie, und ich springe auf und laufe ins Haus, um nach den Fenstern und Türen und meinen Kindern zu sehen. Auf dem Rückweg hole ich die alte Lady aus dem Flurschrank und vergewissere mich, dass sie geladen ist. Ich trete auf die Terrasse hinaus, Corrine sieht das Gewehr und erhebt sich stöhnend. Sie nimmt zwei Zigaretten aus der Schachtel und legt sie auf den Tisch.

Immer raus damit, wenn du mir was sagen willst, murmele ich. Aber erzähl mir nicht, ich hätte kein Anrecht, sauer zu sein.

Verdammt, nein!, sagt Corrine. Sei ruhig sauer. Manchmal ist es nur die Wut, die mich morgens aufstehen lässt.

Der Wind nimmt zu, und zum ersten Mal habe ich den Eindruck, es könnte in den nächsten Tagen Regen geben. Corrine legt eine Hand an die alte Lady und streicht mit dem Daumen über den Walnussschaft. Ein schönes Gewehr, Mary Rose. Potter hatte ein ganz ähnliches. Nach seinem Tod habe ich es Alice geschickt. Manchmal sind die Dinger so schön, dass man ganz vergisst, wozu sie da sind. Wie dem auch sei. Es ist hart, den ganzen Tag mit zwei Kindern allein zu sein. Sag Bescheid, wenn du Hilfe brauchst.

Ich lache. Und du?

Wie bitte?

Hast du je um Hilfe gebeten?

Nein, sagt Corrine. Der Wind hebt ein paar ihrer dünnen Haarsträhnen an und bläst sie ihr ins Gesicht. Sie macht sich zum Gehen bereit, muss sich kurz am Tisch abstützen, stolpert fast über ein Verlängerungskabel.

Ich bitte sie, kurz zu warten, dann gehe ich zur Wand und stecke das Verteilerkabel ein. Auf einmal ist der Garten bis in alle Winkel lichtdurchflutet. Gütiger Gott! Corrine legt sich die Hände an die Wangen und blinzelt angestrengt. Hier sieht es aus wie in einem Gefängnishof!

Auf der Terrasse liegen sechs weiße Verlängerungskabel, und jedes führt zu einem Aluminiumscheinwerfer. Flutlicht, hat meine Granny immer dazu gesagt. Sie hat die Leuchten rausgestellt, wenn die Kojoten sich an die Hühner ranmachen wollten.

Breite Lichtkegel stehen über dem Garten und drängen die Dunkelheit an den Rand. Ich kann alles sehen.

Nachdem Corrine gegangen ist, stehe ich draußen im Licht, es durchdringt selbst den Stoff meines Rocks. Um diese Uhrzeit kann ich die alte Lady nicht mehr abfeuern, also hole ich Aimees Luftgewehr, reihe die Dosen auf der Mauer auf und rauche dann eine von Corrines Zigaretten. Ich schieße die Dosen eine nach der anderen um und höre, wie sie hinter der Mauer in den Staub fallen. Debra Anns Kater erscheint, ich beobachte ihn durch die Zielvorrichtung. Er jagt eine Heuschrecke über die Mauerkante, schlägt sie mit der Pfote hinunter. Ich entsichere das Gewehr und frage mich, wie es wäre, ein Lebewesen zu töten, bloß weil man es kann. Der Kater verschwindet, ich stehe im Garten, blicke in die Sterne und lausche auf den zunehmenden Wind, und als das Baby aufwacht und zu weinen anfängt, weil es schon wieder Hunger hat, lege ich das Gewehr hin und gehe ins Haus.

Debra Ann

Der Himmel nimmt die Farbe eines alten Blutergusses an, die Staubwolke kann man aus fünfzig Meilen Entfernung sehen. Sie wälzt sich durch die Hauptstraßen von Städten, die noch kleiner sind als Odessa, Orte wie Pecos, Kermit und Mentone. Der rote Schleier reißt Steppenläufer, Steinchen und Spatzen mit, alles, was sich anheben und eine Weile tragen und herumwirbeln lässt. Als der Wind über die ausgetrocknete Ebene donnert, verschwindet die Sonne, und die Staubwolke verschluckt alles, Wasserspeicher und Viehweiden, die Kühltürme der Raffinerie, Ölquellen, Pumpen und das von unbefestigten Straßen zerteilte Hirsefeld. Vor den Toren der Stadt drängt das Vieh sich aneinander, Kühe mit irrem Blick rufen nach ihren Kälbern, deren Geruch der Wind davongetragen hat. Auf dem Raffineriegelände klettern die Männer von den Türmen und rennen zur Pausenbaracke, so schnell sie können. Die Ölarbeiter verlassen die Bohrplattformen und flüchten sich in ihre Trucks, jeweils drei Männer Knie an Knie auf der Sitzbank. Wer neu ist oder der Jüngste im Team oder Mexikaner, kriecht unter eine hastig über die Ladefläche gespannte Plane, vier oder fünf Männer auf engstem Raum, Arsch an Eiern, und alle versuchen peinlich berührt, sich möglichst nicht zu bewegen.

In der Larkspur Lane steht D. A. im Vorgarten und beobachtet die berghohe Staubwolke. Steppenläufer und alte Zeitungen wehen durch die Straße. Äste reißen sich von Hickorybäumen los, Stromleitungen schnappen wie an der Hand eines irren Marionettenspielers. Ein Fliegengitter löst sich von Mrs Shepards Schlafzimmerfenster, landet im Stiefmütterchenbeet der Nachbarn, erhebt sich erneut und schlägt dann Purzelbäume bis ans Ende der Straße. Debra Ann läuft zu Aimee hinüber, zusammen mit Lauralee und Casey stehen sie im Garten, wo der Sand ihnen in Augen und Haare fliegt und der Wind ihnen die Kleider an den Leib drückt. Später werden sie erfahren, dass ein Wirbelsturm durch den Trailerpark in West Odessa gefegt ist und fünf Menschen getötet hat. In der Raffinerie, wo Mr Ledbetter gerade Dienst hat, fällt ein Mann vom Kühlturm und bricht sich das Genick, er ist auf der Stelle tot.

Der Sand verdeckt die Sonne, aus dem alten Bluterguss wird eine reife Pflaume. Der Sturm stürzt sich auf die Kinder, die ungerührt im Vorgarten stehen bleiben. Mrs Shepard reißt die Haustür auf und schreit: Seid ihr verrückt geworden? Ab ins Haus!, aber sie bleiben, wo sie sind. Erst als der Wind ganz kurz nachlässt und alles still wird, legen sie den Kopf in den Nacken und sehen den lila Himmel – wie gemacht für Windhosen, sagt Mrs Ledbetter immer. Die Vögel verstummen, der Wind heult auf wie ein heranrasender Zug, und die Mädchen rennen ins Haus.

Gestern hat Jesse die letzten Dollar verdient, die ihm zu seinem Truck gefehlt haben, und D. A. hat gesagt, nun müssten sie nur noch auf den richtigen Augenblick warten. Jetzt steht sie bei Aimee am Küchenfenster und fragt sich, was er gerade tut und ob er auch denkt, was sie denkt. Lauralee ruft zu Hause an und hält sich den Hörer eine oder zwei Minuten lang ans Ohr, während ihre Mutter keift. Wenn das hier vorbei ist, kann ich was erleben, sagt sie zu ihren Freundinnen. Casey ruft bei der Bowlingbahn an und lässt ihre Mutter wissen, wo sie ist, und D. A. ruft den Wachmann in der Pförtnerloge der Chemiefabrik an, bei der ihr Vater vor Kurzem angeheuert hat. Er verdient dort ein bisschen weniger, aber dafür kann er früher Schluss machen und bekommt die meisten Samstage frei. Vielleicht wird jetzt alles besser, sagt sie, und die anderen nicken. Kann sein.

Sie drängeln sich vor dem Küchenfenster, halten nach Trichterwolken Ausschau und essen alles, was sie in die Finger kriegen. Das Telefon klingelt, Aimees Mutter kommt in die Küche und nimmt den Hörer ab. Es ist mitten am Tag, aber sie trägt ein Nachthemd. Sie klemmt sich den Hörer ans Ohr und lauscht, wickelt sich die Schnur um den Finger und schaut zu, wie er dunkelrot wird. Es ist vorbei, sagt sie tonlos, warum rufst du hier an? Sanft legt sie den Hörer auf die Gabel zurück.

Irgendwo in einem anderen Zimmer quengelt das Baby, aber Mrs Whitehead rührt sich nicht vom Fleck. Stattdessen zieht sie eine Zigarette aus der Brusttasche ihres Nachthemds und zündet sie an. Sie mustert die Mädchen in ihrer Küche, als wären es Fremde, sogar Aimee, denkt Debra Ann. Sie wirft einen Blick auf die Uhr am Herd. Kurz nach eins.

Mama, sagt Aimee, warum hast du mich nicht gerufen? Das ist ein schlimmer Sturm, vielleicht sogar ein Tornado.

Mrs Whitehead geht zur Spüle und sieht hinaus. Ja, stimmt, sagt sie und zieht den Vorhang mit einem Ruck zu. Sie mustert die Zigarette in ihrer Hand und schnippt etwas Asche in die Spüle. Auf dem Tresen steht ein Krug Eistee, sie schenkt sich ein Glas ein.

Sind Sie krank?, fragt Casey und schwankt hin und her. Der Saum ihres langen Rocks streift fast den Küchenboden.

Nein, sagt Mrs Whitehead. Sie trinkt einen Schluck Eistee, schaut in ihr Glas. Das Haar klebt ihr platt am Kopf, da sind dunkle Ringe unter ihren glänzenden Augen. Debra Ann erinnert sich, dass ihre Mutter früher manchmal auch so aussah; wenn sie eine schlimme Woche hatte. Debra Ann war ihr von Zimmer zu Zimmer gefolgt und hatte Fragen gestellt. Soll ich dir einen Witz erzählen? Möchtest du fernsehen oder dich in den Garten setzen, möchtest du dich ins Bett legen, und ich lese dir was vor? Wenn die Woche besonders schlimm war, redete Ginny gar nicht mehr.

Dann saß sie stundenlang in der Wanne und ließ immer wieder heißes Wasser nachlaufen, blätterte im *National Geographic* und seufzte so laut, dass Debra Ann es durch die geschlossene Tür hören konnte. Aimees Mutter sieht aus wie ein Schilfhalm im Sturm, denkt Debra Ann, total geknickt, niedergedrückt.

Vielleicht bin ich ja doch krank, lacht Mrs Whitehead plötzlich. Oder einfach nur todmüde.

Aimee sieht die anderen an, alle zucken die Achseln. Was ist denn, Mama?

Mary Rose erzählt den Mädchen, dass der Richter gestern sein Urteil gefällt hat. Ein Jahr auf Bewährung, sagt sie, und fünftausend Dollar für die Familie des Mädchens.

Die Kinder schnappen nach Luft. Fünftausend Dollar?, sagt Debra Ann. Das ist ein Vermögen.

Ja, sagt Casey, die kann er nicht mal eben so lockermachen.

Kinder, sagt Mrs Whitehead, hört sofort auf. Ihr habt ja keine Ahnung, wovon ihr redet.

Das ist gerecht!, ruft Debra Ann. Ja!, lacht Lauralee. Sie heben die Hand zum High five.

Ach, haltet die Klappe. Alle zusammen. *Haltet einfach die Klappe*.

Ein Jahr auf Bewährung, fügt sie mit heiserer Stimme hinzu. Fünftausend Dollar. *Jesus fucking Christ*.

Hätten die Mädchen in dem Moment eine Klapperschlange unter dem Küchentisch entdeckt, hätten sie nicht schockierter sein können. Aimee reißt die Arme hoch und weicht zwei Schritte zurück, als wollte ihre Mutter sie erschießen. Mama, das ist Ketzerei!

Oh nein, Schätzchen, das nennt man Blasphemie. Und ganz im Ernst, wen interessiert's?

Sie schleudert das Glas durch die Küche, es kracht gegen die Wand und zerspringt in tausend Stücke. Der Eistee ergießt sich über die Blümchentapete und tropft aufs Linoleum. Das Baby schreit, Mrs Whitehead sinkt zu Boden, als hätte sie plötzlich keine Knochen mehr. Ich weiß nicht, was ich machen soll, sagt sie.

Debra Ann weiß es auch nicht, niemand weiß es, aber die Mädchen sind alt genug zu wissen, wann man den Blick abwendet. Sie drehen sich fast gleichzeitig zur Wand um, alle vier. Sie warten, und als Mrs Whitehead sich nach ein paar Minuten immer noch nicht vom Boden aufgerafft hat, geht Debra Ann zum Telefon und wählt Mrs Shepards Nummer. Sie lauscht, tippt mit dem Finger auf die Gabel. Die Leitung ist tot, sagt sie. Bestimmt hat der Wind einen Mast umgerissen.

Das kann nicht sein, sagt Aimees Mutter, eben hat es noch funktioniert.

Ja, Ma'am, aber jetzt nicht mehr.

Aimee reißt die blauen Augen auf, sie ist kreidebleich. Was sollen wir jetzt machen?

Babygeschrei zerreißt die Luft, aber nach einer Weile verebbt es zu einem leisen Wehklagen. Am liebsten würde Debra Ann sich die Ohren zuhalten. Ich gehe rüber und hole Mrs Shepard, sagt sie, dreht sich um und drückt Aimee, so fest sie kann. Und danach fahre ich mit einem Freund nach Penwell, aber ich komme bald zurück.

Nachdem Debra Ann gegangen ist, kniet Aimee sich neben ihre Mutter. Kannst du aufstehen, Mama? Möchtest du was trinken? Mary Rose legt sich die Hände auf die Oberschenkel, rührt sich aber nicht. Nein, danke, Schätzchen.

Ein paar Minuten später kommt Mrs Shepard herein, in Hausschuhen. Sie sieht sich in der Küche um, nimmt die Glasscherben zur Kenntnis und den Eistee an der Wand und auf dem Linoleum. Die drei Mädchen stehen betreten im Türrahmen, das Baby liegt irgendwo anders und kreischt wieder, als hätte es jemand in

Brand gesteckt. Mrs Shepard klatscht energisch in die Hände. Ihr Mädchen holt das Baby und bringt es in Aimees Zimmer, sagt sie. Dann beugt sie sich über Mary Rose, deren Körper jetzt von heftigen Schluchzern geschüttelt wird.

Nie haben die Mädchen eine Erwachsene so weinen sehen, nicht einmal bei einer Beerdigung. Aber sie sind zu jung, um das Schluchzen als das zu deuten, was es ist: Wut.

Mrs Shepard streicht Mary Rose über den Arm, schiebt ihr eine Hand unter den Rücken. Okay, sagt sie, wir stehen jetzt auf und setzen uns an den Tisch.

Aimees Mutter schüttelt den Kopf.

Liebes, ich kann nicht ewig so hier hocken bleiben. Hoch jetzt.

Mary Rose steht wortlos auf und geht zum Küchentisch. Sie setzt sich und lässt die Stirn auf die Wachstuchdecke sinken. Ihre Schultern zucken im Takt der Schluchzer. Corrine wischt den Eistee von der Tapete und kehrt die Scherben in eine Ecke. Das muss reichen, sagt sie, wir räumen das später weg. Sie schenkt Eistee in zwei Gläser und trägt sie zum Tisch. Die Mädchen stehen mit offenem Mund im Türrahmen. Worauf wartet ihr?, fragt Corrine. Geht und holt das Baby, verdammt, bevor ihm noch eine Ader platzt.

Die Mädchen tragen das Baby in Aimees Zimmer. Der Wind rüttelt an den Fenstern, als wollte er sie einschlagen und alle Bewohner in den Garten zerren. Die Mädchen setzen sich auf den Teppich und singen dem Baby etwas vor. Casey schlägt vor, die Beschwörungsformel aus *Isis' Geheimnis* zu singen, schließlich kann Isis den Wind zähmen, doch Lauralee findet, dass sie lieber *Der unglaubliche Hulk* spielen sollten, weil Hulk seine Wut in eine Kraft umwandeln kann, die Gutes tut. Aimee will gar nichts spielen. Sie sitzt einfach nur da und sieht zwischen ihrem kleinen Bruder und dem Fenster hin und her. Sie erklärt den anderen, was eine Bewährungsstrafe bedeutet – oder was sie sich darunter vorstellt. Dale Strickland kann fahren, wohin er will, er kann Eiscreme essen, so viel er möchte, und jederzeit zum Football gehen. Aber was ist mit Glory Ramírez? Was soll aus ihr werden? Und was ist mit ihnen?

Eine halbe Stunde später kommt Corrine mit einem Fläschchen herein. Die Kinder sitzen im Kreis auf dem Teppich, drei rundliche, blasse Gesichter, das Baby zerrt an Aimees Haaren. Wo zur Hölle ist Debra Ann?, fragt Corrine. Warum ist sie nicht hier bei euch?

Corrine

Weil der Wind geheult und das Baby geschrien hat, weil so viel Staub in der Luft war, dass es einen Bullen erstickt hätte, und weil Mary Rose sich weigerte, die Vorhänge zu öffnen, nicht mal ein kleines Stück, um etwas Licht hereinzulassen, konnte Corrine weder hören noch sehen, wie Jesse und D. A. das Tor geöffnet und den Truck aus der Garage gefahren haben. Und jetzt steht sie mit geballten Fäusten und Schweißflecken unter den Achseln auf dem staubigen Beton ihrer Einfahrt und starrt in die Leere, wo vorher Potters Auto war. Nichts ist davon geblieben als eine kleine Ölpfütze.

Mary Rose hastet über die Straße und knöpft sich dabei die Bluse zu, die Tasche schlägt ihr bei jedem Schritt gegen die Hüfte. Ihre Schnürsenkel sind offen, sie trägt keine Socken. Als sie Corrine vor der leeren Garage sieht, bleibt sie abrupt stehen. Wo ist Potters Auto? Wo ist Debra Ann?

Keine Ahnung. Corrine ist immer noch verkatert von gestern Abend. Sie drückt sich die Finger so fest auf die geschlossenen Lider, dass sie Sternchen sieht. Sie versucht, sich zu erinnern, wann sie zuletzt in Potters Truck saß. Wann hat sie zuletzt Bob Wills im Autoradio gehört, die Gangschaltung auf N gestellt, den Motor gestartet und gehofft, dass sie dieses Mal lange genug ausharren wird? Wann hat sie minutenlang aufs Armaturenbrett gestarrt, bevor sie seufzend den Motor ausschaltete und ins Haus ging, um sich einen Eistee zu mixen? Vor zwei Tagen. Den Zündschlüssel hat sie wie immer stecken lassen.

Mary Rose eilt in die Küche und hält sich den Telefonhörer ans

Ohr. Sie schiebt einen Fuß in die Tür, tippt auf die Gabel, lauscht, tippt noch einmal. War der Tank voll?, ruft sie in die Garage.

Knapp halbvoll, glaube ich, sagt Corrine und sieht sich in der Garage um. Alles ist an seinem Platz, alles außer Potters Zelt. Der Weihnachtsschmuck steht in beschrifteten Kisten neben der Campingausrüstung. Harken und Schaufeln lehnen mit frisch verstaubten Griffen in einer Ecke, und plötzlich sieht Corrine ihn wieder durch den Garten laufen, auf der Schaufel ein totes Tier – eine Strumpfbandnatter, eine Maus, einen Spatz. Sie sieht, wie er ein Loch aushebt, ein gottverdammtes Grab für jede tote Kreatur. Er hätte mich überleben sollen, denkt sie. Er hatte fürs Leben so viel mehr Talent als ich.

Corrine stellt sich in die Mitte der Garage, dreht sich langsam um die eigene Achse und scannt die Regale noch einmal ab. Potters Auto ist weg, das Telefon funktioniert nicht, und obwohl der Sturm sich gelegt hat, ist die heiße Luft so staubig, dass das Atmen schwerfällt wie in einem Schraubstock. Ihr Blick wandert zur Ölpfütze, daneben liegt etwas auf dem Beton.

Mary Rose kommt aus der Küche, Corrine überreicht ihr den Fetzen. Eine gefaltete Serviette aus dem Stripclub. Die Schrift unter dem Logo ist verschmiert, aber die Frauen können die Wörter *Penwell* und *Tankstelle* entziffern und auf der Rückseite einen Namen: *Jesse Belden*. Mary Rose legt sich einen Arm über den Bauch und beugt sich vor, bis ihre Haarspitzen fast den Boden berühren. Wir müssen sie zurückholen.

Sie rennt in die Küche und schlägt so heftig auf die Telefongabel, dass Corrine es bis in die Garage hören kann. Als sie zurückkehrt – immer noch kein Freizeichen, verdammt –, ist ihr Gesicht so grau wie Asche oder wie die dünne Staubschicht auf Potters Werkbank. Das ist nicht weit von unserer Ranch, sagt sie. Ihre blauen Augen werden stumpf. Ich weiß, wer sie mitgenommen hat.

Du kennst diesen Jesse Belden? Corrine betrachtet die Serviette. Debra Ann hat ihn ein paarmal erwähnt, aber ich dachte immer, er sei einer ihrer imaginären Freunde.

Das ist nicht sein richtiger Name, sagt Mary Rose tonlos. Ich kenne ihn. Plötzlich dreht sie sich um, läuft über die Straße und in ihr Haus. Keine fünf Minuten später steht sie wieder in Corrines Garage, das Gewehr in der einen Hand und ein paar lose Patronen in der anderen. Ich habe den Mädchen gesagt, sie sollen im Haus bleiben und Suzanne Ledbetter anrufen, sobald das Telefon wieder funktioniert.

Corrine hebt beide Hände. Wir sollten das lieber in den Kofferraum legen.

Mary Rose schüttelt den Kopf.

Schweiß rinnt ihr über die Stirn, die Haare kleben ihr am Hals. Corrine steht direkt vor ihr, nah genug, um Mary Roses Körpergeruch wahrzunehmen und ihre geweiteten Pupillen zu sehen, zwei schwarze, von einem blassblauen Streifen Iris umrandete Löcher. Wir wollen niemandem einen Schrecken einjagen, sagt Corrine, und für den Notfall habe ich eine Pistole im Handschuhfach.

Er wird sie umbringen, flüstert Mary Rose, und ganz kurz glaubt Corrine ihr. Doch dann fällt ihr wieder ein, wie gut es D. A. in diesem Sommer ging, wie zielstrebig und unternehmungslustig sie war. Sie hat sogar aufgehört, sich die Augenbrauen auszureißen. Falls der Mann ihr etwas angetan hatte, war nichts davon zu merken. Und noch etwas fällt Corrine ein – eine Art Brief, den Debra Ann ihr gezeigt hatte. *Danke für deine Hilfe. Ich bin sehr dank bar.* Von wem ist das?, hatte sie gefragt, und Debra Ann hatte geantwortet, der Verfasser sei Teil ihres Sommerferienprojekts.

Wir wissen gar nichts, sagt sie. Debra Ann hat gesagt, er sei ein Freund.

Was weiß sie schon?, ruft Mary Rose. Sie ist ein kleines Mädchen und er ein – ihre Stimme wird brüchig – ein Monster. Ein Schwein. Mary Rose spuckt das Wort aus, als hätte sie Essig im Mund. Sie hält das Gewehr fest umklammert, ihre Fingerknöchel treten weiß und rot hervor. Sie glüht vor Wut und vor Tatendrang.

Das ist fatal, denkt Corrine. Sie holt tief Luft und versucht, ruhig zu klingen. Wir können die Lage nicht einschätzen. Vielleicht wollte Debra Ann weg von hier.

Was zur Hölle stimmt nicht mit dir? Mary Rose sieht sie an, als hätte sie den Verstand verloren. Strickland hatte es auf Aimee abgesehen, aber nun hat er Debra Ann erwischt. Und es ist meine Schuld.

Corrine keucht die mühsam eingeatmete Luft wieder aus und tastet nach Potters Werkbank. Sie schiebt das Werkzeug beiseite und drückt die Handflächen flach auf das Holz. Staub und Spinnweben, die sich während des langen Frühlings und Sommers angesammelt haben, stieben in die Höhe. Die heiße, staubige Luft drängt in ihre Lunge, sie dreht den Kopf zur Seite und hustet. Ich kann das nicht, denkt sie.

Nach einer Weile richtet sie sich auf. Leg das Gewehr in den Kofferraum, dann fahren wir nach Penwell. Sie streckt den Arm nach Mary Rose aus, aber die weicht zurück. Auf wessen Seite stehst du, alte Frau?

Bitte, sagt Corrine und streckt abermals den Arm aus, aber da ist Mary Rose schon unterwegs zu ihrem Auto. Sie lehnt das Gewehr ans Blech und wühlt in ihrer Handtasche nach den Schlüsseln. Als sie sie gefunden hat, reißt sie die Tür auf und wirft die Alte Lady auf den Beifahrersitz, dann steigt sie ein und fährt los, ohne Corrine eines Blickes zu würdigen.

~

Die Ranch der Whiteheads liegt drei Meilen südlich von Penwell. Die Strecke kann man zu Fuß gehen, wie Glory Ramírez an dem Tag, und wäre man an ihrer Seite gewesen, hätte man vielleicht auch in den Stacheldraht gegriffen, der die Bahngleise von der provisorischen Grabstelle trennt, ein Wall aus aufgetürmten Steinen und ein paar Schritte daneben ein zweiter, kleinerer – für einen Hund, der einem der Arbeiter gehört hat, oder für ein am Fieber verstorbenes Baby oder für ein Kind, das von einer Klapperschlange gebissen wurde. Falls man kurz nicht aufgepasst oder woandershin geschaut hätte, wäre man vielleicht über die Steine gestolpert wie Glory. Möglicherweise hätte man beim Anblick des vom Wind bewegten Grases die gleiche Angst im Unterleib gespürt. Man hätte sich in die Richtung umgedreht, aus der man gekommen wäre, man hätte den Mund aufgemacht und keinen Ton herausgebracht. Glory hatte sich neben das kleinere Grab gesetzt und sich die Steinchen aus den Handballen gezogen, und an derselben Stelle nimmt Jesse Belden nun Debra Ann Pierce auf die Schultern und stapft durch das vom Sandsturm zerzauste Gras, während sie nach den Gräbern Ausschau hält, von denen sie ihm den ganzen Sommer erzählt hat.

~

Corrine ist eine unverbesserliche Raserin. Sie hat sich angewöhnt, immer mindestens dreißig Sachen schneller zu fahren als erlaubt, selbst wenn sie nicht in Eile ist. Und jetzt schießt sie über die I-20, als wäre der Leibhaftige hinter ihr her. Die Tachonadel zittert zwischen achtzig und fünfundachtzig Meilen pro Stunde, doch Mary Roses weißes Auto ist schneller, und der Abstand zwischen den Fahrzeugen wird größer, bis die junge Frau schließlich eine halbe Meile Vorsprung hat.

Der Sturm wälzt sich mit zehn Meilen in der Stunde nach

Süden, die Frauen rasen in eine rote Wolke aus Sand und knochenbleichem Sedimentstaub. Kurz vor Penwell wird der Wind heftiger, und Corrines Auto beginnt zu beben. Sie spürt ein flaues Gefühl im Magen, und das erinnert sie daran, dass sie heute noch nichts gegessen hat, dass sie durstig ist und gestern Abend zu viel getrunken hat, wie an jedem Abend seit Potters Tod. Dass sie eine alte Frau ist und völlig überfordert damit, die aus den Fugen geratene Welt zusammenzuhalten.

In der Einfahrt hatte Mary Rose mit tonloser Stimme das Wort ausgespuckt – Schwein –, und ihre Stimme war ebenso flach wie die Landschaft, die Corrine nun vor sich hat. Corrines Herz war ihr in die Hose gerutscht, sie kannte diesen Tonfall, denn sie hatte ihn schon ein paarmal gehört, meistens – aber nicht immer – von einem Mann. Und obwohl Mary Rose wütend und verängstigt ist und irgendwo in dieser Gegend ein kleines Mädchen im Auto eines Fremden sitzt, wird Corrine plötzlich klar, warum Mary Roses Stimme ihr so vertraut erschien.

Wenn eine Menschenmenge ein Buch verbrennt, eine Fensterscheibe einwirft oder in irgendeinem Vorgarten ein mit Benzin getränktes Kruzifix in Brand steckt, hört man keine hohen, wütenden Schreie. Mary Roses flache Stimme, dieser hohle Klang, die kalte, feste Absicht dahinter – das alles war der in Hass verwandelte und von Angst getriebene Zorn. Wenn die Entschlossenheit groß genug ist, muss man nur auf einen kleinen Funken warten, und alles fliegt in die Luft. Ihr Leben lang musste Corrine mitansehen, wie das Gift unter ihren Schülern zirkulierte, unter den Eltern, unter den Männern in der Bar und auf der Sporttribüne, in der Kirche, in der Nachbarschaft und in den Herzen der Mütter und Väter dieser Stadt. Sie hatte mitangesehen, wie ihre eigenen Freunde und Verwandte das Gift in kostbaren Kristallgläsern servierten und auf Teller löffelten, die ihre Vorfahren mit der Pferdekutsche aus Georgia oder Alabama angekarrt hatten, und währenddessen schwangen sie Reden darüber, dass sie sich das alles hart erarbeitet und nichts geschenkt bekommen hatten, sie hatten es sich angeblich verdient, denn hier sind sie ihrer Arbeit nachgegangen und gestorben, in der Raffinerie, auf den Ölfeldern. Sie sind machtlos gegen die Leute, die die Strippen ziehen und die Lohnschecks ausstellen, die einen Menschen durch ein Nicken und ein Augenzwinkern arbeitslos machen, aber immerhin können sie mit dem Finger auf andere zeigen. Und wenn sie das oft genug wiederholen, in ausreichend vielen Varianten, sehen sie irgendwann vielleicht nicht mehr, dass alle Menschen Gottes Geschöpfe sind und manche von ihnen unter der schrecklichen Ungerechtigkeit zusammenbrechen. Was immer nötig ist, um durch die Nacht zu kommen und die Augen vor der Lüge zu verschließen. Was immer nötig ist, um das Streichholz zu entzünden, das Seil über den hohen Ast zu schwingen und trotzdem rechtzeitig zum Abendessen, zur Footballübertragung wieder zu Hause zu sein. Und obwohl Mary Rose im Gegensatz zu den anderen Verblendeten und Sündern einen guten Grund hätte, dem hemmungslosen Zorn die Tür zu öffnen, weiß Corrine das eine: Der Zorn bringt einen irgendwann um, auf die eine oder andere Weise, und schon auf dem Weg zur Tür kann man großen Schaden anrichten.

Corrine tritt das Gaspedal durch und versucht, die Lücke zwischen sich und Mary Rose zu schließen. Bei fünfundneunzig Meilen in der Stunde beginnt der Lincoln zu zittern und zu heulen wie ein Düsenjet. An der Abfahrt zur Ranch bremst Mary Rose ab, nimmt die scharfe Kurve und gibt Vollgas. Staub und Steinchen prasseln auf die Windschutzscheibe des Lincoln. Corrine tritt auf die Bremse, der Wagen schlittert um die Biegung auf den Schotter. Corrine wirft einen Blick in den Rückspiegel und wünscht sich zum ersten Mal im Leben, die Polizei wäre auf ihre Fahrweise aufmerksam geworden.

Es ist schon fast drei Uhr nachmittags. Vor nicht einmal einer Stunde stand Corrine noch in der Garage, um diese Uhrzeit mixt sie sich normalerweise den ersten Drink, Whiskey mit Eistee, und setzt sich auf die Veranda. Ihre Hände fangen an zu zittern, eine weitere Erinnerung daran, dass sie hier draußen nichts zu suchen hat. Corrine lacht und schlägt aufs Lenkrad. Sie hätte direkt zur Polizeiwache fahren sollen oder zum 7-Eleven, wo das Telefon vielleicht noch funktioniert. Seit Potters Tod hat sie sich nichts anderes gewünscht, als in Ruhe gelassen zu werden und sich langsam, gemütlich und mit Zigarette in der Hand ins Jenseits zu saufen. Aber hier ist sie nun, eine ältere Dame mit kaputter Lunge und totem Ehemann, die in einem Lincoln Continental durch die Wüste rast, um die Welt zu retten. Die Situation ist so absurd, dass Corrine sich eine Hand an die Stirn schlägt und lacht, bis die Tränen helle Streifen in den Staub auf ihren Wangen malen. Scheiße, denkt sie. Hier bin ich nun.

~

Corrine hängt praktisch an Mary Roses Stoßstange, während sie durch Penwell brettern, eine verschlafene Siedlung auf einer von Ölpumpen, Bahngleisen und scheinbar endlos langen Telefonmastenreihen zerteilten Ebene. Es gibt an die fünfundsiebzig Einwohner, die meisten davon leben in aus Odessa angeschleppten und zwischen den Überresten der alten Bohrtürme abgestellten Trailern. Vom Tanzboden und der alten Tankstelle ist nicht mehr geblieben als ein Haufen Bretter und Glasscherben, in einem umgekippten rostigen Schild haben sich Steppenläufer verfangen. HEUTE ABEND TANZ.

Zwei kleine Jungen stehen jubelnd am Straßenrand, als die Autos über die vor vierzig Jahren abgeschaltete Ampel rasen. Sie erreichen die Tankstelle, keine Spur von Potters Truck. Am anderen Ende der Siedlung macht die Straße einen Knick nach Süden und verläuft dann parallel zu den Bahngleisen. Die Asphaltdecke löst sich auf, die Straße verwandelt sich in zwei holperige Radspuren voller Sand und Steppenläufer. Die Staubwolke scheint sich jetzt direkt vor ihnen zu befinden, doch der Wind ist unberechenbar. Er schlägt Haken, rüttelt die Autos durch, lässt unvermittelt los. Mary Rose muss einen Schlenker fahren, weil ein Stück Rohr quer auf der Fahrbahn liegt, Corrine tut es ihr gleich.

Nach einer Weile reißt Mary Rose das Lenkrad ein zweites Mal herum und schlittert seitwärts, im selben Augenblick taucht ein Gürteltierweibchen mit vier Jungen vor Corrine auf. Corrine tritt auf die Bremse und reißt das Steuer nach rechts, ihr Gesicht schlägt gegen das Lenkrad, am Rand ihres Sichtfeldes fliegen Funken.

Beide Autos kommen schließlich zum Halten. Ein Stück weiter steht Potters Truck, daneben ein zweiter, älterer Pick-up. Corrine drückt auf die Hupe und versucht, neben Mary Rose zu rangieren, aber die Fahrbahn ist schmal, und Mary Rose starrt stur geradeaus. Sie geben erneut Gas, Corrine beugt sich nach rechts über die breite Sitzbank, öffnet das Handschuhfach, holt die Pistole heraus und wirft sie neben die Zigaretten. Falls sie lebendig aus diesem Schlamassel herauskommen, wird sie nach Hause fahren und die ganze Schachtel auf einmal rauchen. Sie wird sich ins Koma trinken und drei Tage und Nächte durchschlafen.

Mary Rose lässt ihr Auto ausrollen, bis sie nur noch wenige Schritte von den Pick-ups trennen. Da erst entdeckt Corrine den Mann und das Mädchen, die nebeneinander über die Bahngleise spazieren. Er ist klein und dünn, hat gebeugte Schultern und schwarzes Haar und sieht vollkommen anders aus als der Mann, dessen Foto nach der Sache mit Gloria Ramírez in der Zeitung war. Debra Ann hängt der Pony in die Augen, sie trägt ihre Lieblingsshorts aus Frottee und ein rosa T-Shirt mit Glitzer. Der Mann hält eine Wasserflasche in der einen Hand, und ach, was würde Corrine nicht für einen kleinen Schluck daraus geben. Die andere hat er um Debra Anns schmutzige Finger geschlossen.

Corrine kurbelt die Seitenscheibe herunter und will ihnen etwas zurufen, doch als sie sieht, wie Mary Rose die Fahrertür aufstößt, lehnt sie sich stattdessen auf die Hupe. Ein lang gezogenes, klagendes Geräusch ertönt, der Raffineriesirene nicht unähnlich und ebenso laut. Jesse und D. A. bleiben stehen und drehen sich um, er bückt sich und sagt etwas zu ihr. Das Mädchen zuckt die Achseln, reibt sich die Augen, betrachtet seine Schuhe.

Mary Rose springt aus dem Auto und rennt los. Das Gewehr schlägt ihr gegen die Schulter, hinter ihr fallen einzelne Patronen zu Boden. Corrines Herz setzt ganz kurz aus, als hätte sie einen Elektrozaun berührt. Seit Monaten wohnt diese junge Frau im Haus gegenüber, Corrine konnte praktisch zuschauen, wie sie immer dünner wurde und die Ringe unter ihren Augen dunkler, während sie pausenlos auf der Veranda saß und ihre Tochter bewachte, als könnte das Kind sich in Luft auflösen.

Ein paar Wochen vor der Gerichtsverhandlung hatten die beiden Frauen zusammen auf Mary Roses Terrasse gesessen und eine Zigarette geraucht, während die Mädchen das Baby badeten, und ganz kurz hatte Corrine in den Augen ihrer Nachbarin so etwas wie Verzweiflung gesehen.

Brauchst du irgendwas?, hatte sie gefragt.

Nein, hatte Mary Rose gesagt, ich glaube nicht.

Wann hast du zuletzt eine Nacht durchgeschlafen? Mary Rose hatte heiser gelacht. Nun ja, sagte sie, ich war eine von diesen Frauen, die alle zehn Minuten aufstehen und pinkeln müssen, von Beginn der Schwangerschaft an, und jetzt ist das Baby drei

Monate alt, deswegen würde ich schätzen, dass ich seit ungefähr dreizehn Monaten nicht mehr durchgeschlafen habe.

Aber Liebes, was ist denn mit Robert? Er würde doch sicher in die Stadt kommen und dir helfen, wenn du ihn darum bitten würdest.

Robert hat mit seinen Kühen zu tun. Mary Rose ließ den Blick über den Rasen schweifen und stieß eines der Verlängerungskabel, die kreuz und quer über der Terrasse lagen, mit dem Fuß an. Außerdem will ich nicht, dass er herkommt.

Sie stand auf und ging ans Ende der Terrasse, um eine große schwarze Spinne zu zertreten. Neulich war Keith Taylor hier, um mich auf den Prozess vorzubereiten, sagte sie. Er hat mich zum Leben hier in der Stadt befragt. Er wollte wissen, ob ich meinen Mann vermisse, und ich konnte es ihm nicht sagen.

Von drinnen waren Stimmen zu hören. Beide Frauen verstummten, spitzten die Ohren und warteten darauf, ins Haus gerufen zu werden, irgendein größeres oder kleineres Problem lösen zu müssen, aber die Mädchen unterhielten sich einfach nur.

Denn wenn ich mich frage, was zwischen mir und Robert kaputtgegangen ist, fuhr Mary Rose fort, warf einen Blick auf ihre Hände und drehte sie nachdenklich hin und her, na ja, was soll ich dann sagen? Verdammt, meine erste Cheerleader-Uniform habe ich bekommen, noch bevor ich laufen konnte, so wie jedes andere Mädchen in Odessa auch. Und spätestens, wenn man zwölf ist, erklären einem irgendein Mann oder ein Junge oder eine wohlmeinende Frau, wozu man auf der Welt ist: um Männer zu bejubeln. Um mit einem Lächeln die Sonne aufgehen zu lassen. Um die Männer zu unterstützen, immer Verständnis zu haben und zu allen Leuten nett zu sein. Als ich Robert geheiratet habe, war ich siebzehn. Ich bin direkt aus meinem Elternhaus zu ihm gezogen. Mary Rose ließ sich auf einen Gartenstuhl sinken, legte die Stirn auf den Tisch und fing an zu weinen. Ist es das, was ich tun sollte?, fragte sie. Ihn bejubeln?

Corrine erhob sich und wartete auf ein Ende der Tränen, aber Mary Rose weinte einfach immer weiter. Peinlich berührt legte Corrine ihrer Nachbarin eine Hand auf die Schulter. Ruf an, wenn du irgendwas brauchst, sagte sie, und dann verließ sie den Garten durchs Seitentor.

Corrine ist keine drei Schritte gelaufen, als ihre Lunge sich zusammenzieht und ruft: Nein, Ma'am, das hättest du dir vor zwanzig Jahren überlegen müssen. Sie bleibt stehen, beugt den Oberkörper vor und ringt nach Atem, dann richtet sie sich wieder auf und geht langsamer weiter. Ihr Gesicht schmerzt von dem Zusammenstoß mit dem Lenkrad, sie spürt eine Beule an der Stirn. Sie würgt und spuckt Galle und Wasser in den Sand. Vielleicht hat sie eine Gehirnerschütterung.

Mary Rose ist ihr weit voraus. Corrine ruft immer wieder Debra Anns Namen, aber jeder Laut, den sie von sich gibt, ist ein Stich in der Lunge, in der trockenen Kehle, der schmerzenden Stirn.

Aus der Sicht von D. A. muss sie aussehen wie ein altes Rind, das Mary Rose hinterhertrottet, und Corrine wünscht sich, sie hätte auf Potter gehört, der ihr schon vor Jahren gesagt hatte, Teenager zu maßregeln sei kein richtiger Sport, egal wie viele Stunden sie täglich auf den Beinen sei.

Lass sie los, Strickland! Mary Roses gellende Stimme durchdringt Corrine wie eine Eisenstange. Das ist nicht er, ruft sie. Das ist nicht derselbe Mann!

Mary Rose bleibt abrupt stehen und kneift die Augen zusammen. Sie ist ihm jetzt nah genug, um ihn zu erkennen. Beide können ihn erkennen. Siehst du?, ruft Corrine. Das ist Mr Belden.

Debra Ann sieht Jesse stirnrunzelnd an. Er beugt sich hinunter, berührt sanft ihren Arm. Er richtet sich wieder auf und winkt den Frauen zu.

Gott sei Dank. Corrine geht ein paar Schritte.

Nein, sagt Mary Rose leise, dann hebt sie das Gewehr, legt an und schießt.

~

Der Knall reißt den Tag auseinander. Debra Ann und Jesse lassen sich auf die Gleise fallen und halten ganz still. Mary Rose beobachtet sie seelenruhig. Sie legt den Kopf schief, als dächte sie über ein Problem nach. Daneben, sagt sie tonlos. Scheiße.

D. A. und Jesse weinen und schreien, was ist denn los, was ist denn los, rufen sie immer wieder, und obwohl Jesses Stimme lauter und tiefer ist als die von Debra Ann, klingt auch er wie ein Kind.

Debra Ann, ruft Corrine, steh auf und komm her, *sofort!* Das Mädchen erhebt sich aus dem Staub wie ein Geist und rennt los, ihre Schritte klopfen auf den Wüstenboden.

Mary Rose lässt die leere Hülse aus dem Gewehr fallen, bückt sich und liest ein paar Patronen auf. Sie schiebt eine in die Kammer, lädt durch, richtet sich auf und kneift die Augen zusammen. Sie hat ihn im Visier, das kann Corrine sehen, sie wartet nur auf eine Bewegung. Mary Rose ist eine gute Schützin, beim nächsten Mal wird sie das Ziel nicht verfehlen. Als hätte sie Corrines Gedanken gelesen, ruft sie in Jesses Richtung: Beim nächsten Mal werde ich mein Ziel nicht verfehlen!

Corrine und Debra Ann kommen gleichzeitig bei Mary Rose an. Er ist mein Freund, ruft Debra Ann, ich bin hier, um ihm zu *helfen*.

Er hat dir wehgetan, sagt Mary Rose.

Nein! Debra Ann tastet nach ihrer Augenbraue, zupft ein paar Härchen aus und wirft sie zu Boden. Er ist mein Freund!

Ist alles in Ordnung?, fragt Corrine, und als Debra Ann nickt, fügt sie hinzu: Was zum Teufel hast du dir dabei gedacht?

Ich helfe ihm, weil er nach Hause will. Debra Ann wischt sich mit dem Handrücken über die Nase und schmiert sich die braune Rotze an die Shorts. Er braucht seinen Truck, und da habe ich ihn hergebracht.

Oh, Schätzchen, seufzt Corrine.

Ich wäre doch zurückgekommen! Debra Anns Gesicht ist rot. Ich wollte Mr Shepards Truck nicht stehlen. Ich weiß doch, wie sehr Sie daran hängen.

Sie fängt wieder zu weinen an. Allen ist egal, was aus Jesse wird, schluchzt sie. Oder aus mir.

Und sie hat recht, das kann Corrine jetzt erkennen. Debra Ann und Jesse brauchen viel mehr als das, was sie bekommen haben. In der Ferne ertönt ein Pfeifen – von einer Raffinerie vielleicht oder von einem meilenweit entfernten Güterzug. Der Wind peitscht ihnen die Haare ins Gesicht, sie können einander kaum hören. In der ausgedörrten Wüste stehen schwarze eingesunkene Kakteen herum. Graue runzlige Mesquitebohnen klammern sich an die Zweige oder liegen in kleinen Haufen um die Büsche herum. Jesse Belden wälzt sich grunzend im Staub wie ein verängstigtes Tier. Er hat mit eigenen Augen gesehen, wie Kugeln menschliche Leiber zerfetzen.

Aufstehen!, ruft Mary Rose. Aufstehen und Hände hoch!

Er kann Sie nicht hören, sagt Debra Ann. Ihr Gesicht ist von Staub und Tränen verschmiert, sie hat einen kleinen Kratzer an der Wange. Er kann Sie nicht hören. Ihre Stimme bricht. Das ist alles meine Schuld.

Aufstehen!, ruft Mary Rose. Sofort!

Jesse geht auf die Knie, legt sich die Hände an den Kopf und schwankt vor und zurück.

Mary Rose, sagt Corrine, hör auf.

Ich habe die Gelegenheit schon einmal verpasst, sagt Mary Rose traurig. Corrine legt eine Hand an ihren Arm und rüttelt, das Gewehr wackelt. Hör auf damit, Mary Rose. Das ist nicht derselbe Mann. Sie legt die Hände auf Debra Anns Schultern und dreht sie zu Mary Rose um wie ein Geschenk. Siehst du? Alles in Ordnung mit ihr.

Es geht ihm nicht gut, Mrs Whitehead, und ich bin für ihn verantwortlich.

Ich will nach Hause, ruft Jesse. Ich will zu Nadine.

D. A. will losrennen, aber Corrine hält sie am Arm fest. Du gehst jetzt zum Auto. Leg dich auf die Rückbank, und wehe, du siehst aus dem Fenster!

Ja, sagt Mary Rose leise. Sie darf auf keinen Fall aus dem Fenster sehen.

Etwas Schrecklicheres hat Corrine nie gehört. Am liebsten würde sie sich mitten in die staubige Wüste legen, die Augen schließen und einschlafen. Sie stellt sich vor, wie Potter nicht weit entfernt von hier neben seinem Truck stand. Er hatte das Haus noch vor dem Morgengrauen verlassen, weil er einen letzten Sonnenaufgang sehen wollte. Den Sonnenaufgang hat er sich angesehen, wann immer sich die Gelegenheit bot. Sie hätten auf einem stinkenden, verwahrlosten Ölfeld stehen können, und er hätte trotzdem nichts wahrgenommen als den brennenden Stern, wie er sich über die Erdkante schiebt. Wie nennt man dieses Rot?, hatte er manchmal gefragt. Welche Farbe hat der Himmel? Und die Wolken? Ein neuer, prächtiger Tag. Er hatte gelächelt. Was wollen wir daraus machen, Mrs Shepard?

Corrine will nicht einfach so nach dem Gewehr greifen, sie fürchtet, es könnte losgehen. Also legt sie eine Hand an den Lauf, direkt auf die ihrer Freundin. Was machen wir jetzt, Mary Rose?

Langsame Tränen kriechen durch den Staub auf Mary Roses Wangen, aber sie zielt immer noch. Das Gewehr ist entsichert, ihr Finger krümmt sich um den Abzug. Ich will verdammt noch mal Gerechtigkeit, sagt sie.

Ich weiß, Liebes, aber du würdest den Falschen erschießen.

Den Falschen?, fragt Mary Rose. Wir wissen nicht, was er getan hat oder noch tun wird. Wir wissen bloß, dass niemand ihn dafür zur Rechenschaft ziehen wird.

Corrines Hand streicht sanft über Mary Roses Finger am Gewehrlauf und wandert dann über ihren Arm. Mary Rose hält das Gewehr im Anschlag, ihre Muskeln sind gespannt wie die Saiten einer Geige. Sie zittert vor Wut.

Im Zorne denke an Barmherzigkeit!, denkt Corrine. Mary Rose, wenn du den Mann erschießt, wird dein Leben nie wieder dasselbe sein. Und auch nicht meins oder das von Debra Ann.

Jeden Tag warte ich darauf, dass er anruft und ich seine Stimme höre, sagt Mary Rose. Jeden Abend habe ich Angst, er könnte die Tür aufbrechen und meinen Kindern was antun. Er läuft frei herum. Sie haben ihn einfach gehen lassen.

Ich weiß. Aber zu zielst auf den falschen Mann.

Corrine hätte alles dafür gegeben, um am Morgen von Potters Tod an seiner Seite gewesen zu sein. Nicht, um ihn aufzuhalten, denn sie weiß verdammt genau, was ihn erwartet hätte und wie er gestorben wäre, hätte er der Krankheit ihren Lauf gelassen. Aber sie hätte an seiner Seite sein und zusammen mit ihm den Sonnenaufgang beobachten sollen. Hab keine Angst, hätte sie zu ihm gesagt. Du bist nicht allein.

Danke dafür, dass du mich all die Jahre ertragen hast, hätte sie gesagt, mich und meine kleinliche Art. Potter hätte gelacht und irgendwelche Tierchen im Gebüsch entdeckt. Siehst du das? Eine Zwergwachtelfamilie. Siehst du die Küken, alle neun? Ist das nicht süß, Corrine?

Es ist süß, das versteht sie jetzt. Potter hatte es immer gewusst, bis zum Ende. Wie hat sie die Welt so geringschätzen können? Warum hat sie sich aus der großen Gleichung herausgenommen und alles mit skeptischem Blick betrachtet, warum hat sie so viel zerstört und so wenig zurückgegeben? Sie wird bis zum letzten Tag um ihn trauern, doch dieser Tag ist noch weit, weit weg – für sie und alle anderen hier in dieser Wüste. Hoffentlich.

Es ist kurz nach drei. Die Sonne und die Hitze sind erbarmungslos, der heiße Wind bläst ihnen ins Gesicht. Jesse Belden kniet stumm auf den Gleisen, mit erhobenen Händen und gesenktem Kopf, wie ein Gefangener, der sein Leben lang auf diesen Moment gewartet hat. *Das ist der Soldat, der ist zurück aus dem Krieg, dies sind die Jahre und die Mauern und das Dach* – woher stammen diese Verse? Aus welchem Lied, welchem Gedicht, welcher Erzählung? Wenn sie wieder zu Hause ist, wird sie es nachschlagen. Notfalls wird sie jedes einzelne Buch aus dem Regal nehmen. Zu Hause ohne Potter, zu Hause mit einem streunenden Kater und einem gottverlassenen Kind, mit einer jungen Frau, deren wütendes Gesicht von grauem Staub und Tränen überzogen ist und die den Finger immer noch am Abzug hat. Mit dem jungen Fremden, der zwischen den Gleisen kniet.

Corrine lässt ihre Hand auf Mary Roses Schulter liegen. Wir fahren jetzt zurück in die Stadt, sagt sie, und bitten Suzanne, sich eine Weile um die Kinder zu kümmern. Wir setzen uns mit einem starken Drink in den Garten und finden eine Lösung.

Was zur Hölle stimmt nicht mit diesem Ort?, wispert Mary Rose. Warum kümmert es uns einen Scheißdreck, was mit Mädchen wie Glory Ramírez passiert?

Keine Ahnung.

Mary Rose sieht zu Jesse Belden hinüber. Ich möchte jemanden erschießen.

Ja, aber bitte nicht diesen Mann, lacht Corrine leise. Ein andermal vielleicht. Sie schließt beide Hände um den Gewehrlauf. Ihre Arme zittern vor Anstrengung, als sie Mary Rose die Waffe aus der Hand nimmt, auf den Boden legt und mit der Turnschuhspitze von sich schiebt. Du bist nicht allein, sagt sie.

Keine Angst!, ruft sie Jesse zu, und auch D. A. Pierce, die sich die Nase am Autofenster platt drückt, eine kleine, blasse Zeugin, während Mary Rose zu Jesse hinübergeht, ihm auf die Beine hilft, sich entschuldigt und ihm zu erklären versucht, wie schnell man zu dem werden kann, was man am meisten verabscheut und fürchtet. Ich habe das nicht gewusst, sagt Mary Rose, und ich wünschte, ich hätte es nie erfahren.

~

Sie fahren langsam nach Odessa zurück, Corrine und D. A. im Lincoln und dahinter Jesse in Potters Truck. Mary Rose bildet die Nachhut, ihr weißes Auto ist so verstaubt, dass man es kaum noch von der Landschaft unterscheiden kann. Gleich am nächsten Morgen wird Corrine Jesse zu seinem Pick-up fahren, den sie am Grab der unbekannten Bahnarbeiter zurückgelassen haben. Sie wird dafür sorgen, dass er nach Tennessee zurückkehren kann. Deine Schwester lebt da, richtig? Ja, Ma'am, sagt er leise, und meine Mom.

Jesse parkt Potters Truck vor der Garage. Er bleibt sitzen und starrt durch die Windschutzscheibe, bis Corrine ihm ein Glas Wasser bringt. Als er eindöst, halten seine Hände das Lenkrad immer noch fest umklammert, doch als Corrine eine kurze Weile später aus dem Küchenfenster blickt, ist der Truck leer und der junge Mann verschwunden. Sie wird ihn ausfindig machen, nach Penwell bringen und ihm etwas Geld für die Reise geben.

Corrine begleitet Mary Rose über die Straße und gibt sie bei Suzanne ab, die ein halbes Dutzend Mal den Mund aufmacht und dann die Lippen zusammenkneift, ohne ein Wort gesagt zu haben. Falls sich irgendetwas davon herumspricht, das weiß Corrine, wird Mary Rose sich höchstwahrscheinlich auf der Geschlossenen in Big Springs wiederfinden.

Corrine geht langsam zurück nach Hause, wo sie Debra Ann ein heißes Bad einlaufen lässt. Debra Ann wird fast eine Stunde im Wasser sitzen und so viel Dreck und Sand in der Wanne hinterlassen, dass Corrine sie fragen muss, wann sich das Kind zuletzt gewaschen hat.

Mit Seife?, wird Debra Ann zurückfragen.

Corrine sitzt vor dem Badezimmer auf dem Fußboden, mit an die Tür gelehntem Rücken und ausgestreckten Beinen. Ihr tut alles weh – Knie, Hintern, Brüste, einfach alles. Falls du mich jemals wieder bestiehlst, sagt sie, werde ich dich ein für alle Mal zu Suzanne Ledbetter rüberschicken. Die kann es kaum erwarten, dich in die Finger zu kriegen.

Werde ich nicht, sagt Debra Ann. Können Sie reinkommen und meinen Rücken schrubben?

Nein, Schätzchen. Mrs Shepard will einfach nur kurz hier sitzen.

Ich komme da aber nicht ran, und er juckt.

Corrine seufzt und will aufstehen, aber ihr Rücken streikt. Sie rollt sich auf die Seite und bleibt keuchend liegen, dann zieht sie sich an der Wand hoch. Sie betritt das Bad und sieht D. A. mit gesenktem Kopf und krummen Schultern in der Wanne sitzen. Ihr Rücken ist von Insektenstichen und offenen Stellen übersät. Lange, hässliche Kratzer zeigen, bis wohin ihre Finger reichen, der ganze Rest ist von geronnenem Blut und Entzündungen bedeckt. Corrine nimmt einen Waschlappen, tunkt ihn ins Wasser, kniet sich vor die Wanne und macht sich daran, das Kind vorsichtig abzutupfen. Von nun an, sagt sie, kannst du jederzeit rüberkommen, aber bitte nicht vor zehn. Ich werde dir immer aufmachen. Das Mädchen schließt seufzend die Augen. Das fühlt sich gut an.

Wir werden die Stiche verarzten müssen. Corrine wringt den Lappen aus und legt ihn auf den Badewannenrand. Du kannst jederzeit rüberkommen, um zu baden oder fernzusehen, sagt sie, und ich werde dafür sorgen, dass ich immer genug Dr Pepper im Haus habe.

Ich verlange nur das eine von dir – Corrine überlegt und streicht Debra Ann die nassen Haare aus der Stirn –, du darfst niemandem erzählen, dass Mrs Whitehead mit ihrem Gewehr geschossen hat. Wir wollen nicht, dass irgendjemand unnötige Probleme bekommt.

D. A. nickt und lässt sich ins Wasser gleiten, bis sie flach auf dem Rücken liegt wie in einem See. Ihr braunes Haar schwebt rechts und links von ihrem Gesicht. Dass irgendjemand Probleme bekommt, hat sie nie gewollt.

~

Auf die Staubwolke folgen Gewitter. Es regnet drei Tage am Stück, und sobald die Gullys in der Larkspur Lane übergelaufen sind, füllt sich der Kanal hinter Corrines Haus. Es dauert keine Stunde, und das Wasser reißt alles mit, was Jesse zurückgelassen hat – die Bratpfanne, die Decke, die Debra Ann ihm brachte, als ihm kalt war, und die Medizin, die sie ihm brachte, als er sich krank fühlte. Sogar den alten Kater, der nur wenige Minuten vor der Springflut eine junge Bullennatter in die Röhre verfolgte.

Auf der gegenüberliegenden Straßenseite schiebt die Flut sich in die Gärten und steigt, bis die Verlängerungskabel im Wasser liegen. Niemand hat sie von der Steckdose getrennt. Mary Rose wird tagelang am Fenster stehen und sich fragen, ob der Rasen unter Strom steht. Sie wird die Terrassentür verkleben und ihre Tochter nicht aus den Augen lassen.

Als die Flut verebbt und alles wieder trocknet, ist Jesse längst zu Hause. Sein erster Brief kommt im September, über der Anrede steht: *An Nadine diktiert.* Er beschreibt darin die lange, langweilige Fahrt nach Tennessee – egal ob man die südliche oder die nördliche Route nimmt, schreibt er, alles ist gleich hässlich – und seine Freude darüber, in Belden Hollow den kleinen Trailer seiner Mutter wiederzusehen. Er verspricht, jeden Monat zu schreiben, und er hofft, dass D. A. ihm antworten wird.

Er angelt im Clinch River und sucht Arbeit in seiner Heimat, und als Corrines Geld aufgebraucht ist und er immer noch keinen Job gefunden hat, wirft er den Seesack auf die Ladefläche seines Trucks und fährt runter nach Louisiana. Er wird auf den Ölfeldern und Bohrinseln von Lake Charles, Baton Rouge und Petroleum City arbeiten, und dann fährt er weiter nach Gulf Shores und versucht sich als Krabbenfischer. Als Bauarbeiter in Jackson, als Aufseher im Gefängnis von Dixon und als Erntehelfer auf dem Florida Panhandle. Schließlich fährt er weiter nach New Orleans, wo er merkt, dass er endlich alt genug ist, sich einen Bart stehen zu lassen, der ihn im Winter wärmt. Er wird nicht alt – seine Chancen standen von Beginn an schlecht –, aber immer, wenn fremde Menschen nett zu ihm sind, wird er an Debra Ann denken und an die Briefe, die er ihr schreibt. Der letzte Satz ist immer derselbe.

Vielen Dank für die Güte, die du mir erwiesen hast, als ich in deiner Stadt war. Ich werde das nie vergessen. Alles Liebe, Jesse Belden

Karla

Wir verlieren die Männer, wenn sie versuchen, doch noch schnell über den Bahnübergang zu fahren, und ihr Pick-up im Gleisbett stecken bleibt, oder wenn sie sich betrinken und aus Versehen erschießen, oder wenn sie sich betrinken und auf den Wasserturm klettern und zehn Etagen in die Tiefe stürzen. Während der Erntesaison, wenn sie auf der Rinne ausrutschen und ein Bullenkalb sich erschrickt und ihnen einen Tritt gegen die Brust versetzt. Beim Angeln, wenn sie im See ertrinken oder auf der Rückfahrt am Steuer einschlafen. Bei einer Massenkarambolage auf der Interstate, bei einer Schießerei im Dixie Motel, wegen eines Schwefelwasserstofflecks in der Nähe von Gardendale. Anscheinend wieder mal ein Fall von tödlicher Dummheit, sagt Evelyn, wenn einer der Stammgäste zur Happy Hour die neueste Hiobsbotschaft überbringt. So geht das oft, selbst an normalen Tagen, aber heute ist der 1. September, und in Bone Springs wurde Ölschiefer gefunden. Und zukünftig werden wir sie auch an Crystal und Coke und Schmerzmedikamente verlieren. An sich lösende Bohrerteile und ungesicherte Pipeline-Stapel und von Gaswolken verursachte Brände. Und wie sterben die Frauen? Normalerweise, wenn Männer sie umbringen.

Im Frühjahr 1962, kurz nachdem die Erdgasvorkommen bei Wink entdeckt worden waren, hat sich eine von Evelyns Kellnerinnen nach Schichtende die Schürze abgenommen und sich zu ein paar Stammgästen an den Tisch gesetzt. Evelyn erzählt die Geschichte jeder neuen Servicekraft. Als Evelyn an dem Abend die Bar abschloss, stand der Wagen der Frau auf dem Parkplatz, und er blieb noch eine Woche dort stehen, bevor man ihre Leiche fand. Auf einem stillgelegten Ölfeld, sagt Evelyn, denn da werden die Leichen meistens abgelegt. Das Schwein hat sie angezündet. An so was gewöhnt man sich nie.

Evelyn ist klein und steht immer unter Strom, sie hat Unterarme wie aus Sisal und eine Turmfrisur in Aubergine. Der neue Fund ist noch größer als der von Wink, erzählt sie uns bei der wöchentlichen Personalbesprechung. Haltet euch bereit, Kinder, ihr werdet ordentlich Kasse machen. Und immer schön die Augen nach Serienmördern offen halten!

~

In Midland ziehen sie ihre Kinder groß,
in Odessa ziehen sie alles in den Dreck.

~

Dies ist ein Familienrestaurant. Unsere Accessoires und das Make-up sind stets dezent. Wir tragen rot karierte Blusen, passend zu den Vorhängen und Tischdecken. Unser Jeansrock endet knapp über dem Knie, unsere Cowboystiefel sind braun mit rosa Stickerei. Wenn wir uns über den Tisch beugen, riechen wir nach Seife, Zigaretten und Parfum. Hin und wieder kündigt eine, aber die meisten bleiben.

Du brauchst nichts weiter zu tun, als zu lächeln, erklären wir Karla Sibley an ihrem ersten Tag, das gibt jede Menge Trinkgeld, mehr verdienst du wahrscheinlich nirgendwo in der Stadt, und du darfst dabei sogar die Klamotten anbehalten, haha!

Auf den Beilagensalat gehören zwei Tomatenscheiben, erklären wir ihr. Das Dressing wird getrennt davon in einem Schälchen serviert. Ranch, French, Blue Cheese oder Thousand Island. Merk sie dir. Das Bier servieren wir in eisgekühlten Humpen, Eistee in kleinen Einmachgläsern und das Surf 'n' Turf auf dem texasförmigen Edelstahltablett, eine Spezialanfertigung. Nie die Ärmel aufrollen, nicht mal im Sommer, sonst verbrennst du dich am Metall und behältst eine Narbe zurück. Das sieht dann ungefähr so aus, sagen wir und krempeln uns die Ärmel hoch. Siehst du?

Wir schicken sie ein bisschen früher nach Hause, damit wir das Trinkgeld nicht mit ihr teilen müssen. Bevor sie geht, hält Evelyn ihr eine Motivationsrede. Karla, Schätzchen, der Ölboom bedeutet, dass du an einem einzigen Freitagabend eine ganze Monatsmiete verdienen kannst. Er bedeutet eine Anzahlung für ein eigenes Auto und einen Notgroschen auf der Bank. Allein vom wöchentlichen Trinkgeld kannst du eine Kaution stellen, jemanden in die Entzugsklinik schicken oder ein Semester am Junior College studieren. Wenn der Gast ein Lächeln erwartet, wird er eins kriegen, darauf kannst du deinen Arsch verwetten. Unsere Mundwinkel gehen hoch, als hätte jemand an einer Schnur gezogen. Unsere Zähne sind schneeweiß, unsere Grübchen wie zwei Klammern rechts und links daneben.

Nach Schichtende, wenn wir alle Tische abgewischt, die Böden gefegt und genug Besteck für die ganze U.S. Army in Servietten gerollt haben, gönnen wir uns einen Drink. Danach gehen wir jeweils zu zweit oder dritt zum Auto. Wir fahren erst los, wenn wir sicher sein können, dass keine einen Platten oder eine leere Batterie hat. Wir sind auf alles vorbereitet und haben stets ein Überbrückungskabel und eine Dose Reifenpannenspray im Kofferraum. In unseren Handtaschen befinden sich Schusswaffen und Pfefferspray. Evelyn ist Linkshänderin und hat immer eine kleine Damenpistole in der Tasche und eine im Handschuhfach ihres Ford Mustang. Unter dem Tresen liegt ein Viehtreiber für den kleinen Ärger zwischendurch und für den Ernstfall eine Remington Wingmaster.

Zwei Uhr morgens, und draußen ist es immer noch fast dreiunddreißig Grad warm. Der Regen hat die Luft vom Staub befreit, und nun leuchten die Wolken im Mondlicht, leer wie alte, verlassene Kirchen. Auf der Hauptstraße der übliche Verkehr, doch Evelyn soll recht behalten, was Bone Springs angeht und Ozona – in ein paar Monaten stehen die Autos hier Stoßstange an Stoßstange. Nummernschilder aus allen Teilen des Landes und gierige Männer mit den Taschen voller Geld. Da hat man was, worauf man sich freuen kann.

~

Karlas Mutter steht von Montag bis Freitag in einer Fabrik für Bohrzubehör am Fließband, trotzdem passt sie abends gern auf das Baby auf. Evelyn möchte, dass die Neuen erst einen Monat lang die Mittagsschicht übernehmen. Karla arbeitet vier Schichten pro Woche und stellt einen Babysitter für Diane ein. In dem Lagerraum, wo wir an einem Klapptisch unsere Essenspausen machen, klebt sie eine Karteikarte mit ihrer Telefonnummer an die Wand: Übernehme jede Schicht am Abend oder am Wochenende. Vielen Dank, Karla Sibley. Jemand streicht ihren Nachnamen durch und schreibt Darling dahinter. Und darunter: Lächeln! Denn das scheint ihr nicht leichtzufallen.

Während Karla darauf wartet, dass eine Kollegin sich krankmeldet, trinkt sie Unmengen von Kaffee, zählt ihr Trinkgeld und versucht, das Lächeln nicht zu vergessen. Ihren letzten Job als überbezahlte Barfrau im Country Club hat sie verloren, weil sie mit den Stammgästen nicht zurechtkam. Corrine Shepard zählt nicht, hatte der Manager gesagt. Unsere männlichen Gäste haben den Eindruck, du kannst sie nicht leiden. Deswegen rollt Karla jetzt nach jeder Schicht Besteck in Servietten und schrubbt die Eismaschine, bis sie in dem Edelstahl vielleicht nicht gerade ihr

Spiegelbild erkennen kann, doch immerhin den Schatten ihrer braunen Locken, die breite Stirn, die dunklen Flecken unter den Augen, weil ihr Eyeliner verschmiert ist und ihr Baby nachts immer noch nicht durchschläft.

Wenn die Ölbosse zum Lunch kommen, riechen sie wie die Parfumabteilung bei Dillard's. Sie tragen Polohemden und Khakihosen. Falls sie aus Houston angereist sind, haben sie in San Angelo einen Zwischenstopp eingelegt und Boots aus Straußen- oder Krokodilleder gekauft. Kommen sie aus Dallas, schauen sie bei Luskey's oder James Leddy's vorbei. Alle tragen einen Stetson und in der Brusttasche ein dickes Scheckheft.

Sie haben Kartons voller eingerollter Landkarten dabei, die sie nach dem Essen auf dem Tisch ausbreiten. Die neuen Felder befinden sich hier, hier und hier. Sie deuten auf riesige Weideflächen, oder auf Land, das früher einmal Weidefläche war. Drei Milliarden Barrel Erdöl und genug Erdgas, um die Welt zweimal abzufackeln. Die Infrastruktur steht schon bereit, sagen sie zu den Spekulanten und den klammen Viehzüchtern, oder zumindest fast. Die Ölbosse sprechen von Wegerechten und Viehzäunen, Abwasserteichen, Förderbrunnen und Notfallplänen. Sie sprechen von neuentdeckten Ölschiefervorkommen im Delaware Basin und Erdgasfeldern nahe der Bowman Ranch. Sie kaufen und verkaufen Wasser und geloben, immer das Gatter hinter sich zu schließen, damit die Rinder nicht auf den Highway laufen. Sie nicken und versprechen, ihren Arbeitern zu erklären, dass ein guter Bulle drei Monatsgehälter kostet. Wenn ein Deal abgeschlossen ist, holen sie das Scheckbuch heraus und heben den Finger, woraufhin Karla eine Runde Schnaps an den Tisch bringt.

Sie bezahlt den Babysitter und hilft ihrer Mutter mit der Hypothek. Sie eröffnet ein Sparkonto auf Dianes Namen. An ihrem freien Tag sieht sie sich einen 1965er Buick Skylark an, den sie über eine Zeitungsannonce gefunden hat. Das Gewerbegebiet liegt knapp hinter der Stadtgrenze, sechs verrostete Lagerhallen gegenüber der Full River Gospel of Life Church; ein irreführender Name, weil der nächste Fluss Pecos heißt und für gewöhnlich so aussieht, als hätten alle Anwohner gleichzeitig hineingeschissen. Das Auto, sagt die Frau, habe ihrer Mutter gehört und stehe seit dem Crash im Jahr 1972 dort in der Garage. Auf dem Highway zieht es nicht mehr so, sagt sie, aber es hat acht Zylinder und nicht mal fünftausend Meilen auf dem Tacho. Zweihundert Dollar in bar, und das Auto gehört Karla.

Sie setzt sich ans Steuer und findet sich in einem Palast aus goldfarbenem Crashsamt wieder, der immer noch nach dem Tabak der alten Dame riecht, nach Babypuder und Wintergrünkaugummi. Die breite Rückbank sieht aus, als könnte man ein Zelt darauf aufschlagen, und Karla stellt sich jetzt schon vor, wie Diane während ihrer Fahrt in ein neues Leben dort herumtollt. Die Frau überreicht ihr mehrere Schlüssel – einen für die Zündung und einen für die Türen, einen fürs Handschuhfach und einen für den Kofferraum. Karla dreht den Zündschlüssel um, der Motor blubbert und verstummt wieder. Sie versucht es ein zweites Mal. Diesmal erwacht der Motor zum Leben, das Wummern und Vibrieren wandert durch ihren Hintern und abwärts bis zum Fuß auf dem Gaspedal. Zur Hölle, ja!, denkt sie. Würden Sie es mir auch für hundertfünfzig verkaufen?, fragt sie die Frau.

~

Warum hat Gott Texas das Öl geschenkt?
Als Wiedergutmachung für alles, was Er dem Land angetan hat.

~

Das richtige Geld wird abends gemacht, sagen wir, als Karla ihre erste Spätschicht antritt. Nach neun Uhr sind fast nur noch Männer anwesend, aus ihren Brieftaschen quellen die Scheine, und sie haben nasse Haare von der Dusche, für die sie kurz zu Hause waren. Karla, Darling, sagen wir, die können sich unter die heiße Dusche stellen, bis die Haut sich abschält, und sie riechen immer noch wie ein Furz in der Abstellkammer.

Wir erklären ihr, welche Männer es nicht so meinen – den Witz, den um die Taille gelegten Arm, den Heiratsantrag – und welche schon. Hör dir ihre blöden Geschichten an und lach über ihre blöden Witze, sagen wir über die einen. Über die anderen sagen wir: Sieh zu, dass du nie mit ihnen allein bist. Erzähl ihnen nicht, wo du wohnst. Und nimm dich vor dem – wir zeigen auf Dale Strickland, der sich allein an der Bar betrinkt – besonders in Acht, das ist ein Perverser mit einer Vorliebe für Brünette. Seid ihr bereit, Kinder?, ruft Evelyn. Von nun an kann es jeden Tag losgehen.

Karla erzählt uns, dass Dianes Daddy bei der Navy und in Deutschland stationiert ist, doch als wir später alle zusammen das Besteck einrollen, knickt sie ziemlich schnell ein. Ist doch egal, wer es war, sagt sie. Irgendein Junge aus Midland.

Was nicht egal ist? Heute hat Diane einen Mittagsschlaf gemacht, sodass Karla vor der Arbeit duschen konnte. Sie zeigt uns ein Polaroid vom Morgen. Karla hat rotbraune Haare, Augen in der Farbe von Sandstein und ein Sternbild aus Sommersprossen auf der Nase. Mit den vollen Wangen wirkt sie selbst fast noch wie ein Kind. Das schwarze Tanktop entblößt Schultern mit noch mehr Sommersprossen. Das Baby ist von Kopf bis Fuß in Rosa gekleidet und sieht mit großen Rehaugen in die Kamera. Heute ist sie vier Monate alt geworden, sagt Karla, und ihr Name bedeutet *göttlich*. Sie ist wunderschön, sagen wir, sie sieht aus wie du.

~

Die Frauenklinik in Santa Teresa liegt dreihundert Meilen nördlich, gleich hinter Las Cruces und der Grenze. Damals teilte Karla sich noch ein Auto mit ihrer Mutter. Sie hatte sich überlegt, einfach loszufahren, aber wenn sie dann dort wäre, würde sie über Nacht bleiben müssen, und wie sollte sie ihrer Mutter das erklären? Und was, wenn sie in einem dieser kleinen Orte zwischen Odessa und El Paso von der Polizei angehalten wurde? Sie kannte die Geschichten von den Sheriffs, die sich denken konnten, wohin die jungen Frauen wollten, wenn sie so ganz allein auf der Interstate unterwegs waren. Angeblich zwangen sie die Mädchen, mit auf die Wache zu kommen, und dann wurde der Vater angerufen. Game over.

Als sie in der achten Woche war, fuhr Karla zum Reformhaus und kaufte eine Tinktur aus Traubensilberkerze und Baumwollwurzelrinde. Die Verkäuferin hatte krauses Haar und trug einen grellbunten Kaftan, den man eigentlich mit einem Warnhinweis für Epileptiker hätte versehen müssen. Du solltest es mit viel warmem Wasser verdünnen und trinken, erklärte sie. *Literweise.* Wahrscheinlich musst du alle zehn Minuten aufs Klo. Komm wieder, wenn es nicht ausreicht.

Karla trank, bis sie sich vor Krämpfen krümmte. Der Aufguss schmeckte nach Dreck und Schimmel. Sie bekam Durchfall und musste sich gleichzeitig übergeben, und danach desinfizierte ihre Mutter das Badezimmer und wollte wissen, was zum Teufel sie gegessen habe. Karla ging zur Chorprobe und schrieb einen Essay über *Die Ballade vom alten Seemann.* Im Sportunterricht stellte sie sich beim Völkerball mit hängenden Armen in die Spielfeldmitte und ließ sich die Bälle gegen den Bauch werfen, bis Coach Wilkins sie anschrie, sie solle verdammt noch mal Platz machen. Danach stand sie unter der Dusche und starrte zu Boden. *Wasser, Wasser überall.* Aber nirgendwo ein Tropfen Blut. Sie schloss sich in sämtliche Toilettenkabinen der Schule ein, überprüfte das Toilettenpapier und den Stoff ihres Slips. Die Schwangerschaft blieb. Und wie. Meine Gebärmutter ist ein gemaltes Schiff, dachte Karla, und ich warte auf den Wind. Zehnte Woche, fünfzehnte Woche – und dann waren plötzlich die ersten zwanzig Wochen um, und sie konnte es nicht mehr verbergen.

Die Frau im Reformhaus stellt sich als Alison vor und fragt Karla, ob sie stillt. Als Karla antwortet, die Hebammen im Krankenhaus hätten ihr davon abgeraten, weil sie sich dringend einen Job suchen müsse, gibt Alison ihr ein paar Joints und sagt ihr, sie solle sich von Alkohol und Crystal fernhalten. Inzwischen ist es Herbst, Alisons Kaftane haben die Farbe von Wildfeuern und Whiskey. Kaffee und Gras, das ist die beste Drogenkombi für alleinerziehende Mütter, sagt sie. Aber lass dich nicht erwischen, und gib niemandem was ab. Sag niemandem was davon, nicht einmal deinem Freund. Ganz besonders dem nicht. Kauf kein Zubehör. Bewahr die Joints nach dem Drehen in einer Zigarettenschachtel auf, niemals in einer Plastiktüte.

Du schaffst das schon, sagt Alison. Und glaub nicht, alle großen Entscheidungen deines Lebens wären bereits getroffen.

Liebt Karla ihr Baby? Ja, wie verrückt. Diane hat einen großen, starken Namen und ein Lächeln, das das Herz des Teufels zum Schmelzen bringen würde. Wenn sie tagsüber allein sind, will Karla sie kaum einen Moment ablegen. Die Mutterschaft hat sie alles Mögliche gelehrt: dass sie mit viel weniger Schlaf auskommt als gedacht. Dass sie nach der Arbeit nicht besonders lange braucht, um runterzukommen, da reicht ein kleiner Umweg durch die Wüste, wo sie sich die Sterne ansieht. Dass man einen anderen Menschen von Herzen lieben und sich trotzdem wünschen kann, er wäre nicht da.

Schade, dass wir dich nicht schon früher kennengelernt haben, sagen ein paar von uns zu ihr. Wir hätten dir Geld geliehen, als du knapp bei Kasse warst. Wir hätten dich nach New Mexico gefahren. Wir hätten den Präriepolizisten kein Wort verraten.

~

Wie nennt man eine alleinerziehende
Mutter, die morgens früh rausmuss?
Schülerin.

~

Wenn sie von der Arbeit nach Hause kommt, zieht Mrs Sibley sich eine Jogginghose an, legt sich ihre Enkelin auf die Knie und sieht ihr in die großen blauen Augen. Nun, Miss Diane, mehr ist nicht dabei? Sie füttert und badet das Baby, wiegt es und setzt es sich auf den Schoß, damit sie sich zusammen eine Predigt von Oral Roberts ansehen können.

Mrs Sibley hat einen Fetzen der grauen Uniform, die der Ururugroßvater ihres verstorbenen Mannes einst getragen hat, eingerahmt und im Flur aufgehängt, gleich neben seiner Daguerreotypie. Auf der Zedernholzkommode darunter stehen Fotos der alten Plantage. Sie kann einfach nicht verstehen, wie ihre Familie es geschafft hat, binnen weniger Generationen so tief abzusteigen – bis hierher, ins westliche Texas, wo man sich ständig den Staub aus den Augen wischen und um das sichere Dach über dem Kopf fürchten muss, während Mexikaner und Feministinnen die Weltherrschaft übernehmen.

Wenn Karla von ihrer Schicht nach Hause kommt, stellt sie sich im Dunkeln hinter das Sofa, auf dem ihre Mutter und ihre Tochter eingeschlafen sind, und betrachtet ihre in blaues Fernsehlicht getauchten Gesichter. Zeit, ins Bett zu gehen, sagt sie und legt Diane in die Wiege. Karla liebt ihre Mutter, aber manchmal macht sie sich Sorgen, die Angst und der Hass könnten die Frau eines Tages umbringen. Was soll aus ihr werden, wenn Karla und Diane von hier fortgehen? Nachdem sie Mutter und Tochter zugedeckt hat, geht Karla hinters Haus, raucht einen Joint und spinnt sich eine alternative Lebensgeschichte zurecht, eine, in der sie sich ein bisschen mehr Mühe gibt, zu der Klinik in Santa Teresa zu kommen.

Heute Abend wird in der Raffinerie wieder das überschüssige Erdgas abgefackelt. Der Himmel ist hell, die Zahl der Sterne überschaubar. Karla schließt die Augen und hat keine Mühe, sich ihre Heimatstadt in fünfzehn oder fünfzig oder hundert Jahren vorzustellen, oder wann auch immer sie der Erde das Letzte abgetrotzt haben werden. Sie kann sich die Landschaft ohne das technische Gerät vorstellen, wenn alle Pumpen und Bohrtürme abgebaut und auf Lastwagen in eine andere Wüste oder an eine andere Küste gekarrt werden. Sie stellt sich ihre Heimatstadt ohne Kirchen, Bars und Sportplatz vor, ohne das im Osten gelegene Stadion oder die Autohändler, die während der letzten Wirtschaftskrise gesagt haben, sie würden schließen, mindestens bis zum nächsten Boom. Sie stellt sich die Stadt ohne das Krankenhaus vor, wo alle, die sie kennt, geboren wurden und wo sie alle sterben werden. Wenn sie Glück haben, geht es schnell.

Dieses Jahr reden alle von den Vorkommen in Bone Springs und dem Delaware Basin, aber sobald der Ölpreis wieder fällt, werden die Parkplätze sich leeren und die Unterkünfte der Arbeiter verwaisen, und nichts wird zurückbleiben als leere, rostige Bierdosen, eingeschlagene Fensterscheiben und Schlangen unter den Bettgestellen. Hier in der Stadt werden immer noch Vorhänge oder Stores oder alte T-Shirts in den Fenstern der kleinen Backsteinhäuser hängen, und in denen der kleinen Holzhäuser, die zu Ruinen verfallen. In den Vorgärten werden weiterhin umgekippte Dreiräder liegen, leere Dr-Pepper-Flaschen und von der Sonne gebleichtes Spielzeug, Turnschuhe ohne Schnürsenkel, Wäsche auf einer Leine hinter dem Haus und Sand und Staub auf allen Fensterbrettern. Irgendwo wird es immer eine Frau geben, die nicht aufgeben will. Vor jedem Abendessen wischt sie den Staub vom Tisch, und jeden Morgen nach dem Aufstehen fegt sie ihn von der Veranda. Sie wischt und fegt, aber da ist immer neuer Staub.

Du kannst gern von hier fortgehen, sagt Mrs Sibley zu ihrer Tochter, aber dann kann ich dich nicht mehr unterstützen.

~

Wie kommt man zu Fuß von Midland nach Odessa?
Immer gen Westen, bis man in Scheiße tritt.

~

Als Dale Strickland nach drei Stunden endlich seine Rechnung bezahlt hat und aus der Sitznische rutscht, ist er schon ziemlich betrunken. Wir sehen ihn zur Herrentoilette torkeln, und als er neben Karla stehen bleibt, hören wir jedes Wort. Hey, Süße. Du siehst aus, als wärst du einsam.

Eine von uns geht rüber und sagt ihr, sie solle ihre Bestellungen aus der Küche holen. Unzählige Male haben wir das schon getan, für alle möglichen Frauen und Mädchen, seit dreißig Jahren. Immer schön lächeln, sagt er zu ihr. Warum lächelst du nicht? Hast du einen Stock im Arsch?

Karla beugt sich vor, wir sehen, wie sie ihm etwas ins Ohr flüstert. Wir werden nie erfahren, was es war. Strickland holt mit der Faust aus und zielt auf ihr Gesicht. Er schlägt daneben, stolpert, holt erneut aus. Evelyn ruft fluchend ein paar Stammgäste hinzu, damit sie ihn rausschmeißen. Karla steht mit offenem Mund neben dem Besteckwagen, als hätte in ihren siebzehn Lebensjahren noch nie jemand versucht, sie zu schlagen.

Was glauben Sie, wie es läuft? Wildwest-Justiz? Dass die Männer Strickland auf den Parkplatz zerren und so schlimm verprügeln, dass er sich hier nie wieder zeigt? Na ja, sie verprügeln ihn, das schon, aber alle wissen, wie es läuft: Wir werden lachen, gut, dass er zu betrunken war, um sie zu treffen, und Evelyn wird ihn ein paar Wochen lang schmoren lassen, bis er angekrochen kommt und sich bei Karla entschuldigt.

Kein Grund, die Sache aufzubauschen und alles schlimmer zu machen, als es ist, sagt Evelyn. Wir wollen nicht, dass es eskaliert. Wenn es eskaliert, holen die Leute ihre Revolver raus, und das wollen wir nicht. Wir sind völlig ihrer Meinung. Wie praktisch für Dale Strickland und seinesgleichen, sagen wir, als Evelyn in ihr Büro verschwindet und die Tür hinter sich schließt. Sie gehen durchs Leben und wissen, dass sie am Ende mit allem durchkommen.

Und zu Karla, die schon wieder vergessen hat zu lächeln, sagen wir: Das ist unser Alltag. Wir haben keine Zeit für diesen Mist. Trotzdem schwören wir uns, dass sie ihn nie wieder bedienen muss, selbst wenn das bedeutet, dass wir einen unserer guten Tische mit ihr tauschen müssen. Evelyn steckt ihr ein paar Dollar zu und sagt, sie solle ein paar Tage freimachen. So ist es üblich nach Vorfällen dieser Art.

Als wir zu unseren Autos gehen, regnet es bereits. Die ganze Nacht lang ergießt sich das Wasser vom Himmel, wäscht den Staub und den Gestank der Ölfelder aus der Luft. Fast eine Handbreit Regen ist gefallen, bevor das Unwetter bei Sonnenaufgang abzieht. Der Regen hört auf, wir holen tief Luft. Wir kontrollieren die Fenster und behalten die im Wasser stehenden Leitungsmasten im Auge. Die Vögel zwitschern und singen, wir verlassen das Haus, legen den Kopf in den Nacken und sehen nichts als blauen Himmel.

~

Wie lange dauert es, bis mexikanische Bohrarbeiter an einem Freitagabend in Evelyns überfülltem Restaurant einen Tisch bekommen?

Das war jetzt kein Witz. Evelyn bringt ihnen zwei Speisekarten, sie lächelt breit, und das neue Orange ihrer Haare schimmert wie eine Landebahn. Habt ihr eure Papiere dabei?, ruft einer der Stammgäste vom Tresen herüber, aber Evelyn wirft ihm einen bösen Blick zu. Fangt schon mal an zu packen, ruft der Stammgast. Einige von uns lachen, manche starren zur Decke und andere zu Boden, aber keine macht den Mund auf.

Unsere Urgroßväter haben mit Fackeln und Bullenpeitschen Männer aus dem Bett geholt, sie haben die Kinder an den Füßen herausgezogen und die Mütter vor ihren Augen an den Haaren auf die Felder geschleift. Einige unserer Väter und Brüder haben bis heute eine Bullenpeitsche unter dem Fahrersitz. Unsere Urgroßmütter haben Schwäche vorgeschützt, bis sie ihnen in Fleisch und Blut überging. Manche von uns leben bis heute so. Den Mund aufzumachen würde einen Mut voraussetzen, von dem wir nicht mal träumen.

Machen wir uns schuldig? So schuldig, wie die Nacht finster ist und der Tag lang. Wenn wir je innehalten und darüber nachdenken würden, was wir tunlichst vermeiden, wäre unsere Schuld so gleißend wie die Sonne im August. Kommen Sie, setzen Sie sich an die Bar und beobachten Sie uns – die unverbesserlichen Sünder, die Hochstapler, Lügner und Träumer, die Heuchler, Gauner und Mörder. Jedem von uns bliebe noch Zeit, sich zu retten, klar doch, aber Gott stehe Ihnen bei, falls Sie uns vorher durch einen unglücklichen Zufall in die Quere kommen.

Hey, Evelyn, sagt einer der Stammgäste, nachdem sie die hungrigen und leicht verwirrten Männer an einem Tisch ganz hinten platziert hat, möglichst weit von der Bar entfernt, kennst du den? – Warum ist das kleine Jesuskind nicht in Texas zur Welt gekommen? Weil es hier keine drei Weisen und keine Jungfrau gab.

~

Das Licht von den neuen Bohrstellen lässt die Sterne verblassen, aber Karla-Darling steht trotzdem in der Wüste und betrachtet den Himmel und den aufgehenden Vollmond hinter den Kühltürmen der Raffinerie. Sie kehrt das Gesicht den Sternen zu – ihre Mutter sagt, früher habe es viel mehr davon gegeben –, weil es hier draußen nicht viel anderes zu sehen gibt, weil der Anblick des Himmels den Unterschied zwischen leben und sterben ausmacht. Im Winter gibt es Hagel und Eis, im Frühjahr Wirbelstürme und Fabrikbrände. Leider macht der Himmel einen nicht auf Gaslecks und auf Chemikalien im Grundwasser aufmerksam, oder auf den jungen Mann, der erst vor wenigen Wochen aus dem Gefängnis entlassen wurde und nun auf der Suche nach jemandem ist, der dafür bezahlt.

Nachdem die Männer mit ihm fertig waren und einer ihm noch einen letzten Tritt in die Nieren versetzt hatte, einfach nur so, saß Dale Strickland eine Weile auf dem Schotter, und dann taumelte er zu seinem Truck und fuhr davon. Karla war der Meinung gewesen, sie hätte noch mal Glück gehabt. Die Leute glauben, das Gefährlichste draußen auf den Ölfeldern wären die Klapperschlangen und die Skorpione, dabei sind die in diesem County noch das Harmloseste. Und die Klapperschlangen warnen einen wenigstens vor.

Warum hatte sie ihn nicht angelächelt? Vielleicht weil Diane immer noch nicht durchschläft und Karla hundemüde ist. Vielleicht, weil sie erst siebzehn ist und trotzdem schon Mutter, jetzt und für immer. Oder vielleicht hatte sie einfach bloß keine Lust zu lächeln. Und was hat sie da draußen überhaupt gesucht, so ganz allein mitten in der Nacht, obwohl sie doch weiß, dass die Wüste kein Ort für eine junge Frau ist? Sie hat sich die Sterne angesehen, einen Joint geraucht und ein bisschen Zeit vertrödelt, nach neun Stunden des ununterbrochenen Lächelns, so verbissen, dass sie glaubte, ihre Zähne würden zerspringen.

~

Was ist der Unterschied zwischen einem Eimer Scheiße
und Odessa?
Der Eimer.

~

Er war sternhagelvoll, sagt der Sheriff, der während der Happy Hour vorbeigekommen ist, um uns ein paar Fragen zu stellen. Wer immer es war, hat sich die Zeit genommen, ihn doppelt zu rammen, einmal mit der vorderen Stoßstange und einmal mit der hinteren. Und seine Brieftasche ist auch weg. Haben Sie irgendeine Ahnung, was ihm zugestoßen sein könnte?

Evelyn blickt aus ihrer Nische auf, in der sie gerade den Plan für die kommende Woche zusammenstellt. Vielleicht ist er aus dem Auto gestiegen, um zu pinkeln, und dann hat er in der Dunkelheit die Orientierung verloren? Sie zuckt die Achseln. Und der andere Fahrer hat ihn erst bemerkt, als es zu spät war. Oder vielleicht hat er einen Tramper mitgenommen, und es kam zum Streit, weil er Benzingeld wollte. Vielleicht wurde er geschubst. Möglicherweise ist er jemandem begegnet, der noch fieser war als er oder der mehr zu verlieren hatte. Sie zuckt abermals die Achseln. So was kommt vor.

Jedenfalls hat er furchtbar gelitten, sagt der Sheriff. Er ist eine Nacht und fast einen ganzen Tag über das Ölfeld geirrt. Als er gefunden wurde, war er von Kopf bis Fuß voller roter Erde und Sandflöhe. Er hatte Skorpionstiche an den Knöcheln, am Kopf eine Beule so groß wie ein Baseball und zwei gebrochene Arme. Ein Wunder, dass er überlebt hat, meint der Arzt.

Das ist ja furchtbar. Evelyn legt dem Sheriff eine Hand an den Arm und führt ihn zu einer Sitznische. So etwas wünscht man nicht mal seinem ärgsten Feind.

Hat er hier in letzter Zeit Ärger gemacht? Der Sheriff sieht zu uns herüber. Wir alle schütteln den Kopf. Wir denken an den roten Staub auf der Stoßstange von Karlas Auto, an die neue Delle in der Fahrertür, an ihren beschwingten Schritt. Und wir sind dankbar dafür, dass sie heute frei hat.

Nur die üblichen Raufereien. Evelyn reicht ihm die Karte. War bestimmt nicht das erste Mal, dass er angefahren wurde, und auch nicht das letzte. Schwer, sich vorzustellen, dass auch er ein Geschöpf Gottes ist – sie lacht –, oder wir.

Tja, er kann sich an nichts erinnern, sagt der Sheriff. So übel wurde er zugerichtet.

Ist vielleicht besser so, sagt Evelyn. Glück im Unglück.

Sobald der Sheriff gegangen ist, schließt Evelyn sich in ihr Büro ein. Nach Restaurantschluss setzt sie sich zu uns und trinkt so viele Martinis, dass sie beschließt, auf der Pritsche im Büro zu übernachten. Kinder, sagt sie, ich bin zu alt für den Mist. Als wir zu unseren Autos gehen, steht sie in der Tür und sieht uns nach.

~

Was tut ein Mädchen in Odessa morgens nach dem
Aufwachen als Erstes?
Sie zieht sich ihre Schuhe an und geht nach Hause.

~

Nach jeder Schicht schauen wir zu, wie Karla ihr Geld auf drei Stapel verteilt – einen für ihre Ausbildung, einen für Diane, einen für ihre Mutter. Das Abschlusszeugnis von der Abendschule kommt per Post, wir feiern den Anlass, indem wir ihr nach Restaurantschluss ein Glas Rotwein erlauben. Im November, sagt Karla, wird sie achtzehn, und dann wird sie mit Diane nach San Antonio umziehen. Vielleicht wird sie sich dort sogar an einem der Colleges einschreiben.

Es gibt da mehr als eins?, fragen wir. Warum?

Abgesehen vom Kronleuchter über der Sitznische und dem dünnen Lichtstreifen unter der Tür zu Evelyns Büro liegt das Restaurant im Dunkeln. Wir haben aufgeräumt und die Kasse gemacht, und jetzt sitzen wir beisammen. Was willst du sein, wenn du groß bist?, fragen wir Karla. Krankenschwester? Lehrerin? Bibliothekarin? Philosophin? Haha! Sie sagt, sie möchte etwas Sinnvolles tun, etwas, das die Welt verändert. Oje, denken wir, eine Träumerin.

Ich könnte alles Mögliche sein, sagt sie.

Und warum auch nicht?, denken wir. Sie ist ein intelligentes Mädchen.

Hier ist ein bisschen Geld, sagen wir an ihrem letzten Arbeitstag. Dreihundert Dollar und eine Einkaufstüte voller Kleidung, aus der unsere Kinder schon vor Jahren rausgewachsen sind. Ein Kuss, eine Umarmung, eine kleine Pistole für die Handtasche. Trag sie immer bei dir. Hoffentlich brauchst du sie nie, wahrscheinlich nicht, aber falls doch: Schieß, um zu töten.

Viel Glück, Karla-Darling! Du bist eine Diebin und eine verhinderte Mörderin, so wahr wir hier stehen, aber wir sind auf deiner Seite. Wir werden dich vermissen. Siehst du uns im Rückspiegel? Wir werden immer kleiner, und dann verschwinden wir ganz.

~

Warum spielen die Mädchen in Odessa nie Verstecken?
Weil keiner sie suchen würde.

~

Dieser Ort. Flache Erde, flacher Himmel. Wie lange braucht ein Bohrturm in dieser Trockenheit, um zu verrosten? Wie beschreibt man den Weg nach Hause? Ein braunes Band mit Asphaltsaum, angenäht mit einem Faden aus Wut. Während der Wind ihr Haar zerzaust und über dem Ölfeld der abnehmende Mond aufgeht, steht Karla Sibley hinter dem Haus ihrer Mutter und lauscht auf das Baby. Gestern ist sie achtzehn Jahre alt geworden. Heute sind ihre Taschen gepackt, sie stehen im Kofferraum des Autos, das Karla jetzt schon liebt wie eine alte Großmutter. Wenn sie das nächste Mal nach Odessa zurückkehren, wird Diane ihre Mutter um fast einen Kopf überragen. Sie werden einmal durch die ganze Stadt gehen, und niemand wird sie erkennen.

Glory

Weil sie beim Aufwachen manchmal um sich schlägt, das Klappmesser in der Hand und den Finger am Knopf, hat Victor sich angewöhnt, sie vom anderen Ende des Zimmers aus zu wecken. Mija, sagt er, weil er den verhassten Namen meiden will. Zeit zum Aufwachen. Manchmal nennt er sie wie die Vögel, die er mag – Zaunkönigin nach dem unauffälligen grauen Tier, das sein Nest überall baut, sogar unter Bohrtürmen oder neben Bahngleisen, oder *cantora* nach dem Kuhstärling, der kein eigenes Nest besitzt, sondern seine Eier anderen Vögeln unterschiebt. Er singt immerzu, morgens, mittags, abends. Das würdest du auch tun, sagt Victor, wenn du es geschafft hättest, dass die anderen deine Arbeit für dich machen. Es ist früher Nachmittag, Glory liegt unter einer der Decken ihrer Mutter und atmet ruhig und gleichmäßig, als Victor sie *phoebe* nennt, nach dem kleinen Schreivogel, der seinen eigenen Namen singt.

Es ist Zeit, sagt er noch leiser als sonst. Du und ich, wir sollten von hier verschwinden.

Sie haben die Abreise seit Mitte August geplant, als Victor vom Gericht zurückkam und an ihre Tür klopfte, den Hut in der Hand und mit durchgeschwitztem Kragen. Er hatte sich extra den dichten Schnurrbart gestutzt und die Haare getrimmt. Er hatte sich so lange die Hände gewaschen, bis die Nagelbetten einrissen. Mit dunklen Ringen unter den Augen und zitternden Händen hatte er ihr Zimmer betreten und den Hut auf die Kommode gelegt.

Hat er seine Strafe bekommen?, hatte sie gefragt. Für das, was er getan hat?

Nebenan betätigte jemand die Klospülung, eine Dusche wurde aufgedreht. Ja, log Victor, Dale Strickland wird für den Rest seines Lebens gestraft sein.

Jetzt ist Anfang September, und Victor hat ein Treffen mit dem Staatsanwalt hinter sich, und wieder will Glory wissen, ob Dale Strickland bestraft wurde. Victor klopft sich an die Hosentasche, in der die fünftausend Dollar stecken, eine von einem Gummiband zusammengehaltene Rolle aus Hundertern. Das Geld gehört ihr, aber das weiß sie noch nicht. In Puerto Ángel wird er das Geld Alma übergeben. Hier, wird er zu seiner Schwester sagen, das ist für eine schönere Wohnung, ein paar Möbel und eine gute Schule für Glory. Victors Blick schweift über die kleine Gestalt unter der Decke. Ein heldenhafter Sonnenstrahl hat sich durch den daumenbreiten Spalt zwischen den Vorhängen gekämpft. Victor wird sie in dem Glauben lassen, dass Strickland im Staatsgefängnis von Fort Worth einsitzt und erst wieder entlassen wird, wenn er nur noch Staub furzt. Die werden ihn im Rollstuhl da rausschieben, sagt Victor, mit einem neuen Gebiss und einer Tasche voller Wechselwäsche.

Hoffentlich stirbt er vorher, sagt sie und verkriecht sich noch ein bisschen tiefer unter Almas Decke. In diesem Jahr hat sich die Sommerhitze schneller verzogen als sonst; wenn Glory nachmittags vom Pool heraufkommt, schaltet sie zwar immer noch die Klimaanlage ein, aber nur kurz, für zehn oder fünfzehn Minuten, zum Durchlüften des muffigen Zimmers. Die Unwetter haben den Staub aus der Luft geholt und neue Niederschlagsrekorde aufgestellt. In der Straße, wo Glory und ihre Mutter gewohnt haben, ist der Muskingum Draw vollgelaufen. Die Kinder haben sich in alte Autoreifen gesetzt und sind von einem Ende ans andere gepaddelt, und erst kurz vor der alten Büffeltränke, die voller Schlamm und Mokassinottern war, sind sie ausgestiegen und haben die Reifen aus dem flachen Wasser gezogen. Außerhalb der Stadt liefen die Springfluten in Schluchten, Senken und unter Viehgittern zusammen. Wenn Glory heute während der Fahrt genau hinsieht, sagt Victor, wird sie in der Wüste völlig unbekannte Blumen entdecken, Strauchmargeriten, Büffelkletten und Kaktusblüten so weiß wie Neuschnee.

Eines Nachts, als sie noch klein war, vier oder fünf vielleicht, war ein Schneesturm durch Odessa gezogen. Alma hatte ihre Tochter im Morgengrauen geweckt, sie waren zusammen hinausgegangen und hatten die eisigen Kristalle auf dem Gehweg und den Autoscheiben bewundert. Beide hatten nie zuvor Schnee gesehen, und nun standen sie mit offenem Mund vor dem Haus. Als die Morgensonne auf das Dach des Wohnblocks schien, begann das Eis zu schillern und zu funkeln. Es soll bleiben, hatte Glory gebettelt, aber schon mittags hatte der Schnee sich in roten Matsch und nasse Grasbüschel verwandelt. Glory gab Alma die Schuld, gerade so, als hätte ihre Mutter die Sonne und den warmen Tag aufhalten können, hätte sie sich nur mehr Mühe gegeben.

Glory steigt aus dem Bett und packt ihre Sachen. Hoffentlich muss er leiden, sagt sie zu ihrem Onkel. Victor nickt und schließt die Finger um das Geldbündel in seiner Hosentasche. Da, nimm das, du fauler Mexikaner, hatte Scooter Clemens gesagt, offensichtlich verärgert darüber, dass Strickland seine Drecksarbeit nicht selbst erledigte. Er klatschte die Geldscheine auf Keith Taylors Schreibtisch, während Keith die Stirn runzelte und schweigend aus dem Fenster sah. Nachdem sie die Vereinbarung unterzeichnet hatten, stand Victor auf, knetete den Hut zwischen seinen Händen und stellte sich vor, wie er seine breiten Daumen auf Clemens' Kehle legt und zudrückt. Doch im Krieg hat Victor nicht nur gelernt, dass es oft pures Glück ist, ob man den nächsten Tag erlebt, dass todgeweihte Menschen sich nicht mehr darum kümmern, wer der Star und wer der Mexikaner ist, und dass Heldenmut oft klein und planlos ist und trotzdem die Welt bedeutet – sondern auch, dass nichts so viel Leid bringt wie Rache. Deswegen hat Victor an Rache kein Interesse, nicht einmal als einziger Zeuge von Glorys Leid.

Er stellt einen leeren Koffer aufs Bett. Phoebe, sagt er, der Hurensohn wird bis zu seinem letzten Tag auf Erden dafür bezahlen, glaub mir.

Und vielleicht wird er das ja tatsächlich, denkt Victor, auch wenn es nichts mehr mit ihnen zu tun hat. Die Polizisten, die Anwälte, die Lehrer und die Kirchengemeinden, der Richter und die Geschworenen, die Leute, die den Jungen großgezogen und auf die Welt losgelassen haben, auf diese Stadt – sie alle haben sich schuldig gemacht.

Sie laden Koffer und Kisten auf die Ladefläche von El Tiburón und decken sie mit einer Plane ab, die sie mit Ziegelsteinen beschweren. Um kurz nach vier gehen sie zur Rezeption, wo der junge Mann gerade die Einnahmen zählt. Sie geben ihre Schlüssel ab, erst Victor und dann Glory. Von nun an wird sie nicht mehr jeden Mittag im selben Led-Zeppelin-T-Shirt an den Pool gehen, in der einen Hand ein Badetuch und in der anderen eine Flasche Dr Pepper, in letzter Zeit auch mit einem tragbaren Kassettenrekorder über der Schulter. Später wird der junge Mann sich wünschen, er hätte sich die Zeit genommen, den beiden für die pünktliche Bezahlung zu danken und ihnen viel Glück und eine gute Reise zu wünschen, wohin auch immer.

~

Victor breitet die riesige Straßenkarte über dem Lenkrad aus wie eine Tischdecke. Er faltet sie ein Mal, dann ein zweites und ein drittes Mal, bis sie in Glorys Hände passt. Er zeigt auf einen Punkt am unteren Rand und fährt mit dem Zeigefinger die

Grenze ab, eine blassblaue Linie, die sich zwischen den Ländern erstreckt, erst in sanften Krümmungen und zum Golf hin in einem zackigeren, komplizierten Muster. Wie Victor aufgefallen ist, wird die Linie mit jeder neuen Auflage dünner, der Fluss durch Vertiefungen, Zäune und Dämme immer schmaler. Vor über hundert Jahren saßen die alten Frauen nur wenige Schritte vom Ufer entfernt auf der Veranda und konnten Passagierdampfer beobachten, die zum Golf und zurück pendelten. Vom Deck schallte Musik übers Wasser, Jazz oder Country oder Tejano, und sie war noch zu hören, wenn die Dampfer längst außer Sicht waren.

Zwei Stunden südlich von Laredo gibt es einen Fähranleger, Los Ebanos, sagt Victor zu seiner Nichte. Auf die Fähre passen ein Dutzend Menschen und zwei Autos. Victor fährt mit dem Finger die Highways und Landstraßen ab, schwarze Linien, die sich durch die Wüste und die Chisos Mountains ziehen. Eine kurze Unterbrechung durch den Lake Amistad, und dahinter geht es sechshundert Meilen im Zickzack immer wieder über die Grenze. Victor nimmt Glory die Karte aus der Hand, dreht sie um und zeigt auf eine Bucht. Und dann fahren wir runter nach Oaxaca und Puerto Ángel, sagt er, weitere tausendfünfhundert Meilen. Die Straßen sind so holperig, dass dir der Hintern noch eine Woche wehtun wird. Er wirft einen Blick auf seine Armbanduhr, dann in den westlichen Himmel. Diesen Teil von Texas möchte er nicht nachts durchqueren, nicht mit Glory im Auto. Wenn wir uns beeilen, sagt er, sind wir vor Sonnenuntergang in Del Rio.

~

Auf einem zweispurigen Highwayabschnitt irgendwo zwischen Ozona und Comstock, so einsam, dass ihnen seit fast einer Stunde kein anderes Auto begegnet ist, beschleunigt der El Camino nur noch zögerlich. Victor tritt fluchend aufs Gaspedal, der Motor keucht und hustet wie ein alter Mann, aber sie legen noch weitere achtzig Meilen zurück. Die Sonne hängt knapp über dem Horizont. Victor murmelt etwas von einem verstopften Filter und hält nach einer Stelle zum Anhalten Ausschau. Glory hat die Wange an die warme Seitenscheibe gelegt und döst auf dem Beifahrersitz vor sich hin. Sie fragt sich, wie das Heimatdorf ihrer Mutter wohl aussieht und ob es sich sehr von den Fotos unterscheidet, die Alma in einer alten Zigarrenkiste aufbewahrt. Ihre Haare sind nachgewachsen und sehen jetzt aus wie eine Art Frisur. Mit Anbruch der Nacht werden die Temperaturen absacken, aber noch bedeckt eine dünne Schweißschicht Glorys Hals.

Während ihr Onkel fluchend unter der Motorhaube des El Tiburón herumschraubt, versucht sie, so lange wie möglich auf Zehenspitzen zu stehen. Sie sehnt sich nach einer Zigarette, aber Victor sagt, Mädchen ihres Alters dürften nicht rauchen. Sie geht um das Auto herum und lässt die Ladeklappe herunter. Sie holt eine Packung Kaugummi aus ihrer Tasche und schiebt sich drei in den Mund. Sie setzt sich auf die Klappe und spürt das warme Metall an der Rückseite ihrer Oberschenkel. Schweiß sammelt sich unter ihrem BH und am Hosenbund, sie reibt sich die Augen. ¡Pedazo de mierda!, schimpft Victor mit dem Auto. Du wirst nie ein Oldtimer sein.

In ein paar Schritten Entfernung liegt ein totes Gürteltier auf dem Schotter. Hoch über seinem aufgeknackten Panzer kreisen zwei Geier. Der Wind hebt Glory die Haare aus dem Nacken und bläst den Kadavergestank davon. Sie kehrt das Gesicht dem Himmel zu und atmet tief durch.

Dios mío, murmelt Victor. Er hat sich einen Schraubendreher hinters Ohr geklemmt und versucht, einen Schlauch abzuklemmen. Es gelingt ihm, doch die Benzindämpfe steigen ihm in die Nase. Er taumelt würgend und spuckend zurück. Keine Sorge, sagt er, das haben wir gleich repariert. Er beugt sich wieder über den Motorblock, schiebt nach ein paar Minuten seitlich den Kopf heraus. Such mir doch bitte mal einen Stock, mindestens so lang und etwa so dick – er deutet den Umfang mit dem kleinen Finger an –, damit ich ihn in die Leitung schieben und die Verstopfung lösen kann.

Glory klettert auf die Ladefläche und lässt den Blick über das weite Nichts streifen, in dem sie gestrandet sind. Seit Ozona haben sie keine Bohrtürme mehr gesehen, und hier draußen gibt es weit und breit keine Gebäude, nicht einmal ein kleines Farmhaus in der Ferne. Nur ein endloser, parallel zur Straße verlaufender Stacheldrahtzaun verrät, dass hier jemals Menschen gewesen sind, und eine Art Durchfahrt fünfzig Schritte weiter. Wir sind woanders, sagt sie sich, als ihr Herz wie wild gegen ihre Rippen klopft. Dort auf dem Ölfeld sah die Landschaft aus wie ein leer gefegter Tisch, aber hier wechseln sich felsige und unebene Abschnitte mit kahlen, flachen Senken voll roter Erde ab. Es gibt auch Kakteen, einige sind mit winzigen Blüten, Haken oder Stacheln besetzt. Manche sehen aus wie in weiße Fäden eingesponnen. Auf dem Seitenstreifen schiebt sich lila Büschelschön durch einen Riss im Asphalt, ein freudiger Farbtupfer im Graubraun, und wie Victor versprochen hat, sind da auch Büffelkletten mit leuchtend gelben Blüten und stacheligen dunkelgrünen Blättern. In ein paar Monaten werden die Pflanzen getrocknet und ihre flachen Wurzeln verschrumpelt sein, der Wind wird sie ausreißen und über die Erde rollen wie einen toten Flächenbrand aus Zweigen und Laub, entwurzelt auf die Welt losgelassen – Steppenläufer. Wir sind woanders, sagt Glory laut, weil die dünnen schwarzen Härchen an ihren kribbelnden Armen sich aufrichten. Er sitzt in Fort Worth im Gefängnis.

Der Seitenstreifen ist schmal, deswegen hält sie beim Gehen nach Autos und Schlangen Ausschau, und nach einem verdammten Stock. Sie kommt bei der Durchfahrt an, bleibt stehen und betrachtet das Viehgitter. Eine dünne Schicht aus grauem Staub bedeckt die Metallstreben, in der Mitte sitzt eine Krötenechse und beobachtet eine Straße aus Feuerameisen, die ihr den Weg versperrt. Ein Stückchen weiter hockt eine Spottdrossel auf dem Stacheldraht und singt eine komplizierte Melodie aus eigenen und geborgten Noten. Die Luft hat sich abgekühlt, doch Glory spürt bei jedem Schritt, wie ihr der Schweiß über den Rücken läuft. Sie betritt das Viehgitter und späht in die Tiefe. Fast erwartet sie, von unten gepackt und ins Bein gestochen, gebissen oder geschnitten zu werden.

Nach dem Unwetter hatte sich der Regen in allen Wüstenschluchten und Sturzrinnen gesammelt. Die Springflut hatte eine Zwergwachtelfamilie in ihrem Nest überrascht, aber nun sind hier nur noch Müll, rostige Bierdosen und leere Patronenhülsen zu sehen. Der schwere Jeansstoff klebt Glory an den Beinen. Die Sohlen ihrer Turnschuhe sind dünn, sie könnte jederzeit in Draht oder Kaktusstacheln treten, und ihre kurzen Socken bedecken kaum die frischen Narben, die ihre Füße und Knöchel überziehen wie ein Zickzackmuster. Sie steht auf dem Gitter, hört das laute Dröhnen der Grillen und sieht, wie zwei Steppenläufer ziellos durch die Wüste rollen. Hier gibt es scheißwenig zu sehen, denkt sie, und schon steigt die Wut in ihrer Kehle hoch und möchte sich in Richtung ihres Onkels entladen, der sie hergebracht hat, doch in dem Moment schießt ein Rennkuckuck aus dem Gebüsch und an ihr vorbei. Glory schiebt eine Hand in die Hosentasche und schließt die Faust um das Klappmesser. Sie hat es immer dabei.

Weitere fünfzig Schritte weiter ragen halb oder ganz abgestorbene Mesquitebäume am Wegesrand auf wie die Zuschauer einer Parade. Glory weiß, wie brüchig die Zweige sind. Sie beeilt sich, die Wut treibt sie an wie eine warme Hand zwischen ihren Schulterblättern. *Los!* Wenn sie Victor seinen blöden Stock gibt, wird sie ihm sagen, dass sie zurück nach Odessa will. Er könnte arbeiten gehen, während sie am Pool liegt und zuschaut, wie ihre Narben dunkler werden und sich rotglänzend von der braunen Haut abheben. Sie könnten warten, bis Alma es ein weiteres Mal an und über die Grenze schafft. Um die Tiere zu verscheuchen, die möglicherweise im Gebüsch sitzen, stapft Glory bei jedem Schritt fest auf, und tatsächlich schreckt die Erschütterung ein paar Lebewesen auf – eine Ratte, Zwergwachteln und ein kleines Präriehunderudel, das sich schon für die Nacht eingegraben hatte.

Als Glory nur noch eine Armlänge vom ersten Mesquitebaum entfernt ist, hört sie eine Babyrassel. Eine Maraca voller getrockneter Bohnen. Das erschreckende *tschikka-tschikka-tschikka*, wenn fünfzehn hohle Hornringe aneinanderschlagen. Eine alte Diamantklapperschlange gleitet über den Wüstenboden und hinterlässt ein flaches Muster im Sand. Sie ist dick und länger, als Glory groß ist. Schwere Muskeln, raue Haut mit braunen, von leuchtend weißen Schuppen umrandeten Rauten. Der Kopf ist flach wie ein abgenutzter Holzlöffel, die spitzen, gekrümmten Giftzähne so dick und lang wie Glorys Zeigefinger. Das Tier hat das Mädchen bereits gerochen, als es mitten auf dem Weg innehält und sich zu einer engen Spirale einrollt. Es sammelt seine Kräfte, hebt den Kopf und züngelt Glorys nackte Unterschenkel an. Anscheinend versucht die Schlange abzuschätzen, ob Glory eine Bedrohung für sie und die zehn Jungtiere in ihrem Bauch darstellt.

Die Schlange ist alt und so schwach, dass sie, selbst wenn sie zubeißt, kein Gift mehr verspritzen kann, aber das weiß Glory nicht. Genauso wenig weiß sie, dass das Tier nur noch wenige Stunden zu leben hat, gerade lange genug, bis das letzte Schlangenkind aus dem Eihautsack gekrochen ist und sich im Vollmondlicht als gold und schwarz schimmernder Streifen auf dem Wüstenboden kringelt.

Glory steht da und hält das Klappmesser in der Hand. Gegen einen Mann hätte sie sich zur Wehr setzen können, aber in diesem Moment erscheint ihr die Waffe vollkommen nutzlos. Sie hatte gehofft, sich ihre Wut bewahren und mehr Raum für sich beanspruchen zu können, notfalls auch zu kämpfen, aber jetzt ist nicht der Moment dafür; dass die Sonne untergeht und eine riesige Klapperschlange ihren Weg blockiert, kann sie unmöglich persönlich nehmen. Sie starrt die Schlange an und die Schlange starrt zurück, züngelnd und mit rasselnder, steil erhobener Schwanzspitze. Das prasselnde Geräusch scheint nicht mehr aufzuhören, aber da lässt die Schlange den Kopf sinken, entrollt den langen Leib und gleitet langsam ins Gebüsch. Glory zählt von hundert abwärts und lauscht. Als ihr Herz nicht mehr so wild wummert, reißt sie einen dünnen Ast von einem Mesquitestamm ab und läuft zurück zum Highway.

Glory und Victor werden nicht vor Sonnenuntergang in Del Rio sein. Als sie wieder beim Auto ist, hat ihr Onkel den Treibstofffilter ausgebaut und mit Reiniger besprüht. Während sie darauf warten, dass der Filter wieder trocknet, sitzen sie auf der Motorhaube, beobachten den Sonnenuntergang und hören, wie die Kojoten sich auf die Nacht einstimmen. Der Vollmond geht auf, blutrot und wunderschön am dunkler werdenden Himmel. Versuch mal, die Ohren unter Wasser zu halten, hatte Tina an dem Nachmittag am Pool gesagt. Wenn man lange genug wartet, hatte sie gesagt, kann man sogar den Highway hören. Einen Laster mit Rohren oder Wassertanks, einen abbiegenden Pick-up, das Quietschen einer fernen Ölpumpe, die langsam in die Höhe steigt, und irgendwann klingt alles gleich. Dann kann man sich einbilden, die ganze Welt zu hören, sagte Tina und ließ ihre drallen weißen Arme neben sich schweben wie Bojen. Und sieh dir den Himmel an! Das ist doch ein Wunder. Ein verdammtes Wunder.

Hinter Comstock geht es weiter nach Süden und zum Highway 277, immer an der Grenze entlang durch Juno und Del Rio. Bei Eagle Pass verwandelt die Straße nach El Indio sich in eine Schotterpiste und dann in Staub. Es ist, als zöge die Grenze sie magnetisch an. Victor schweigt, er hält im Rückspiegel nach den flackernden Taschenlampen der Grenzer Ausschau und sieht immer wieder flüchtig zu seiner Nichte hinüber. Wie es ihr wohl geht? Sie ist noch ein Kind und hat sich nie weiter als fünfzig Meilen vom Ort ihrer Geburt entfernt.

Alles okay?, fragt er.

Ja, klar – Glory verdreht die Augen, schmatzt und produziert eine Kaugummiblase von der Größe ihres Gesichts –, aber nächstes Mal kannst du dir deinen blöden Stock selber suchen.

Er sieht lächelnd geradeaus, sucht den schmalen Seitenstreifen nach Gürteltieren oder Kojoten ab, außerdem gibt es hier Rotluchse. Am Horizont taucht ein Paar Scheinwerfer auf, wird heller und größer. Ein Streifenwagen kommt ihnen entgegen, fährt vorbei. Victor beobachtet im Rückspiegel, ob der Fahrer wendet und die Verfolgung aufnimmt. Er hat nicht vor, noch einmal ins schöne Texas zurückzukehren. In seinen Augen ist Texas ein krankes Körperteil, das man schnell entfernen sollte, bevor die Fäulnis das Herz erreicht – eine Einsicht, die er in den Jahren nach seinem Einsatz in Vietnam erfolgreich verdrängt hatte, weil er sich Arbeit suchen und ein Auge auf Alma und Gloria haben wollte. Obwohl die Ankunft aus Südostasien, denkt er jetzt, ihm die Augen hätte öffnen müssen. Er war im Zentrum von Odessa aus dem Greyhound gestiegen und hatte erwartet, von seiner Schwester abgeholt zu werden, aber stattdessen wartete da nur sein alter Chef von der Tankstelle.

Der Mann hatte seinen Arbeitsoverall und eine Shell-Kappe getragen, und auf einmal hatte Victor sich gefühlt, als wäre die Zeit stehen geblieben. Der alte Kirby Lee hatte sich kein bisschen verändert. Er sah Victor und zog ihn in eine stürmische Umarmung, seine eisblauen Augen funkelten vor Freude. Na, so was, Ramírez, du alter Zaunkletterer, hast wohl Glück gehabt. Sieht so aus, als würdest du wohl doch noch das eine oder andere Tecate trinken, was? Victor atmete den Benzingeruch ein, den der graue Overall des Alten verströmte, und erwiderte die Umarmung kraftvoll, so kraftvoll, dass sein alter Boss sich herauswand, und die ganze Zeit dachte er: Er meint das nicht so, er meint es nicht böse. Ich bin wieder zu Hause, ich bin am Leben.

Victor fährt weiter, und der Kloß in seinem Hals ist so dick, dass ihm nichts bleibt, als zu schweigen. Er denkt an seinen Sommer als Erntehelfer in Nordkalifornien zurück. Jeden Abend blutige Finger, lange Arbeitszeiten, aber die Landschaft hatte er geliebt, und auch die Frau, die ihn eines Sonntags in die Stadt mitgenommen hatte, wo sie auf dem Pier Schokolade aßen und bis in die Dämmerung im Park spazieren gingen. Er wird die Vorstellung vermissen, ihr zufällig in die Arme zu laufen. Er wird Texas vermissen. Er wird die Kinos vermissen, die Eiscreme von Blue Bell und den Rinderbraten. Er wird seine Gehaltsschecks vermissen und die Sonnenuntergänge in den Dünen von Monahans, und das ewige, hässliche Kreischen der Kraniche, wenn man am Ufer des dünnen, flachen Pecos sitzt, ein kaltes Bier in der einen und den Vogelführer in der anderen Hand. Die Vögel werden in Mexiko mehr oder weniger die gleichen sein, aber nicht der Fluss. Den wird er vermissen.

Warum erzählst du mir nicht eine von deinen Kriegsgeschichten?, fragt Glory. Sie sieht besorgt aus, und ganz kurz fürchtet Victor, laut gedacht zu haben. Später vielleicht, antwortet er.

Sind wir immer noch in Texas?, fragt sie, als sie El Indio durchqueren, ein Dorf ohne Ampeln, Tankstellen oder englische Schilder. Ja, sagt Victor und nickt, wir sind immer noch in Texas.

Erzähl mir eine Geschichte über Texas, sagt sie, oder über Mexiko.

Victor könnte seiner Nichte ein Dutzend Geschichten erzählen, mindestens. Aber heute fallen ihm nur die traurigen ein. Von Vorfahren, die im Zentrum von Brownsville gehängt wurden, während ihre Frauen und Kinder nach Matamoros flohen und für den Rest ihres Lebens über den Fluss zu dem Land hinübersehen mussten, das sich seit sechs Generationen in ihrem Familienbesitz befunden hatte. Von den Texas Rangers, die mexikanische Bauern bei der Zuckerrohrernte in den Rücken schossen oder sie an Mesquitebäume fesselten und anzündeten oder ihnen zerbrochene Bierflaschen in die Kehle rammten.

Die haben das nur gemacht, könnte Victor erzählen, weil sie Spaß daran hatten. Wegen einer verlorenen Wette. Weil sie betrunken waren, weil sie Mexikaner gehasst haben, weil ihnen Gerüchte zu Ohren kamen, die Mexikaner hätten sich mit irgendwelchen freigelassenen Sklaven oder mit den letzten Komantschen zusammengetan, um die weißen Siedler von ihrem Land zu vertreiben oder ihre Frauen und Töchter zu entführen. Und manchmal taten sie es vielleicht nur, weil sie wussten, sie hatten Schuld auf sich geladen, und da sie den Pfad der Sünde nun einmal beschritten hatten, könnten sie ihn ebenso gut bis zum Ende gehen. Aber meistens taten sie es wohl, weil es in ihrer Macht stand. Río Bravo, der wütende Fluss, der Fluss der Schurken und Kriminellen, hatte Victors Vater immer gesagt und damit sicher nicht seine Landsleute gemeint. Er meinte die verlorenen Seelen, die zwischen 1910 und 1920 Lynchmorde an Hunderten Männern und auch ein paar Frauen begingen. Er meinte die Texas Rangers, die im Sommer 1956 über zwanzig Männer, darunter auch zwei Onkel von Victor, auf einen Viehtransporter trieben und mitten in der Sierra Madre aussetzten, mit einer einzigen Wasserflasche und einem Zettel: Regelt das untereinander, Jungs!

Wirf einen Blick in die Schluchten rechts und links der Grenze, könnte Victor zu seiner Nichte sagen, in die Flutrinnen und Bodensenken, unter die dürren Mesquitebäume, die kaum Schutz vor der sengenden Sonne bieten, und dort wirst du uns finden. Aus den Skeletten unserer Vorfahren ließe sich ein Haus bauen, eine Kathedrale aus Knochen und Schädeln.

Stattdessen erzählt er vom Heimatdorf seiner Schwester, von dem Meer, wo sich so viele Schnapperfische tummeln, dass sie manchmal freiwillig in die Fischerboote springen, bloß um ein bisschen mehr Platz zu haben.

Glory lässt scheinbar unbeeindruckt die Kaugummiblasen platzen. Eine ist so groß, dass sie sie sich danach vom Gesicht pellen muss. Erzähl mir eine *spannende* Geschichte, sagt sie.

Ein Opossum wandert vom Seitenstreifen auf die Straße. Victor tritt auf die Bremse, fährt einen kleinen Schlenker und ist froh, keine Erschütterung zu spüren. Okay, sagt er, ich erzähle dir, was meine Oma uns früher immer erzählt hat. Wenn wir in Puerto Ángel sind, zeige ich dir ihr Grab. Aber Vorsicht, sagt er, die Geschichte ist traurig.

Ist es eine Geschichte aus Texas?

Ja.

Dann will ich sie hören.

Gegen Ende des Krieges am Red River, als die Komantschen und die Kiowa längst verloren hatten und es bloß nicht zugeben wollten, entdeckte eine Gruppe von Kriegern eine Ranch. Sie schlugen die Tür ein und sahen, dass der Rancher und seine Frau nicht da waren, nur ein Baby in einem Korb neben dem Bett. Sie überlegten sich, das Baby zu entführen, aber es war schon spät, und sie waren müde, außerdem hatten sie es eher auf Frauen und kleine Kinder abgesehen, denn Babys machen mehr Arbeit, als sie wert sind. Deswegen schleppten sie den Korb aus dem Haus und beschossen das Baby mit Pfeilen. Als sie fertig waren, sah das arme Ding aus wie ein Stachelschwein! Victor hält inne und sieht seine Nichte an, auf ihrem Gesicht ein Ausdruck verzückten Entsetzens. Nun ja, die Beschreibung stammt nicht von mir, sondern von deiner Großmutter.

Pues. Irgendwann kamen der Rancher und seine Frau nach Hause – sie waren nur kurz am Fluss gewesen, um ein paar Laken zu waschen – und entdeckten das Kind. Die arme Kleine war so gründlich von Pfeilen durchbohrt, dass sie sie samt Körbchen und allem beerdigen mussten. Die Texas Rangers hörten davon. Ihre Einheit bestand zur Hälfte aus Konföderierten, und die andere Hälfte zählte sich zur Union, aber in einem Punkt waren sich alle zu hundert Prozent einig: Hier gab es Rache zu üben! Also ritten sie auf dem Panhandle herum, bis sie eine junge Arapahoe mit einem Baby fanden. Sie überlegten, das Kind mit Kugeln zu durchsieben, und dann wäre die Sache geklärt. Aber einige der Männer wollten nicht mitmachen. Ein Baby mit Kugeln zu durchsieben erschien ihnen barbarisch, und sie wollten keine Barbaren sein. Stattdessen stimmten sie für eine einzige Kugel in die Stirn des Babys. Sie hatten aber nicht in Betracht gezogen, wie groß die Patrone war und wie klein das Baby, und waren deswegen sehr schockiert, als der Kinderkopf zerplatzte wie eine Melone – wieder hält Victor inne. Auch das ist von deiner Abuela, nicht von mir.

Nun herrschte also Gleichstand, aber insgesamt hatte sich alles sehr viel hässlicher und blutiger abgespielt als erwartet, und deswegen war niemand überrascht, als die beiden Babys anfingen, die Männer zu verfolgen. In jeder Stadt, in die sie ritten, und jedem Zeltlager, das sie aufschlugen, warteten die Babys. Wenn sie kämpften und am Ende des Tages ihre Verwundeten vom Schlachtfeld zogen, fühlten sie sich von den Babys beobachtet. Die Babys lauerten ihnen überall auf, und wenn es dunkel wurde, fingen sie an zu weinen, ein scheußliches, elendes Wehklagen, das erst mit Sonnenaufgang endete.

Und ganz offenbar waren die beiden Mütter kurz nach ihren Kindern gestorben, denn auf einmal saßen da zwei junge Frauen mit am Lagerfeuer, und sie waren längst nicht so friedfertig wie ihre Babys. Sie kreischten und heulten, und ihre Röcke raschelten, wenn sie die Männer aus den Zelten schleiften und an den Füßen ins Feuer zogen. Sie banden die Pferde los und jagten sie in die Wüste, sodass die Männer festsaßen. Einige brachten sich um, andere irrten umher, bis sie verdursteten oder in einem Sandsturm erstickten, den die Mütter aufgewirbelt hatten. Die Frauen schleuderten Blitze, und die Präriefeuer verbreiteten sich schneller, als die Männer rennen konnten. Auf andere ging ein eisiger Regen nieder, sodass sie erfroren oder in der Springflut ertranken. Fünf Jahre später waren sie alle tot, die Krieger ebenso wie die Ranger. Die Mütter hatten sich gerächt, nahmen ihre Babys und kehrten ins Grab zurück.

An dieser Stelle hat deine Abuela sich vorgebeugt, den Zeigefinger gehoben und zu deiner Mutter und mir gesagt: No matarás. Glory, wenn du in Mexiko leben willst, solltest du endlich Spanisch lernen. Victor beugt sich vor und kneift die Augen zusammen, in der Ferne tauchen Lichter auf. Laredo, sagt er. Möchtest du anhalten und einen Happen essen?

Aber Glory antwortet nicht. Was für eine Frau, fragt sie sich, erzählt ihren kleinen Kindern solche Geschichten? Eine Frau, wie Glory sie gern kennengelernt hätte.

Vor ihnen tauchen die Lichter von Laredo aus der Dunkelheit auf, werden größer und heller. Sie fahren schweigend weiter, und nach einer Weile kramt Gloria den Kassettenrekorder und eine Kassette aus ihrem Rucksack. Sie legt die Kassette ein und drückt auf Play. Lydia Mendoza, die Lerche von der Grenze!, ruft Victor, und Glory wundert sich über das Zittern in seiner Stimme. Una vez nada más en mi huerto brilló la esperanza …

Glory kurbelt die Seitenscheibe herunter und beißt sich auf

die Lippe. Die Aufnahme ist verrauscht, und die Worte sind kaum zu verstehen, aber ein paar kennt sie, *nada más* und *esperanza*. In der Gonzalez Elementary School gab es in jeder Klasse mindestens eine Esperanza. Glory hält einen Arm aus dem Fenster, spreizt die Finger und lässt den Fahrtwind hindurchströmen. Sie ist froh, noch am Leben zu sein, aber sie würde alles dafür geben, Strickland bis ans Ende seiner Tage als Geist zu verfolgen. Die Sängerin scheint von leuchtender Hoffnung zu singen, Glory ist sich nicht sicher, will aber ihren Onkel nicht fragen, weil seine Augen in der Dunkelheit feucht schimmern. Vielleicht ist es jetzt auch egal, die Nacht ist sternenklar, vielleicht sind die Frauenstimme und der sanfte Klang der Gitarrensaiten genug.

Sie erreichen Laredo nach Mitternacht. Sie essen in einer Raststätte und legen abwechselnd ein Nickerchen auf dem Parkplatz ein. Aber nur eine Stunde, sagt Victor. Er will vor Sonnenaufgang am Grenzübergang sein, und bis dahin sind es noch über zweihundert Meilen.

Sie fahren weiter und so dicht an der Grenze entlang, dass sie nicht immer genau wissen, ob sie sich in Texas befinden oder in Mexiko. Der Himmel ist schwarz wie ein Hämatit, die Straßenschilder sind keine große Hilfe – San Ygnacio, Zapata, Ciudad Miguel Alemán. Jedes steht für einen gestohlenen Fluss, einen einheimischen Kriegshelden oder einen jung verstorbenen Rancher.

Sind wir immer noch in Texas?, fragt Glory alle paar Minuten.

Ja.

Und jetzt?

Pues, woher soll ich das wissen? Texas, Mexiko – die Erde ist überall die gleiche.

Sie erzählt ihm von der Klapperschlange, wie lang sie war und wie wellenförmig ihre Bewegungen. Dass sie sich nur ein einziges Mal im Leben so sehr gefürchtet hat, verschweigt sie. Die Schlange war irre lang, sagt sie, und so dick wie mein Bein.

Im Ernst?, fragt Victor. Du bist eine Heldin. Glory Ramírez, das Mädchen, das eine fünfzehn Fuß lange Klapperschlange verjagt hat!

Sie war nicht fünfzehn Fuß lang. So große Schlangen gibt es nicht.

Na und? So entstehen Legenden, mi vida.

Als sie den Highway verlassen, sind die meisten Sterne verschwunden. Sie fahren an ein paar kleinen Holzhäusern vorbei, in denen die Bewohner von Los Ebanos schlafen. Am Fähranleger sitzen fünf Männer auf Campingstühlen vor einem kleinen, festlich geschmückten Kiosk mit Bierreklamen und Weihnachtsbeleuchtung. Ein sechster lehnt an einem zweihundert Jahre alten Ebenholzbaum, von ihm ist kaum mehr zu sehen als die rote Glut seiner Zigarette. Am Baumstamm ist ein armdickes Stahlkabel befestigt. Es zieht sich über den Río Bravo und mündet an einem Zwillingsbaum am anderen Ufer, wo ein Dutzend Männer und Frauen schon auf der Fähre stehen. Die Stelle dient als Grenzübergang, seit Victor denken kann. In trockenen Jahren verkümmert der Fluss zu einem Bach, dann wandert das Vieh auf der Suche nach süßem Moskitogras hin und her. Die Leute leben auf einer Seite des Flusses und arbeiten auf der anderen, und manche Kinder merken erst nach ihrem zehnten Geburtstag, auf welche sie eigentlich gehören.

Die meisten dieser Männer und Frauen werden am Abend an ihr Ufer zurückkehren, zurück nach Hause zu den Wasservögeln, Zaunkönigen und Staren, zu Rindern und Kojoten, Ozelots und Luchsen. Sie lauschen auf die Musik, die übers Wasser getragen wird, Country und Tejano, Ranchera und Norteño. Manchmal kommt sie auch aus dem geöffneten Wohnzimmerfenster einer alten Frau, die jeden Abend kurz vor Sonnenuntergang eine Platte auflegt, ein Glas Whiskey einschenkt und sich auf die Veranda setzt, um den Sonnenuntergang zu sehen. Sie mag Jazz – Billie

Holiday, John Coltrane und den unglücklichen Jungen aus dem platten Oklahoma, der seine Trompete zum *Singen* bringen konnte.

Als Victor und Glory auf die Fähre rollen, stellt niemand Fragen. Keiner will ihre Ausweise sehen. In der Mitte der Holzplattform stapeln sich Gemüsekisten, Stahlrohre und Holzlatten. Auf dem Holz steht ein dünner gelber Hund und blickt ins Wasser. Glory sieht jetzt erst, wie wenig Platz zwischen den Ufern ist. Trotz der jüngsten Regenfälle ist der Fluss kaum breiter als ein vierspuriger Highway, nicht einmal die Strecke von ihrer Moteltür zum Pool des Jeronimo. Der Mann am gegenüberliegenden Ufer ruft, er sei bereit, und die Männer auf der Fähre ergreifen das Kabel und ziehen, Hand über Hand. Für die Überfahrt brauchen sie nicht länger als Glory, wenn sie ihrer Mutter abends vor Schichtbeginn einen Zopf flicht, oder als Alma, wenn sie in ihrer Handtasche nach etwas Kleingeld für ihre Tochter sucht. Die Zeit würde knapp reichen, um die Rechnungen zu sortieren und den Brief aus der Heimat herauszufischen, um einmal durch den Flur zu gehen und nach den Kindern zu sehen oder den Motor eines vom Militärsold gekauften Autos abzuwürgen. Genug Zeit, um in der Wüste eine alte Schlange mit Blicken zu vertreiben und sich zu fragen, was als Nächstes kommt. Sie erreichen das andere Ufer, wo ein Mann zwei dicke Holzplanken für die Autoreifen niederlegt. Glory und Victor starren geradeaus, keiner von beiden wirft einen Blick zurück auf Texas.

Sie fahren weiter nach Süden, mit offenen Fenstern und Sonne in den Augen. Glory schlägt die Beine unter. Am Delta des Río Bravo, auch bekannt als Laguna Madre, biegen sie nach Westen ab und dringen tiefer ins Land ein. Es ist Ende September, wenn sie weiter so gut durchkommen, werden sie rechtzeitig zum Fest des heiligen St. Michael in Almas Dorf sein. Stell dir vor, sagt Victor, wie wir am Strand stehen, du und ich und deine Mom, wir graben die Füße in den Sand, auf allen Fischkuttern im Hafen leuchten die Laternen und auf den Booten dazwischen tausend Kerzen. Kannst du es sehen, Phoebe?

Nein, sagt Glory, reibt sich mit dem Daumen die Handfläche und bückt sich dann zu ihren Knöcheln hinunter. Victor spricht von Kriegsnarben. Er findet, sie kann stolz darauf sein. Es bedeutet, dass man gekämpft und den Krieg überlebt hat. Verstehst du?

Noch nicht.

Versuch es.

Sie verdreht die Augen und sieht hinaus, aber insgeheim stellt sie sich vor, wie ihre vernarbten Füße einen Schritt nach dem anderen machen und sie tragen, wohin sie will. Weg von einem auf dem Ölfeld abgestellten Pick-up. Durch die Wüste und über eine Straße bis an eine Haustür. Eine Metalltreppe hinunter und bis an einen Pool, wo sie sich auf den rauen Beton setzt und vorsichtig ins Wasser gleiten lässt. Wo sie sich vom Rand abstößt und lernt, dass sie, wenn sie sanft die Arme kreisen lässt, beliebig lange treiben kann.

Glory betrachtet die beiden kleinen Narben an ihren Händen, eine auf jeder Handfläche. Ihr Körper verrichtet seine Arbeit, in einem Jahr werden sie flacher und weicher sein, in zwei Jahren kaum noch zu erkennen. Die Narben an ihren Füßen und Knöcheln hingegen werden breiter und länger werden und sie wie dunkelrote Kordeln für immer an jenen Morgen fesseln. Das Mädchen, das aufstand und stürzte, das in einen Stacheldrahtzaun griff, um nicht wieder hinzufallen. Das Mädchen, das barfuß durch die Wüste ging und sich selbst das Leben rettete. Anders, denkt sie, wird sich die Geschichte nicht erzählen lassen.

Danksagung

Ich danke dem National Endowment for the Arts, der Rona Jaffe Foundation, dem Illinois Arts Council, Hedgebrook, der MacDowell Colony, dem Barbara Deming Memorial Fund, Amy Davis und dem Writers Workspace in Chicago für das Geld, die Zeit, den Raum und die Ruhe.

Zwei Kapitel dieses Romans wurden in anderer Fassung als Kurzgeschichte veröffentlicht. Ich danke den Redakteuren des *Colorado Review* und des *Baltimore Review* für die Publikation von »Valentine« und »Women & Horses«.

Ich möchte mich bei Chris Offutt, Marilynne Robinson, Luis Alberto Urrea, Lan Samantha Chang, James Alan McPherson, Connie Brothers, Deb West und Bret Lott für Schreibunterricht, Weisheit und Ermutigung bedanken.

Für brillante Ideen, endlose Geduld und unermüdliche Unterstützung danke ich Helen Garnons-Williams, den Helden und Heldinnen in Lektorat und Herstellung bei Harper und allen Mitarbeitern von Georges Borchardt, Inc.

Ich werde Samantha Shea und Emily Griffin ewig dankbar sein, weil sie immer an *Wir sind dieser Staub* geglaubt und unermüdlich dafür gearbeitet haben, den Text noch besser zu machen. Danke für eure Liebe zu Büchern, und zu meinem Buch.

Ihr habt meine Geschichten gelesen und eure Geschichten mit mir geteilt. Ihr habt meine Kinder betreut, damit ich schreiben konnte. Ihr habt mich moralisch unterstützt und mir Mut zugesprochen, vor allem zu Beginn: Caroline Steelberg, Skye Lavin, Karyn Morris Brownlee, Jon Chencinski, Mildred Lee Tanner,

Ellen Wade Beals, Joan Corwin, Rochelle Distelheim, Tammi Longsjo, Christie Parker, César Avena, Tim Winkler, Ellen McKnight, Chris Pomeroy, Mike Allen, Casebeer, Mark Garrigan, Tim Hohmann, Seth Harwood, José Skinner, Joe Pan, Johnny Schmidt, Nick Arvin, Jeremy Mullem, Steve Yousha, Tayari Jones, Rebecca Johns, Brandon Trissler, Michelle Falkoff, Dan Stolar, Jessica Chiarella, Amy Crider, Bergen Anderson, Nick Geirut, Lindsay Cummings, Kelly und Jason Zech, Nathan Hoks und Nikki Flores, Chad Chmielowicz und Katie Wilson.

Weil ihr meine Familie seid – Cary und Jorge Sánchez, David und Christopher Erwin, Grace Sliger, Maria González, Mary Logan Erwin, Curtis Erwin und vor allem meine Eltern Tom und Carol Wetmore.

Für den Freiwilligendienst als Patinnen und Tanten. Für selbst geschriebene Geschichten, Songs und Gedichte. Für Fahrten durch Maisfelder, über die Ranch, durch die Wüste bis ans Meer und zurück. Weil ihr nie den Glauben verloren und mir beim Durchhalten geholfen habt – Bryn Chancellor, Julie Wetmore Erwin, Judy Smith, Stephanie Soileau und Megan Levad.

Für Musik, Liebe und Abenteuer, für die Opfer, die ihr gebracht habt – Jorge Sánchez und Hank Sánchez.